De mooiste

NEDERLANDSE SAGEN EN LEGENDEN

Bij uitgeverij Verba verschenen reeds:

De mooiste Griekse mythen en sagen
De mooiste verhalen en legenden van Hindoeïsme en Boeddhisme
De mooiste mythen en sagen uit de Middeleeuwen
De mooiste Nederlandse sagen en legenden

Nieuwe delen in voorbereiding.

De mooiste

NEDERLANDSE SAGEN EN LEGENDEN

met illustraties van:
Pol Dom

Uitgeverij Verba

Bewerking: Merit Roodbeen

Distributie: RuitenbergBoek, Soest
NUGI 350
ISBN 90 5513 369 8

Inhoud

Het meisje uit Orvelterveen

Op een uitgestrekt veld bij Orvelterveen woonden lang geleden twee reuzen, Ellert, de vader, en Brammert, de zoon, die met niks of niemand medelijden kenden. Maar de bewoners van de dorpen in de omgeving van het veld lieten zij met rust, misschien in de hoop dat de rijke vreemdelingen niet gewaarschuwd zouden worden.

Zij hadden een slimme manier gevonden om te weten wanneer er reizigers door hun woongebied trokken. Overal op de hei hadden ze paaltjes geslagen, waaraan touwen met ongewijde klokken hingen. Eenmaal op het veld, was er geen enkele mogelijkheid om te ontsnappen aan de twee bruteriken. Er was altijd wel ergens een touw dat door de nietsvermoedende reiziger werd aangeraakt, en dan tjingelden de bellen luid over het veld. De reuzen kenden de klank van de klokken precies. Zij wisten het als de wind en storm ze bewogen en ze hoorden het verschil als het een mens was die ergens rondzwierf. Onrustig en licht was hun slaap: ze moesten immers steeds klaar staan om toe te slaan, om onschuldigen onverhoeds te bespringen en te beroven. Nooit kwamen ze terug van een tocht zonder buit: er waren altijd wel rijke mensen die, onbekend in deze streken, de doorsteek over het veld waagden. Nooit bereikten ze het doel van hun reis: ze werden bestolen en vervolgens vermoord.

De inwoners van Orvelterveen drukten hun kinderen op het hart: "Kom nooit op het veld, daar wonen twee boze reuzen."

Eens woonde er een nieuwsgierig en levendig meisje in Orvelterveen, dat haar moeder vroeg: "Heeft u de reuzen Ellert en Brammert zelf wel eens gezien? Waarom is iedereen toch zo bang voor ze?"

"Kind", huiverde de vrouw, "je weet niet wat je zegt. Ga nooit op het veld! Je zou voor het leven ongelukkig worden."

"Zijn ze geen van beiden getrouwd, moeder, Ellert niet en Brammert ook niet?"
"Elke vrouw zou ongelukkig worden met zo'n man. Er is geen vrouw die zich op het veld waagt."
Het meisje keek haar moeder met kinderlijk-verwonderde ogen aan, en vanaf dat moment moest ze onophoudelijk aan die twee raadselachtige, grote mannen denken, die daar zo helemaal alleen op het veld woonden. Wanneer haar iets werd gevraagd, keek ze verschrikt op. Dikwijls staarde ze in de nacht uit het raam, vanwaar ze het veld kon zien liggen. Dan fantaseerde ze erover hoe het zou zijn als zij bij de twee reuzen zou wonen. Ze had medelijden met die mannen die wel erg alleen zouden zijn, en ze verlangde er in haar hart naar ze uit hun eenzaamheid te verlossen. Als zij voor ze zou zorgen, zouden het vast goede, betrouwbare mannen worden, zo dacht ze.
Door die ene vraag aan haar moeder was ze van een onwetend kind een volwassen vrouw geworden. Ze was zich van haar vrouwelijke aard bewust geworden, zoals een ander meisje misschien ontwaakt door een gesprek dat ze voert, of door een boek dat ze leest. Voortaan ontweek ze de jongens en mannen uit het dorp en wanneer zij ze op straat tegenkwam, groette ze schuw.
Op een dag miste men haar in de boerderij. Men riep haar naam, met de liefkozende stem van ouders die hun kinderen uit het spel naar het goede huis lokken om te eten. Niemand had nog in de gaten dat ze geen klein meisje meer was dat verdiept was in een onschuldig kinderspel.
Het duurde uren voor ze terugkwam, en toen men haar ongerust vroeg waar ze toch zo lang was gebleven, sprak ze voor het eerst van haar jonge leven niet de waarheid tegen haar ouders: dat ze op de rand van het veld had gewacht op enig teken van Ellert en Brammert. Ze had de hele middag ingespannen zitten luisteren of er niet ergens een enkel belletje had geklonken, zodat zij een glimp had kunnen opvangen van de reuzen. Natuurlijk zou ze als ze het geluid van hun naderende voetstappen had gehoord, waarschijnlijk onmiddellijk gevlucht zijn. Het veld had er de hele dag verlaten bijgelegen, alleen de zon liefkoosde het met felle stralen, tot de avond kwam met zijn spookachtige schaduwen. Toen was ze eindelijk zuchtend opgestaan en teleurgesteld naar huis teruggekeerd. Na die ene keer gebeurde het dikwijls dat zij pas tegen de avond in het dorp

terugkwam, en altijd had ze wel het een of andere smoesje bij de hand. Maar verder dan de rand van het veld durfde zij nog steeds niet te gaan.
"Hoe zouden ze eruit zien, Ellert en Brammert?" dacht ze, als ze voor zich uit staarde, de vlakte in. "*Als* ze tenminste al bestaan! Misschien hebben ze ons maar wat wijsgemaakt! Wanneer zal ik durven gaan? Zouden ze... zouden ze... ooit van een vrouw kunnen houden? Als ik ze maar even zag. Toch ben ik bang!"
Wat gebeuren moest, gebeurde. Op een dag vatte ze moed en voetje voor voetje ging ze het veld in. Ze was nog niet zo heel ver gevorderd, toen ze een klein uitnodigend paaltje ontdekte. Zij wilde haar bonkend hart even tot rust laten komen, en ging zitten. Haar voet raakte een touw aan. Een belletje begon te klinken. Hoe grappig! Het meisje stond er niet onmiddellijk bij stil wat dit betekende, ze genoot als een klein kind van een nieuw opwindend spelletje. Als ze zich maar even bewoog, sloegen er allerlei belletjes aan, als een carillon waarop een aardig melodietje wordt gespeeld. Ze kon er niet mee ophouden.
De beide reuzen waren opgesprongen, en ze keken elkaar verbaasd aan. Dit was niet de wind die de klepels bewoog, dat stond vast, maar het kon ook geen mens zijn! Als vrouwenstemmen, zo hoog en zuiver zongen de klokken. Wie o wie had dit keer het touw aangeraakt?
"Laten we maar eens gaan kijken!" zei Ellert met hese stem, "misschien is het wel een buit waar we nooit van hadden durven dromen."
Ze trokken hun laarzen aan die tot hoog aan de heupen reikten. Snel als de stormwind, die over een lage, boomloze vlakte giert, liepen ze tot aan de paal, waar het meisje zat. Toen zij dan eindelijk oog in oog stond met de reuzen – naar wie ze toch zo had uitgekeken – wilde ze vluchten. Voor ze zelfs maar kon opstaan, was ze echter al van beide kanten ingesloten.
"Wie ben jij dan wel?" lachte Brammert, met de domme zelfvoldaanheid van sterke mensen die nog nooit zijn overwonnen.
"Ik ben... maar... een... meisje... uit Orvelterveen... laat mij naar huis gaan... ik zal nooit meer op het veld terugkomen."
"Juist daarom moeten we je wel hier houden. Je gaat mee naar ons hol, meisjelief. Wat een geluk!"
Dit was de eerste keer dat zij een vreemdeling niet doodden. Terwijl ze haar in haar willoze wanhoop voortdreven – ze liet zich als een lam naar de slachtbank voeren – schalden hun

"Wie ben jij dan wel?" lachte Brammert.

stemmen uitzinnig over het veld: "Ha, dat is nog eens iets anders dan geld! Wie had dat ooit durven denken? Vooruit!"
Het arme meisje durfde niets te zeggen. Ze voelde dat ze verloren was. Wie zou haar kunnen verlossen? Het ergste was dat het haar eigen schuld was. Waarom had ze niet naar haar moedertje willen luisteren?

De twee reuzen woonden in een schemerig hol. Alleen in de middag drong het vage licht tot in de verste hoeken door. Aan de muren hing een grote verzameling bijlen, messen en dolken, allemaal even scherp geslepen, klaar voor het gebruik. Ellert en Brammert hadden steeds zonder een vrouw alle huishoudelijk werk verricht, maar dat werd nu anders. Het meisje kreeg opdracht het huis schoon te houden en de maaltijden te bereiden voor de mannen.

Van het eerste ogenblik af werd ze bewaakt, ofwel door Ellert, ofwel door Brammert. Vroeger waren zij er altijd samen op uitgetrokken om de reizigers te beroven, nu bleef altijd een van hen achter om hun grootste schat te bewaken.

Het meisje had veel last van heimwee. Altijd als ze even aan het huishouden kon ontsnappen, zat ze voor zich uit te kijken, haar blik in de richting van Orvelterveen. Zouden haar ouders haar niet zoeken? Zou er nooit eens iemand uit het dorp op het veld durven komen? Zij leerde ook de klanken van de klokken van elkaar onderscheiden. Ze wist voortaan, of er een jong vosje met de draden speelde, of dat er een onschuldig mens naderde, die zijn eigen dood tegemoet liep. Langzamerhand vervaagde haar gelukkige jeugd, de woorden en wijsjes van de liedjes uit haar jeugd scheen ze zich niet meer te herinneren. Had ze ooit wel gezongen of gedanst?

Soms vroeg haar Ellert of Brammert: "Zing voor ons meisje! Daarginds in Orvelterveen horen we dikwijls dat de mensen liederen zingen. Waarom kun jij dat niet?"

"Ik heb het ooit gekund", antwoordde ze dof, "maar ik weet er geen woord meer van. Vraag mij niet voor jullie te zingen. Zij die lijden als ik kunnen niet meer zingen. Jullie... jullie... afschuwelijke wreedaards! Jullie handen ruiken naar het bloed van onschuldigen. Nooit is dat nog af te wassen, dat weten jullie net zo goed als ik. Ja, bekijk ze maar eens goed, slechte Ellert, slechte Brammert, elke bloeddruppel heeft zijn sporen in jullie handen nagelaten, zoals zorg en ellende mijn voorhoofd doen rimpelen".

"Had dat eerder bedacht! Wat zocht je dan ook bij ons op het veld, braaf meisje?" vroeg Brammert spottend.
"Een droom... ik had een droom, als je het dan weten wilt. Ik was net zoals ieder ander jong meisje, of niet?"
"Zoveel jonge meisjes hebben wij hier niet gekend, of wel soms Ellert?" lachte Brammert.
"In de dagen dat ik bij jullie woon, heb ik meer geleerd dan in de jaren daarvoor. Ik begrijp nu wat mijn zusters zochten – en wat ze uiteindelijk gevonden hebben! Zal er wel ooit een vrouw het ware geluk mogen vinden? O, ik kan het nooit meer geloven."
Ze stapte naar de drempel, en hield haar handen voor haar ogen, alsof ze zich tegen fel stekend zonlicht wilde beschermen. De tranen vloeiden langs de binnenkant van haar handen, over haar polsen. De reuzen lachten.
"Och, bevalt het je hier niet, arm kind?" vroeg Ellert. Ze keerde zich om en keek in het donkere gezicht dat haar naderde. "Zijn we soms te min voor je, lief meisje?" kweelde Brammert.
"Laat me toch gaan, ik ben jullie alleen maar tot last", zei ze, "altijd moet een van jullie twee hier in huis blijven om op mij te passen. Zo kunnen jullie, als er twee mensen op het veld zijn, er altijd maar eentje beroven, en wie weet of dat dan niet juist de armste is."
Ellert sprong op.
"En als het de armste is, kan het me niet schelen, meisje! Wij hebben immers een vrouw hier in ons hol!"
"Jullie allebei, Ellert en Brammert, weten toch dat een vrouw een gevaarlijk bezit is. Hoe zal het zijn als ik tegen Ellert zou glimlachen en tegen Brammert niet; hoe zou het wezen, als ik Brammert aankeek en hem met mijn zachte vingers door zijn baard streelde, en mij om Ellert niet zou bekommeren? Nu bewaken jullie mij allebei, nu de een, dan weer de ander. Maar als ik één van jullie zou verkiezen, hoe zouden jullie dan elkaar moeten bewaken? Ellert, Brammert, begrijpen jullie mij? Ik hoef maar met mijn vingers te knippen, en jullie zijn verloren!"
"Denk jij zo met ons te kunnen spelen?" schreeuwde Brammert woedend.
"Ik speel wanneer ik wil. Het is mijn spel, en het zijn mijn spelregels, en ik zal jullie nog niet verraden wie van de twee ik zal verkiezen boven de ander."
Ze keken haar verwonderd aan. Wat kon haar spelletje met hen

doen, zij waren immers krachtige, door iedereen gevreesde reuzen? Voor het eerst in hun leven voelden ze slappe knieën. Hun bloed tintelde niet. Zij durfden niet eens te lachen. Ja, het was hun plotseling duidelijk dat er ook voor hen gevaren bestonden, en dat zij iets ter wereld konden vrezen. Het meisje zag hun onzekerheid en maakte er gebruik van: "In de naam van God, Ellert en Brammert, laat mij gaan."
"Als we je lieten vertrekken, denk je dan dat wij je zouden kunnen vergeten?" vroeg Brammert nadenkend. "Nee, op een dag zouden wij allebei het veld verlaten, om je te gaan zoeken. Wij willen niet meer zonder jou leven."
Ze haalde diep adem.
"Maar wanneer ik nu een van jullie twee lief krijg? Geef daar eens antwoord op!"
Ellert dacht: "Dan zal ze mij beminnen, want ik ben de rustigste en ze is banger van Brammert", en Brammert dacht op zijn beurt: "Ze zal mij zeker verkiezen boven Ellert, want ik ben knapper en jonger." Geen van tweeën spraken zij hun gedachten echter uit. Er viel een stilte. Het meisje stond op de drempel van het huis en keek naar buiten. Daarginder lag Orvelterveen. Ze zag een klein pluimpje rook boven de heide stijgen... ginds lag haar huis! Ze wachtte op antwoord.
"Kom eens hier!" riep Brammert eindelijk, en ze draaide zich half om en haalde haar schouders op.
"Waarom zou ik komen? Als je iets te zeggen hebt, kun je het ook daar doen!"
"Meisje, meisje", zei Brammert minachtend, "ik weet nu wat je van plan bent met ons, en ik waarschuw je. Je hebt met sterke mannen van doen, die kunnen slaan en trappen en die lachen om de pijn van een medemens."
"Sla en trap me maar, als je durft! Hier ben ik!" Ze kwam dichterbij. Brammert bleef zitten, als een onzekere kwajongen. Nu was het haar beurt om hem uit te lachen. Hoe machtig was ze door haar zwakheid.
Met dergelijke gesprekken gingen vele lusteloze dagen voorbij, wanneer er niets te roven viel. De reuzen kenden de verveling al lang, maar ze hadden er nooit bij stilgestaan. Het meisje had haar bedreiging, dat ze eens de een boven de ander zou stellen, nog niet ten uitvoer gebracht. Alles leek te blijven zoals het was.
Toch was er iets veranderd. Het meisje deed of ze zich aanpas-

te, maar in werkelijkheid smeedde ze haar eigen plannen. Dikwijls, als het meisje op de drempel van het hol stond, glimlachte ze. Ze berekende de precieze afstand die haar van Orvelterveen scheidde. Ooit zou het moeten gebeuren dat Brammert en Ellert tegelijkertijd sliepen. Dan kon ze op kousenvoeten het huis uit sluipen en over het veld vluchten, en wanneer de bellen zouden gaan tjingelen, zou ze zo hard lopen als ze kon. Dan deed het er niet meer toe of ze haar hoorden. Zo de reuzen haar zouden vangen, mochten ze haar doden. De dood was beter dan dit leven.
Maar de tijd verstreek en er kwam geen avond, geen nacht, dat ze allebei tegelijk sliepen. Een waakte altijd, en als ze een stap buiten het hol zette, hoefde hij zijn arm maar uit te strekken om haar te grijpen. Was het de straf voor haar ongehoorzaamheid dat ze voor eeuwig op het veld moest blijven?
Soms meende ze vertrouwde geluiden te horen, als de wind gunstig stond. Ze hoorde haar naam roepen in het dialect van de streek, en zij wilde snikkend antwoorden: "Hier ben ik!" Er was echter geen mens in het dorp te vinden die haar op het veld durfde te gaan zoeken. Allemaal bleven ze aan de rand staan, uit angst voor de klinkende bellen.
"Zal niet een van de twee ooit sterven?" dacht ze. "Wanneer Ellert of Brammert, een van de twee, dood is, kan de levende mij toch niet eeuwig bewaken? Ik moet hier eens weg kunnen komen!"
Maar de ene dag verliep als de andere. Ja, ze begon te vrezen dat zijzelf nog het eerste zou sterven van hen drieën. Reuzen leven misschien veel langer dan mensen. Op hun dood kon ze beter niet rekenen. Ze zag de seizoenen komen en gaan, de herfst met zijn gloeiende kleuren maakte plaats voor de winter met zijn geruisloze sneeuw, maar ze merkte het verschil nauwelijks.
Op een goede dag loste Ellert Brammert af. Het was buitengewoon warm weer, en hij ging daarom op zijn gemak voor het hol zitten, en strekte zijn lange benen uit. Kleine vliegjes en mugjes, en onnoemelijk veel insectjes zonder naam, zoemden om zijn grote neus. Een dronken bij schreef zijn wilde avonturen in de lucht, en gonsde. Een hommel reisde brommend van bloem tot bloem. En de zon was warm, zo warm.
Ellert volgde de tollende bewegingen van de bij en zijn gedachten zwierven uit naar verre landen. Zijn hoofd zonk langzaam

op zijn borst. Hoorde hij de bij nog? Of gonsde het dier in zijn eigen brein? Het meisje merkte tot haar grote opwinding dat hij in slaap was gevallen.
Het zweet druppelde in de groeven van zijn voorhoofd. Hij had de mond wijd geopend, en het meisje zag zijn dikke tong, en zijn bruine, rotte tanden.
"Hoe afschuwelijk", rilde ze, "moet ik bij zulke wezens mijn jeugd doorbrengen? Liever wil ik sterven!"
Ze naderde hem voorzichtig en bekeek hem aandachtig, zoals een kind een voor zijn gevoel afschuwelijk dier beschouwt. Alles aan hem herinnerde aan een beest. Vooral zijn rode, opgezwollen handen deden haar huiveren. Daar kleefde het bloed van onschuldigen aan, en in haar verbeelding rook ze de weeë geur van mensenbloed. Ze ging op enige afstand van hem staan, maar ook uit de verte bleef hij even weerzinwekkend.
Toen zag ze zijn dolkmes dat half uit zijn zak stak. Bijna zonder nadenken liep ze op hem af. Op haar knieën kroop ze naderbij. Ze haalde het mes o zo voorzichtig naar zich toe. Zijn adem stokte minder dan een seconde, en haar hart stond stil, tot hij weer verder snurkte.
Met het mes in haar hand, voelde ze geen enkele angst meer. Zonder zich te bedenken, sneed ze hem met één forse ruk de strot door. Het bloed spoot uit zijn keel, zoals uit een bron het water. Vol walging – kleefde aan het staal niet *zijn* bloed – wierp ze het mes weg. Het hoofd zat nog gedeeltelijk vast aan zijn nek, de ogen puilden uit, en hij had zijn dikke tong uitgestoken... maar ze vond hem zo in de dood minder afstotend dan in het leven. Ze voelde zelfs iets van medelijden in zich opwellen toen die grote wrede man daar zo weerloos lag.
Maar ze gunde zich geen tijd om hierbij stil te staan. Vrij... vrij... ze was vrij! Ze moest nu snel vluchten. Daarginder lag Orvelterveen. Ze lette niet op kuilen en kleine hoogten – ze liep... strompelend, vallend... en dan opnieuw hollend.
Ze durfde geen moment te stoppen, al raakte ze steeds meer in paniek bij de gedachte aan de rinkelende bellen. Ze kon geen touw vermijden. Overal, kris-kras, liepen ze door het veld, als de gangen van een hol onder de grond.
Even hield ze halt, om naar adem te happen, en om de plaatsing van de klokjes beter te bekijken. Zou ze niet een manier kunnen bedenken om ze te vermijden? Viel er niet enige regelmaat in te ontdekken, waardoor ze het gevaar ontlopen kon?

Misschien moest ze juist niet rennen voor haar leven, maar heel voorzichtig en bedachtzaam de ene voet voor de andere zetten. De zoon zou haar alleen kunnen vinden als ze geluid maakte. Het veld bood genoeg mogelijkheden om zich te verstoppen en zich ongezien voort te bewegen, zo klein als ze was.
Ze bestudeerde de touwen. Wat hadden de reuzen hun moordenaarswerk goed voor elkaar! Ze hadden de belletjes geplant, zo grillig als de sporen van paddestoelen groeien. Iedereen die op het veld kwam, of van het veld vluchtte, was genoodzaakt ze aan te raken. Het meisje werd radeloos toen ze dit zag.
"Kan ik niet beter terug gaan", dacht ze, "en zeggen dat een vreemdeling Ellert heeft vermoord, uit wraak voor al zijn boze daden? Maar nee, dat zal hij nooit geloven! Bovendien zal hij vragen waarom ik hem dan niet geroepen heb, en wat moet ik daarop antwoorden? Nee laat ik zorgen dat ik zo vlug mogelijk weg ben, zonder mij nog langer over de bellen te bekommeren!"
Opnieuw holde ze over het veld, en de klokjes klonken, alsof duizenden vogels tegelijk op de touwen waren neergestreken. Haar angst zweepte haar op, en ze liep, ze liep als een hinde in doodsnood voor de jager uit.
Aan de andere kant van het veld stond Brammert, en hij luisterde verwonderd. Wat gebeurde daar, dat er zo'n verward getingel uit de bellen schoot? Deze klank kende hij niet. Hij ging op zijn hurken zitten – dan nog was hij veel groter dan een gewoon mens – om beter te kunnen luisteren. Toen stapte hij op huis aan, en bereikte het hol waar hij Ellert in zijn eigen bloed op de grond zag liggen. Met stomheid geslagen, staarde hij naar het met bloed bevlekte mes. Langzaam drong het tot hem door dat het meisje de schuldige was, dat zij hen allebei de baas was geweest.
"Ellert!" schreeuwde hij tenslotte, "vader! Hier staat Brammert, die zweert dat hij u wreken zal!"
In zijn razernij werkten zijn hersens op volle toeren. Hij wist dat het meisje niet ver weg kon zijn en dat zij in de richting van Orvelterveen moest zijn gevlucht. Hij handelde beheerst. Hij bond zijn laarzen stevig vast, en hij liep zo snel als hij nog nooit had gelopen het meisje achterna. Zijn eigen schaduw kon hem niet bijhouden. Het stof woei hoog door het veld, als een zware wolk, opgetild door de storm. Het meisje zag hem komen. Ze was al bijna aan de rand van het veld en zag in de verte haar vaders huis liggen.

"O God, laat de deur open staan", bad ze, "dat is mijn enige kans om aan hem te ontsnappen."
Ze hoorde de hijgende adem van de reus al, maar ze durfde niet te kijken, om geen tijd te verliezen. Zijn handen graaiden door de lucht – hij had zijn armen vooruitgestoken en meter voor meter naderden zijn scherpe nagels haar om vast te houden wat ze eenmaal hadden gegrepen!
De deur was dicht. Er was geen tijd meer om aan het raam te kloppen en te wachten tot iemand haar open deed. Ze was verloren voorvoelde ze, net nu ze haar doel zo dicht was genaderd. Ze gilde het uit. Niemand in de boerderij hoorde haar stem. Ze sloeg haar ogen op naar de hemel. Op dat ogenblik gebeurde er een wonder. De wind waaide, en waaide de deur open. Hals over kop rende ze naar binnen, aarzelde geen ogenblik en vergrendelde de deur. Buiten schreeuwde de reus zijn machteloze verdriet en razende woede uit:
"Meisje uit Orvelterveen, deze moord zal ik je betaald zetten, jou en je zusters en je broers, je vader en je moeder, je vrienden en familie, ja alles wat maar geboren is in Orvelterveen! Ik zal het zand in de huizen blazen en alle kinderen doden die in de buurt van het veld komen. Ik zal niet eerder sterven voor heel Orvelterveen door iedereen is verlaten en er geen hond meer durft te wonen!"
In het hele dorp hoorde men deze vreselijke woorden. Brammert liep het dorp door en rammelde aan elke deur, terwijl de mensen zich binnen sidderend verstopten. Toen keerde hij terug naar het veld en liet zich daar in zijn volle lengte neer. Met bolle wangen begon hij te blazen zodat het hele dorp al snel in stofwolken was gehuld. Het zand stoof op de drempel, het zand stoof op het dak, het zand vermengde zich met de rogge, het drong tot in de stallen, het was overal.
En zo bleef het. Geen mens durfde nog maar in de richting van het veld te gaan. Men bouwde geen huizen meer in het vervloekte dorp. Als de muren bladderden, de scharnieren verroesten, het hout vermolmde, en de vloeren verrotten, herstelde men het niet meer. Waarom zouden ze het doen? Orvelterveen was tot de ondergang veroordeeld, iedereen voelde het noodlot.
Langzamerhand werd het dorpje kleiner. De een na de ander verliet de streek. Nog slechts een paar boerderijen, die het verst van het veld waren gelegen, stonden er.
In zijn hol lachte Brammert dat hij schudde. "Hahaha, nu gaat

het nog om de laatste huizen! Ellert, je kunt tevreden over me zijn!"
Met ademgeweld blies hij het zand ook naar de laatste huizen. De mensen probeerden tot het laatst toe weerstand te bieden, maar elke dag blies Brammert miljoenen kleine levenloze korrels in de woningen. Toen legden ook zij zich bij hun lot neer, en zij verlieten hun boerderijen, terwijl ze de handen tot vuisten balden tegen de machtige, schaterende reus, die hen nog nariep: "Denk aan Brammert en Ellert, waarheen je ook gaat!"
En zo bleven de reuzen voortleven in de herinnering van de mensen. Het witte veld werd naar Ellert vernoemd, en er was een heuvel die men naar Brammert noemde. Vanaf deze plek zou de zoon zijn vader hebben gewroken, en het zand naar Orvelterveen hebben geblazen. Wanneer iemand vraagt hoe die vreemde namen zijn ontstaan, zegt men: "Hier woonden twee slechte reuzen, moordenaars, die klokken hadden gespannen over het veld, waarmee ze een onschuldig meisje in hun val lokten."

Hoe de Appingedammer in de hemel kwam

Petrus zat op zijn gemak op een wolk voor de hemelpoort, want hij had eventjes niks te doen. Hij had anders een hele drukke week achter de rug, en hij maakte zich zorgen. Alle plaatsen in de hemel waren bezet, en hij wist niet meer waar hij nieuwe kandidaten nog zou moeten herbergen.

Op de voorste rij lag languit een luie Delfzijler. De gouden ketting bungelde op zijn dikke buik, en zijn gezicht stond zo braaf alsof hij een lelieblanke ziel had. Toch had hij zijn leven lang gestrande schepen geplunderd. Hij was om het zo eens te zeggen, de Delfzijlste van alle Delfzijlers. Als er ergens iets te gappen viel, had hij het hardste van allemaal gelopen. Wat hij Petrus had voorgelogen om binnengelaten te worden, heeft nooit iemand geweten, maar zeker is dat hij met zijn mooie verhaal een zetel verdiende vlak bij de poort. Het kon hem niets schelen dat hij daardoor een plaats van een goed mens bezet hield. Hij luisterde de hele dag naar het engelenkoor, en had een goed zicht op de nieuwkomers, dus hij hoefde zich nooit te vervelen.

Petrus zat te knikkebollen op zijn eenzame post. Eindelijk kwam hij weer eens toe aan zijn middagdutje. Op de hele lange weg die van de aarde naar de hemel leidt, was geen mens te bekennen. Hij sliep en sliep, hoeveel uren wist hij nauwelijks, toen hij met een schok ontwaakte. Voor hem stond iemand die popelde om binnengelaten te worden.

"Hé!" zei Petrus droomdronken, "waar kom jij zo gauw vandaan?"

"Ik ben heel moe van de wandeling. Wilt u me snel doorlaten, Petrus?!"

"Wacht even, dat gaat zo maar niet! Waar ben je geboren?"

"In Appingedam."

"En heb je altijd braaf opgepast?"

"Anders zou ik niet voor u durven verschijnen."
"Zo! Je maakt zeker aanspraak op een goede plaats?"
"Ik heb op aarde altijd mijn plicht vervuld."
"Tja man, het is vervelend voor je, maar ik kan je tot mijn grote spijt niet toelaten. De hemel is vol. Misschien is ergens achteraan nog wel een klein staanplaatsje, maar dat wil ik liever reserveren voor de echte noodgevallen, zoals de halve en hele heiligen. Zo iemand lijk jij me ook weer niet. Er zit niks anders op dan om te draaien."
"Ja, hoort u eens, ik heb mijn hele leven hard gewerkt om in de hemel te komen. Ik heb een moeilijk aards bestaan achter de rug, van 's morgens vroeg tot 's avonds laat heb ik moeten zwoegen en ploeteren, en het enige wat me op de been hield, was mijn hoop op een leven in het hiernamaals. En nu wilt u mij bij uw poort tegenhouden?"
"Het spijt me verschrikkelijk, beste man uit Appingedam, maar ik kan er ook niets aan veranderen. Vol is vol! Voor mijn part mag je zelf even om de hoek kijken, en dan zul je zien dat het hier tot de nok toe vol zit, er kan geen ziel meer bij! Ik kan toch moeilijk iemand van zijn stoel afgooien, zeg nou zelf!"
Petrus opende de poort op een kier, zodat de Appingedammer een blik naar binnen kon werpen. Deze hoorde op de achtergrond zachtjes de engelen zingen, en hij zag hoe een paar zaligen mee klapten in het ritme. De ogen van alle aanwezigen schitterden van geluk. Op geen enkel gezicht was een rimpeltje van zorg of van pijn gegrift. De Appingedammer zuchtte van verlangen; hij voelde hoe het hemels geluk al het aardse overtreft. Petrus maakte aanstalten de deur weer te sluiten.
"Nog even!" smeekte de Appingedammer. "Het is zo mooi!"
Petrus gromde. "Goed dan, maar niet te lang meer. Ik heb niet eeuwig de tijd!"
De arme drommel die de toegang was geweigerd, wilde in elk geval nog even kijken of hij nog bekenden zag. Tot zijn stomme verbazing en verontwaardiging merkte hij dat er verschillende van die rasechte Delfzijler strandjutters een plaats hadden gekregen. Hij wendde zich tot Petrus.
"Dat is ook een mooie boel – de hemel zit vol met Delfzijler strandjutters!"
"Strandjutters?" vroeg Petrus ongerust. "Hoe kom je daar nou bij, man? 't Zijn allemaal beste brave mensen hoor, hier in de hemel." De Appingedammer schudde het hoofd.

“Zie je die vent daar, helemaal vooraan, met zijn gouden ketting op zijn buik?”
“Ja”, fluisterde Petrus.
“Dat is de ergste van allemaal.”
“Wat zeg je me daar? Daar hoor ik van op. Dat zul je dan toch eens waar moeten maken.”
“En als ik het kan bewijzen, beloof je me dan een plaatsje in de hemel?”
“Natuurlijk – je kunt dan gaan zitten waar nu de Delfzijler zit.”
Toen zette de man uit Appingedam zijn handen tegen zijn mond, en hij riep: “Schip op ’t strand! Schip op ’t strand! Schip op ’t strand!”
Nauwelijks had hij dit gezegd, of al wie er in Delfzijl geboren was, stormde naar de poort om te zien of er geen rijke lading te gappen viel. Petrus stond er onthutst naar te kijken, maar de Appingedammer was al naar binnen gelopen en hij ging zitten op de stoel die de ergste strandjutter zojuist had verlaten.
En zo komt het dat de Delfzijlers niet meer in de hemel worden toegelaten, omdat Petrus er niet eentje meer vertrouwt, en dat de Appingedammers bij Petrus een streepje voor hebben.

Al wie er in Delfzijl geboren was, stormde naar de poort.

De zeemeermin van Westenschouwen

Rondom de stad Westenschouwen waren de lucht en de zee: de lucht wijd en hoog, de zee groot en machtig. De wind joeg de golven op en blies de schepen voort, en de golven droegen de schepen naar de haven, en met de rijkbeladen vaartuigen kwam welvaart naar de stad. De mensen van Westenschouwen waren vrolijk en ijverig.

Dit ging zo jaren door, de stad groeide, de mensen werden rijk. Toen kwam het ongeluk over Westenschouwen. De rijkdom maakte haar burgers zelfingenomen en trots. Er was geen betere stad dan Westenschouwen; er waren nergens snellere schepen; er bestond geen mooiere haven, op de hele wereld niet; en er waren nergens zulke goede vissers.

De vissers hadden de stad groot gemaakt. Ze hadden hun voorspoed en rijkdom met eigen handen verdiend, en ze vonden het de gewoonste zaak van de wereld dat het zo goed met ze ging. Was er ergens anders armoede? Eigen schuld, eigen schuld! Was er ergens tegenspoed? Eigen schuld, hoor! Helpen? Wat denk je wel?! Red jezelf maar, wij redden onszelf toch ook?! Iedereen moet zijn eigen boontjes maar doppen!

Trots en hardvochtig werden de mensen van Westenschouwen, hun beurs raakte vol, maar hun hart raakte leeg. Dit was hun ongeluk! Niemand kon hen daarvan redden, dat konden ze alleen zelf. Maar wie met hen over dit ongeluk zou zijn begonnen, die zouden ze uitgelachen hebben.

Toen gebeurde het op een dag dat er op een van hun vissersboten een wonderlijke vangst werd gedaan.

Het uitgeworpen net, na enige tijd weer opgehaald, kwam met een vreemde buit boven water: er spartelde een zeemeermin in. Omsloten door de mazen, blonk een met schubben bedekt vissenlijf, met een paar blanke armen en een wondermooi vrou-

wenhoofd, omkruld door zeegroene haren.
Eerst schrokken de vissers, toen zagen ze dat het gevangen wezen ongevaarlijk was en kregen ze de grootste pret. Ze stonden dansend en spottend om het net heen. Trots schreeuwden ze het bericht van hun vangst naar de andere schepen van de vloot.
Klaagt dat schepsel? Hahaha, kijk haar gezicht eens! Er lopen tranen langs, zoute zeemeerminnentranen! Och, wou je eruit vrouwtje? Hahaha, jaja, wij willen er ook wel uit. We willen er allemaal wel uit! Maar jij blijft er mooi in, hoor!
Kijk haar eens grabbelen in die mazen! Nee, wijfje, trek er maar niet zo aan, ze gaan toch niet kapot! En anders zijn wij er zelf ook nog! Moet je die haren zien! Ba, welke vrouw wil er nu groene haren aan haar kop hebben! Ik ben blij dat ik niet met een meermin getrouwd ben, wat jij Sijmen? En kijk eens, schubben aan haar lijf, brr, brr! Ben je een vis of een mens, vrouw? Ha, geen van tweeën, ze is een spookwijf, Klaas. Een zeemeermin! Vooruit, hijs maar op, daar gaat ze! Janus, hijs haar maar op aan die mast! Wacht, ik help een handje. Een, twee, hoepla! Niet zo kermen, vrouwtje! Daar is het morgen nog vroeg genoeg voor! Je hangt daar en je blijft daar voorlopig hangen. Jaja, kijk nog maar eens goed naar dat water. Daar kom je uit, maar daar kom je nooit meer in. Had je maar niet zo dom moeten zijn om je te laten vangen.
Ze riep nog wat, die arme zeemeermin. Maar ze riep het niet tegen de mannen, ze riep iets in de richting van de zee. Verlangend strekte ze haar armen uit. De vissers volgden haar blik.
"Daar zwemt er nóg een!" riep er toen iemand.
Maar het was geen zeemeermin, het was een zeemeerman. Met snelle slagen kwam hij dichterbij. Zijn lijf glinsterde, maar zijn gezicht was grauw, zijn baard en zijn haren waren schuimwit. De wind blies de zeilen vol, het schip schoot snel naar de haven toe, maar de zeemeerman haalde het toch in en hield het bij.
"Geef mij mijn vrouw terug", ging smekend zijn stem over het water.
"Breek ons geluk niet. Toe mensen, laat haar gaan! Jullie hebben niets aan haar. Buiten het water kan ze immers niet in leven blijven. Binnen het uur zal zij moeten sterven. Laat haar gaan! Toe, geef haar aan mij terug. Ik zal het jullie duizendmaal belonen!"
De mannen van Westenschouwen schaterden het uit en ze

gaven de zeemeerman alleen spot als antwoord.
"Kip, ik heb je!" riep de een.
"Kip, ik hou je!" riep een ander.
"Hebben is hebben, en krijgen is de kunst!" schreeuwde een derde.
Toen keerden ze hem de rug toe, want het schip stevende de haven in.
De zeemeerman volgde.
Aan de kade snelden de mensen toe, om de vreemde vangst te bekijken. In het net aan de mast klaagde de zeemeermin zachtjes, haar stem stierf langzaam weg, haar ogen begonnen al te breken. Het volk aan de wal lachte en spotte, medelijden had er niemand. Uit het water van de haven smeekte de stem van de meerman om genade. Men gooide met stenen naar hem.
Toen hief de meerman zich hoog uit het water op, wild fladderen de witte haren om zijn hoofd heen, hij sloeg met zijn vuisten het water tot schuim. Zijn stem bulderde over de golven.
"Hoort, beulen, hoort! Wee, wee, Westenschouwen!"
Er lag een donkere dreiging in. De mensen zwegen verschrikt.
"Wee over Westenschouwen!"
Het klonk over de golven, het klonk de hele haven rond. Het water ver rondom de zeemeerman was zwart. Onheilspellend stoof het schuim op, er was een vreemd suizen in de lucht, aan de horizon dreven duistere wolken aan.
"Luister, luister!" riepen de mensen nu.

Westenschouwen, Westenschouwen,
het zal je berouwen,
dat je genomen hebt mijn vrouwe!
Westenschouwen, daarom zul je vergaan,
alleen je toren zal blijven staan!
Maar als je me teruggeeft mijn vrouwe,
zal ik wallen rondom 't stadje bouwen.

Toen dook de meerman onder. Even was het stil onder de menigte. Toen klonk ergens een luide, spottende lach en weldra lachten en spotten ze weer allemaal. Maar sindsdien kwam het noodlot over de stad. De haven verzandde. Men zegt dat men dikwijls de meerman zag, uit de golven omhoog schietend, de handen vol zand en wier, dreigend. Geen schip kon er meer in. De handel verliep. Waar eens rijkdom was geweest, kwam

kwellende armoe. Hert zand drong steeds verder op. Het stortte zich over de stad heen, het drong in de huizen door gaten en kieren. Daken stortten in, muren sloegen om. De mensen vluchtten weg. Alleen de toren bleef. Eeuwenlang stond die daar in wind en weer.
Rouw, rouw over Westenschouwen! Het zand fluistert het, de golven ruisen het als ze uitrollen aan het strand, de wind loeit het luid, als hij waait rondom de eenzame toren. Rouw, rouw over Westenschouwen, rouw over Westenschouwen!

Graaf Jan van Arkel en zijn paard

De inwoners van Gorinchem klaagden steen en been over hun graaf Jan de Achtste van Arkel. De graaf zelf haalde zijn schouders hierover op, maar zijn dienaren maakten zich grote zorgen.
"En als ze nu eens oprukken, en het slot aanvallen?" vroegen ze. "Het volk is razend en straks gaan er nog koppen rollen!"
"Ze komen heus niet naar het kasteel", blufte de graaf. Maar zijn dienaren geloofden hem niet.
"Voor alle zekerheid kijken we de boel toch maar even na", zeiden ze, "de brug, de muur en ook de gracht, want je kunt nooit weten."
De graaf merkte dat ze hem niet geloofden, en hij ergerde zich aan hun gebrek aan vertrouwen in hem.
"Jullie zullen die lui van Gorinchem nooit zien", zo zei hij, "zo waar ik hier sta. Maar ík zal wél naar de burgers van Gorinchem gaan."
"O nee heer, doe dat niet! We kunnen net zo goed meteen de muren afbreken en de grachten dempen, want u brengt het er nooit levend vanaf! We kunnen u niet missen."
"Jullie zullen mij helemaal niet hoeven te missen", sprak de graaf, blakend van zelfvertrouwen.
De volgende ochtend ging hij op weg. Zij harnas fonkelde in het zonlicht van de vroege morgen, en hij verkeerde in een stralende stemming. Hij reed tot aan de poort van de stad.
De inwoners zagen hem komen en waren stomverbaasd. Hoe durfde hun heer hier helemaal in zijn eentje in het hol van de leeuw te verschijnen?! Dat was het toppunt van brutale moed. Het moest wel een list zijn. Hij werd vast en zeker gevolgd door zijn schildknaap. Ze speurden de omgeving af, maar er was in geen velden of wegen iemand te bekennen.

Trots rechtop gezeten op zijn paard, reed de graaf kalm de stadspoort binnen en wachtte af wat er ging gebeuren. Binnen de kortste keren stroomde het volk op het plein samen. Ze keken naar hem op, zoals hij daar fier op zijn paard zat, en staarden hem met open mond aan, alsof ze vuur in water zagen branden. En toen begonnen ze mompelend met elkaar te overleggen. Het plein vulde zich met geroezemoes.
"Zullen we hem gevangen nemen of vermoorden we hem ter plekke?"
"Misschien kent hij onze klachten niet precies. We kunnen hem nog een kans geven en hem dwingen onze zin te doen."
Jan de Achtste zag intussen op het volk neer en lachte minzaam. Hij gedroeg zich als een rechtschapen koning die zijn goede onderdanen met een bezoek vereert. In niets leek hij op een bedreigd man, van wie het leven aan een zijden draadje hing. Eén verkeerd woord of gebaar, en het gepeupel kon zich tegen hem keren. Hij deed net alsof hij de gespannen gezichten om zich heen niet zag. Hij klopte zijn paard zachtjes in de nek, en sprak het op rustige toon toe, alsof hij het dier moed wilde inspreken.
Hij gaf zijn paard de sporen, maar liet het plotseling halt houden onder een balk. Het volk zag hoe hij de balk, die vlak boven zijn hoofd hing, nauwlettend bekeek. Vervolgens strekte hij zijn armen uit, en met zijn handen pakte hij het stuk hout vast. Iedereen wachtte in spanning af wat er zou gebeuren. Toen richtte de graaf zich op, maar tegelijkertijd plantte hij zijn knieën stevig in de zij van het dier. Zo tilde hij zichzelf met paard en al op. De poten van het dier zweefden in de lucht, ver boven de begane grond. De graaf hield uit alle macht zijn knieën tegen de flanken van het dier gedrukt. De ogen van het paard rolden bijna uit zijn kop, en zijn tong hing ver uit zijn bek, zo benauwd had het arme dier het.
Na dit sterke staaltje liet Graaf Jan van Arkel zichzelf en zijn paard zakken, tot ze weer vaste grond onder de voeten hadden. Hij gaf zijn paard, dat er nu weer kalm bijstond, goedkeurende klopjes. Hij zei geen stom woord.
De inwoners van Gorinchem stonden als vastgenageld aan de grond. Geen hond dacht er nog over om zich te verzetten na dit indrukwekkende schouwspel. De mannen namen hun pet af, als een teken van onderdanigheid, en de vrouwen maakten een buiging.

En zo verliet Jan van Arkel de stad als een overwinnaar. Bij thuiskomst riep hij zijn dienaren bij elkaar en vertelde van zijn glorieuze avontuur. Hij verzekerde hen dat ze nooit meer bang hoefden te zijn voor het volk van Gorinchem, want dat was nu immers doodsbang voor hém, en hij besloot zijn verhaal met de woorden: "Het is niet de gewoonte van kippen om de vos aan te vallen."

De advocatenbroers van Beetsterzwaag

Het spookte op het Olfertsveld en iedereen in de omgeving wist wie daar achter zaten: de twee koelbloedige advocaten. Jarenlang hadden ze in Beetsterzwaag hun kwalijke praktijken uitgeoefend. Ze wisten precies hoe ze tussen de mazen van de wet door konden glippen, en zo hielpen ze misdadigers ontsnappen. Eerlijke mensen lokten ze met een gerust geweten in de val als dat de zaak van hun cliënten goed kon doen.
Het waren twee broers die alle zaken altijd met zijn tweeën behandelden, en ook in hetzelfde huis woonden. Als je er 's avonds voorbijkwam, kon je ze te keer horen gaan. Want dan bespraken ze met z'n tweeën de streken die ze zouden uithalen en telkens dronken ze elkaar toe, tot ze erbij in slaap vielen.
Op een keer hadden ze echter zoveel gedronken dat ze niet meer wakker werden.
"Nou, van die twee zullen we in elk geval geen last meer hebben", dachten de mensen in Beetsterzwaag, maar ja, ze hadden buiten de kwaadaardigheid van de advocaten gerekend. Hun zielen vonden geen rust en bleven in de gemeenschap ronddolen. De beide broers hadden tijdens hun leven geen groter plezier gekend dan het dwarszitten van hun medemens en in hun nieuwe gedaante van spoken ging hun dat nog veel beter af.
In die tijd was het Olfertsveld een schraal heideland, waar de weg van Beetsterzwaag naar Olterterp dwars doorheen liep. Overdag was het er erg stil: de herder hoedde er zijn schapen, een jager, het geweer onder de arm, een weitas over de schouder en een patrijshond naast zich, loerde er op de hazen, en over de weg reed zo nu en dan een koets voorbij of er sukkelde een boer voort naast zijn zwaarbeladen wagen, vredig een pijpje rokend.
Na zonsondergang echter was het gedaan met de rust. "De dag

is voor jullie, maar de nacht is voor ons", dachten de advocaten en dan begonnen ze te spoken. Wie 's avonds of 's nachts het Olfertsveld overstak, hoorde opeens voetstappen achter zich zonder dat hij iemand zag. Werd hij bang en stapte hij vlugger door, dan liepen de onzichtbare achtervolgers ook sneller, en als hij het op 't laatst op een lopen zette, hoorde hij het schaterend gelach van de advocaten dat van alle kanten tegelijk scheen te komen. Ook rijtuigen en ruiters lieten ze niet rustig voorbijgaan, en wat de mensen niet konden zien, voelden de paarden feilloos aan. De arme dieren sloegen onmiddellijk op hol bij onraad en ze gooiden hun berijders hardhandig uit het zadel.
De koetsiers waren geestelijk voorbereid op onverwachte gebeurtenissen en ze deden geen moeite om de paarden in te houden. Wanneer de dieren hun oren in de nek legden, of onrustig op het bit beten, met de staart sloegen of opzij sprongen, dan gaven ze de dieren meteen de vrije teugel om maar zo snel mogelijk het veld achter zich te hebben. Als zo'n rijtuig dan hotsend en botsend over de hobbelige weg ratelde, hoorden de inzittenden luid en duidelijk het spottende lachen van de twee kwaaie advocaten.
Iedereen zal snappen dat men ze liever kwijt dan rijk was en toen de geduchte duivelbanner en heksenmeester Peter Kapoes van Oldeboorn voorstelde om voor tien gouden dukaten het Olfertsveld van de spoken te verlossen, werd die suggestie in Beetsterzwaag met allebei de handen aangegrepen.
Zo op het oog was Peter Kapoes maar een heel gewoon mannetje, een klein keuterboertje met weinig land die met hard werken aan de kost moest komen, maar er zat meer achter Kapoes dan je op het eerste gezicht zou zeggen.
Datzelfde simpele boertje liet heksen met bezemstok en al uit de lucht vallen en de spoken klappertandden van schrik als hij ze aansprak. Als Kapoes de voordeur van een spookhuis naderde, waar niemand durfde wonen en menigeen rats! de hals was afgesneden dan stoven de geesten de achterdeur al uit.
Wie in het donker met Kapoes opliep, kon meemaken dat hij ineens een stap opzij deed, en met zijn pet onder zijn arm in de berm wachtte op datgene wat over de weg kwam... wie dan niet meteen naast Kapoes ging staan en eigenwijs door bleef lopen op de weg, kreeg zo'n klap van een onzichtbare hand, dat hij met suizebollend hoofd opzij tuimelde.

Nee, tegen Peter Kapoes maakten zelfs de beide advocaten geen schijn van kans.
Op een avond was het dan zover. Peter kwam op een wagen, met twee paarden bespannen, over het Olfertsveld gereden. Hij zat op het voorste gedeelte en achter hem was een zitplank over de wagen gelegd.
Toen hij in het midden van het veld was gekomen, tekende hij raadselachtige figuren in de lucht met zijn zweep en hij sprak zeven kernachtige woorden uit. Aan de macht van het woord konden de advocaten geen weerstand bieden en of ze wilden of niet, ze kwamen te voorschijn en moesten op de zitplank plaatsnemen. Peter haalde er de zweep over en joeg de wagen zo snel als het kon over de hei.
Toen ze eenmaal het Olfertsveld achter zich gelaten hadden, kon Peter Kapoes de advocaten niet langer op de wagen houden. Ze sprongen eraf, schudden hun vuisten tegen de bestuurder en ze probeerden de wagen te laten omdraaien. Ze deden van alles om vrij te komen, ze trokken zo hard ze konden, staken hun armen en benen tussen de spaken van de wielen en lieten zich op die manier een eind meeslepen, ja ze beten hele stukken uit het hout, maar de wagen ging onherroepelijk vooruit en de advocaten zaten als vastgeplakt aan de wagen. Peter deed of hij niets zag of hoorde van het gekrakeel. Rustig zijn pijpje rokend, sprak hij zo nu en dan de paarden vriendelijk toe, want die hadden het zwaar te verduren: ze zweetten zo erg dat er geen haartje op hun lijf droog bleef.
Waarom de advocaten niet van die wagen af konden komen en terug konden keren naar hun oude spookplaats, het Olfertsveld? Dat zat hem in de zeven woorden die Peter Kapoes gesproken had. Ze waren gedwongen in de wagen te blijven, zo lang de paarden het konden trekken, en dat de paarden het volhielden, daar had Peter op zijn manier wel voor gezorgd.
De tocht ging in het holst van de nacht over Drachten, Opeinde en Suameer en daarna linksaf naar Garijp tot de wagen eindelijk stilstond in een afgelegen hooiland. Daar trok Peter met zijn voet een kring in het gras onder het prevelen van een bezwering. Daarna dreef hij de advocaten binnen die kring, en reed op zijn gemak terug naar Beetsterzwaag om de eerlijk verdiende dukaten in ontvangst te nemen.
Daar stonden nu de spoken op het afgelegen hooiland, veroordeeld om binnen de door Peter getrokken kring te blijven.

Jarenlang heeft het geduurd voor er op die plek weer een grasscheutje opkwam, zo werd de grond er platgetrapt door de advocaten die niets anders konden doen dan almaar in een kringetje achter elkaar aan lopen.
Pas na een hele lange tijd begon er weer gras te groeien. Dat was het bewijs dat de beide spoken eindelijk rust hadden gevonden. Vandaag de dag is de cirkel dan ook niet meer terug te vinden, maar het hooiland heet nog steeds het Advocatenland.

De prinses van Terschelling

Lang geleden, eeuwen en eeuwen, heeft er eens een kasteel in de duinen van West-Terschelling gestaan. Er is nu niets meer van over, nog geen steen in de grond. Alleen de plek waar het ooit gestaan heeft, kennen we nog. Daar ligt nu het meertje dat ze de 'Dodemanskisten' noemen.
Het was een groot kasteel, het had hoge muren en dikke, ronde torens. De oostertoren was de hoogste van de vier. Op die toren zag je altijd de vlag waaien van Terschelling, in de kleuren rood, blauw, geel, groen, en wit, voor de rode lucht, de blauwe wolken, de gele korenhalmen, het groene gras, en het witte zand van het eiland.
Het kasteel stond rondom in het water. Er staat nu nog wel eens water in de duinkommen, maar dat was in vroeger eeuwen veel erger dan nu. De duinen waren toen nog helemaal kaal, er stond geen boom op, en stuiven dat ze deden, stuiven! En in die kommen stond overal water, meestal een voet of twee, drie diep, maar op sommige plaatsen stond het wel eens zo hoog, dat de langste kerel er nog kopje-onder ging.
In dat kasteel woonde de prinses van Terschelling. Ze was jong en mooi, maar ze had geen erg prettig leven, want ze was helemaal alleen op de wereld. Broers of zusters had ze niet, en haar vader en moeder waren overleden toen ze nog maar heel klein was. Ze waren op zee omgekomen. Dat was ook met vele andere familieleden zo, óf ze hadden schipbreuk geleden, óf de zee had ze verzwolgen, met huis en haard erbij. En wat de zee nog in leven had gelaten, dat was gestorven in een strijd tegen vreemde overheersers die het eiland en zijn bewoners plunderden.
Kwam er dan nooit eens een prins, die met die lieve, mooie prinses trouwen wou? O jawel, vaak genoeg. Meer dan eens

stak er een van de vaste wal naar het eiland over. Hij had van haar gehoord, of hij had haar eens gezien als ze zelf aan de wal was, en hij kwam dan om haar te vragen zijn vrouw te willen worden. Maar ze wou niet trouwen, zei ze. Ze bleef liever op het eiland wonen, en zo'n prins wilde dat niet. Altijd op een stuk zand midden tussen de golven! Dus dan dropen ze maar weer af, en de prinses bleef alleen achter. En het was toch zo'n lief meisje. Je moest de Terschellingers eens over haar horen praten!

Er kon geen zieke in een van de kleine huisje op het eiland zijn, of ze ging er heen. Ze riep geeneens "volk", ze stapte zo maar naar binnen en stevende recht op het bed af waar de zieke in lag. Daar ging ze dan zitten en begon met zachte stem te praten. Meestal praatte ze zo zacht dat de andere mensen in de kamer niet konden horen wat er tussen die twee werd besproken. Maar 's avonds, als je geen hand voor ogen kon zien, dan ging de deur onhoorbaar op een kier open, en als je dan ging kijken wie er was, zag je geen mens, maar om de hoek in de gang stond eten, precies wat de zieke nodig had. Soms lagen er ook warme kleren, of een lekkere dikke deken.

Wie het gebracht had, ja, die had zijn naam er niet bij gezet, maar daarom wisten de mensen toch wel wie er zo goed voor ze zorgde. En als er dan eens een ongeluk was gebeurd, wat was ze er dan snel bij! En er gebeurden vaak ongelukken op Terschelling. Dat is op een eiland in de zee nu eenmaal zo. De prinses troostte de mensen en hielp ze. Dat kon ze goed! Ze had zelf zoveel verdriet gehad, op dat eenzame kasteel, dat ze het leed in die kleine huisjes goed begreep.

Wanneer er weer eens zo'n arme vrouw haar man op zee had verloren, dan zocht ze die op en troostte en sterkte haar. Soms liet ze zo'n vrouw eens goed aan haar borst uithuilen, dat luchtte op. Bange kinderen, die niet helemaal begrepen wat er gebeurde, nam ze op haar schoot en ze speelde met hen en rustte niet voor die ook weer wat gekalmeerd waren.

En ze liet het niet bij woorden alleen. Ze zorgde ervoor dat de zieken te eten kregen en ze stopte ze onder de dekens. Haar zachte, lieve stem werkte als een krachtig medicijn. Zo hielp ze overal de ongelukkigen om sterk te zijn en als echte Terschellingers het lot, dat God hen had opgelegd, moedig te dragen.

"Denk maar eens aan je man", zei ze tegen zo'n vrouw, "wat zou hij blij zijn als hij zou weten dat zijn vrouw zo flink is, nu

ze alleen voor haar kinderen moet zorgen."
Nee, de prinses liet het niet bij woorden alleen. Ze was een goed mens, ook voor de zeelui. Als die hun schip hadden verloren en zonder hemd aan hun lijf op het eiland aanspoelden, dan werden ze niet als een troep bedelaars van de een naar de ander gestuurd, maar ze werden onmiddellijk in het grote kasteel ondergebracht. Daar kregen ze dan te eten en te drinken, zoveel ze maar wilden. Kleren kregen ze, en alles wat ze verder maar nodig hadden, en zoveel geld dat ze weer naar huis konden komen. "Dat verdient een zeeman", zei de prinses.
Nu gebeurde het eens in een stikdonkere nacht dat door een zware storm een schip op de Terschellinger gronden vastliep. Het zat zo vast als een muur en woelde zich steeds dieper in het zand. De zee beukte er met grof geweld overheen. Toen het licht begon te worden, staken alleen nog de masten boven het ziedende sop uit. Geen man had het overleefd, ze waren allemaal verdronken. Op het strand spoelden meer dan honderd lijken aan. De strandjutters sleepten ze wat naar boven, naar de duinrand toe.
Al snel kwam toen ook de prinses over de duinen aan, door weer en wind. Ze was wel tenger, maar nooit liet ze zich door slecht weer weerhouden, als ze dacht dat ze helpen kon. Hier kwam echter elke hulp te laat. De strandjutters maakten ruimte voor haar en tikten aan hun petten. Een voor een bekeek ze de schipbreukelingen, ze ging de hele lange rij langs. In de gezichten van de doden zag ze de familieleden die ze zelf ooit had verloren. En toen ze de laatste bekeken had en zich weer oprichtte, stonden de tranen in haar ogen. Ze keek niemand aan, haar blik dwaalde af naar de verte. De jutters bleven eerbiedig wachten. Lang dacht de prinses echter niet aan haar eigen leed.
"Ik zal ervoor zorgen, dat deze mannen tenminste een fatsoenlijke begrafenis krijgen", zei ze. Ze wendde zich tot de mannen en vroeg: "Kunne, hoeveel heb je er geteld?"
"Honderd twintig prinses", antwoordde Kunne.
"Is er nog plaats genoeg op het kerkhof?"
Kunne dacht na. "Nee prinses," zei hij eindelijk, "zoals u weet is er achter op het kerkhof een plek voor drenkelingen, maar daar liggen er al zoveel, er kunnen er zeker geen honderd meer bij."
"Breng ze dan naar het kasteel", zei de prinses.

En zo gebeurde het.
Toen liet de prinses diepe geulen graven, waar het water rondom het kasteel door weglopen kon. En toen liet ze voor al die arme zeelui kisten maken en ze werden begraven op de droge plek rond het kasteel.
Daarna werden de geulen weer met aarde dichtgemaakt en enkele dagen later lag het nieuwe kerkhof onder water. Dit water werd voortaan door de prinses "Dodemanskisten" genoemd. En zo noemen ze het nu nog. Maar ze zeggen ook wel eens "Armemanskisten".
Het kasteel is al eeuwen geleden verdwenen. De wind laat het water daar op stille avonden zacht rimpelen en de koekoek roept in de bosjes rondom. En de prinses? Ze zeggen dat die niet sterven kan, zolang er Terschellingers op het eiland wonen. Ze leeft nog steeds voort, al ziet niemand haar ooit. Wanneer ziekte en dood op Terschelling rondwaren, komt ze door regen en wind aangestapt, om het Terschellinger volk te helpen en op te beuren. En wie in die huizen van verdriet en rouw binnenkomt, zal haar aanwezigheid voelen, al ziet hij haar niet in levende lijve voor zich staan.

De aap van Hoensbroek

Zevenhonderd jaar geleden al weerspiegelde het grijze water van diepe slotgrachten de toren van het slot Hoensbroek dat in de buurt van Heerlen ligt.
Tweemaal werd deze burcht veroverd en ging in vlammen op; alleen de ronde toren met zijn nauwe wenteltrap, zijn donkere kijkgaten en zijn smalle schietspleten bleef gespaard. Het vuur leek er geen vat op te kunnen krijgen.
Wat er in later eeuwen ook werd aangebouwd of verbouwd aan het slot, de ronde toren bleef onbeschadigd overeind staan en er was geen sloper die zich aan de drie meter dikke muren durfde te wagen.
Vanaf die zware toren konden de wachters alle wegen overzien die naar het slot leidden, zodat ze op de hoorn konden blazen wanneer er gevaar dreigde.
Dat was geen overbodige maatregel, want van de burgers van de Limburgse steden en stadjes had de roofridder van Hoensbroek weinig goeds te verwachten. Hij had het er dan ook naar gemaakt.

Roven en branden is geen schande,
dat doen de besten in dit land
en de kooplui vallen als rijpe peren
in de handen van de hoge heren

Zo luidde het gedicht dat de ridder van Hoensbroek in een van die lange winteravonden had gemaakt bij het gezellig knetteren van de houtblokken in het haardvuur en bij het spattend sissen van de slijpsteen, waarop de zwaarden en spiesen werden gewet voor de rooftochten van het komende voorjaar.
De bisschop van Luik kon ook dichten en hij had zijn ant-

woord voor de heer van Hoensbroek meteen klaar:

Wie rooft en steelt bij dage of bij nachte,
ridder of boer, kan dit van mij verwachten:
zijn hoofd wordt hem van de schouders gelicht
met één enorme zwaai, op het Vrijthof te Maastricht.

De mannen van Hoensbroek lieten zich hierdoor niet bang maken. Langs alle wegen waren ze te vinden, verborgen in het dichte, hoge kreupelhout, klaar om met hun scherpe wapens in de hand onverwacht op te duiken. Onder de strijdkreet "Hoensbroek! Hoensbroek!" omsingelden ze razendsnel de wagens van de kooplui en sloegen hun slag.
Op een keer werd bij zo'n overval een merkwaardig dier buitgemaakt, een kleine krijsende aap, die zich rillend en bevend onder de linnen huif van een van de wagens had verborgen.
Geen van de kooplui had kunnen vertellen hoe het beest daar gekomen was, maar daar werd ook niet naar gevraagd, want de rovers hadden als altijd grote haast.
Zij zetten de kooplui op hun kop, jonasten ze en schudden ze zo hardhandig uit, dat zelfs de best verborgen goud- en zilverstukken nog in het rond spatten.
Daarna sprongen ze op de wagens, klakten met hun tong en hanteerden de zweep: de paarden trokken aan en draafden weg in de richting van het slot Hoensbroek en de arme beroofde stedelingen hadden het nakijken.
Toen ze op Hoensbroek waren, kwam de aap onverwachts uit de mouw van een van de rovers, sprong zo maar ineens op de schouder van de kasteelheer en was er vervolgens niet meer van af te slaan.
De roofridder was blij met het dier, waarmee zijn mannen hem hadden verrast. Urenlang kon hij kijken hoe de aap door de gangen en over de portalen buitelde, zich tussen de spijlen van de balustrades door slingerde of langs de trappen naar beneden roetsjte.
Het aapje was altijd bij hem. Alleen in de vroege morgen, wanneer hij neerknielde om een Ave Maria op te zeggen, was het dier nooit ergens te bekennen. Met een van haat en woede verwrongen apensmoel stond het dan in de uiterste bocht van een wenteltrap toe te kijken, zonder dat de heer hem zag. Tandenknarsend verbeet het zijn frustratie: het was hem weer niet

gelukt om de ridder zijn gebed te doen vergeten.
In de omringende dorpskerken had men de heer van Hoensbroek nog nooit gezien, maar er ging geen dag voorbij of hij bad tot Maria. Zij alleen kon het venster van de hemel openen voor de zondaars die de poort gesloten vinden.

Met de bewoners van de kasteeltjes in de buurt leefde de roofridder ook al op gespannen voet. Zij vonden dat ze als buren het volste recht hadden om over de uitgestrekte heidevelden te rijden die tot het gebied van de ridder behoorden. Zij joegen graag in zijn bossen, waar de wolven huilden en de zwijnen zich grommend een weg baanden door het dichte struikgewas.
De heer vond echter dat hij alléén rechten had, maar tenslotte liet hij zich toch overhalen om de abt van Rolduc te ontvangen die in zijn grote wijsheid al zoveel ruzies had gesust.
Zo kwam de oeroude abt op Hoensbroek aan, waar men sinds mensenheugenis geen priesters had gezien. Hij zette zich bij het haardvuur en keek de grote zaal rond alsof hij iets of iemand zocht.
"Heer van Hoensbroek, ik hoorde dat u een aap heeft die altijd in uw buurt te vinden is, maar hoe ik ook kijk, ik zie hem nergens."
De heer keek ook en zijn scherpe ogen ontdekten in de donkerste schaduwen van het grote vertrek de gehurkte gestalte van het aapje dat zijn tanden had ontbloot in een gemene grijns.
"Wat heeft dat te betekenen?" dacht de heer, maar de abt wist het precies. Hij richtte zich op en wendde zich tot het dier: "Ik bezweer je in de naam van Maria, zeg ons wie je bent!"
Stamelend antwoordde de aap in mensentaal: "Ja abt, ik ben een duivel! Zeven lange jaren woon ik al op dit kasteel en ik wacht... ik wacht op de dag dat de roofridder van Hoensbroek vergeten zal om Maria te groeten, want dan heb ik macht over hem en zal ik hem meevoeren naar de diepten van de hel!"
Zodra de heer die woorden hoorde, viel hij op zijn knieën en smeekte God om genade en zijn mannen volgden zijn voorbeeld, terwijl de aap krijste alsof hij in wijwater was gevallen. De abt strekte zijn hand: "Terug duivel!" en de aap kroop stap voor stap achteruit door de hele zaal en verdween langs de wenteltrap. Nooit werd hij nog teruggezien. 't Enige wat hij achterliet was stank.

Een heel gewoon meisje uit Hunsingoo...

Wie in Hunsingoo komt, ziet op het wapen van het plaatsje de afbeelding van een jonge ridder en een jong meisje die samen op een bruin paard zitten. Op de achtergrond straalt een ster. Merkwaardig genoeg, kan men in Marne precies zo'n wapen bewonderen.
Wie mogen die jonge ridder en dat jonge meisje wel zijn, die aan Hunsingoo en Marne een en hetzelfde wapen gaven?

In de omgeving van Hunsingoo woonde een aardig, bescheiden meisje. Ze had geen behoefte aan rijkdom en luxe, zoals veel andere vrouwen. Wanneer ze over haar toekomstige man mijmerde, kwam het niet in haar op om aan geld of sieraden te denken. Ze verlangde er slechts naar om samen met hem te leven van het geld dat hij eerlijk met zijn handen zou verdienen. Ze was nooit bang dat ze ongelukkig zou worden, want ze stelde weinig eisen aan het leven. Het geluk bestond voor haar uit een bestaan met man en kinderen, uit oud worden en kleinkinderen krijgen, en dan te sterven. Een vrouw die zo denkt, kan gelukkig worden in haar leven.
Ze wist zelf niet hoe mooi ze was. Het was juist haar eenvoud die haar een geheimzinnige schoonheid verleende. Haar ogen straalden diepblauw als korenbloemen, en ze waren in volmaakte harmonie met haar zijdezachte, korenblonde haar. Haar neus was een tikje gebogen, en dit gaf haar gezicht iets aristocratisch. Ze stamde uit een oud, krachtig boerengeslacht. Ze had blanke, slanke handen, die ondanks hun fijnheid niets weeks in zich hadden. Haar hals was bloot: als een fiere, witte zuil rees hij op uit haar schouders. De mond was een beetje gewelfd. Hierdoor kreeg zij een hooghartig trekje, dat verwees naar de geërfde trots van haar voorvaderen.

Vlakbij de boerderij waar ze leefde, woonde een rijke jonkheer, met veel versieringen op zijn wapen en veel op zijn geweten. Hij bekeek meisjes en vrouwen zoals een hengelaar vissen, en hij had net zoveel ondeugden als er onkruid is in het voorjaar. Hij leefde voor het genot, en voor het genot alleen. Hij had een knecht, die nog verdorvener was dan hijzelf. Deze vroeg hem op een dag: "Kent u het mooiste meisje van Hunsingoo niet, heer?"
De edelman keek hem verwonderd aan.
"Zie je me voor een ezel aan?"
"Gisteren was ze nog een meisje", zei de knecht, "maar vandaag is ze een vrouw geworden."
"Ja, zo gaat dat!" lachte de jonker, "de madeliefjes ontluiken in één enkele lentedag!"
"Zou u haar willen leren kennen?"
"Heel graag", zei de edelman.
De volgende dag reden ze te paard tot aan haar vaders huis, en daar stegen ze af. Ze klopten aan de deur, die werd opengedaan door de jonge vrouw.
"Ik heb dorst", zei de jonkheer, "kan ik hier een beker water krijgen?"
Nu wist iedereen die op de boerderij woonde, wat voor vlees ze in de kuip hadden en met wat voor bedoelingen de edelman langskwam, maar een verfrissende dronk uit de waterput kan moeilijk worden geweigerd, en dus ging het meisje hem voor om de emmer te vullen. Op enige afstand volgde de heer, op het oog heel gedwee.
Toen ze samen bij de waterput waren aangekomen, en zij de rinkelende ketting met de emmer in het gat liet zakken, boog hij zich over de stenen rand, en zei: "Diep daar beneden zie ik je beeltenis in het water."
"U vergist zich", antwoordde het meisje lachend, "in de diepte daar beneden is het donker."
"Dan komt het omdat je beeld op mijn netvlies is gegrift. Ik ben als een blinde, die altijd het beeld voor zich ziet dat hij het laatste op de wereld heeft aanschouwd."
"U moet zo niet tegen mij praten", zei ze, maar ze klonk niet boos. "Ik ben maar een eenvoudig meisje en u maakt me verlegen door meer van mij te maken dan ik ben."
"Weet je, hoe ik je noemen zal? Madelief! Omdat je in één dag ontloken bent."

"Is het niet uw gewoonte, om de kleine madelieven, die in één dag ontloken zijn, te plukken?"
"Hahaha – die meisjes van Hunsingoo weten ook alles!"
"Hier is uw beker water!" Ze had de emmer uit de put opgehaald, en ze liet de ridder drinken. Toen keerde ze zich om en wandelde op haar gemak naar de boerderij terug. De knecht keek haar spottend na, alsof hij zeggen wilde: "Denk je nu heus dat je aan hem kunt ontkomen?"
In de tijd na hun ontmoeting, maakte ze pas goed kennis met zijn verleidingskunst, die hij tot in de puntjes beheerste. Hij sprak haar aan met zoete woorden. Hij leek altijd te weten waar ze was. Wanneer ze de wei inliep om de koeien te melken, kon hij vanuit het niets opduiken. En altijd bespeelde hij haar met de taal der liefde, een melodieus register dat zachte klanken aan zijn keel ontlokte. Maar ze sloot zich voor hem af, want ze wist waar hij op uit was. Zijn streken waren het onderwerp van gesprek in de buurt.
Op een keer stond hij weer eens onverwacht voor haar. Hij probeerde haar in zijn armen te strikken, maar zij probeerde zich te ontworstelen. Ze was vlug en lenig, en dit ergerde hem zeer.
"Hoe lang moet die aanstellerij nog duren?! Nog nooit heeft een meisje me zo de voet dwars durven zetten!"
"Laat me toch met rust! Kan de havik soms geen andere prooi vinden?"
Hij barstte in een uitbundig lachen uit, verrast door haar antwoord. En zij maakte van deze gelegenheid gebruik te ontglippen, tot zijn grote verdriet. Weer was het haar gelukt aan hem te ontsnappen, het zachte, malse duifje, en hij kon zichzelf wel voor zijn kop slaan. Het vogeltje was gevlogen, zoals altijd, of hij het nu op zondag of op doordeweekse dagen probeerde te vangen. Zijn vrienden begonnen hem te bespotten om zijn vergeefse pogingen.
"En, wanneer denk je het malse duifje te verschalken?" vroegen ze. "Je ligt nu al zo lang achter heggen te loeren, dat het iedereen opvalt. Ze kijken er gewoon van op wanneer je je in het openbaar vertoont."
"Wacht maar af!" antwoordde hij grimmig, "wie niet vrijwillig komt, zullen we buigen."
Ze hoorde van zijn dreigementen, maar ze leek niet erg onder de indruk, ja ze lachte er zelfs om met haar vriendinnen. Hoe

zou de jonkheer ooit, hoe machtig hij dan ook was, met haar zijn gevaarlijk spel kunnen spelen? Ze woonde immers goed beschermd.
Wat ze niet wist was, dat hij bij nacht en ontij rondom de boerderij zwierf, samen met zijn verdorven knecht, als Satan met een van zijn trawanten. Terwijl de tijd vergleed, sliep zij rustig door, maar de edelman werd verteerd van verlangen.
Op een avond zat hij in zijn eentje in de grote zaal te treuren. Een zwoel juniwindje blies door de ruimte en wakkerde zijn begeerte aan. Op dat moment kwam zijn knecht binnen, die pal voor hem bleef staan.
"Jonkheer!" fluisterde hij, "het is zover!"
"Wat bedoel je?"
"Haar vader en moeder, en al haar broers en zussen, zijn naar een feest, en zij is alleen thuis."
"Wil je beweren", vroeg de jonge man loom, "dat zij niet mee is gegaan om te spelen en te dansen?"
"Zo is het precies."
"En wat moet ik nu doen?"

"Een ladder zetten tegen haar vaders huis
Ik zeg u jonkheer, er is niemand thuis."

En de jonkheer antwoordde:

"Ja ja, dat is mij alles waard,
zadel dan vlug mijn bruine paard."

De knecht nam de ladder op zijn schouders en de ridder nam plaats op de brede rug van zijn paard. Zo gingen ze samen op weg. Al snel kwam de boerderij in zicht, die er verlaten bij lag. Er was geen geluid te horen.
"Je hebt dus de waarheid gesproken", zei de ridder voldaan. Maar de knecht deed er het zwijgen toe, en zette zijn ladder geruisloos tegen de muur. Hij plaatste zijn voeten op de treden, stilletjes en behoedzaam, als een marter die 's nachts een duiventil belaagt. Het raam was dicht, maar hij klopte er zachtjes tegen, en hij zei met een verdraaide stem:
"Dit is je broer. Ik ben vroeger thuis gekomen. Alle anderen zijn nog op het feest. Laat me erin."
Ze opende het raam, en in een oogwenk stond de verdorven

knecht al in de kamer. Ze wilde zich verzetten, maar hij pakte haar stevig vast en droeg haar, terwijl ze tegenstribbelde, heel behendig de ladder af. Daar stond ze dan, het eenvoudige meisje. Haar witte nachtgoed stak af tegen de duisternis van de nacht. De knecht tilde haar op een paard, en meteen gaf de ridder het dier de sporen. Wat draafde het paard! *Klakkerdeklakkerdeklak,* klonken de hoeven op de weg. De maan scheen op haar mooist.
"Waar brengt u me heen, heer ridder?" vroeg het meisje. Er viel geen spoortje angst in haar stem te bespeuren.
"Naar mijn kasteel, waar je zult wonen in de mooiste kamer. Je hals zal ik omhangen met parels, wit en zuiver als frisse dauw. Die zullen je prachtig staan, mijn lieve madelief."
"Ik vraag niet om uw mooiste kamer, en ik geef niks om parels."
"Dienaressen zullen voor je klaar staan – je hoeft maar in je handen te klappen, en er zijn er zoveel je maar wilt. Je zult rusten in kussens van zijde en fluweel; om je armen zal ik spiralen van goud slingeren, met diamanten bezet. Je voeten zal ik tooien met satijnen muiltjes."
"Dienaressen wil ik niet – kussens van zijde en fluweel verlang ik niet – spiralen van goud met diamanten bezet, zoek ik niet – en uw satijnen muiltjes passen mij niet."
Het paard reed verder in een woeste galop, en na een tijdje vroeg ze opnieuw: "Waar brengt u me naar toe?"
En hij antwoordde: "Zal ik je meenemen diep, diep het bos in? Ik weet een plek bij beukenstammen, waar je in het mos zult wegzinken alsof het een veren bed is. Dit is de tijd waarop de eierzwammen rijp zijn. Die glanzen in het maanlicht zo wit, zo wit... dat ze een sluier lijken te vormen over het donkere mos."
"Ik heb helemaal geen zin om te liggen in een bed van zacht mos; ik wil in mijn eigen bed van stro liggen, en niet met een sluier van de eierzwam om mij heen, maar in het donker van mijn eigen kamertje. Laat me gaan!"
"Het zou me eeuwig berouwen, als ik je nu liet gaan."
"Het zou u weleens eeuwig kunnen berouwen, als u me níet laat gaan."
Op deze woorden lachte de jonge, lichtzinnige ridder, en zijn stem schalde over het veld als de kreet van een overwinnaar. Maar terwijl hij nog lachte, stak zij snel haar voet uit, en met alle kracht die er in haar jonge en sterke lichaam was, lichtte ze

hem uit het zadel. Hij smakte tegen de grond en bleef daar verdoofd liggen.

"Hij viel met een harde plof te lande
en dit was eeuwig tot zijn schande."

De jonge vrouw wendde het paard en reed spoorslags heen, zonder de ridder nog een blik waardig te keuren.

"Tegen de morgen kwam ze thuis aan
De vader vroeg: waar kom jij vandaan?"

Ze vertelde wat haar overkomen was, maar niemand wilde haar verhaal geloven. Zij, zo'n tenger meisje, zou de brutale jonkheer uit zijn zadel hebben gelicht?
"Ga zelf maar kijken", zei ze trots. "Onder de bomen, aan de rand van het bos, zul je hem aantreffen. Hij heeft een flinke smak gemaakt, en ik hoop dat hij van de liefde is genezen." Iedereen die rijden kon, sprong te paard en reed naar de plek die het meisje hen gewezen had. Daar lag hij, de verwaande, verdorven kerel, midden in een bed van mos. Al zijn vrienden stonden om hem heen en lachten, en ook zijn vijanden, die trouwens in de meerderheid waren. Temidden van het tumult kwam zijn knecht toegesneld. Hij tilde de ridder op en droeg hem in zijn armen naar het kasteel.

Enige tijd later had de streek Hunsingoo een wapen nodig. Een raad van wijze mannen koos de beeltenis van een paard met daarop een ridder en een jong meisje. Maar men plaatste een ster achter het stel. Dit was een teken dat de duisternis was ingetreden. De ster werd niet vóór de ridder en zijn meisje geplaatst, want dat zou kunnen betekenen dat er hoop gloorde voor de ridder en dat deze een kans maakte de jonge vrouw voor zich te winnen. Het meisje is afgebeeld met loshangende haren, om te laten zien dat zij tegen haar wil werd ontvoerd.
Zo hing de ridder voor iedereen te kijk. Toen de jonkheer het wapen zag, besloot hij nooit meer op avontuur te gaan. En ook de knecht verliet deze streek, waar de meisjes toch o zo gewoontjes zijn...

De basilisk van Utrecht

Wie heeft er wel eens van een basilisk gehoord? Dat is een ondier. Een basilisk staat in dienst van de duivel. In Dokkum heeft zo'n monster ooit achttien mensen tegelijk gedood enkel en alleen met het vuur uit zijn ogen. En in Oldeboorn is precies hetzelfde gebeurd, daar stierven er ook achttien. Hoe het exact is gegaan, vertelt men niet, maar het moet een wreed schouwspel zijn geweest. Er wordt gezegd dat hij in Oldeboorn in een diepe put zat en dat kan best waar zijn geweest, want het ondier zoekt altijd donkere plaatsen op.

Het is geen wonder dat hij het daglicht mijdt. Hij ziet er afzichtelijk uit. Een basilisk is een soort reuzenhagedis. Hij heeft een kam van stekels op zijn rug en een staart van schubben die bij elke beweging ratelen. Maar het ergste is zijn kop. Dat is een monsterkop met een grote rode bek en venijnig uitstekende tanden, en zijn neusgaten zijn zwarte holen, waar hij wolken stinkende adem uitspuwt.

Het vreselijkst in die kop zijn nog de ogen. Dat zijn ronde ballen waarin een gloeiend vuur straalt: de vlammen slaan eruit. Kijk je daarin, dan dringt die vlam in je door, hij dringt naar je hart en slaat er omheen en vreet dat hart op. Dan word je verder van binnenuit verteerd tot er niets meer van je over is dan een hoopje as.

Zo'n basilisk was er nu ook in Utrecht. Het was het grootste monster dat ooit op aarde heeft geleefd. Het was uit een hanenei geboren en door een schildpad uitgebroed. Hij moet nog wel tien keer zo groot en venijnig als die Friese basilisk geweest zijn. Toen hij pas geboren was, kroop hij dadelijk weg in een diepe, donkere kelder onder een bierbrouwerij. Daar was hij veilig! Daar zou hij immers wel nooit zijn eigen ogen te zien krijgen, want daar was hij doodsbenauwd voor. Als hij in zijn eigen groenroodgele vuurogen keek, dan zou de vlam namelijk om zijn eigen hart slaan en dan was het met hem gedaan, dan zou hij zelf van binnenuit tot as verteerd worden. Dus hij kroop weg in de donkere kelder, veilig en wel. En daar wachtte hij op zijn slachtoffers.

En de werkman kwam... en keerde nooit terug.

Zijn baas ging eens in de kelder kijken... nooit keerde hij weer.

Wie de kelder inging, verloor zijn leven. Het waren er veel, heel veel, voor men er achter kwam dat er een basilisk in de kelder zat. Toen maakte men de deur zorgvuldig op slot. De basilisk bleef erin. Menigeen rilde als hij daar in de buurt moest zijn. Hoorde hij niet de schubben ratelen? Drong daar geen straal van dat helse vuur door die kier heen? Weg, gauw weg! Red je leven!

Maar er waren ook helden. Zo nu en dan daalde er een in de kelder af, goed gewapend, met het vaste voornemen om de basilisk te doden. Het kwam vaak echter niet eens tot een gevecht: er ging nauwelijks een pijl op de boog, er ging nauwelijks een zwaard in de hoogte. Het vuur uit de ogen van het monster trof eerder doel dan de pijl of het zwaard, een vlam sloeg om een moedig hart heen en een dapper man zonk neer. Weldra lag er een hoopje as op de plaats waar hij had gestaan. Geen moed hielp tegen de basilisk, geen stalen harnas, geen vechtkunst. Ze stierven allemaal.

De jaren gingen voorbij. De basilisk zat er intussen al meer dan een eeuw, en het aantal slachtoffers groeide en groeide nog.

Toen bood zich op zekere dag een jongeman aan, die nauwelijks de kinderschoenen was ontgroeid. Hij was lang en slank, blond haar golfde om zijn slapen. Het was een oprechte jongen, alle kwaad was hem vreemd. De onschuld straalde uit zijn blauwe ogen.

"Wil jíj de basilisk doden?" vroeg men hem verwonderd.

"Dat wil ik", antwoordde hij rustig, met een glimlach.

Maar nee, nee, dat wilde men helemaal niet! De basilisk vroeg al offers genoeg. Men wilde het offer niet van dit mooie, jonge leven.

"Nee, nee, je komt de kelder niet in! Je hebt bovendien niet eens een wapen!"

Hij wees op het houten bord dat voor zijn borst hing en lachte zijn beminnelijke lach, zacht en bescheiden.

"Bind mij deze blinddoek maar even voor de ogen", vroeg hij.

Men weigerde in te gaan op zijn verzoek.
Toen bond hij zelf de doek voor het gezicht.
Men riep, men waarschuwde. Men wilde hem tegenhouden. Maar hij antwoordde niet meer en liep met zo'n groot zelfvertrouwen naar de kelder, dat men opzij ging en hem doorliet.
Hij opende de deur en daalde de trap af. Zijn voeten gingen zoekend naar de treden, maar er was geen angst of aarzeling in zijn hart. Hij bereikte de vloer van de kelder. Daar hoorde hij het geratel van de schubben. Dat was de basilisk, die toeschoot. Een stinkende walm sloeg hem langs het gezicht. Hij stoorde zich daar echter niet aan. Zelfs onder de doek kneep hij nog stijf zijn ogen dicht. Toen deed hij enkele passen in de richting waar het geluid vandaan kwam.
Het ondier hief snuivend de kop op, een hels vuur brandde in zijn ogen. Hij keek naar de indringer... toen begon er een onweer in zijn keel te grommen. Trof zijn vuur geen doel...?
Nog een paar passen deed de jongen. Toen pakten zijn handen het bord voor zijn borst en keerde het om. De basilisk keek in een spiegel! Met een hevige grauw sprong hij terug.
Het was te laat. Het spiegelglas weerkaatste het vuur uit zijn ogen, de dodelijke vlam sloeg om zijn eigen hart heen. Hij deed, woest brullend, nog een wanhopige sprong. Toen zonk hij neer. De vlam vrat in zijn lijf en verteerde hem. Een hoopje as bleef liggen aan de voeten van zijn jonge bestrijder.
Utrecht kon herademen, Utrecht herleefde weer. De basilisk, het monster van de duivel, was overwonnen door goddelijke onschuld en menselijke slimheid.

De bultenaar van Buiksloot

Een vrouw in Buiksloot was betoverd; bekold noemen ze dat in Noord-Holland boven het IJ. Je hoefde haar niet eens te zien om te weten dat het goed mis was met haar, want je hoorde haar altijd en overal schreeuwen.
Soms zat ze lange tijd achter elkaar stil. Ze keek dan strak voor zich uit, met de handen als dode vogels in de smalle schoot. Dan stond ze plotseling op en begon zo te razen en te tieren, dat zelfs de stoere polderbewoners die nergens voor opzij gaan, het huis snel voorbij liepen.
Midden in de nacht werd ze soms wakker. Dan gleed ze haastig uit het bed en ze verstopte zich achter de keukendeur, in de schuur, of in de schaduw van de kast in de woonkamer. Als haar man dan laat thuiskwam van zijn werk en haar niet vond, ging hij haar zoeken, maar zij wilde niet gevonden worden. Zij was bang voor iedereen, zelfs voor hem, en als hij toevallig langs haar schuilplaats kwam en zij begreep dat ze elk moment ontdekt kon worden, viel zij hem aan.
Dan worstelden ze met elkaar tot de vrouw van het ene op het andere moment ophield. Willoos liet zij zich weer in bed tillen om in een urenlange slaap de kracht te herwinnen voor een nieuwe aanval.
Op een keer stond zij met een vlijmscherp scheermes in de hand over haar man gebogen; haar gemompel maakte hem nog net op tijd wakker. Met zijn handen klam van het zweet greep hij haar pols en draaide die om. Het mes viel geluidloos op de deken.
Dat kon zo niet blijven duren, vond haar echtgenoot, maar wie zou haar kunnen helpen? De dokter niet; die gaf haar alleen maar druppels om te slapen. De dominee niet; die kwam en sprak zo mooi dat iedereen ontroerd was behalve zijzelf. De

woorden gleden langs haar af, als regendruppels langs een oliejas.
Zelfs Sijmen Buis, de oude belezer, stond hier machteloos. "Daar kan ik niet meer tegen op", zei hij, "ik ben al veel te oud."
Sijmen raadde de man aan om in Amsterdam naar de waarzegster te gaan die in de Driehoekstraat woonde.
In Buiksloot had men het op fluistertoon over de waarzegster; in de Jordaan sprak men op vertrouwelijke toon over tante Cor die in lommerdbriefjes handelde, die gestolen goederen heelde en op zo'n manier verborg dat de politie ze nooit vond en die de toekomst kon voorspellen uit de kaarten.
De waarzegster herkende het kwaad en wist het te doorgronden, heel veel heksen en tovenaars hadden dat al moeten ervaren.
Zoals oude heksen zich kunnen voordoen als o zulke goede medelijdende vrouwtjes wie niets te veel is om anderen te helpen en die zo graag eens de zieken komen bezoeken, zo was tante Cor, hun tegenstandster, ook niet zo gemakkelijk thuis te brengen. Alleen haar ogen verraadden haar, haar kleine naaldscherpe pikzwarte ogen; daarom droeg ze ook altijd een bril.
In de kleine rommelige gezellige voorkamer in de Driehoekstraat, waar de potkachel rood stond te gloeien, zat de waarzegster in een gemakkelijke stoel voor de tafel. Binnen het bereik van haar hand lag een spel gladde vettig-glimmende speelkaarten. De man uit Buiksloot ging tegenover haar zitten.
"Vertel maar wat je op je hart hebt", zei tante Cor.
Hij begon zijn verhaal te vertellen en ondertussen legde tante Cor de kaart voor de betoverde vrouw, met vingers die vereelt waren door het vele strijken over de speelkaarten.

Dat is je huisje,
dat is je kruisje,
dat ontkom je niet,
dat ontgaat je niet,
dat acht je niet,
dat verwacht je niet,
dat komt zeker!

Terwijl de kaartlegster mompelde, vertelde haar bezoeker verder. Opeens zette tante Cor met een bijna plechtig gebaar haar bril af. Eén tel stokte de stem van de man, maar niet alleen zijn stem. Het geluid dat van buiten doordrong, het knetteren van het hout in de potkachel, het getik van de klok: alles scheen een moment uitgeschakeld te zijn. Tante Cor keek en zag, terwijl de tijd stilstond. Zij las met haar eigen ogen in de levens van mensen als in een uitgelegd spel kaarten.

Zij zag ook de bultenaar die de vrouw betoverd had. Kilometers van Amsterdam zag ze hem lopen over de weg die van Hoorn naar Enkhuizen leidt. De bultenaar schrok, want hij voelde dat hij werd bekeken en werd doorzien, maar hij wist niet hoe en door wie.

Toen zette de waarzegster haar bril weer op en zei: "Ik zie een zwarte man met iets zwarts op zijn rug, een buidel met koopwaar. De marskramer heeft het haar aangedaan. Waarom? Het geld ligt afgewend. Zij wilde niet van hem kopen. Wanneer is dit gebeurd? Het huis ligt gekeerd, het was dus schoonmaaktijd: het was dit najaar. Zij had niet om hem moeten lachen toen hij kwaad werd omdat ze niets van hem kopen wilde. Bultenaren vergeven zoiets niet gauw. Ik zie een lange reis. Ja, zij had bijna een lange reis gemaakt, een reis waarvan niemand ooit terugkomt. Maar nu zal ze gauw beter zijn."

"Wie is het? Kan ik hem ook zien?" vroeg de man nieuwsgierig.

"Ja ja, dat kan. Kijk!"

De kleine potkachel stond open en hij zag hoe de vlammen fel oplaaiden in de buik van het zwarte monster.

"Let op", zei de waarzegster. Ze gooide al prevelend een handvol poeder in het vuur, zodat het knetterde en knisperde en blauw en geel gespitste vlammen hoog oplaaiden.

"Nu zie je hem ook."

Ja, hij zag het! Onduidelijk als in een gebarsten spiegel waar het weer in zit, zag hij in de vlammen een bekend gezicht dat telkens dichterbij kwam en dan weer terug week, soms verhelderde en dan weer waziger werd in het spel van de vlammen. Het was de marskramer die hun dorp wel vaker bezocht. Zijn hand tastte naar het mes in zijn zak.

Tante Cor zag het en zei: "Geef hem maar een snee over zijn gezicht, dan kun je hem zeker herkennen. Hij heeft het wel verdiend."

De bezoeker boog zich naar voren en rats!... kliefde het mes door de vlammen. Was het een vonk of was het een bloeddruppel die nog even hangen bleef aan de punt van het mes?

Na enige tijd kwam de bultenaar met zijn zwarte buidel op de rug het dorp Buiksloot bezoeken. Men herkende hem aan een vurig litteken dat van zijn rechteroor tot aan zijn mond liep. Hij had zich die reis beter kunnen besparen. Alle deuren bleven potdicht gesloten voor hem.

Het paard van Leiden

Toen in de meimaand van het jaar 1574 Valdez de stad Leiden belegerde – voor de tweede keer – wierp de dreigende honger zijn schaduw vooruit. Iedereen maakte zich grote zorgen. De burgers hadden de raad van de Prins van Oranje om een voedselvoorraad in te slaan in de wind geslagen.
"Probeer het drie maanden vol te houden", zo schreef de stadhouder, "en dan kan ik u komen helpen."
In de stad stond een toren die ooit door Hengist was gebouwd, na zijn overwinningen op de Engelsen. Overdag beklommen de burgers deze toren, die uitzicht bood op weiden en akkers in de wijde omgeving. Maar de hulp die de Prins had beloofd, bleef uit.
De Prins lag op zijn ziekbed in Rotterdam, en zijn bezorgdheid om het lot van Leiden verhoogde zijn koorts. Dit liet hij echter niet via bode of duif weten aan de verdedigers van de stad. Hij was bang dat ze de moed zouden verliezen.
Twee maanden lang leefde de stad op een schamel beetje oud brood, en de derde maand liep iedereen stilletjes door de straten. Het spook van de honger waarde rond.
"Hoe kunnen wij vertrouwen hebben?" vroegen de burgers elkaar, "twee maanden lang aten wij een droge snee brood, en de derde maand hebben we niks dan ellende voor onze kiezen gekregen!"
"Op de toren van Hengist is niets anders te zien dan het blinken van de Spaanse wapens."
"Hoe zou de Prins ons ook kunnen helpen, hij heeft geen strijdmacht die tegen Valdez' leger op kan."
"Ons staat hetzelfde lot te wachten als Naarden en Haarlem."
"We zouden er beter aan doen ons over te geven! Heb je gehoord dat er brieven van Valdez zijn, waarin hij ons belooft..."

"Honger! Honger! Wij hebben honger! Onze kinderen hebben honger!"
"Honger! Honger!"
"Laten we de burgemeester vragen, om al het vee te slachten, koeien en paarden..."
Het idee werd met instemming begroet. Men legde het aan de burgemeester voor. Er was een probleem: wie zou zijn koe of paard moeten afstaan, en wie niet?
De burgemeester en de raad beslisten in een vergadering dat door het lot zou worden bepaald, wie zijn dier moest missen. Niemand in de stad verzette zich tegen dit besluit. De koeien werden een voor een geslacht. Degene op wie het lot viel bood het rund gelaten aan, en iedereen stilde er zijn honger mee, rijk en arm. Nadat alle koeien waren gestorven, was het de beurt aan de paarden, die vroeger de wagens hadden getrokken, de mensen hadden gedragen en de vrachten naar de wallen hadden gesleept. Men kon hen echter niet sparen, want wat had men aan deze vrienden in tijden van oorlog? Ze moesten sterven...
Een van de burgers uit Leiden, die één enkel paard bezat, piekerde dag en nacht over de kansen van het lot. Hij hield van zijn dier, zoals je van een goede vriend houdt, maar hij wist ook dat hij zich niet mocht verzetten. Elke dag ging hij naar het plein waar de loten werden getrokken – en morgen na morgen ging voorbij, zonder dat hij van zijn kameraad hoefde te scheiden.
Na de loting beklom hij steevast de wankele trappen van de toren van Hengist. Hij zag hoe het water steeg. De Staten van Holland wilden liever heel het land onder water zetten, dan dat zij Leiden zonder slag of stoot zouden prijsgeven aan de Spaanse vijand.
Het land stond nog anderhalve voet boven de golven, toen in de nacht van 10 op 11 september de Spanjaarden voor de Geuzen moesten wijken. Hier was het dat een Geus een Spanjaard het hart uit het lichaam scheurde, en het toen uitspuwde op de grond, roepend met uitslaande stem: "Het is me te bitter!" Elke man die hier vocht, was ervan doordrongen dat Alva dood en verderf over het land had gezaaid.
Men liet het water over het land lopen. De man stond op de toren en zag het water omhoog komen, tot het over de dijk sloeg. De Geuzenvloot naderde. De man zag het aan. "Daar is de Groene Weg", zo mompelde hij, "die is bezet met Valdez'

troepen en nooit zullen de Geuzen daar door heen kunnen breken!" Hij durfde niet te wachten om te zien wat er ging gebeuren. Met angst in zijn hart en vervuld van zorgen om zijn vriend, daalde hij de trap af. "Morgen zal het lot op mijn paard vallen!" zo vreesde hij.

Maar toen hij de volgende ochtend weer op de markt kwam, hoorde hij tot zijn opluchting een andere naam aflezen. Met zijn vuisten en ellebogen baande hij zich een weg door het mummelende volk, en hij snelde de trappen op. Hij hield zijn hand boven de ogen en speurde de omgeving af. Was de Groene Weg ook al doorgestoken? Ja, ja... nu zou de vloot het meer kunnen bereiken. Maar de wind blies de wateren van de zee terug, en waar net nog diepte was geweest, kwam de grond nu opnieuw boven de golven te voorschijn. Een man sprong van een schip naar beneden, en hij waadde nu eens tot zijn borst door het water, dan weer bereikte hij plotseling een plek, waar zelfs zijn klompen nauwelijks nat werden. Hij schreeuwde Boisot toe: "Wij moeten door het kanaal, als we het meer willen bereiken!"

De man op de toren van Hengist kon vanaf zijn post echter zien dat het kanaal door duizenden Spanjaarden werd bewaakt, terwijl de vloot in de modder vastgelopen was. De schepen werden geboeid door taaie banden van slijk. De wind woei uit het oosten, en het water bleef zakken. Het zou niet lang meer duren of de schepen zouden volledig op het droge terechtkomen.

Deze angst duurde zeven dagen, en zeven dagen achter elkaar ging de man naar het marktplein. Hij zette de nagels in de palmen van zijn hand om het niet uit te schreeuwen, wanneer zijn naam zou worden gezegd. Hij wilde zijn noodlot in stilte dragen. Zijn paard voelde zijn lijden en keek hem elke dag aan alsof het zeggen wilde: "Heb je verdriet, mijn vriend?"

Dan sloeg hij de armen om de hals van het dier, en snikte: "Ze willen je slachten, om Leiden te bewaren voor de Prins. Maar ik vraag me eerlijk af of het niet beter is dat Leiden verloren gaat en jij gespaard blijft."

Toen, de achttiende september, keerde de wind van oost naar noordwest, en een storm stak op. Het water sloeg het onbeschermde land binnen, steeg, steeg, het tilde de schepen op, en het was een wonder om te zien hoe ze plotseling varen konden! De Spanjaarden bij Zoetermeer en Benthuizen hoorden de golven klotsen tegen de dijk tussen de twee dorpen, dag en nacht, en ze meenden dat het woeste, uit elkaar spattende water alles zou vernietigen. De nacht was donker, en leek op een reusachtige smidse, met geheimzinnige vuren laaiend in de verte, en het enorme kabaal van mokerhamers.

Toen kwamen de vuren nader. Ze schenen te zweven over de watervlakte, zigzaggend, maar steeds dichterbij komend. De Spanjaarden werden bang. Ze vluchtten over de dijk. De Geuzen staken de beide dorpen in brand. Het vuur laaide aan alle kanten op. Voor de man op de toren was het echter een vreugdevuur, zoals met Pasen wordt ontstoken.

Tot aan Noorda kwam de vloot, en toen legde het water zich plotseling neer, want de wind draaide naar het oosten. De golven rolden weg, ze vluchtten, als muizen uit een geteisterde streek waar geen voedsel meer is.

De man op de toren van Hengist huilde om deze tegenslag. Zijn vriend zou nu vast en zeker moeten sterven. Er waren nog maar weinig paarden overgebleven, en hij voelde de strop om zijn keel iedere dag een beetje meer knellen.

"Als ze daar lang stil blijven liggen, dan kan het niet anders of het lot zal je treffen, mijn enige vriend, en dan ben je in korte tijd niets dan wat beenderen en bloed. Ze zullen het merg uit je zuigen en ze zullen niets van je ongegeten laten. Op die dag zal ik vasten, uit angst dat ik een druppel van je edele bloed binnenkrijg, als mij een bord met eten wordt aangereikt. Ik ben bang, vriend, zoals de lui daarginds op de schepen, die vrezen dat ze ons nooit zullen bereiken."

Dit vreesde ook de Prins van Oranje. Hij stond op van zijn ziekbed en kwam de mannen op de vloot persoonlijk toespreken. Zodra ze hem zagen, laaide de geestdrift in hen op, ze waren blij als kinderen die hun verloren gewaande vader zien. Hun moedeloosheid verdween als sneeuw voor de zon bij het zien en horen van de Prins.

Maar de man op de toren wist niks van de woorden die de Prins van Oranje had gesproken. Hij zag alleen hoe op een van de volgende dagen een grote hongerige menigte optrok naar de Sint Pancras, waar de burgemeester van de stad zich bevond. De man sloot zich aan bij de oproerlingen. Hij ging helemaal vooraan staan, denkend: "Misschien kan ik op deze manier mijn paard redden." Het instinct van zijn liefde zweepte hem op om mee te doen met de opstandige meute.

"Wat willen jullie, vrienden?" vroeg de burgemeester.
En de man kon alleen maar denken: "Dat mijn paard gered wordt. Zullen ze het met hamers of met messen doden?" Hij huiverde. Van der Werf ging voort: "Waarom muiten jullie? Willen jullie dat we ons woord breken en ons overgeven aan de Spanjaarden? Denken jullie soms dat jullie daar beter van worden? Ik zweer jullie, als wij in handen van de Spanjaarden vallen, treffen wij een lot nog vele malen zwaarder dan wij het nu te verduren hebben!"
"Misschien... misschien... maar dan bleef wel mijn paard behouden", mijmerde de man.
De burgemeester vervolgde: "Ik heb gezworen de stad te verdedigen. Ik kan slechts éénmaal sterven, hetzij door jullie handen, hetzij door de hand van God. Het is me om het even, wat er met mij gebeurt, zolang deze stad maar niets overkomt. Ik weet dat wij van de honger zullen sterven als Leiden niet ontzet wordt; maar ik verkies deze dood boven het oneervol einde, dat ons anders wacht. Ik vrees jullie bedreigingen niet: neem mijn leven; hier is mijn zwaard, stoot het in mijn hart, verdeel mijn vlees, en eet ervan. Ja hier is mijn lichaam, dat jullie honger kan stillen. Maar verwacht niet van mij dat ik deze stad zal overgeven in de handen van de vijand. Dat zal niet gebeuren, zolang ik leef."
De man hoorde deze woorden aan en was er diep door geroerd. Wat deed het ertoe, hoe zijn vriend zou lijden, en of hij om het leven kwam door een bijl of door een mokerslag? Het maakte niets uit. Al zouden de martelingen die hij moest ondergaan urenlang duren, het was een offer dat de moeite waard was. Het zou immers voedzaam vlees opleveren en smeuïg vet, dat in de pan zou sissen.
De achtentwintigste september vloog een blanke duif de stad binnen en in een kokertje droeg ze een brief.
"Houd goede moed, burgers van Leiden!" zo schreef Boisot, "de redding is nabij, nog een paar dagen!"
Maar de wind bleef uit het oosten waaien.
De man ging elke dag naar de markt. Hij berustte in zijn toestand, al leefde in zijn hart het allesoverheersende verlangen dat zijn naam niet zou worden genoemd. Maar als het dan toch moet gebeuren, zo dacht hij, dan zal ik mijn hoofd buigen. Hij klampte zich vast aan wat Boisot had geschreven: nog enkele dagen.

En de wind bleef uit het oosten waaien, de achtentwintigste, de negenentwintigste en de dertigste september. Elke dag ging de man naar de plaats waar lot en noodlot onverschillig werden opgelezen, opluchting en vrees voor de komende dag wisselden van plaats. Ook de eerste oktober behield de wind zijn richting. "Dit duurt een eeuwigheid", zuchtte de man gelaten, "nog maar een enkel paard is er over, en mijn trouwe makker zal nu onherroepelijk aan de beurt komen. Geld bieden om mijn vriend te sparen heeft geen zin... wat zou iemand met geld moeten doen in deze tijd? En trouwens... als een ander mijn lot zou willen overnemen... zou het dan geen misdaad zijn om een ander in mijn plaats te laten lijden?"
Maar ook de eerste oktober was het geluk met hem. In de nacht zweepte de storm weer uit het noordwesten op en enige uren later uit het zuidwesten. Al het water van de zee werd verzameld en zoals een vuur rent, vlammen die naar vlammen reiken, vonken die overspringen en zich een weg banen, zo volgden de miljoenen golven elkaar op, zoekend en tastend naar de bressen in de dijk. Boisot en zijn manschappen voeren voort, als op de wijde zee.
De man in Leiden voelde dat zijn bevrijding nabij was.
Hij stond 's morgens vroeg op om zich zoals gewoonlijk naar het marktplein te begeven. De storm bulderde en de regen geselde de straten. Hij merkte er niets van. De seconde brak aan dat er ook deze ochtend een naam moest vallen. Hij hoorde de klank van zijn eigen naam in zijn oor klinken, terwijl hij toch op verre afstand stond van de voorlezer.
Hij ging naar huis en nam het paard aan het leidsel. Hij handelde met de gelatenheid van degenen die geen enkele hoop meer hebben. Zijn ledematen voelden loodzwaar. Hij zou het dier niet hebben kunnen intomen als het gesteigerd had. Maar het volgde hem lijdzaam, omdat het zijn meester volledig vertrouwde. Soms hield hij stil, en dan voelde hij de wanhoop in zich opstijgen. Hij wilde het arme dier omhelzen en uitroepen: "Het is mijn schuld niet en toch smeek ik je om vergiffenis!" Hij hield van zijn paard. Alle vrouwen en enkele mannen weten, hoe het edele dier met een waarachtige minnaar kan worden vergeleken. Hij wankelde tot aan de slachtplaats, en daar gaf hij het paard over.
De wind woei uit het zuidwesten. De vloot voer in twee voet water. Bij Lammen zagen de burgers, die op de toren van Hen-

gist stonden, allerlei vonken, als snelle dwaallichtjes. De nacht was vol vreemde geluiden, ver en dicht bij, die voortduurden ook als de storm luwde. Ze konden de lichten en geluiden niet thuisbrengen. De wind kon het niet zijn. Het duister wilde niet plaatsmaken voor het daglicht. Men keek uit naar de man die steeds op de toren had gestaan. Zou hij misschien weten wat dit te betekenen had?

Pas toen het echter licht begon te worden, en de dag haar macht had herwonnen, zag men hem. Hij dwaalde door de straten als een zoeker, en hij prevelde woorden voor zich heen, die niemand verstond. Men lette niet meer op hem, toen men een bode zag rennen van het fort Lammen. Hij riep de burgers toe. De burgers riepen hem toe. Ze konden elkaar door de afstand niet verstaan. Bij de poort aangekomen, schreeuwde hij opnieuw en nu werden de bevrijdende woorden verstaan en doorgegeven.

"De Spanjaarden... weg... ze zijn weg." Niemand durfde op zijn woord te vertrouwen, behalve de man die zijn paard had verloren. Men geloofde dat Valdez in een hinderlaag bij het fort wachtte, maar de bode zwoer dat hij de waarheid vertelde. Toen liepen een paar burgers de stad uit, en ze kwamen een ogenblik later terug, wenkend met doeken om de anderen uit te nodigen met eigen ogen te zien wat er gebeurde.

Boisots schepen voeren de grachten van Leiden binnen. Zijn manschappen gooiden het kostbare brood naar de burgers die zich aan het voedsel verzadigden.

Die dag niet, en ook niet de volgende dagen, nee nooit meer werden de bezitters van paarden opgeroepen om hun dieren af te staan.

Er werd een schitterend feest gevierd. Slecht één man schuifelde door de straten met zijn handen voor zijn gezicht geslagen, en tussen zijn vingers door sijpelden de tranen.

Van een ridder die de ziel van zijn vrouw verkocht

Er was eens een ridder die zeer rijk en machtig was geweest, maar die door een ruig en onbezonnen leven zijn hele bezit had verkwanseld en diep in de schulden was geraakt. Toch kwam hij niet tot inkeer, en hij beterde zijn leven niet. Zo kwam de dag dichterbij waarop ieder jaar een groot feest werd gevierd. Dan kwamen alle ridders uit de omgeving met hun vrouwen en schildknapen samen. Ze spreidden veel pracht en praal ten toon en waren royaal in het uitdelen van rijke geschenken aan elkaar.
De ridder zou daar deze keer niet aan mee kunnen doen, zijn rijke gewaden en kostbare uitrustingen had hij al moeten verkopen, en hij had zelfs geen eigen paard meer. Hij bezat niets dat hij als geschenk uit zou kunnen delen. Hij schaamde zich diep, want nu zou iedereen te weten komen dat hij arm was. Hij ging dus niet naar het feest, maar zocht de eenzaamheid op. Hij was kwaad op zichzelf, omdat hij niet zuiniger was geweest en niet beter op zijn rijkdommen had gepast. Terwijl hij daar zo in zijn eentje liep, kwam de duivel hem tegemoet gereden.
"Waarom ben je zo droevig?" vroeg de duivel hem. "En moet je niet naar het feest?"
De ridder vertelde hoe het er met hem voor stond.
"Tja", zei de duivel met een vals lachje, "daar zit je lelijk in de problemen. Maar ik zou er misschien wel wat aan kunnen doen."
Nieuwe hoop deed de ogen van de ridder fonkelen.
"Wat aan kunnen doen?" vroeg hij indringend. "Wat dan, wat?"
"Tuttut", lachte de duivel, "niet zo haastig! Ik zou je misschien wel weer net zo rijk kunnen maken als je bent geweest en je misschien ook wel weer net zoveel plezier kunnen bezorgen als

je vroeger gehad hebt. Maar je weet best, ridder, met wie je te doen hebt, en ik waarschuw je: voor wat hoort wat!"
"Voor wat hoort wat", mompelde de ridder en hij keek de man op het paard tersluiks nog eens goed aan. Het was de man met de bokkenpoot. Daar had hij liever niet mee te doen, maar zijn begeerte naar het herstel van zijn vroegere welstand was hem te machtig.
"Wat wilt u dan van mij?" vroeg hij.
"Alleen je ziel maar", lachte de duivel weer. "Nu, dat is niet zo erg, want die ben je toch al haast kwijt!"
Er ging een schok door de ridder.
"Mijn ziel geef ik toch niet graag", zei hij.
De duivel keek hem strak aan.
"Dus je blijft liever in deze armoede leven?" vroeg hij. "Ja, dan moet je het zelf maar weten. Dan ga ik maar weer."
Hij deed net of hij weg wou rijden, maar plotseling hield hij zijn paard weer in. "Ik weet er misschien wat anders op", zei hij. "Beloof me de ziel van je vrouw en je krijgt alles van me wat ik heb gezegd. En ik hoef haar nog niet eens meteen te hebben. Vijftien jaar mag je er nog mee wachten. Dan kunnen jullie nog vijftien jaar samen van je rijkdommen genieten."
De ridder had er niet veel zin in. Maar zijn begeerte was sterker.
"Vooruit dan maar", zei hij tenslotte.
"Wat je gelijk hebt!" lachte de duivel. Toen schreven ze de afspraak op en de ridder ondertekende die met zijn bloed.
"Zo", zei de duivel, "ga nu maar naar huis, dan zul je daar een grote schat aan goud en zilver en kostbare stenen vinden. Daar heb je je hele leven genoeg aan. Maar denk erom dat je me over vijftien jaar je vrouw brengt. Hier, op deze zelfde plaats!"
De ridder beloofde het en snelde naar huis toe. Hij trof alles aan zoals de duivel het had gezegd: goud, zilver en edelstenen. Hij was weer een rijk man. Hij loste al zijn schulden af en hij bezat weldra weer al zijn land en zijn goederen. Hij huurde nieuwe knechts, nieuwe dienstboden kwamen het kasteel binnen en samen met zijn schildknapen ging hij weer regelmatig op jacht. Het lieve leventje van vroeger begon opnieuw.
Zo vlogen de vijftien jaren voorbij, en de dag kwam waarop hij zijn vrouw aan de duivel uitleveren moest. De avond tevoren zei hij tegen haar: "Vrouw, we moeten morgen samen op reis. Maak alles klaar voor een lange tocht. We vertrekken in alle vroegte."

Nu had de ridder een zeer fatsoenlijke en gelovige vrouw. Ze leefde er niet op los, zoals haar man. Ze leefde deugdzaam en diende God en de Maagd Maria trouw. Ze schrok toen de ridder met haar over die reis begon. Hij nam haar anders nooit op zijn reizen mee. Waarom dan nu ineens wel? Een angstig voorgevoel bekroop haar. Ze bad die avond lang en vurig tot Maria, dat deze haar beschermen zou op die vreemde tocht. Pas tegen middernacht zocht ze haar bed op.
Ze vertrokken de volgende morgen bij het aanbreken van de dag. Ze reden lang en ver. De ridder was zeer zwijgzaam. Er lag een vreemd licht in het bos. De bladeren ritselden onheilspellend. De vrouw had sterk het gevoel dat er iets verkeerds met haar gebeuren ging.
Midden in het bos, onder de sombere bomen stond een helderwit bidkappelletje op de weg. De vrouw hield haar paard in.
"Laat mij hier even afstijgen en bidden", verzocht ze de ridder.
Deze knikte, al was het tegen zijn zin, en hij hield zijn paard in. Hij keek haar na, ontevreden over deze onderbreking.
In de kapel viel de edelvrouwe voor het beeld van Maria op de knieën en gaf zich over aan gebed. "Wees gegroet Maria..." Evenals de vorige avond was haar bidden lang en vurig. Maar ze was moe. De nacht was zo kort geweest. Haar oogleden werden zwaar, en tenslotte viel ze in slaap. In haar slaap murmelden nog haar lippen: "Ave Maria..."
Haar lippen bewogen wel, maar haar ogen zagen niets. Ze zagen het wonder niet dat plaatsgreep: de lieve Moeder Gods kwam van haar plaats af. Haar lichaam en haar gewaad hadden de vorm en de kleur van die van de edelvrouwe aangenomen. Zo doorschreed ze de kleine ruimte en opende de deur...

Buiten wachtte de ridder. Zijn blik was donker en hij mopperde in zichzelf. Te lang bleef zijn vrouw daarbinnen. Hij wilde op tijd zijn, want hij hield de duivel liever te vriend. Het kon hem niet snel genoeg voorbij zijn. Eindelijk ging de deur van de kapel open en hij zag hoe zijn vrouw naar buiten kwam. Meteen sprong hij op zijn paard en gaf het de sporen.
"Nu maar vlug verder!" riep hij. Hij hoorde de hoefslag van beide paarden, maar hij wist niet wie achter hem reed, en hij wist niet dat zijn vrouw nog in de kapel lag te slapen.
Zo kwamen ze op de afgesproken plaats aan.
"Hier stijgen we af", zei de ridder. Ze hoefden maar even te

wachten. Er naderde een groot geruis door de bomen, net alsof er een stormwind door de kruinen joeg. Toen daalde de duivel krijsend neer. Vuur spatte zijn ogen uit.
"Valse ridder!" kreet hij. "Waarom heb je mij bedrogen?!"
"Bedrogen? Heb ik je bedrogen? Ik breng hier toch mijn vrouw."
De duivel bleef op een afstand. Hij wrong zich in allerlei bochten. Zijn gezicht was vreselijk om aan te zien.
"Jij, jij!" schreeuwde hij. "Jij jouw vrouw meebrengen? Denk je mij voor de gek te kunnen houden? Denk je dat ik niet weet wie je daar bij je hebt? Denk je dat ik niet weet dat je mij de vrouw brengt die mij altijd overwint, de vrouw waar ik niet tegenop kan? Valsaard! Beloftebreker! A-ah!"
Toen de ridder de woorden van de duivel hoorde, viel hij bijna flauw van angst.
Maria zei tegen de duivel: "Boze geest, waarom vervolgt u mijn dienares, waarom vervolgt u de vrouw die mij altijd trouw was? Ik beveel u: ga terug naar de plaats waar u thuis hoort, en raak haar die mij zo oprecht en trouw dient met geen vinger aan."
De duivel ging er met een hels kabaal vandoor. Er ging een siddering door het bos, en de hemel werd verduisterd. Maar in de duisternis straalde een heilige cirkel rondom Maria.
De ridder viel aan haar voeten en smeekte haar om genade. Maria keek ernstig op hem neer en sprak tegen hem over zijn ijdelheid en ongebonden leven.
"Vriend", zei ze, "keer terug op de goede weg. Je hebt nu lang genoeg gedwaald. Neem afstand van alle rijkdom en goederen die je door de macht van de duivel hebt verkregen. Beter je leven!"
Haar stem klonk als bovenaardse muziek, haar glimlach was van de hemel. Moeizaam stond de ridder op. Toen hij om zich heen keek, was Maria al verdwenen. Als in een droom besteeg hij zijn paard en reed de weg terug die hij gekomen was.
In de kapel trof hij zijn vrouw aan, nog steeds slapend. Zij lachte tegen hem, toen hij haar wekte.
"Ik heb zo'n mooie droom gehad", zei ze.
"Nu rijd ik met je, waarheen je maar wilt."
Ze keek blij en helder uit haar ogen.
"Vrouwe", zei hij, "we gaan naar huis."
En hij vertelde haar alles wat er gebeurd was. Hij opende zijn hart en verborg niets van zijn eigen grote schuld. Zij verheugde

zich over zijn berouw en samen loofden ze God en dankten ze Maria. Daarna reden ze naar huis.
Ze deden zoals Maria had gezegd. Al het geld en goed dat met de hulp van de duivel was verkregen, gaven ze weg. Voortaan dienden ze God en Maria samen, met een zuiver hart, levend in eerlijkheid en eenvoud. En ze waren gelukkig.

Twentse Huttenklaas

In najaarsnachten kan het flink te keer gaan in de Wienersteeg, waar vroeger de postkoets uit Amsterdam reed die over Delden naar Hamburg onderweg was. Wanneer de wind door de kruinen van de bomen zwiept, hoort men soms nog het klappen van de lange zwepen en de hoefslagen van de paarden, alsof dit geluid voor altijd is blijven hangen in de holle weg.
Wanneer de storm aanwakkert, klagen en zuchten de doden die hier wreed zijn afgemaakt en die geen rust kunnen vinden, omdat ze zo onverwacht en onvoorbereid zijn gestorven. Dat zijn de slachtoffers van de rover Huttenklaas. Vanuit de hei, achter de steeg, klinken soms hun stemmen op, die tot driemaal toe in doodsangst en grote nood: "O God! O God! O God!" roepen. Dan is het ogenblik gekomen waarop de schim van Huttenklaas nadert. Met gebogen hoofd sleept hij zich langzaam voort door de steeg, want lopen kan hij niet meer sinds de Oldenzalers al zijn leden, één voor één, op het rad gebroken hebben.

Als een vreeswekkende bedelaar die eist in plaats van te vragen, had Klaas Annink altijd gemakkelijk aan de kost kunnen komen, maar toen hij, ouder geworden, zich als keuterboer ging vestigen, zat alles hem tegen.
Alleen een geboren boer had het geduld om dit schrale heideland te ontginnen en Klaas had daar helemaal geen tijd voor of zin in. Als het niet goedschiks gaat, dan maar kwaadschiks, dacht hij en vanaf dat moment werd er niet meer gespit of geploegd op de Huttenplaats, de vervallen boerderij aan de Wienersteeg. Klaas trok er weer als vanouds op uit, maar nu niet om te bedelen, maar om te stelen.
Miste een boer een paar volle bijenkorven, dan kon hij er wel

zeker van zijn, dat een bakker uit Delden of Goor een paar dagen later honing gebruikte, die hij van Huttenklaas had gekocht, en zoals het met de honing ging, zo ging het met alles wat Klaas maar gebruiken kon.
Hij en zijn zoons Jannes en Gerrit, die uit hetzelfde hout waren gesneden, namen het hooi uit de wei, het wasgoed van de lijn, de kippen uit het hok en de ganzen van het erf en zelfs als men ze op heterdaad betrapte, durfde men ze niet aan te klagen, want niemand wilde graag zijn schaapskooi of zijn schuur in brand zien staan of zijn vee dood in de wei vinden.
Huttenklaas en zijn gezin joegen er heel wat geld doorheen, en daarom zocht de rover voortdurend naar middelen om het te pakken te krijgen zonder ervoor te hoeven werken.
Een schaapskoopman die hem naar de weg vroeg, antwoordde hem op zijn vraag of hij geld bij zich droeg: "Ja, vijf gulden!" "Dan ben je een moord waard", zei Huttenklaas met een harde lach, maar juist op dat moment kwam er een wagen aangereden en het bleef die keer bij woorden.
Twee slagers uit Delden, twee broers, Mozes en Levy de Leeuw geheten, gingen een keer op weg om in Hengevelde kalveren te kopen. Onderweg liepen ze even bij Huttenklaas aan om een pijp aan te steken. Toen Klaas hoorde dat ze kalveren wilden kopen en dus geld bij zich moesten hebben, zei hij: "Ik heb hard geld nodig om het hooi te kunnen betalen. Hij liep snel de deel op, zeker om zijn bijl te halen, maar de slagers wachtten niet tot hij terug was en ze namen meteen de benen.
Pompen-Herman, een neef van Klaas' vrouw, kwam er niet zo goed van af. 't Was een brave kerel die wel wist van de vele diefstallen die Klaas en zijn zoons begingen. Hij kwam dikwijls langs om een praatje te maken en om te proberen ze op het goede pad te brengen. Dat was natuurlijk vergeefse moeite. Op de duur ging Klaas in hem een gevaarlijke getuige zien die uit de weg moest worden geruimd, en op een avond, toen hij rustig bij de haard zijn pijpje zat te roken, werd hij onverwachts door Klaas beetgepakt en stevig vastgehouden, waarna de oudste zoon Jannes hem met een bijl de hersens insloeg.

De kleine boerderij van Klaas Annink lag eenzaam aan de weg en het gebeurde daarom vaak dat marskramers uit Westfalen er in de avond langs kwamen en vroegen of ze in de schuur mochten slapen, omdat Delden nog zo ver was.

Vroeger had Klaas ze met een grauw en een snauw weggejaagd, maar nu riep hij ze binnen, gaf ze brood en koffie, en informeerde hoe het met de zaken stond. Wie veel geld bij zich had, kwam nooit in Delden aan, maar hij bleef voor eeuwig in het heideland rusten, nadat Klaas hem in zijn slaap de strot had afgesneden.
Alleen zijn laatste slachtoffer, die Klaas de kop zou kosten, is met naam en toenaam bekend. Willem Stint heette hij en hij ventte met kousen in helblauwe, groene en paarse kleuren, die de rijke boeren altijd op zondag droegen. Na een gastvrij onthaal was voor Willem de kleine kamer naast de keuken, die zo smal als een pijpenla was, in orde gemaakt, maar hij kon de slaap niet vatten. Op de grens van dromen en waken hoorde hij Klaas en zijn vrouw in het keukentje overleggen wanneer en hoe men hem zou ombrengen. Opgesloten in het kleine vertrek, als in een kooi, moest hij de dood afwachten. Het raampjes was veel te klein om door te ontsnappen en de deur was aan de buitenkant gegrendeld. Lang stond hij daar, ongewapend en weerloos met zijn rug tegen het harde hout van de bedstede, in angstige afwachting dat Klaas de deur zou openen.
Eindelijk gebeurde het. Langzaam kierde de deur, en ging voorzichtig, o zo voorzichtig open. Met het mes in de hand sloop Klaas naar het bed, maar Willem was voorbereid. Met een kreet als een dier in nood stortte de marskramer zich op de oude rover, zodat het mes uit de hand van de moordenaar viel. Zij worstelden in het donker, maar dat duurde niet lang, want vrouw Aarne kwam en hield de kleine flikkerende olielamp boven hun hoofden, om haar zoon bij te lichten. Jannes, de oudste had een bijl in de hand en stond klaar om toe te slaan, maar hij kon in die kleine ruimte zijn zwaai niet goed nemen en pas toen men met vereende krachten de hevig tegenspartelende marskramer naar de keuken had gesleept, ging het moordenaarswerk hem beter af. Met één flinke houw werd de schedel van Willem Stint gespleten. In diezelfde nacht nog werd hij, nadat men zijn geld had geteld, niet ver van de anderen in de heidegrond begraven.

De oude Stint was een koppige Westfaler en toen zijn zoon op de dag voor Kerstmis nog niet thuisgekomen was, begreep hij dat er wat gebeurd moest zijn. Hij nam een stok van de muur en ging op weg om zijn zoon te zoeken. Hij sprak de mensen

aan die hij in de dorpen ontmoette, en vroeg in de herbergen en aan de deuren van afgelegen boerderijen of men zijn zoon Willem soms ook had gezien, die elk jaar in deze streek zijn kousen kwam verkopen.
Menigeen herinnerde zich dat hij Willem dat najaar nog had gezien en zo liep de oude Stint verder, in de voetsporen van zijn zoon, van dorp tot dorp, tot hij op de laatste weg kwam die zijn zoon was gegaan.
Op een zondagmorgen kwam hij in Delden aan toen de kerk juist uitging en hij zag de boeren in groepen over het plein naar de herbergen gaan. Juist stond hij op het punt om hen te volgen, en zijn vragen te stellen, zag hij een grote sterke kerel de kerkdeur uit komen die heel bijzondere kousen droeg. De ouwe heer herkende ze op het eerste gezicht, want het was zijn bloedeigen handwerk, de kousen waarvan hij er maar één paar had geweven, het paar dat zijn zoon elke zondag had gedragen. Ook herkende hij de typische broek van de kousenkoopman met gebreide zakken die onmiskenbaar van Willem was geweest.
"Wie is die man?" vroeg hij met bonzend hart aan een oude boer, die op zijn stok geleund bij hem in de buurt stond.
"Dat is Huttenklaas van de Wienersteeg."
Diezelfde middag ging de oude Stint naar het huis van de rechter. "Ik wil een aanklacht indienen tegen Huttenklaas, rechter", zei hij.
De rechter aarzelde: "Eén getuige is geen getuige", zei hij. "Wanneer Huttenklaas je heeft bedreigd en je geld afhandig heeft gemaakt, zullen zijn vrouw en zijn zoons zweren, dat hij op dat uur op een heel andere plaats was, en niemand zal naar voren komen om je te helpen. Huttenklaas is de schrik van de buurt en men is banger voor hem en zijn zoons dan voor mij en mijn bosjagers."
"Huttenklaas heeft mijn zoon gedood en hij draagt zijn kleren. Hij zal boeten. Mijn dode zoon zal mijn getuige zijn, als ik de moordenaar aanklaag", zei de oude Stint.
"Als je het zo ziet, dan zal ik hem zondag, als de kerk uitgaat, gevangen nemen", beloofde de rechter en hij zette die dag vier sterke, met geweren gewapende bosjagers bij de kerkdeuren die Huttenklaas en zijn oudste zoons in de kladden grepen. Zij verzetten zich niet, want ze voelden zich zeker van hun zaak. Een paar uur later werden ook de vrouw en de jongste zoon, die

thuis waren gebleven, in de kraag gevat en de vier gevangenen werden allemaal apart opgesloten, om ervoor te zorgen dat ze onderling geen afspraken zouden kunnen maken.
Van bekennen was echter geen sprake en pas toen men Gerrit, de jongste zoon, met de pijnbank in Oldenzaal had gedreigd, kwam het hoge woord eruit: "Jannes hef den kremer met de bile [bijl] dood 'ehouwen, want hé lag op de vaer en de moor [moeder] heul de lampe en hef ók het geld dat d'n kremer in 'n tuk [zak] in de spinde elegt."
Daarna was het snel bekeken met Huttenklaas en de zijnen, want ze werden naar Oldenzaal gebracht, waar men Klaas met ijzeren banden vastklonk aan de leuningen en aan de poten van een houten stoel die nog in de Oudheidkamer te zien is, en na een kort rechtsgeding werd het vonnis over hem uitgesproken.
Klaas en zijn zoon Jannes werden veroordeeld om levend te worden geradbraakt, Aarne zou met een koord worden gewurgd, en Gerrit de jongste, tegen wie men niets bewijzen kon, werd als scheepsjongen naar zee gestuurd, een probaat middel om jonge mannen kwijt te raken van wie men niets goeds te verwachten had.
Toen Huttenklaas en zijn vrouw de gevangenis verlieten om op de markt te Oldenzaal te worden terechtgesteld, stond het er zwart van de mensen, die zich dit schouwspel niet wilden laten ontgaan. Als ijdele vrouw schikte Aarne, bij het zien van deze menigte, haar halsdoek recht, en ze zei tegen haar man: "Kiek 'ees Kloas, wat wij 'n volk op de bruulfte hebt."
Een uur later, toen de beul en zijn helper met ijzeren staven de ledematen van Klaas braken en hij het uitgilde van de pijn, zei Aarne met ijzige kalmte: "Och onze Kloas is ait [altijd] weekzeerig 'ewest!"
Nog lange tijd heeft men hun lichamen, vastgespijkerd op een rad en in ketenen geklonken, voor het oog van iedereen laten hangen op de Galgebult, om andere rovers af te schrikken. Op het laatst heeft men ze onder de galg begraven.
Het was in het jaar 1775 dat Huttenklaas en zijn vrouw en zoon waren terechtgesteld, en twintig jaar later werd de zware eikenhouten galg met alle andere toestellen die op de bult te vinden waren, omgehakt door de Franse soldaten en op het haardvuur van de boerderij "De Nieuwenboer" in brand gestoken. Het vuur laaide fel op.
Er was een andere tijd aangebroken.

De wraak van Wilde Prot

De zoon van Anton Günther Prot en Hibernia Scholes was een wilde knaap, dol op avontuur. Hij zwierf rond in de omgeving, als een jonge raaf voortgedreven door de wind. Hij diende bij vele hoven, waar men hem maar kon gebruiken, en hij legde veel eer in met zijn dappere daden. Maar in het jaar 1665 werd hij kapitein van de Staten van Groningen en Ommelanden. Het leek erop dat hij zijn wilde haren had verloren en dat hij zich had laten opsluiten in de nauwe kooi van plichten en verantwoordelijkheden.

En ja... zie hem lachen, zie hem buigen, zie hem eens smachten, en dat alles om een vrouw die de naam van Albertina Lucretia droeg. Hij reed er 's morgens vroeg al op uit om haar te ontmoeten, zonder op de weg te letten, en als hij haar had gezien, was hij door het dolle heen, en hij bleef uren achter elkaar in deze jubelende stemming.

Op het laatst kon hij zijn ongeduld niet langer bedwingen, en hij waagde de gok. Het was erop of eronder. Hij verklaarde haar zijn liefde direct en zonder omwegen, niet in krullerige zinnen, maar zij luisterde naar hem, want Berend Johan Prot was een man op wie menige vrouw een oogje had. Tot zijn verbazing hoorde hij haar zeggen: "Ik heb ook altijd veel van jou gehouden."

"Had ik dat maar eerder geweten!" Wilde Prot zag er ontdaan uit, en zij lachte om zijn bleek gezicht.

"Wacht maar... als we getrouwd zijn... dan zul je je snel beter voelen!"

Wilde Prot sloeg zijn hand tegen de borst.

"Hoe lang moet ik nog wachten?"

"Tot het voorjaar."

"Nee, deze winter al wil ik... wil ik..."

"Je hebt nu al praatjes", antwoordde ze plagerig. "Die krijgslieden krijgen wel lef, als ze even windje mee hebben, geloof ik!" Hij voelde dat ze hem oprecht liefhad, en in de winter van 1668 trouwden ze. In de tijd die volgde, spotten vriend en vijand dikwijls met het huiselijk geluk dat hem ten deel was gevallen.
"Wilde Prot? Een huismus is hij geworden, hij eet uit een vrouwenhand."
Zo dreigde Wilde Prot zijn roemrijke naam van stoere krijgsman te verliezen. Degenen die hem uit vroeger jaren kenden, vroegen zich verwonderd af hoe een mens zo veranderen kon.
Toen keerden de kansen van het lot. Wilde Prot en zijn vrouw kregen een dochtertje, dat tot hun grote verdriet op jonge leeftijd stierf. Het maakte Wilde Prot bitter. En er kwam onrust in het land. De bisschop van Munster, Bernard van Galen, viel de rustige gewesten binnen, en hij pikte de machtige steden in zoals een boer de rijpe vruchten van de boom plukt: Lochem, Groenlo en Deventer, Zwolle, Kampen en Hasselt en zelfs het sterke Steenwijk vielen. Wilde Prot werd benaderd en men benoemde hem tot bevelhebber van de vesting Bourtange. Zijn vrouw wilde bij hem blijven, maar hij zei tegen haar: "Je moet gaan, ik heb al een goed onderdak voor je gevonden."
"Waar wil je dan, dat ik heenga?" vroeg ze verschrikt. Haar lippen waren wit, en haar gezicht was vaal van kleur, alsof ze elk moment kon flauwvallen. Hij keek haar aan met een vervaarlijke blik in zijn ogen. "Wil je soms niet doen wat ik je zeg?"
Ze viel voor hem op haar knieën. "Prot, Wilde Prot, laat me bij je blijven. Jij bent alles wat ik heb, nu ons kindje gestorven is. Als je me liefhebt, laat me dan niet bij vreemden achter!" Ze kreunde als een gewond dier bij de herinnering aan haar kleine meisje, dat had gelachen tot de dood de laatste glimlach van haar lippen had gevaagd. Ze schreeuwde haar verdriet uit. Hij klemde haar polsen vast.
"Albertina", zei hij, "zo maak je ons allebei ongelukkig. Dat kan niet. Je zult me nu niet tegenspreken. Ik heb alles al voor je in orde gemaakt. Tammen zal goed voor je zorgen."
Ze huiverde.
"Ik ben daar even veilig als hier!" Hij liep vloekend heen en weer. En uiteindelijk berustte ze in haar lot en boog ze voor zijn wil.

"Laten we dan afscheid nemen van elkaar, Wilde Prot, want we zullen elkaar niet terug zien!" Hij lachte.
"Wij elkaar niet terug zien? Over enkele maanden zijn de Munstersen verdwenen... en dan kom ik je halen aan de Pelsterstraat... dan rijden we samen in een koets naar IJlst... naar het graf van ons kleine meisje..."
"Ja", zei ze verdrietig, "samen... bij het graf..."
Ze reed onder begeleiding naar de stad Groningen, en Tammen begroette haar in zijn woning. Toen rukte de bisschop op naar de vesting van Rabenhaupt, en de Munsterse veldheer Martel belegerde de Bourtangerschans. De laatste schoot echter niet met kogels, maar stuurde in plaats daarvan een bode naar Wilde Prot.
"Geef je over, en ik geef je tweehonderdduizend gulden voor je vesting." Prot lachte.
"Dan kent Martel Wilde Prot nog niet! Wat moet ik met geld als ik mijn eer heb verloren?"
"Allebei verliezen kan ook", schamperde de bode. En hij vervolgde: "Ik zie hier kapiteins op de wal staan. Zij krijgen ieder vijftigduizend gulden, als zij de schans overgeven aan de bisschop van Munster."
De kapiteins stelden zich echter als één man achter hun bevelhebber Wilde Prot op, en trots stilzwijgen was hun enige antwoord op het voorstel van de bode.
"Zeg tegen Martel dat hij de schans met loden en niet met zilveren kogels zal moeten innemen", schreeuwde Wilde Prot.
Zo legerden zich de Munstersen voor Bourtange, als een kat voor een muizenhol, klaar voor de dodelijke sprong. Wilde Prot vreesde echter niet voor zijn leven, en hij wist dat zijn vrouw in Groningen veilig was. Het duurde niet lang of Martels soldaten vielen aan. Ze werden met loden kogels begroet, en ze gaven Bourtange op.
Het bericht dat de schans behouden was, werd in de Nederlanden met groot gejuich ontvangen. Maar zodra de Munstersen gevlucht waren, rende een bode van Rabenhaupt Bourtange binnen en hij vroeg de bevelhebber te spreken. Wilde Prot ontving hem.
"Wilde Prot, de luitenant-generaal en gouverneur Rabenhaupt, baron de Sucha, Erfheer in Lichtenberg, en Fremisnich..."
"Spaar mij zijn titels, man", schreeuwde Wilde Prot. "Wat draagt hij mij op, kom ermee voor de dag!"

"Hij draagt u niets op, hij wil u zeggen dat uw vrouw..." De bode stokte.
"Mijn God man, zeg wat je te zeggen hebt!"
"Zij is dood, Wilde Prot. Een Munsterse kogel..."
Wilde Prot vloog op, als een woest beest dat wordt aangevallen; zijn vingers kromden zich tot klauwen.
"Je liegt", schreeuwde hij. De bode haalde de schouders op.
"Het is een hoog huis van de secretaris Tammen, de Munstersen schoten er op omdat ze het al vanuit de verte zagen liggen. Uw vrouw zat in een kamer onder de zolder, en de kogel drong het dak binnen."
"Heb ik haar daarom naar Groningen laten gaan?" jammerde Wilde Prot.
De bode zei: "Men heeft haar al begraven."
"Begraven!... zonder mij – en we zouden samen naar IJlst zijn gereden!"
Verslagen ging Wilde Prot naar de kamer waar hij sliep, en hij zette zich bij het bed neer, zijn handen tot vuisten gebald. Hij probeerde vat te krijgen op de tollende gedachten in zijn hoofd. Hij overlegde hardop met zichzelf. "Het is gedaan met mijn geluk en met mijn leven. Het was een Munsterse kogel, die haar gedood heeft? Dan zullen ze leren wie Wilde Prot is."
Onmiddellijk liet hij zijn paard zadelen, en hij reed een poosje tot hij in de verte de Munstersen ontdekte. Hij keerde zijn paard en reed terug.
"Wie voelt er voor een avontuur?" vroeg hij zijn mannen.
"Waar gaan we heen? Zeg maar waar we heen gaan."
"Naar Jipsinghuizen. Daar liggen de Munstersen, en de schildwacht staat op de Spinberg!"
"Hoe overrompelen we die?"
"Daar zorg ik wel voor!" Ze gingen samen op weg, en hielden halt toen ze de Spinberg waren genaderd. Daar verkleedde Wilde Prot zich. Hij werd een eenvoudige boerenjongen, zoals er zoveel in de streek wonen. Hij kwam achteloos op de schildknaap toelopen, dwars over de heide, van de kant van Wollinghuizen vandaan. De schildwacht vond het niet eens de moeite waard naar hem om te zien. Het was een knaap als alle andere. Met moeite hield Wilde Prot zich in. Daar stond een Munsteraar voor hem. Wie weet was het wel zijn schuld dat het huis in de Pelsterstraat...? Wilde Prot moest zich op de lippen bijten, en hij bedwong zijn tong die wilde vloeken. Hij kwam tot aan

de post en zonder dat zijn vingers beefden, haalde hij zijn tabaksdoos voor de dag, en hij stak zijn pijp aan. Glimlachend bekeek hij daarna de schildwacht.
"Allang op post?"
"Ja, ja..." bromde de schildwacht.
"Een vervelend baantje?"
"Kun je wel zeggen!"
"Word je niet gauw afgelost?"
"Nee nee, de anderen rusten uit. Ik sta hier voorlopig nog wel."
Wilde Prot tuurde schijnbaar ontspannen de rookwolkjes na, die zachtjes uit zijn pijp omhoog kringelden.
"Slapen ze dan op klaarlichte dag?"
"Ja, wat dacht je... al dat marcheren! Marcheren maakt moe."
"Kameraad, ik ben blij dat ik geen soldaat ben."
"Daar kun je best blij om zijn! Het is niks dan marcheren, marcheren... slechte soldij... en slecht eten..."
"En geen tabak roken zeker?"
De schildwacht grijnsde, en hij keek jaloers naar de boerenjongen die zo gezellig uit zijn pijp stond te puffen.
"Roken... da's precies 't liefste wat ik doe..." verklaarde hij.
"Wil je eens opsteken? Ik heb een beetje tabak!"
"Jawel, maar..." Hij keek om zich heen.
"Hoever liggen de anderen hier vandaan?"
"Ze liggen hier vlakbij, maar... och ze zullen me nu vast niet betrappen!" De schildwacht kon geen weerstand bieden aan de verleiding en haalde zijn pijp te voorschijn. De boerenjongen gaf hem tabak.
"Vuur?" vroeg hij beleefd. De schildwacht bukte zich. Toen nam Wilde Prot het scherpe mes, dat hij in zijn laars bij zich had gedragen, en snel sneed hij de Munsteraar de keel af. Het lichaam kronkelde nog even, als een aal waar het mes in wordt gezet. Het bloed vloeide over de heide.
De boerenjongen holde vervolgens naar zijn makkers terug die tot de tanden gewapend klaar stonden. En ze reden over de ongebaande vlakte naar Jipsinghuizen, waar Van Galens mannen lagen te ronken. Ze hadden niets gehoord, en ze waren met een gerust hart gaan slapen: op de Spinberg stond immers de schildwacht?
Wilde Prot en de zijnen vielen aan, en bij de Munstersen gingen droom en dood in elkaar over, ze werden in hun slaap afgeslacht. Bij de brug over de Ruiten spitte men de aarde om, en

men gooide ze haastig in één graf. Die plek heet nog altijd het Bisschopskerkhof.
Maar nadat de Munstersen van Groningen waren geweken, ging Wilde Prot eenzaam naar Groningen, waar zijn vrouw te rusten lag in de koude grond. Stil en verslagen stond hij aan haar graf, zijn sterke armen hingen slap langs zijn zij. Hij dacht aan hun afscheid en huilde: "Wat is mij overgebleven?"

De Kijk in 't Jatstraat in Groningen

Toen in het jaar 1672 Bernard van Galen, de bisschop van Munster, de stad Groningen belegerde, waren de Staten van Stad en Land voorbereid. Zij hadden gelukkig tijdig voor een doorgewinterde veldheer gezorgd. Tegen een vergoeding van vierduizend rijksdaalders verdedigde Karel Rabenhaupt, Baron de Sucha, Erfheer in Lichtenberg en Fremisnich, Heer tot Grimbach, de roemrijke vesting.

Rabenhaupt was op zijn taak berekend, maar hij maakte zich zorgen over de voedselvoorziening. Het eten werd aangevoerd over het Reitdiep, en hij was bang dat deze toegangsweg over water geblokkeerd zou worden. Hij benoemde daarom een man op een post bij het Reitdiep, die erop moest toezien of de doorvaart ongehinderd verliep.

Niemand kent nu nog de naam van deze wachter, maar zijn gezicht kun je nog steeds bekijken: het staat afgebeeld op een steen midden in de stad Groningen. De man heeft een volle, krullende baard, en een vel dat bruin van kleur is. Hij heeft opvallend grote ogen die loensen. Misschien kwam dit wel van het voortdurend turen over het Reitdiep, dat ook wel het Jat werd genoemd.

De man zat iedere dag trouw op zijn eenzame wachtpost. Elke morgen reed Karel Rabenhaupt, Baron de Sucha, hem voorbij om te controleren of alles in orde was. De man kon vanuit zijn hoogte het Reitdiep overzien. Hij nam waar dat de schepen, die de leeftocht voor de benarde vesting vervoerden, ongehinderd konden doorvaren. Daarom riep hij elke morgen weer blij:

"Ik kiek nog in 't Jat."

"Mooi!", riep Rabenhaupt, "van die kant dus geen gevaar!"

Maar na verloop van tijd vond de man met de krullende baard, die een man van weinig woorden was, dat de zin ook korter

kon. Daarom riep hij voortaan, als hij de luitenant-generaal zag naderen: “Ik kiek nog in ’t.”
En Rabenhaupt reed dan verder, om de andere posten te inspecteren, tot er de achtentwintigste augustus niks meer te inspecteren viel, omdat de vijand er vandoor was gegaan.
De Groningse raad vergaderde en men besloot dat voortaan de straat die uitkeek op het Reitdiep de Kijk in ’t Jatstraat zou heten. Aan het einde van die straat liet men een steen plaatsen met een afbeelding van de kop van de man. Hij stond er niet al te scheel en met een keurig verzorgde baard op. Onder zijn kop beitelde men in de steen: “Ik kiek nog in ’t.”
De Groningers weten niet precies hoe ze de naam moeten uitspreken. Ze hebben het over de Kiekintjatstraat, en niet over de Kijk in ’t Jatstraat. En aangezien er ook een Nieuwe Kijk in ’t Jatstraat is bijgekomen, zijn er nu een Nieuwe Kijk in ’t Jatstraat en een Oude Kijk in ’t Jatstraat, en weten ze het helemaal niet meer. Ze kunnen het bijna niet in een adem uitbrengen, zo’n mondvol is het. En dat danken ze aan de wachter die een man van weinig woorden was!

De Schreierstoren van Amsterdam

Dit verhaal speelt zich af in de tijd dat de hertog van Alva in Brussel is gearriveerd. Hij behandelde het volk als een wilde hond die getemd moet worden. Het volk der Nederlanden was echter geduldig, en het verzette zich lijdzaam. Het wachtte op het juiste moment om zich op de wrede overheerser te wreken, maar intussen groeide de haat. Het was de tijd dat de opstandige Geuzen de zee onveilig maakten.

De Geuzen vormden een ruw gezelschap. Ze waren in hun strijd tegen de hertog alles kwijtgeraakt: vrouw, kinderen, bezit en vertrouwen. Ze hadden niks meer te verliezen in het leven. Ze wisten wie de zweep had gehanteerd die hen had gegeseld. Hun haat beheerste hen zo, dat ze geen onderscheid meer maakten tussen vriend en vijand. Zoals een leerling de kunst afkijkt van zijn meester, en even goed wordt in zijn vak, zo hadden zij zich vuile streken eigengemaakt, en staken ze de volgelingen van de hertog naar de kroon als het om wreedheid ging.

In die tijd was er in Amsterdam een schip uitgevaren, dat niet meer terug zou komen van haar reis. Iedereen ging ervan uit dat het in handen van de Geuzen was gevallen.

Bij vertrek had de vrouw van een van de scheepslieden haar man weggebracht naar de haven. Ze zwaaide hem uit, en riep hem na: "Tot ziens!" Hij zwaaide terug. Zo hadden ze afscheid genomen en het was de laatste keer geweest dat ze elkaar hadden gezien.

De dag daarop ging de vrouw opnieuw naar de haven, en ze tuurde over het water in de verte. Het havenvolk liep langs haar heen, en allerlei grove kerels leverden spottend commentaar op haar. Zij antwoordde niet, maar negeerde de vernederende opmerkingen die haar ten deel vielen.

Iedere dag keerde de jonge vrouw terug naar de plek waar ze

afscheid had genomen van haar man, en op een gegeven moment werd iedereen het spotten moe en lieten ze haar links liggen. Op een dag zag een oude man haar zitten tegen de kademuur met het hoofd in haar handen, starend over het water. Hij bleef staan en vroeg haar: "Wat zoek je toch in de verte, vrouw?!"

Ze antwoordde met doffe stem: "Ik zoek niet, ik weet!"

De oude zei met een stem waarin verwondering klonk: "Er zijn er zo weinig die weten, en jij wilt beweren dat je een van hen bent?"

"Toen mijn man uitvoer, wist ik dat ik hem nooit meer zou terugzien."

"Waarom wacht je dan nog?"

"Ik kan mijn hoop niet laten varen."

De oude man schudde berustend het hoofd. "Versta je dat onder weten?" En hij vervolgde zijn weg.

Zij riep hem hartstochtelijk na: "Toch weet ik – toch weet ik" en ze verborg haar hoofd in haar handen.

Hij hoorde haar al niet meer. Deze dag was voor haar aan de vorige gelijk. Pas toen de schemering inviel, stond zij zuchtend op. Een man passeerde haar rakelings, en hoonde: "En, is hij vandaag gekomen?"

Ze hoorde de spot in zijn stem, maar ze antwoordde hem zonder boosheid: "Hij is vandaag niet gekomen."

Dikwijls was er een zwerm straatjongens bij haar te vinden. Ze waren nieuwsgierig, omdat deze vrouw anders was dan iedereen die ze kenden. Ze probeerden te begrijpen waarom ze haar plaats nooit verliet. Telkens als ze in hun fantasie de plek opriepen waar de schepen het ruime sop kiezen, zagen ze ook het beeld voor zich van de vreemde vrouw, doelloos turend in de verte. Soms overwon er eentje zijn angst voor haar geheimzinnig wezen en vroeg: "Wat zoek je hier toch?" Dan keek ze de jongen aan met dezelfde blik als waarmee ze de oude man had aangezien. Zij zag geen verschil meer tussen mensen. Ze gaf de jongen hetzelfde antwoord als ze de oude had gegeven.

"Ik zoek niet, ik weet!"

Toen kwam de dag dat iedereen in Amsterdam met zekerheid wist: "Het schip waarop de man van deze vrouw voer, is in handen gevallen van de wrede Geuzen." Men wist wat dat betekende. De Geuzen spaarden niemand die in hun macht viel. Ze waren vervuld van haat.

Voortaan ging men de vrouw met een vreemde eerbied voorbij, zoals men langs een mens gaat, van wie men weet dat hij spoedig moet sterven. Merkte zij dat men anders tegen haar deed en dat men haar groette, in plaats van bespotte? Zij die in zichzelf opgesloten zitten, ze leven in het huis van hun geest zoals blinden, even eenzaam. Ze heeft het vast niet geweten.
Toen dook opnieuw de oude man op met wie ze in vroeger dagen had gesproken. Hij beschouwde zichzelf als haar enige vriend. Want ook hij wist, al had hij de hoop opgegeven, en hij wilde haar troosten zoveel hij kon. "Ken je me nog?"
Ze hief het hoofd niet naar hem op.
"Nee, ik ken u niet. Ik ken alleen mijn man, die van mij is weggevaren."
"Weet je dan niet meer, dat je me ooit gesproken hebt... in het begin dat je hier zat?"
"Ik herinner het me niet."
"Weet je nog steeds?"
"Ja", antwoordde ze eenvoudig.
Toen vroeg hij voorzichtig: "En als hij nu niet terugkomt?"
Ze zei met een hoge stem: "Dat weet ik toch wel?!" Hij zweeg, dacht na zoals oude mensen doen die weten hoeveel loze woorden er worden gesproken. Zij lette al niet meer op hem, haar blik richtte zich weer naar haar vaste plek aan de einder.
"Hoelang denk je hier te blijven?" vroeg hij na een tijd.
Ze schudde het hoofd. "Tot ik sterf en bij hem zal zijn."
"Ben je niet nog erg jong, waarom leef je het leven niet?"
Ze leek hem niet te horen. Hij wist echter dat zijn woorden zich in haar geest zouden vasthaken, en dat zij ze zolang ze leefde niet meer uit haar hoofd zou kunnen verjagen. Hij glimlachte.
"Jonge mensen gaan dromend en zwaarmoedig over een veld, maar als ze in de verte muziek horen, gaan ze die vrolijke klanken achterna. Zo kan het misschien ook met jou zijn."
Hij wachtte, tot ze zijn woorden had verwerkt. Tot zijn droefheid schudde ze haar hoofd.
"Ik heb het zo goed met je voor", fluisterde hij. "Waarom wil je mij toch niet geloven?"
"Omdat ik een andere stem gehoorzaam, die mij heeft bevolen hier te blijven."
Nog een keer waarschuwde de oude. "Weet wat je doet!"
"Ik weet het."
Geen moment had ze haar ogen naar hem opgeslagen. Toen hij

wegging, zonder haar nog te groeten, keek ze hem na. Het leek of er een nevel hing tussen hem en haar.
Op deze dag volgden nog vele andere, als een snoer met kralen aaneengeregen. De tijd gleed geruisloos voorbij. Ze voelde in deze uren niet dat ze ouder werd, maar de echo die de woorden van de oude hadden gewekt, bleef altijd in haar naklinken. Heel af en toe voelde ze in een flits de behoefte om op te staan en door de stad te dwalen. Ze kon het niet. Een onzichtbare macht dwong haar te blijven zitten.
Langzaam aan raakte men aan haar gewend en men passeerde haar zwijgend. Ze was zo bescheiden, zo stil, en ze deed geen vlieg kwaad. Ze werd beschouwd als een deel van de straat, zoals een paal, een stoep, een poort. Soms spraken zeelui haar aan in een vreemde taal, maar ze gaf nooit antwoord. Geen vriendelijk en ook geen boos woord kwam over haar lippen, zodat de mannen hun schouders ophaalden. Ze zag vreemde dingen gebeuren op de havenkade, maar ze zag ze niet werkelijk. Ze leefde niet op, als een vrouw haar man omhelsde die van een verre reis terugkwam. Zij droomde, zoals doden dromen.
Op zekere dag was ze oud. De echo, die zolang in haar had weerklonken, en die als de stem van een oude, vertrouwde vriend was, zweeg plotseling, als een lied dat abrupt wordt afgebroken. Ze bekeek de rimpels van haar handen, en ze kwam tot het besef, dat haar jeugd achter haar lag. Op hetzelfde moment begreep ze dat ze nooit meer hoefde te hopen. “Hij is dood”, klonk de eerste gedachte die sinds lang in haar geest opkwam. “Hij is dood”, herhaalde ze, en zo dikwijls herhaalde ze het zachtjes in zichzelf dat op het laatst de behoefte in haar opwelde het aan anderen te vertellen. Eerst aan de kinderen, die altijd in haar buurt speelden, en deze luisterden met verwondering naar haar. Ze onderbraken hun spel en dromden rondom haar samen.
Ze dachten dat ze een verhaal te horen zouden krijgen, maar de vrouw deed er het zwijgen toe. Toen verspreidden de kinderen zich en ze gingen verder met hun spel. Ze fluisterde het tegen de mannen en de vrouwen. Soms bleef er iemand verbaasd even staan en vroeg: “Over wie heb je het?” zonder antwoord te krijgen. Op het laatst kende men ook deze uitlating van haar en niemand vroeg haar nog wat ze eigenlijk bedoelde. Ze riep het tegen de meeuwen die met wijde vleugelslag over het water

Zij droomde, zoals doden dromen.

scheerden: "Hij is dood!" en ook tegen de honden die rondzwierven in de haven. De zeelui kregen voortaan antwoord, wanneer ze haar aanspraken, maar haar stem maakte hen bang en ze vervolgden haastig hun weg.

Ze zag geen verschil meer tussen mensen, dieren en dingen, en vaak praatte ze tegen de witte wolken, of tegen de maan die in winteravonden vroeg aan de hemel stond. Ze wist niet of het zomer of winter was. Sneeuw en zomerzon onderging ze zonder verschil te ervaren.

Een enkele keer zweeg ze en staarde over het water. Dan wilde ze blij opspringen, en als een jonge bruid uitroepen zodat het ver over de haven weerklonk: "Hier ben ik, ik heb op je gewacht, jaar in jaar uit, heel mijn leven, als een zonnebloem naar het zonlicht gewend. Maar nu, nu je eindelijk gekomen bent, ben ik rustig, mijn vingers trillen niet, en er welt geen traan op. Ga mee naar ons huis, dat ik voor je in stand heb gehouden, want nu beginnen de dagen van onze liefde, al zijn wij oud."

Wanneer dit beeld in haar opkwam, sprongen haar de tranen in de ogen. Meestal was ze in zichzelf gekeerd, in de leegte van haar waanzin, en dan glimlachte ze uitsluitend tegen alles en iedereen.

Tot op een goede dag een jonge zeeman terugkeerde van zijn reis, en zijn vrouw hem met een uitroep van blijdschap begroette. Toen zag zij, die zo lang had gewacht, het geluk, en de mist trok op uit haar geest. Ze sloeg haar handen voor haar ogen, ze groef in haar geheugen en diepte haar hele ongelukkige bestaan op.

"Zo had ik hem ook kunnen begroeten", besefte ze. "Waarom ik niet?" Ze werd overvallen door medelijden met zichzelf.

De tranen begonnen te vloeien, ze lekten langs haar vingers en druppelden op de grond. De pijn kwam in golven over haar heen. Ze kon de stroom van tranen niet tegenhouden. Iedereen die haar kende, bleef verwonderd staan. De kinderen kwamen nieuwsgierig om haar heen staan.

"Waarom huil je?" vroeg een klein meisje met een hoog stemmetje. "Heeft iemand je pijn gedaan?"

"Nee, mijn kind, ik heb verdriet!" Ze bleven niet begrijpend staan.

Nadat ze haar vele dagen hadden zien huilen, vroegen ze haar niets meer. Ook de allerkleinsten die nog maar net konden

lopen, kwamen alleen nog maar toevallig in haar buurt. Opnieuw liet iedereen haar links liggen. De tranen bleven komen en ze was zich er nauwelijks nog van bewust dat ze schreide. Zij huilde, zoals alleen iemand die na lang in stilte gedragen smart in tranen kan uitbarsten, ze huilde om nooit meer op te houden.
Op een keer verscheen ze een paar dagen achter elkaar niet op haar vaste plekje aan de kade. Toen ze weer opdook, leunde ze op een stok. Met moeite zette ze zich neer, om voor de laatste keer te huilen. Want de volgende morgen vond men haar dood, met een glimlach om haar mond. Men vouwde haar armen kruiselings over haar borst, zodat iedereen die haar zag, wist: zij is in vrede gestorven.
De plek waar ze levenslang had getreurd, noemde men de Schreiershoek, en nog altijd heet de toren in de buurt de Schreierstoren. Haar tranenvloed had met gemak de hoogte van de toren bereikt, als de aarde haar tranen niet had opgezogen.

De bloeddorstige rechter

De heer Rudolf de Mepsge van Faan wist vanaf zijn vroegste kinderjaren zijn wrede aard en aanleg voor de buitenwereld te verbergen. Toen hij nog als kind met kinderen speelde, leek het er zelfs op of hij een teergevoelige ziel bezat. De tranen sprongen hem zeer gemakkelijk in de ogen, en wanneer zijn vriendjes zich wreed vermaakten met een kikker, meikever, vlinder of vogel keek hij wel toe, maar hij stak nooit een hand uit om hen te helpen. Nooit zou hij zelf in een boom klimmen om vogelnesten uit te halen. Liever bleef hij beneden aan de stam staan, en als zijn brutale kameraad met de muts in de mond, waarin de gespikkelde eitjes lagen, naar beneden klauterde, vroeg hij niets van de buit. Hij keek onbewogen toe, hoe in de schaal aan de spitse en de stompe kant een klein gaatje werd geprikt, en hoe het donkergeel en slijmerig wit kwakje onverschillig op de grond werd geblazen, waar het als een stervend jong leven nog even op het mos natrilde.
Hij was geen vriend en geen vijand van dieren. Andere jongens hadden nog wel eens een jonge kraai die op hun schouders zat, alsof zijn eigenaar de liefste knul ter wereld was, of ze hadden een jong hondje, dat wild voor zijn jeugdige baasje uit sprong. Bij Mepsge van Faan was nooit een wezen te bekennen dat hij liefhad. Zij ogen waren schaduwen zonder licht, die diep in zijn bleke gezicht lagen; zijn lippen waren bloedeloos. Lachte Mepsge van Faan wel ooit? Deze vreemde jongen, die voor niets en niemand bang was, zat het liefst in zijn eentje. Toen hij ouder werd, zag men hem weinig met jonge edellieden, en men zei van hem dat hij mensenschuw was.
“Zou hij ooit wel aan de vrouw komen?” spotte men.
“Wat een vraag! Hij en van een vrouw houden? Bestaat niet!”
Het leek of hij de meisjes voorbijliep. Ze lachten wel eens aar-

zelend tegen hem, omdat hij eenmaal een Mepsge van Faan was, en omdat ze het vreemd vonden dat hij hen negeerde. Welke aantrekkelijke jonge vrouw kan dit verdragen? Een keer was er een meisje geweest dat zijn belangstelling had gewekt. Ze had hebzucht in hem opgeroepen, zoals een kind ernaar verlangt een nieuw stuk speelgoed in zijn bezit te krijgen, maar hij was haar voorbijgegaan.

In de loop der jaren waren de wallen onder zijn ogen dieper geworden en zijn lippen waren nog bleker dan in zijn knapentijd. Toch, ondanks het feit dat hij zijn spieren weinig had geoefend in het spel of tijdens de jacht, had hij de schouders en armen gekregen van zijn sterke voorgeslacht. Men had de indruk dat hij zware gewichten kon heffen, hard metaal kon breken en snel wild kon volgen, als hij dat zou willen. Maar hij wilde het niet.

Er bestaan mensen die geen vreugde kennen en geen verdriet. De heer van Faan was zo iemand. Tot hij ontdekte dat er iets in het leven was dat hem kon wekken uit zijn onverschilligheid. Op een keer, toen er boerenkermis in het dorp was, zag hij hoe een paar jongens een gans knuppelden. De stokken sloegen op het weke, gevoelige vlees, en het dier krijste hartverscheurend. Mepsge stond erbij en staarde ernaar, als in een droom verzonken. Zijn handen trilden en de wallen onder zijn ogen werden donker van kleur.

"Is dat prettig?" vroeg hij met een toonloze stem.

De jongens keken verwonderd op van hun wrede bezigheid en ze zagen hem aan.

"Wil de heer het misschien zelf eens proberen?" zei een van de ruwe kornuiten. "Gaat u gerust uw gang, heer..."

"Ik zie liever dat jullie het doen. Ga maar door. Zou hij nog lang leven?"

"Niet lang meer", antwoordde een boerenjongen met een kennersblik. "Hij nadert zijn einde."

"Mooi rood is het bloed op de veren. Kijk zijn ogen eens. Het leven is mooi."

"Voor de gans niet." Nu lachten ze allemaal.

"Knuppel de gans niet verder", beval de heer. "Als je hem slaat, zal hij 't bewustzijn verliezen. Laat hem voelen dat hij pijn heeft, laat hem voelen dat hij leeft!" Mepsge van Faan sloot hierbij zijn ogen. "Raak hem niet aan. Kijk hem kruipen. Ja, dit doet me goed."

"Heeft mijnheer nooit 't vogelschieten en 't palingtrekken gezien?"
"Ik zal er naar komen kijken – waarschuw me maar, als 't zover is!"
"En wil mijnheer echt niet zelf knuppelen?"
"Nee", zei Mepsge vastbesloten, "ik heb liever dat anderen het doen, jongens!"
Hij wachtte de dood van de gans niet af. Langzaam en in gedachten verzonken verliet hij de kermis.
"Mepsge van Faan", fluisterde een stem in zijn bloed, "dat was mooi – dat zie je niet elke dag. Vandaag heb je het leven recht in de ogen gezien."
Niet lang daarna reed hij er weer eens alleen op uit, en tijdens zijn eenzame tocht verdwaalde hij. Toen hij een tijdje rondgezworven had, sprong hij van zijn paard, en hij bond het dier aan een boom. Toen hield hij zijn hand achter zijn oorschelp, om scherper te kunnen horen of er niet ergens een geluid weerklonk, een klokje in de verte, het blaffen van een hond, of menselijke stemmen.
Hij was geheel geconcentreerd op het luisteren (zijn ogen keken niet, zijn neus rook niet, hij gaf al zijn aandacht aan de klanken). Plotseling drong er een geluid, dat hij tevoren niet had gehoord, in zijn bewustzijn. Er ritselde iets in het dichte struikgewas, alsof er iets over de grond schuurde. Zijn instinct zei hem dat het een gewond dier moest zijn. Hij vergat alles, en haastig, als een jonge minnaar die op zijn geliefde toesnelt, liep hij rechtstreeks de bosjes in, zonder te letten op de takken die hem in het gezicht zwiepten.
In een kleine kuil in de bodem lag een stervend hert, dat uit zijn keel bloedde. Het lag uitgestrekt als een geslacht rund, de poten dicht bij elkaar, de nek naar achteren gebogen. De punten van het veeltakkig gewei raakten bijna de rug. Mepsge staarde ernaar, onder de indruk van de schoonheid van het beeld. Hij zag hoe het rode bloed over het mos vloeide, en hij greep met zijn handen naar zijn keel, zo ontroerd was hij.
"Zou hij lijden... zo vlak voor zijn dood?" peinsde hij.
Zijn ogen schitterden koortsig en hij voelde op zijn voorhoofd klam zweet. Plotseling kwam hij weer tot zichzelf. Langzaam zonken zijn armen terug, en hij kwam net zo onverwacht tot bezinning, als hij in trance was gekomen. Zijn ogen waren leeg, als schaduwen.

"Rudolf de Mepsge van Faan", zei de stem van zijn geest tot zijn kwijnende ziel, "is dit je ware zelf of is dit een ander? Waarom verlustig je je in dit leed? Mepsge! Zou je soms willen dat dit dier... een *mens* was?! Wil je zo weerloos uitgestrekt een mens zien liggen?"
Hij ging naar de rand van het bos, en leunde tegen de greppelwal, die het struikgewas van de weg scheidde. Toen stroomden hem de tranen over de wangen. Op dat ogenblik voorvoelde hij zijn noodlot en hij werd bang van zijn eigen wezen. Hij doolde de hele avond rond, tot hij laat op de avond zijn troosteloos slot Bya bereikte. In de zaal banjerde hij die nacht vele malen heen en weer, en hij drukte zijn nagels in de palm van zijn hand. Als er nu eens een klein dier in deze holte lag – zo dacht hij dan – zou ik het dan niet willen dooddrukken? Hij stond stil... klonk er in de hoek niet een zacht gerochel... en waar het maanlicht over de vloer streek, lag daar geen bloed?
"Ik moet mensen zien lijden", dacht hij, "dat is het enige dat me redden kan."

Hij werd tot rechter benoemd. Een slechter rechter dan hem had men in Oosterdeel-Langewold niet kunnen treffen. Wee de streek waarover hij regeerde! Toen hij zijn macht verwierf, kon hij vele nachten van geluk niet slapen. Voor het eerst in zijn leven had hij geglimlacht en de schaduwen onder zijn ogen waren minder diep. Hij had zijn medewerkers die voor hem de boeven moesten vangen, Jan Engelberts en Pieter Nannes, bijna vrolijk ontvangen. Ze stonden voor hem en wachtten op zijn bevelen. Hij hield zijn hoofd gebogen, terwijl hij sprak.
"Er is misdaad genoeg in Zuidhorn en Oldekerk, en die moeten we bestrijden. Ik verlang van jullie, dat je misdaad vindt – en hij die schuldig is, zullen we met de dood bestraffen." Hij wreef zich in de handen. "Maar het kan zijn, dat ze niet willen bekennen. Dan zullen we ze pijnigen, net zolang tot ze hun schuld belijden."
Jan Engelberts en Pieter Nannes keken hem verwonderd aan. Hoe kon de heer het zeggen, dat er in Oosterdeel-Langewold zoveel verborgen misdaad was? Ze kenden de streek door en door.
"Wat bedoelt mijnheer?" vroeg Pieter Nannes. De jonge rechter rilde. Hij stond op, en betastte hun sterke schouders en armen.
"'t Is goed", was al wat hij zei, "ze zullen ervan lusten."

Hij liep in de kamer heen en weer, zonder hen nog een blik waardig te keuren. De helpers merkten dat zijn vingers trilden. Ze wisten niet of ze moesten blijven of vertrekken. Eindelijk stond hij stil, en staarde naar de twee dienaren alsof hij ze nu pas opmerkte. “Ga maar weg”, zei hij moe.

Zodra hij alleen was, legde hij de handen voor het gezicht, om in volkomen duisternis te kunnen nadenken. Hij had het gevoel of hij in een kamer met gesloten blinden zat. Zijn angst voor zichzelf was over, ja, hij verheugde zich over de mooie toekomst die was aangebroken!

“Met wie moet ik beginnen en welke misdaad moet ik uitzoeken?”

De wrede rechter begreep dat hij niet zonder onderzoek kon pijnigen en doden. De mensen waren geen willoze dieren, die men kan striemen en snijden en kerven zoveel men wil. Er waren wetten, vervloekt!

Hij liet zich het olielampje brengen en bij het walmend licht las hij de dikke boeken van het Ommelander landrecht, artikel na artikel, en eindelijk, bij de studie van het zevende boek glimlachte hij.

“Ze zullen me dus in Groningen niet tegen kunnen houden”, dacht hij blijmoedig, “wanneer ik deze vreselijke misdaad uitvoer. Alleen wanneer ik doden wil, heb ik mederechters nodig. Poeh! Ze weten niet waarom ik het doe. Ze zullen menen dat ik rechtvaardig ben. Ze weten niet dat ik bloed wil zien vloeien. Alle mensen zijn mijn vijanden... ik zal genieten als ik ze zie lijden.”

Toen kroop het bitter berouw, al vóór de zonde was gedaan, hem van het hart naar de keel, en legde daar een band zwaar en vastsluitend als een ketting. Zó zeker was het dat hij voor de zonde zou kiezen. De zonde was een bloedhond, die zijn spoor rook. Hij kon er niet voor vluchten.

“Als de nacht komt”, peinsde hij, “zal ik alleen zijn. Ik wil de schimmen om mij heen zien, van de mensen die door mijn hand zullen sterven.”

Het duister daalde eerder in de zaal dan daarbuiten. Het olielampje walmde, en walmde uit. Toen zette de nacht zich vast in de verste uithoek van de zoldering, als een spin die een web bevestigt, en de donkere draden werden geweven. De man in zijn eenzame zaal werd er door omgeven voor hij het wist, en met de nacht keerde langzaam de absolute stilte in hem terug.

"Laat me nadenken", smeekte hij zijn geest. Vele malen moest hij met zijn fijne vingers zijn voorhoofd beroeren, voor hij zijn krioelende gedachten kon ordenen. Hij probeerde in deze stilte schrikwekkende gedaanten op te roepen, het lukte hem zijn schimmen te lokken die hij in een duistere rij voor zijn geestesoog zag verschijnen.

Er werd aan zijn deur geklopt... hij hoorde het niet. Hij wreef zich in zijn handen van hevig geluk. Nog een keer werd er geklopt – toen kwam de oude dienstbode binnen. Ze bleef staan tot vlak voor de drempel en probeerde in het donker te zien.

"Kan ik nog iets voor mijnheer doen?"

De edelman voelde dat de gedaanten hem ontglipten, en zijn woede was zo groot, dat hij een zware kandelaar opnam, en deze in haar richting gooide. Hij raakte haar net niet.

"Wat doet mijnheer nou?" vroeg ze verschrikt en nederig.

"Ik wou dat ik je geraakt had", zei hij woest. "Ik wou dat ik je een oog had uitgegooid."

Zij vluchtte en hij begon in zichzelf te spreken.

"Er gaan kwade dingen in je om!" mompelde hij. "Maar het moet zo zijn. Ik ben niet bang voor de eenzaamheid."

De nacht ging voorbij, met al zijn figuren. In de morgen zat hij nog op dezelfde plek en haastig stond hij op. Hij riep luid om zijn knecht.

"Zadel mijn paard", beval hij. "Ik ga uit rijden."

Hij gaf het dier de sporen, en hij voelde zich vrij en vrolijk. De wegen waren van hem. Het bos was van hem. De wereld was van hem. Hij was meester van leven en dood.

Terwijl zijn paard voortholde tot aan het slot Hanckema, zag hij plotseling dat ook de jonge zuster van Zuidhorns burchtheer de brug over reed. Mepsge hield zijn paard in en zwaaide naar het jonge meisje. Zij verbaasde zich over zijn uitgelatenheid, en groette hem stijfjes terug.

"Verdoemd!" zei hij, ze weet zeker nog niet welk een macht ik heb. Hij naderde haar en sprak haar aan. De twee paarden liepen naast elkaar voort.

"Dit is voor mij een grote vreugde, jonkvrouw, dat ik u als eerste mag ontmoeten sinds ik benoemd ben tot rechter in het gebied Oosterdeel-Langewold. U mag mij gelukwensen."

Ze keek hem aan, en peilde hem tot in de schaduw van zijn ogen, en op hetzelfde ogenblik was het vonnis over de rechter geveld.

"U mag mij gelukwensen."

"Was u op weg naar mijn broer om hem het nieuws te vertellen?"
"Mag ik met u meerijden?"
"Ik rij liever alleen. Bovendien is uw tijd nu te kostbaar geworden."
"De misdaad en de straf kunnen wel één dag wachten."
"Niet in Oldekerk en Zuidhorn, heer rechter!" zei ze spottend. "Daar kunt u vast elke dag wel een schavuit vangen en laten hangen."
Hij was beledigd door de spot in haar stem en zei fel: "Reken maar dat ik ze opspoor en met ze afreken."
Om hem te kalmeren, vroeg ze: "Heeft u uw mederechters al gekozen?"
"Ja", zei hij, "Alting en Froon."
Nu keek ze hem verwonderd aan. "Alting en Froon? Maar heer... men spreekt niets dan kwaad van deze mensen!"
"Ik ben het niet gewend dat men mij tegenspreekt! Wilt u dat ik anderen benoem? 't Is toch om het even, jonkvrouw! Waren het anderen... och het zouden dezelfden zijn."
"Maar Alting en Froon! Wat is dan uw bedoeling? Daar moet u een bedoeling mee hebben!"
"Ik een bedoeling? Mijn bedoeling is een rechtvaardige rechter te zijn."
"U – u – u!" Ze stopte abrupt en boog haar hoofd. Wat had ze voor recht hem haar minachting te tonen? Koeltjes praatte ze verder. "U bent hier toch niet gekomen om met mij te rijden?"
"Nee", zei hij, "ik ben hierheen gereden na een slapeloze nacht, om een eind te rijden en de warmte van mijn bloed te voelen. Maar toch kwam ik hier om u te zien. Alleen wist ik dat niet."
"U kunt zich de moeite besparen", antwoordde ze ijzig. "Ik kom u liever niet tegen."
"Dat is tenminste eerlijk gesproken tot de rechter van de streek", hoonde hij, "en zo hoort het. Wonderlijk hoe vrouwen zijn. Trouwens, dat slot daar ligt mooi, het is mooier dan mijn paleis. U bent rijker dan ik." Hij speelde met zijn degen. "Weet je wel dat ik aan niemand verantwoording hoef af te leggen?"
Zij lachte.
"Probeert u mij soms te bedreigen? Wat heb ik u misdaan? Wat wilt u van mij?"
"Vroeger, als ik u met andere edelknapen samen zag, heb ik u gehaat, niet om u, maar om mijzelf, ik haatte u omdat ik u niet

durfde te benaderen. Ik dacht toen... later woont ze in een groot en rijk slot, en ze zal zich mij herinneren als een dorpsjongen. Ik was somber en alleen. Ik maakte zelf de muur tussen ons, en toch... ik wilde u. Ik dacht... ik zal tot macht komen, en wanneer ik eenmaal macht heb, zal ik hem gebruiken ook. Er zijn veel jaren overheen gegaan, en nu ik u zie, schieten mij die oude, dwaze gedachten weer te binnen. Nee jonkvrouw, het zijn geen loze bedreigingen die ik uit, het zijn feiten. Ik kan nu mijn eigen zin doen!"
"Wat wilt u dan van mij?" Ze herhaalde haar vraag en streelde het paard over de nek, uiterlijk volkomen kalm.
"Ik wil dat u van mij houdt." Zij lachte geforceerd, en hij, hoe onaangedaan hij ook leek, ergerde zich aan haar vrolijkheid. Hij boog zich naar haar toe.
"Denkt u soms dat ik op uw vrije wil reken? Ik weet wel dat er voor mij geen liefde is te verwachten. Ik heb de mannen bespied die met hun glimlach de glimlach wekken, en ik heb ingezien dat ik op die manier niets kan bereiken. Mij is een andere macht gegeven!"
"En wilt u voor mij het zonlicht bederven door daarover te praten?", vroeg ze. Hij maakte een hoffelijke buiging.
"Het onderwerp is voor mij en voor u belangrijk genoeg om het zonlicht, de vogeltjes en de bloemen, alles waarover de dichters lyrisch doen, te vergeten. Wat een geluk dat ik deze richting ben uitgereden. Want daaraan heb ik het te danken, dat u misschien binnen een paar dagen al mijn vrouw zult zijn."
"Ik weet dat er een ding is dat erger is dan sterven. Dat is om uw vrouw te zijn."
"Het is uw dood niet die ik zoek", zei hij somber. "U hoeft uw eigen dood niet te sterven. Als u mijn vrouw niet wilt worden, is het met uw broer gedaan."
"Uw armen zijn te kort, Rudolf Mepsge. U kunt hem niet aan."
"Mijn armen reiken verder dan u denkt, dat verzeker ik u! Ik vraag u voor de laatste keer of u mijn voorstel aanneemt."
"En dit is mijn antwoord: nooit, nee nóóit zal ik uw vrouw worden!"
Hij keek haar aan met een blik vol bedwongen haat, en wendde zijn paard. Hij groette niet. Zij liet nu haar schallende lach over het land galmen. Van alle kanten klonk de echo, en zij lachte haar angst weg. Het was dwaas om bang voor de rechter te

zijn, sprak ze zichzelf moed in. Ze zou haar broer niet inlichten over het gebeurde, anders zou hij zich maar onnodig zorgen maken.

De volgende dag hoorde ze dat de Lipsker gevangen genomen was. Het was het eerste signaal dat er een vreemde storm over het land ging woeden. Een misdaad, waarvan men in de streek nog nooit had gehoord, werd de Lipsker ten laste gelegd, en als getuige hadden ze de blinde Willem Jans opgeroepen. Wat maalde Mepsge erom dat zijn bewijzen zwak waren? Zijn armen reikten ver.

Hij liet de arme Lipsker voorkomen. De twee andere rechters zaten naast hem. De beide medewerkers joegen de pechvogel voor zich uit. Hij viel op zijn knieën, zodra hij de tafel van de rechter was genaderd.

"Kenade, edele, krootmoekende herren! Iek heb niemmer wat van de daad keweten, edele, krootmoekende herren! Lat miek nar mien Heimat trockziehen, edel krootmoekende herren! Iek bin zo onsjoeldig als een lammetje iem Hiemmel, krootmoekende herren!"

Hij kroop onderdanig over de grond als een geslagen dier. Hierdoor kreeg Mepsge zin om hem te trappen.

"Lipsker", begon hij, "Het is mij om uw vel niet te doen, maar men heeft me verteld dat de heer van Hanckema nog schuldiger is. Als je dat toegeeft, ben je een vrij man."

"Ak oen Weh! Ak oen Weh! Krootmoekende herr, iek weis doch selb nicht, was das vor miesdaad ies. Daar ies een Got iem Hiemmel, die miek heurt oend ook siet, oend iek niem dien tot ketoike, ja – iek niem dien tot ketoike."

Froon en Alting lachten om de malle klanken van de Lipsker tot de tranen hen over de wangen rolden. Maar Mepsge lachte niet, evenmin als hij gelachen had bij het knuppelen van de gans of bij het doodbloeden van het hert. En toch voelde hij zich vele malen gelukkiger dan zijn mederechters. Hij zag naar de lijdende, vernederde mens, en hij genoot van zijn macht over leven en dood. Hij proefde deze vernedering als een buitengewone lekkernij op verhemelte en tong. In het aangezicht van pijn en dood, voelde hij dat hij leefde.

"Zo", zei hij langzaam, "je wilt dus niet bekennen?"

"Iek hab nieks..." De rechter grijnsde.

"We hebben nog wel eiken stokken uit Hilbrands bos. Geef hem met de lange Hilbrands, mensen, tot hij van wroeging

krimpt en zijn schuld bekent."
Engelberts en Pieters namen zonder aarzelen de lange Hilbrands, en ze begonnen genadeloos op hem los te beuken. Bij de eerste slag schreeuwde de Lipsker al zo, dat Froon en Alting hun oren met hun handen dichtstopten. Natuurlijk bleef Mepsge onbewogen. Hij leunde ietwat voorover, als wilde hij het slachtoffer van zo nabij mogelijk bekijken.
"Sla hem niet dood. We moeten eruit halen, wat erin zit."
De Lipsker ging tegen de grond, hij was waarschijnlijk bewusteloos, en pijn scheen hij niet meer te voelen. Bloed vloeide in vele kleine straaltjes uit verschillende plaatsen van zijn lichaam, en waar de huid bloot was, het hoofd en de handen en een deel van de voeten, was het opgezwollen, alsof hij in een mierennest had liggen slapen.
"Laat hem even bijkomen", beval Mepsge. Hij stond op, evenals Froon en Alting, en gezamenlijk bogen zij zich over het roerloze lichaam.
"Je hebt hem stevig geknuppeld", zei Mepsge voldaan.
"Dat gaat wel", antwoordde Pieter Nannes bescheiden.
"Wat kon die kerel schreeuwen!"
Na lange tijd opende de Lipsker de ogen, maar hij sloot ze weer toen hij recht in de dode ogen van de heer van Faan keek. Hij leed vreselijke pijn, en hij wrong zich in bochten.
Mespge legde nu zijn hand op de schouder van de gepijnigde, op een manier die men bijna vriendschappelijk zou kunnen noemen.
"Luister nou eens", zei hij, "het helpt je niets, bekennen zul je toch. Als je tegen mij zegt dat er meer schuldigen zijn... en als je hun namen noemt... zijn zeven zakken met goudstukken gevuld voor jou. Je mag ze in jouw Lippe gaan opmaken! Maar één ding zeg ik je, kreng van een tichelwerker..."
"Oek... mien edel, mien kroetmoekende herr, verleen miek kenade! Kenade! Kenade!" jammerde deze. Hij kroop nog steeds over de grond, en omklemde de voeten van de rechter. "Iek bin een woerm oend u bint een kroetmaktike leuwe."
Opnieuw schaterden de anderen het uit, terwijl Mepsge onbewogen bleef.
"Vuile smerige hond", zei hij schamper, "je begrijpt dat ik maar een woord hoef te zeggen om je naar de andere wereld te helpen. Als je me geen tien namen van je medeschuldigen opgeeft, dan zal ik je dood laten ranselen – maar wanneer je je mond

open doet, ben je rijk." De arme drommel snikte.
"U bint de krootste edelman, die woont tusjen Rusland oend Frankreich, uw kiender zollen kezegnet sain, en uw klainkinder zollen op krootvaters sjoot tanzen."
Hoe was het mogelijk, dat ook nu de heer van Mepsge niet lachte! De anderen kromden zich van pret, zoals de arme drommel van pijn kreunde. De twee rechters konden hun vrolijkheid niet meer bedwingen: ze dansten als jongelui door de zaal, en dikke tranen rolden over de wangen.
"Namen! Ik wil namen!" schreeuwde de rechter woedend.
"Ik heb nou lang genoeg gewacht. Moeten de lange Hilbrands je soms nog eens mores leren?"
De lange Hilbrands moesten er nog aan te pas komen, voor de Lipsker namen noemde, maar die van Hanckema was er niet bij. Mepsge probeerde die er nog uit te slaan, maar dat was vergeefse moeite. Men had de beklaagde murw geslagen, en zelfs het greintje geest, dat hij in gewone tijden bezat, was hem ontsnapt. Hij was helemaal van de wereld. Hij lag op de grond als een hoop vodden en zijn jammerlijk gesteun was volkomen werktuiglijk. De heer van Faan wreef zich de handen.
"We hebben namen", riep hij uit, "en uit de namen zullen andere namen komen, tot ik diegene heb die ik zoek. Hem wil ik in mijn handen. Vanavond nog moeten alle mensen die de Lipsker heeft aangewezen, gearresteerd worden."
Engelberts zei: "Er is helemaal geen plaats voor."
"Dat is het bewijs dat wij de misdaad al te lang geduld hebben. Men had sterke kerkers moeten bouwen met dikke muren, onderaardse gewelven, waar men het gepeupel kan doen lijden, zoveel men wil." De rechter huiverde even en sloot zijn ogen. "Is er in de koestallen soms geen plaats? Bind ze vast aan kettingen als beesten en laat ze vasten, dan worden ze wel tot bekennen gedwongen. Zuidhorn zal ervan lusten."
Niet alleen in Zuidhorn, maar ook in Niekerk sloot men de mensen op in dierenstallen. In Niekerk zette men twee mannen samen gevangen, zonder ze eten en drinken te geven. In de muur had Mepsge een klein gat laten houwen... en soms reed hij naar de hoeve, alleen om door de opening te kunnen kijken. In het begin hadden de beide gekerkerden heel stil gelegen. Soms hoorde hij ze even met elkaar praten... dan zwegen ze weer. Er kwam een dag dat ze tegenover elkaar begonnen te klagen: "Ik heb dorst."

"Zal ik mijn vrouw en kinderen ooit terugzien?"
"Ik heb dorst."
"Ze zullen ons martelen met hun lange Hilbrands."
"Ik heb dorst."
"Och man... hou je mond... er komt niks anders uit dan 'ik heb dorst'."
"Ik heb dorst – ik heb dorst – ik heb dorst", gilde zijn metgezel.
Mepsge van Faan, hun wrede cipier, zag het aan en luisterde. Even later haatte hij de nacht, die zijn pikzwarte gordijnen voor het kleine luikje schoof, zodat hij niets meer kon waarnemen.
Bij het eerste daglicht al was hij teruggekeerd, en hij merkte tot zijn vreugde dat het spel van sissen en blazen al was begonnen. De beide ongelukkigen stonden tegenover elkaar. Zij, die misschien ooit vrienden waren geweest, haatten elkaar nu, ja ze loerden op elkaar als twee verwilderde katten. Had men hen ooit mensen genoemd? Er was nu zeker niets menselijks overgebleven. Hadden ze ooit in een huis gezeten, een meisje het hof gemaakt, hun vrouw en kinderen bemind, ze ernstig of lachend toegesproken?
"Zeg eens wat anders als dat je dorst hebt", hoorde de rechter de een tot de ander zeggen. Het klonk vuil, en hij had zijn handen tot vuisten gebald.
"Doo -ooo-rst! Doo -ooo-rst – doo -ooo-rst!" Meteen sloeg de ander hem bij wijze van antwoord met de vuist recht in het gezicht. Het werd een strijdkreet: "Doooo-ooorst!" waarmee hij de ander te lijf ging. Hun ketenen rinkelden. Bloed stroomde over hun gezicht, en degene die het eerst geslagen had, viel ook het eerst neer.
"Doo-oo-rst", kreunde hij, terwijl hij op de grond lag.
"Je zult daarmee ophouden."
"Ik heb niks anders." De man betastte niet zijn wonden, maar zijn hoofd. Daar was een klein duiveltje aan het tikken, en het spelde de woorden: "Ik heb dorst."
"Ik vermoord je nog met je dorst."
Zoals hij had gestaard naar het stervend hert, zo staarde Mepsge van Faan naar deze twee veroordeelden. Zijn genot was sterker dan dat van een drinker: immers hij beleefde zijn roes bewust. Hij voelde zich als een kunstenaar die in zijn geest het einde van zijn boek beleeft of die de laatste klanken van zijn

opera nog één keer in zichzelf laat klinken, voor hij ze definitief aan het witte papier toevertrouwt. Hij voelde zich een groot man, dat hij deze bijzondere vorm van pijniging had uitgevonden.
Iedere morgen ging hij naar de boerderij en dan drukte hij zijn gezicht tegen het gat in de muur om maar niets te hoeven missen van het schouwspel. Op het laatst waren de twee mannen zo verzwakt, dat ze onmachtig op de grond bleven liggen, vastgebonden aan hun kettingen. De een wist niet meer van het bestaan van de ander; maar degene die zich tegen het "dorst" roepen had verzet, kreunde nu zachtjes dezelfde klacht. Ook zijn geest was aan de waanzin ten prooi gevallen. Zij kenden niets meer van de taal dan het woord "dorst".
Ieder ander zou zijn ogen hebben afgewend bij het zien van deze erbarmelijke situatie waarin deze twee verkeerden. Zo niet de rechter. Hij genoot van hun ellende tot het bittere einde toe. Toen hij op een ochtend merkte dat de twee onbeweeglijk op de grond bleven liggen, riep hij zijn dienaren, die de lijken begroeven.
Lange tijd kon men aan de muur van de boerderij waar dit is voorgevallen, een bloedvlek zien zitten, die men er met geen mogelijkheid af kon wassen. De ouden van dagen kunnen het zich misschien nog herinneren. En er gebeurden meer wonderlijke zaken. Dikwijls als men in de vervloekte boerderij begon te eten, zag men de schotels en borden onder de handen wegschieten. Ze zweefden in de lucht, zonder enig gerinkel. Waren het de doden die terugkeerden en die bij het aanschouwen van het smakelijk voedsel dat hen was onthouden, zin hadden om zich te wreken? Waren het spotgeesten die aangelokt werden door de vreemde echo's die nog lange tijd in de boerderij naklonken?
Mepsge, een wreder man heeft er niet geleefd in de huizen op aarde, hoorde van de bloedvlek en hij ging alleen de stal binnen. Er stond geen beest meer in. De stal was leeg, maar de ruimte leek gevuld met de zware adem van levende wezens.
"Ben je een oog, dat naar me kijkt?" vroeg hij de bloedvlek. "Ik weet wat je bent. Je bent een oog dat alles ziet."
Wie luisterde naar hem? Hoorde hij lachen? *Hahaha!* Alle duivels ter wereld! Hij had het gevoel alsof om zijn keel een ijzeren band knelde. Hij snakte naar lucht, en wankelde terug naar buiten. Verdwaasd keek hij om zich heen. Stond daar geen dreigende gestalte?

"Vervloekt!" riep hij uit. Met één sprong zat hij op zijn paard. Het land was hier vrijwel nog zonder wegen, en de landerijen lagen vol stenen. Toch struikelde het dier niet. De ruiter gaf het telkens de sporen, om het opzettelijk te pijnigen. Dan steigerde het even, en de machteloze drift van het dier kalmeerde de ruiter.

Het was al laat, toen hij in de buurt van Hanckema aankwam. In het donker reed hij tot vlak voor de brug. Hij bleef daar geruime tijd staan, om te genieten van zijn gevoel van macht. Hij was als een kat die geen haast maakt om zijn prooi te grijpen, omdat hij er zeker van is dat deze hem niet meer kan ontsnappen. Voor de rechter mocht het altijd nacht blijven.

De volgende morgen was er een groot gejammer in Zuidhorn! Engelberts en Nannes namen in veel huizen mannen gevangen, die zij naar de stallen brachten. Ze legden hen aan kettingen als dieven en wachtten op nadere bevelen van de rechter. Die zei: "Sla ze met de lange Hilbrands. Ik wil namen horen. Hebben jullie wel eens honger geleden? Ik honger naar een naam. De honger rammelt in mijn ingewanden en maakt mijn hoofd leeg. En honger zullen ook zij in de stal voelen. Als je ze met de lange Hilbrands hebt geslagen, en ze bekennen niet, laat dan de honger voor ze komen, tot ze erger worden dan beesten. Vraag dan of de heer Hanckema niet medeschuldig is en beloof wat je wilt, goudstukken bij honderden, als ze tegenover mij en ook tegenover Froon en Alting die naam willen uitspreken. Beloof ze in dat geval onmiddellijke vrijheid!"

"De heer van Hanckema heer! Dat durven we niet. Hij zal ervan horen en ons aanpakken." zei Pieter Nannes.

"Onzin. Ik bescherm jullie. Ik ben de rechter, niemand anders heeft wat te zeggen. Denk eraan, ik kan jullie evengoed aan de ketting leggen. Weet wat je doet, als je je verzet."

Hierop zwegen ze, de beide handlangers. Ze begrepen dat er nu geen weg terug meer was, en dat er niets anders op zat dan gehoorzamen.

Ze sloegen er met de stokken zo op los, dat twee van de opgesloten mannen aan hun verwondingen stierven. Maar de naam van Hanckema was door geen van beiden genoemd.

Toen liet men de lange Hilbrands rusten en de honger kwam. Men kon op zijn gemak wachten op de uitwerking van deze langzame marteling, die genadeloos invreet tot in het diepste van de ziel. Zo nu en dan ging een van de twee kijken naar de

toestand van de gevangenen. Bijna altijd trof hij er de heer van Faan, die de pijn der velen op zich in liet inwerken. Eerst leed men in stilte. Men probeerde te lopen, voor zover de kettingen het toelieten. Men wilde de honger en dorst, waarmee geen enkel ander leed is te vergelijken, vergeten. Maar juist het op en neer lopen scheen de ellende te verergeren.
De honger begon met een gevoel van een gapende leegte in de buik, die groter en groter werd, alsof een inwendig monster je opvrat. Toen de honger voortduurde, leek het een tijd of hij rustte. De schreeuwende behoefte aan voedsel verdween. De spieren van armen en benen verslapten, zoals bij een man die de hele dag zware landarbeid heeft verricht, en de lucht trilde voor de ogen van de gevangenen, zoals de lucht danst in zomerhitte of boven een gloeiende oven. Tegelijkertijd leek het alsof er een strak koord om hun hoofd was gespannen, dat ieder uur dieper in de schedel snoerde en dat op de kwetsbare slapen een ondraaglijke druk veroorzaakte. Hoewel de mond droog was, kleefde de tong dikwijls aan het verhemelte vast, en de mannen leken hun tong slechts met moeite los te krijgen.
Dit was de eerste fase van de honger. Het kon nog erger.
De handen begonnen te beven, en in plaats dat de lucht voor de ogen zacht, blauwachtig, trilde, schoten er lekkende vlammen, zonder hitte, vlak langs de wimpers. De tong lag vlak en zwaar in de mond; zoals men dit wel ziet in de kop van een geslachte koe. Het leek erop dat zij zo niet meer konden praten. Het koord om het hoofd had scherpe naalden gekregen, een rij van naalden, die in de weke hersenen waren doorgedrongen. De buik was één diepe wond.
"Wie namen noemt, is vrij", zei de heer van Faan onbewogen. "Hij kan naar zijn huis gaan, waar moeder de vrouw de pot met eten gevuld aan de ketting zal hangen. De spijs wordt gaar... een lekkere damp hangt in de kamer. De vrouw zoekt een grote ham uit. Wacht maar even", zal ze zeggen, "ik zal eens een flink mals stuk voor je afsnijden. Hoort niemand het haar zeggen? Nou, horen jullie het haar zeggen?"
Hij keek ze een voor een aan, en zij zagen in zijn schaduwogen de lege afgrond van zijn ziel.
Zijn stem klonk gemaakt vrolijk en onbevangen, alsof hij gezellig met hen stond te babbelen.
"Waarvan houden jullie het meest, van Maastrichts, Amersfoorts, of van Gronings bier? Verkiest er iemand Franse wijn

boven Rijnwijn, bevalt de koele Bourgogne jullie het beste? Ik denk dat koel, helder water, heel diep uit de put geschept, waar nooit het zonlicht komen kan, jullie trouwens ook niet slecht zou smaken."

Zij zwegen heldhaftig. Ze drukten de nagels diep in het vlees om het niet uit te schreeuwen. Met hun laatste restje trots wisten ze zich nog tegen deze verleiding te wapenen. Nog een paar dagen... er volgden lange uren van bittere, ingehouden strijd, maar de razernij van de honger gistte intussen bij velen tegelijk. Er waren er die gek werden en die elkaar aanvielen als wilde beesten. Hun tanden beten door de kleren heen en ze probeerden het vlees van het lichaam van de ander af te scheuren.

Na zo'n aanval leek de vloer van de stal op een slachtplaats, en zij die nog niet geestesziek waren, staarden angstig naar het bloed, bang dat ook zij in de greep zouden raken van de gekte.

Toen gebeurde het dan eindelijk dat een van de gevangenen, een enkele maar, de moed verloor. Hij vond de honger wreder dan de zweep met striemende koorden, want er was geen seconde zonder pijn. Dof zat hij in een hoek, toen tot hem doordrong dat het noemen van één enkele naam hem redden kon. Mepsge had niet voor niks gewacht, hij kreeg de naam, als een duivelse beloning voor zijn geduld.

Nooit is bekend geworden wie de heer Maurits Clant van Hanckema waarschuwde voor wat er was gebeurd. Deze zat rustig in zijn burcht toen de poortwachter met het bericht kwam dat iemand hem dringend wilde spreken. Hij liet de boodschapper binnen komen.

"Wat wil je?" vroeg de heer nors, geërgerd dat men het waagde zijn rust te verstoren.

"Heer van Hanckema, we leven in een tijd, dat de laaggeborene en de edelman broeders zijn geworden. Het roofdier Mepsge zwerft hier rond, en uw bloed smaakt hem net zo goed als het mijne..."

De heer Hanckema lachte onbevangen, of hij een goed glas wijn had gedronken, en nu met een vriend in een onderhoudend gesprek was verwikkeld. Wat betekende deze bedreiging ook voor hem? De bode ging verder.

"Er valt niks te lachen. Maakt u zich liever klaar voor een reis."

"Wat wil de heer Rudolf de Mepsge van Faan mij doen? Je hebt zeker te veel brandewijn gedronken." Hij werd driftig.

Waar haalde zo'n dorpeling eigenlijk het lef vandaan hem te waarschuwen?
"Ga naar je vuile kroeg terug."
"Heer van Hanckema! Ik vertrek niet voor u vertrekt."
"Je durft wel... en als ik je door mijn knechten het kasteel uit laat gooien?"
"Dan bent u een verloren man, en de hele streek met u. Als u eenmaal in zijn macht bent, zal hij alle mannen en jongelingen gevangen zetten."
"Hoor eens", zei de edelman ongeduldig, "heb je bewijzen..." Abrupt hield hij midden in zijn zin op.
De bode ging een stap opzij, en een jong meisje trad binnen. Ze keek verwonderd van de een naar de ander, maar op hetzelfde ogenblik begreep zij. Niet voor niets had ze al die tijd in angst gezeten, bang voor elk geluid van buiten. De uil die schreeuwde, was dat niet iemand die zijn handlanger in het duister de plaats liet weten waar hij zich verstopte? Het hoefgetrappel dat ze hoorde, waren dat geen mannen die haar broeder kwamen halen? In de lucht, in de zwarte lucht, zweefde op vleermuisvleugels een duister gevaar.
Er waren nachten dat ze plotseling recht overeind in haar bed zat, met het klamme zweet op haar voorhoofd, en haar armen wild om zich heen maaiend tegen een denkbeeldige bedreiging. Toch herinnerde ze zich niet dat ze een nachtmerrie had gehad. In haar kamer voelde ze de vreemde ogen van Mepsge op zich gericht, en dan beefde ze over heel haar lichaam
Na een van deze nachten, besloot ze om haar broer in te lichten en met Mepsge te trouwen. Ze wilde niet langer in angst leven. Maar haar broer lachte haar vrouwenangst weg. Ze voelde zich gerustgesteld door hem. Ja inderdaad, wat kon Mepsge eigenlijk tegen de heer van Hanckema beginnen? Ze schaamde zich om haar vreesachtigheid, maar deze liet zich toch niet wegredeneren. Ze hoorde steeds meer berichten over de vreselijke wreedheden die de rechter bedreef, en nu schrok ze elke nacht wakker. In haar slaap wist ze dat het ogenblik moest komen dat Mespge haar in zijn bezit zou krijgen, en ze verzette zich met grote kracht tegen deze gedachte. Het lukte haar nooit hem uit haar hoofd te bannen. Ze kreeg de geest en het uiterlijk van een slapeloze, die spieren en zenuwen niet meer in bedwang heeft. Mepsge had haar levenskracht opgezogen, en ze wankelde door het huis als was ze een levende dode.

Toen zij op deze dag haar broer en de bode samen zag, viel zij op haar knieën.
"Ik wist het! Ik wist het!" jammerde ze. "Broeder! Broeder! Nu moet je dit kasteel verlaten. Vlucht naar Groningen! Zorg dat je de hoofdmannenkamer op je hand krijgt. De hoofdmannenkamer is het enige dat Mepsge kan stoppen. O mijn broeder, laat Mepsge je niet te pakken krijgen!"
"Stil!" riep de heer uit, "wie bewijst me dat Mepsge mij moet hebben?"
"Met zijn eigen mond heeft hij me gezegd dat hij zich op jou zou wreken, mijn broeder! Ga, doe het voor mij. Als je mij de rust wilt teruggeven, die ik voor jou al zo lange tijd moet missen, mijn broeder, laat dan onmiddellijk de paarden inspannen. Een uur later, en het kan je dood zijn."
"Hij heeft uw naam gezocht", zei de bode somber. "Wie uw naam noemde, kreeg vrijheid."
"Ben ik dan in een gekkenhuis beland? Ik, de heer Maurits Clant van Hanckema, een van de machtigste mannen van heel het land, zou vluchten voor een Mepsge? Ik zou het mezelf nooit vergeven." De bode gooide het over een andere boeg.
"Gaat u niet dikwijls naar de stad, heer? Kunt u in plaats van een andere dag niet vandaag gaan? Als vanavond de dienaren van Mepsge nog niet hier zijn geweest, kunt u met een gerust hart terugkeren, en u hoeft voortaan niemand meer te geloven die u ongeluk voorspelt."
"Broeder – mijn broeder – het is mijn dood, als je dit weigert. Wil je me soms zien sterven van angst?" Ze vouwde de handen als een vroom nonnetje, en boog het hoofd. Men kon denken dat ze bad.
"Goed dan! Ik zal dit keer toegeven. Zwijg tegen iedereen over deze zaak. Zeg dat ik onverwacht voor zaken in de stad ben weggeroepen. Ik wil niet dat er om mij gelachen wordt. Dit zullen jullie toch wel begrijpen!"
De paarden werden ingespannen. De koetsieren zaten statig op de bok. Niemand wist dat de heer van Hanckema voor Mepsge vluchtte. Zelf steeg hij onverschillig in, of hij uitsluitend uitreed om in Groningen zijn bezoeken af te leggen en de volgende morgen, na in de Doelen te hebben geslapen, naar Zuidhorn weer te keren. Zijn zuster zwaaide hem na tot de koets aan de horizon verdween.
Die nacht sliep ze voor het eerst in roerloosheid van ziel en

geest, en de volgende morgen werd ze glimlachend wakker in het besef dat ze zich van de voorbij gegleden laatste negen uur niets herinnerde. Was zij wel op de wereld geweest?
Toch had de bode die haar broeder had gewaarschuwd nog de avond tevoren gelijk gekregen. Het liep al tegen middernacht toen er zeer hard op de poort werd geklopt. De wachter was juist in een diepe slaap gevallen, en de onverwachte gasten moesten daarom langer buiten wachten dan ze wilden. Ze lieten de klopper zo hard op de deur daveren, dat zelfs in het bovenhuis enkele dienstboden wakker schrokken.
De wachter liep brommend naar de deur, en opende ze.
"Misschien is de heer thuisgekomen, of zijn het een paar van zijn vrienden", dacht hij.
Het waren Engelberts en Nannes, de twee trouwe handlangers van de rechter, die naar binnen drongen en schreeuwden: "Waar is de kamer van uw heer? Licht ons bij. We hebben orders van de rechter in de jurisdictie Oosterdeel-Langewold, de heer Rudolf Mepsge van Faan. Er is geen tijd te verliezen."
"Mijnheer is uit", zei de slaapdronken portier naar waarheid, "juist vanmiddag naar Groningen gereden."
"Verdoemd! Licht ons bij. Wij willen het met eigen ogen zien."
Ze gaven de wachter een duw in de rug met hun stevige knuisten. Deze stak de kaarsen aan, maar zei dreigend: "Ik zal jullie alles laten zien, maar als de juffer wakker wordt, smijt ik je allebei de trap af, al moet ik er ook voor hangen. Ga nou maar mee."
Deze woorden maakten indruk, en ze volgden hem zachtjes lopend de trap op. Hij opende de deur van de slaapkamer van zijn heer Hanckema. Hij bracht ze tot aan het bed. Dit was onbeslapen. Aan de kamer was te zien, dat er die nacht niemand was geweest.
"De vogel is gevlogen", spotte de poortwachter, "zoals de edele heren zien. Of willen de heren nog verder het slot bekijken? Ga liever eens in het dorp navragen... de herbergier zal u nog wel open doen – of de heer van Hanckema niet vanmiddag is uitgereden."
De twee keken elkaar onzeker aan. "Of willen de heren soms in de benedenzaal wachten op de heer van Hanckema, en een glas wijn drinken om de tijd te doden? Of zal ik soms een paar bedienden roepen om de edele heren op passende wijze uit te laten? Lange Hilbrands hebben wij hier niet, maar we hebben

wel peper en zout in onze vuisten om uw rug te kruiden!"
Deze redevoering die de poortwachter zelf zeer mooi vond, zette de twee tot spoed aan. Ze bibberden bij het idee dat ze voor hun meester zouden moeten verschijnen, maar het was beter hem zo snel mogelijk onder ogen te komen, om hem in kennis te stellen van de verdwijning van de heer van Hanckema.
Mepsge ontving hen uiterlijk volkomen onbewogen en rustig, alsof hij helemaal niet verbaasd was dat ze zonder zijn prooi durfden terug te keren. Ze keken hem in de ogen: diep in de zwarte schaduwen glom aan weerszijden een klein vonkje. En zijn dienaren raakten vervuld van vrees. Als hij driftig was geweest, hadden ze hun hoofd kunnen buigen. Als hij zijn woede op hen had gekoeld, zou hij het ongeluk de volgende dag verwerkt hebben, zoals na een fel onweer de zon weer kan doorbreken. Maar deze ijzige kalmte!
"Hier zullen er heel wat voor moeten boeten." Hij zei dit losjes weg, en zijn stem bleef vlak, maar de vonken in de lege gaten van zijn ogen verraadden zijn gemoedsgesteldheid.

De volgende ochtend ging hij naar de stallen, en hij sprak de gevangenen toe.
"Bereid u voor op de dood", zei hij alleen, "allen die hier zijn, zal ik laten verbranden. Ik ben een rechtvaardig heer. Ik wil niet dat de een meer pijn lijdt dan de ander. Daarom zal ik één brandstapel maken, waarop jullie allemaal tegelijk kunnen sterven. Niemand zal van mij kunnen zeggen dat ik geen genade ken."
Er waren er onder de veroordeelden die blij waren dat ze het leven mochten verlaten. Maar de meesten waren bang voor de dood en wilden koste wat kost in leven blijven. Ze vielen op hun knieën en strekten hun magere handen smekend naar Mepsge uit. Ach, ze wisten niet dat dit gebaar hem alleen maar goed deed, zoals een verkwikkende drank levenskracht in de aderen doet vloeien. Aan zijn gezicht kon je immers niet aflezen of iets hem nou verdriet of vreugde gaf, het bleef als uit steen gehouwen. Engelberts en Nannes vreesden hem in deze dagen meer dan ooit. Dikwijls spraken ze zachtjes met elkaar. Ze kenden hun heer zoals weinig anderen en ze verstonden elkaars angst. Met zijn tweeën konden ze vrijuit praten.
"Wat zou hij van plan zijn...? Er blijven in Zuidhorn geen mensen meer over, en dan komen wij aan de beurt."

"Als ze hem voor die tijd tenminste niet zelf te pakken nemen. Maar wat moet er in dat geval van ons worden?"
"Ze zullen ons slaan met de lange Hilbrands die we zelf hebben gesneden."
"Vriend, vriend, hoe moeten we ons hieruit redden? Als we niet doen wat hij zegt, dan worden we verbrand, doen we het wel, dan worden we opgehangen. We hebben allebei vrouw en kinderen thuis en wie zal voor ze zorgen als wij op het kerkhof liggen? Ik wou dat die lange Hilbrands nooit uitgevonden waren."
"Ik wou dat hij nooit rechter was geworden. Ik zou er heel wat voor over hebben."
"Stil, pas op dat hij ons niet hoort. Hij heeft zijn oren overal. Hoe zou hij anders van al die misdaad in de streek weten."
"Zou het allemaal wel misdaad wezen? Er wordt zoveel gezegd!"
"Stil kameraad! Maak het niet nog erger. Zij die er met de lange Hilbrands van langs hebben gekregen, zijn toch allemaal opgehouden met ontkennen?!"
Ze keken over hun schouders, de twee sterke mannen, als kinderen die door een eenzaam bos lopen, en die elkaar bang hebben gemaakt. Sloop de heer van Faan niet in de buurt rond? Het ritselende blad... was dat geen voetstap? In het hoge rechte koren daarginds kon zich best een luistervink schuil houden. Ze grepen elkaar vast.
Op zijn eenzaam slot zat Mepsge, met het hoofd in zijn handen, en hij staarde naar een kleine vlek voor hem op de tafel. Het was misschien niets anders dan een knoest in het eikenhout of een restje gemorste inkt. Hij bleef turen, net zolang tot de plek een vertrouwde kleur kreeg, en hij voelde een behoefte om er met zijn nagel over te krassen.
"Het is geronnen bloed, dat ik zie", dacht hij, en hij haalde diep adem. "Ik weet het zeker. Het is door de lange Hilbrands zeker op mijn kleding gespat, en ik heb het met me meegedragen, zonder dat ik het wist. Een bloeddruppel meedragen is niet iedereen geven. Voor mij is een bloeddruppel wat een parel is voor een jonge, mooie vrouw."
Hij dacht aan de mensen die in zijn macht waren, en aan het vreugdevuur dat hem te wachten stond. "Stil, mijn hart! Het zal me groot genot geven als die mensen worden verbrand, maar waarom is de heer van Hanckema er niet bij?! Zijn zuster heeft inmiddels toch gezien dat ik me wreken kan. Ik heb die dolk

wel weten te steken. Als ze hier eens op het kasteel kwam en me om genade smeekte?" Hij verlustigde zich bij de gedachte aan haar weerloosheid. "Wat zou ik met haar spelen! Ik zou zeggen: 'Vroeger heb je niet naar me omgekeken, wat kom je nu dan doen? Nu is het mijn beurt om met je te doen waar ik zin in heb. Ik ben gewend te krijgen wat ik wil.' Ik hoor het mezelf zeggen. Zou ze ook niet om genade komen vragen voor de twintig dorpelingen die ik zal verbranden? Wat een rookwolk zal dat opleveren!"

Zijn hersenen werkten koortsachtig, zoals bij iemand die het onderscheid tussen waan en werkelijkheid niet meer weet te maken. Ja, hij leefde als in een droom.

Toen de dag van het helse vuur was aangebroken, was hij tot ieders verwondering niet op de plek zelf aanwezig. Men had een grote stapel hout opgeworpen, achter de bossen van het kasteel. Vanuit het slot was niets te zien. Eiken en beuken stonden er met hun brede stammen voor.

Hij zat samen met Alting en Froon, zijn mederechters, in de grote zaal van de burcht. Het gillen drong niet door de dikke muren heen, het gekronkel van lichamen zagen ze niet, de geur van verbrand mensenvlees bereikte hen niet. Ze zaten gedrieën aan tafel, met hun rug naar het licht. Alting en Froon zwegen. Zo groot was hun berouw dat hun geweten als een zwaar gewicht in hun bloed vloeide. Ook Mepsge zweeg, maar niet omdat hij door wat dan ook werd gekweld. Hij beleefde het in zijn hoofd, alsof hij ter plekke was.

Hij wilde uit de verte het eerste rookwolkje zien dat boven de bossen uit zou stijgen. Hij wilde zich volmaakt overgeven aan zijn gevoel van almacht, maar wel zo dat niemand zou kunnen zien welke hevige emoties hem bewogen. Men zou kunnen beweren dat hij kuis bleef in zijn zonde.

Hij zuchtte diep toen hij het kleine wolkje zag, en tegelijkertijd draaide hij zich om. Hij ging rustig zitten en zei met een donkere stem: "Het kwaad is gestraft. Ik hoop dat de misdaad uitgeroeid is."

"Twintig mensen tegelijkertijd..." huiverde de zwakke Froon. "Hoe zal ik dat tegenover God moeten verantwoorden?"

Toen barstte Mepsge in een hard lachen uit, zo dat de twee anderen verschrikt opstonden. Dit was voor het eerst dat ze Mepsge van Faan hadden horen lachen. Deze sloeg met de vuist op tafel.

"Men is mij verantwoording schuldig! Eén man moeten we vangen, de heer van Hanckema, om hem is het me te doen.
"Alles om die ene man", riep Froon bitter uit. "We hebben er nu al zoveel gedood, het bezwaart mijn ziel."
"Zwakkelingen", mompelde Mepsge. "Ben je soms bang voor de duivel, heer Froon?"
"Voor de duivel niet... maar voor God."
"Ik ben bang voor de hoofdmannenkamer in Groningen", zei Alting bedachtzaam. "Als die ons laat vallen..."
Mepsge lachte een superieur lachje, en klopte hem op de schouder.
"Iedereen is de laatste tijd bang voor de hoofdmannenkamer. Als ik mijn dienaren aankijk, lees ik in hun ogen 'de hoofdmannenkamer' en nu ik u aankijk, mijnheer Alting, zie ik dezelfde vrees. Dacht u dat de hoofdmannenkamer mij iets kan maken? Ik ben banger voor de bloedvlek op deze tafel... als ik daar naar kijk, vergeet ik alles om me heen... . Nee, we moeten met deze straffen doorgaan. De ene wordt gestraft voor de andere."
"Hoe lang dan nog?" vroeg Froon bevend.
Terwijl ze zo rond de tafel zaten, werd er hard aan de poort geklopt en een bode met een verhit gezicht en stoffige kleren stoof binnen. In zijn hand droeg hij een verzegelde brief. Hij trad tot vlak voor de tafel, en hij overhandigde Mepsge het schrijven met een korte norse buiging.
Alting trok wit weg en Froon ging naar het venster. Het wolkje boven de bomen was opgelost in de heldere lucht.
"Daar is de brief die ik allang verwachtte", zei Alting.
"Als jij al weet wat er in staat", antwoordde Mepsge toonloos, "hoef ik hem niet meer te lezen. Zeg het me maar, heer Alting. Of ben je bang?"
"Niet voor u, Mepsge, maar voor de brief in uw handen. De hoofdmannenkamer heeft u in de steek gelaten... en ik zal dat voorbeeld volgen."
Mepsge keerde zich naar Froon toe, die nog steeds zweeg, en vroeg: "En u Froon, wat denkt u na deze brief te doen?"
Froon haalde diep adem, en antwoordde: "De lucht wordt me hier wat al te benauwd. Ik denk dat ik ergens anders ga wonen."
Mepsge stond op en liep in gedachten de zaal heen en weer, tot hij de bode toesnauwde: "Zeg de heren van de hoofdmannenka-

mer dat je op huize Byma twee lafaards hebt aangetroffen."
"En is dat uw enige antwoord, heer van Faan? Maar u hebt de brief nog niet eens gelezen!"
Mepsge verbrak de zegels, en gooide het statige papier met het zwierige handschrift op tafel. "Ik hoef niet te lezen wat de hoofdmannenkamer mij wil berichten. Ik ben onaantastbaar!"
"Luister!" zei Froon plotseling met indringende stem, en iedereen zweeg stil. Daarbuiten, in de verte, klonk een zwak gerucht, dat langzaam aanzwol... en steeds dichterbij kwam. Mepsge verroerde zich niet. Alting had het hoofd gebogen, en hij hield zijn rechteroor omklemd, in geconcentreerde aandacht voor de geluiden die het slot binnendrongen. Froon trok geruisloos zijn degen uit de schede. De bode wachtte onbewogen.
"Het volk!" zei eindelijk Froon. "Bode, meld de heren van de hoofdmannenkamer dat het volk optrekt naar het slot te Faan. Ze ruiken dat Mepsge door zijn vrienden is verlaten en zo eenzaam is als een vondeling. Brieven hoeven er niet meer te worden geschreven."
"Moet ik dat de heren van de hoofdmannenkamer te Groningen als uw antwoord melden?" vroeg de bode onzeker en hij keerde zich tot Mepsge als om een bevestiging te vragen. Deze staarde naar de bloedvlek op tafel, en hij hief het hoofd niet op toen hij hem antwoordde: "Ja." De bode aarzelde nog, en drong aan:
"En er is geen schriftelijk antwoord? Ik kan wachten, heer!"
"Neen!" De bode boog, hoffelijker dan toen hij gekomen was, en Mepsge keek hem scherp aan.
"Je bent beleefder dan daarnet. Je weet zeker dat je een stervende groet."
Eerder nog dan de bode de deur uit was, snelde Froon hem al voorbij. Alting volgde hem op de hielen, zodat de rechter in zeer korte tijd alleen in de kamer achterbleef. Hij deed geen moeite om de vertrekkenden terug te roepen. Hij wreef zich met zijn smetteloze vingers over het voorhoofd. Het geluid van buiten kwam dichter bij. Hij kon nu al duidelijk stemmen onderscheiden. Mespge leunde tegen de tafel.
"Ik blijf. Ze zullen niet denken dat ik laf ben", peinsde hij. "Iedereen heeft me verlaten. Laat het komen, zoals het komt. Ik wil mijn laatste blik hier wijden aan de vlek op tafel waarvoor ik geleefd heb en waarvoor ik zal sterven."
Het leek of hij zichzelf en zijn leven nu pas doorgrondde, zoals

een roker de helderste gedachten en inzichten krijgt door het turen naar een enkel rookwolkje. "Engelberts en Nannes hebben de bode uit de stad zien komen, en zij hebben het volk gewaarschuwd, om hun huid te redden. Zo denken ze de dans te kunnen ontspringen. Ik moest eigenlijk lachen... om zoveel laf verraad..."
De menigte stroomde binnen. Ze hadden moed gevat nu ze wisten dat hun wrede heer er alleen voor stond. Ze zouden rechtsomkeert hebben gemaakt als de sterke Engelberts en Nannes naast hem hadden gestaan. Ja, het blijft zelfs de vraag of ze niet waren afgedropen als Mepsge zijn heersershouding had bewaard. Eén uitgestrekte wijsvinger was wellicht voldoende geweest om het volk opnieuw op de knieën te dwingen, zo bang waren ze van hem.
Toen zij de heer van Faan echter weerloos aantroffen, in diepe concentratie starend naar één plek op de tafel, ontwaakte hun wraaklust. Dit was een man die door God en de wereld was verlaten, en nu was hij van hen. Iemand uit het volk stapte naar voren.
"Mespge! Je bent al te lang onze beul geweest. Nu zijn wij aan de beurt!"
De rechter antwoordde niet. Hij had wel wat anders te doen dan iets tegen dit armzalig gepeupel te zeggen. Hij bleef aandachtig naar de vlek op tafel staren.
Men schudde hem ruw door elkaar. Ze sloegen hem met hun vuisten en met de schop, de vrouwen bewerkten hem met hun nagels, kinderen beledigden hem. Hij leek het niet te voelen. Toen voerde men hem weg.
Waar bracht men hem heen? Naar Leegkerk.
Daar bond men in een stal de hoogmoedige, bloeddorstige heer aan een ketting, precies zoals hij het met zijn gevangenen had gedaan. Daar liet men hem achter in eenzaamheid, afgesloten van de buitenwereld.
Het geluid van voetstappen vervaagde en in de diepe stilte die volgde, kwam Mepsge langzaam tot zichzelf. Zo vlug was alles gegaan, dat hij de verandering in zijn levensomstandigheden nauwelijks kon bevatten. Langzamerhand kwam hij tot het besef dat hij verloren was.
Hij voelde zich als een slapende die weerloos op zijn bed ligt, terwijl onbekende gevaren hem bedreigen... een brand, een misdadiger in zijn kamer... een ziekte die hem door het bloed

Daar in een stal bond men de hoogmoedige, bloeddorstige heer.

kruipt. Zelfs als het hem lukte weg te dommelen, rook Mepsge het onheil. Hij werd geregeld met een schok wakker uit zijn lichte slaap.
Hij wist zich bespied door iets dat zich schuilhield in een donkere hoek van de stal, loerend als een kat op zijn prooi.
Het was altijd donker in de stal, een inktzwarte duisternis omhulde hem. Hij wist niet of buiten de zon scheen, of dat de nacht was gevallen, en ook niet hoeveel dagen er voorbij waren gegaan. Wat er precies omging in Rudolf de Mepsge van Faan, of hij honger en dorst leed, niemand zal het ooit weten.
Wel weet men dat het ongedierte, al wat kleine wriemelende pootjes heeft en bloed kan zuigen, op Mepsge aanviel, en dat zij zich verzadigden aan zijn bloed. Tegen deze vijand had Mepsge geen weerstand. De vlooien, de acrobaten onder de insecten, sprongen zigzagsgewijs over zijn benen en voeten, de luizen haakten zich vast aan zijn hoofdhaar en baard, of verscholen zich in zijn kleren. De ergste van allemaal was de wandluis die zich op zijn vlees liet vallen en die hem zonder ophouden kwelde.
Tot zijn laatste ademtocht bleven ze bij hem. Ze slurpten hem leeg, er leek geen einde aan hun feestmaal te komen. Zij voerden zonder het te weten de wraak van het volk uit.
En tot op de dag van vandaag noemt men de plaats dichtbij het Drentse tolhek de "Luizenbult", ter herinnering aan het passende einde van de bloeddorstige heer Rudolf de Mepsge, heer van Faan, rechter van de streek Oosterdeel-Langewold.

De vreemde gast van Spekholzerheide

Week in week uit zaten iedere zondag vier Limburgers in een herberg van Spekholzerheide, in de buurt van Kerkrade, samen te kaarten. In het plaatselijke kerkje zaten op die tijd alle mensen die God liefhebben en die vergeving voor hun zonden willen verdienen en ontvangen. Maar de kroeglopers vonden dat ze ook wel zonder Gods genade konden. Als de kerkklokken luidden om alle goede zielen naar het huis van God te lokken, zaten zij rond de morsige tafel met elkaar te zwetsen, de glazen tot de rand toe gevuld. Als de hoogmis in volle gang was, pakten zij de kaarten op, en speelden om grof geld. Ze waren een slecht voorbeeld voor het dorp en er werd over ze gepraat.
Op een keer kwam er eentje van de vier niet opdagen. "Hij zal dadelijk nog wel komen", zei de waard. Zulke goede klanten als de vier kon hij wel gebruiken. Ze zaten gezellig te kletsen over ditjes en datjes, en ze werden pas ongeduldig toen het almaar later werd en hun kameraad wegbleef.
"'t Is me wat moois... waarom heeft hij geen boodschap gestuurd?" begon er een te mopperen.
"Hij komt heus nog wel... hij komt nog wel", suste de waard.
"Kijk dan naar de klok achter je, man! Hij komt nog wel...! Hij komt vandaag niet, dat zal ik je vertellen!"
Op dat moment zwaaide de deur open en de herbergier riep zonder op of om te kijken uit: "Heb ik het niet gezegd? Daar is hij al! Kom erbij, kerel. We zitten op je te wachten."
Hij draaide zich om en schrok. Het was niet de oude, verwachte kameraad, die was binnengekomen, maar een lange rijzige heer. Hij ging aan de overkant zitten, precies tegenover de andere bezoekers, en tikte op de tafel om een bestelling te plaatsen. Men kon aan zijn manier van kloppen horen dat hij gewend was bevelen uit te delen.

De kroegbaas schoot toe, haastiger dan zijn gewoonte was.
"Wat kan ik voor u doen, mijnheer?" En hij liet er verontschuldigend op volgen: "Ik dacht dat het een vaste klant was, eentje uit het dorp die hier elke zondag komt. Het kon bijna niemand anders zijn, want de rest zit allemaal in de kerk!"
"In de kerk... ja ja... heeft u een goede fles wijn voor mij?"
"Dat zou ik wel zeggen!"
De waard ging naar zijn kelder en zocht een dure fles uit. Hij glom van inspanning om het zijn gast naar de zin te maken. Hij veegde de stoffige fles zorgzaam af, ontkurkte hem en schonk het glas langzaam vol. Aan de manier waarop de gast het rode vocht keurde, merkte men meteen dat hij er verstand van had. Hij liet het glas in zijn hand ronddraaien en tuurde er een tijdje geconcentreerd naar. Vervolgens liet hij even de geur langs zijn neusgaten waaien, en nam hij een korte, bedachtzame teug. Toen pas kwam hij weer in beweging.
De drie mannen in de hoek hadden met verwondering toegekeken. Zelf namen ze, zodra de waard hen bediend had, gulzig een stevige slok, en wreven dan met de rug van de hand hun mond af. Aan het langzame genieten van de gast kon je zien, dat hij opvoeding had genoten.
"Je hebt een goede kelder, herbergier!" zo zei hij. "Er komen zeker veel zondaars bij je langs."
"Ik heb er altijd eer in gesteld, mijnheer", antwoordde de waard, terwijl hij bij het tafeltje van het voorname heerschap ging staan, "om de beste kwaliteiten in voorraad te hebben."
De gast glimlachte om de aanstellerig deftige manier waarop de waard tegen hem praatte.
"Zo zo... tja, als je ook al op zondagmorgen bezoek krijgt, terwijl iedereen... hm... dit toch een zonde vindt, moet je ze wel iets bijzonders te bieden hebben."
De drie mannen aan de andere kant begonnen intussen met elkaar te fluisteren, en de heer boog zich iets voorover om hen beter te kunnen verstaan. De waard kon hem nu nauwkeurig opnemen. Je kon aan zijn kleding zien dat het een rijkaard was. Hij droeg een grote groenzijden hoed van een ongewone vorm, en zijn comfortabele lange mantel viel tot over zijn voeten, zodat van zijn broek en schoenen niets te zien was. Wel schitterden onder de jas gouden knopen van een zachtbruin vest, dat van de huid van een jong kalf was gemaakt. De waard merkte op dat de jas van zeer kostbaar laken was vervaardigd.

Deze heer die als bij toeval in zijn herberg terecht was gekomen, kon niet alleen een gewone rijkaard zijn, nee, hij moest meer geld bezitten dan het hele dorp bij elkaar! Wat kwam hij hier toch voor de drommel zoeken?!
De gast stond op – de lange mantel viel onder het lopen als een monnikspij tot over zijn voeten – en liep naar de tafel van de drie mannen. Met een stem die de mannen aangenaam in de oren klonk, vroeg hij: "En waarom zit ú niet in de kerk?"
De drie mannen schoven een beetje op hun stoelen heen en weer, en knipoogden tegen elkaar. Zouden zij de waarheid durven zeggen? Waarom zouden zij niet vrijuit spreken? Rijkelui zijn toch ook mensen?! Een van hen lachte brutaal en nam als eerste het woord. "Ze schenken hier betere wijn dan daar!"
De heer was geamuseerd.
"Zo zo, meen je dat. En zitten jullie hier altijd met z'n drieën?"
"Nee, we zijn met ons vieren. Tijdens de hoogmis gaan we altijd kaarten."
"En waar is de vierde dan nu? Ik zie maar een gewoon klaverblad!"
"We weten niet waar hij vandaag uithangt. Je zou zeggen dat hij nu niet meer komt!"
"Jullie hebben dus eigenlijk nog iemand nodig...?"
"Ja mijnheer, anders kunnen we niet kaarten en is onze zondag bedorven." De heer lachte opnieuw.
"Bedorven! Wie zou dat op zijn geweten willen hebben? Wat zouden jullie ervan zeggen als ik met jullie meedeed en de plaats van jullie vriend inneem?"
"Wil mijnheer met ons kaarten? Nee, nou wordt – ie mooi!"
"Waarom niet? Ik heb in mijn leven wel eens meer tijdens een kerkdienst gekaart."
Door deze woorden voelden ze dat de heer van hun eigen soort was, en dat zij van hem niets te vrezen hadden. Nu ontspanden ze zich en gingen in een gemakkelijke houding om de tafel zitten. De rijke bezoeker wenkte de waard en overhandigde hem zijn lange mantel.
Toen zagen ze pas goed hoe kostbaar hij gekleed was. Een wijde kraag van kant spreidde zich over zijn schouders uit. Niet alleen zijn vestknopen waren van goud, maar er hing ook een zevendubbele gouden ketting vol schitterende edelstenen op zijn buik te bungelen. Zijn vingers flonkerden van de juwelen ringen, waarin hij opzettelijk het licht liet spelen. De vier konden

hun ogen niet van hem afhouden.
Hij merkte hun bewondering op en lachte zijn tanden bloot.
"Dat kunnen jullie ook makkelijk verdienen, als je zou willen."
"Ja, dat zal wel, als u het zegt", lachte een der mannen, "ik heb dat kunstje anders jarenlang geprobeerd!"
"Niet op de goede manier, vriend... niet op de goede manier..." Hij lachte, maar het klonk als een kuch. Hij leek nu plotseling ongeduldig te worden. "Laten we daar nu niet over praten! We zouden toch een spelletje kaart spelen? Tijdens een kerkdienst kaarten schenkt nog eens extra speelplezier. Waard! Kom op met de kaarten!"
De kaarten werden gebracht. De heer scheen niet te merken dat ze smerig waren, zo popelde hij om met het spel te beginnen. "Maak dan toch voort", riep hij korzelig tot de anderen, toen deze nog aarzelden om te beginnen.
De waard haalde gehaast de lei met het stukje krijt. Men moest toch op kunnen schrijven, hoeveel er werd gewonnen en verloren?
De man die tegenover de heer zat, nam het stukje krijt in zijn handen, en liet het per ongeluk op de grond vallen. Snel bukte hij zich... en tegelijkertijd zag hij waarom de gast zo'n lange mantel had gedragen. De heer was de man met de bokkenpoot. Hij gilde het uit.
"Het is de duvel, die bij ons komt kaarten! De duvel! De duvel zelf!"
Toen hij zich oprichtte, was het harige heerschap al verdwenen. Geen spoor liet hij achter. Als de spelers met hem zouden hebben gekaart, zouden ze zeker hun ziel hebben verloren aan de duivel.
De vier kerels renden de herberg uit, het dorp in. Ontdaan vertelden ze iedereen die ze tegenkwamen wat hen was overkomen en aan welk gevaar ze waren ontsnapt. Voortaan zaten ze iedere zondag in de kerk. In de kroeg durfden ze nooit meer te komen...

De heer was de man met de bokkenpoot.

De straatvlinder van Roggel

Door de straten van het plaatsje Roggel, gelegen tussen Weert en Roermond, liep een vrolijk jong meisje. Zij neuriede zachtjes voor zich heen, en droeg een bosje klaprozen in de hand. Ze groette iedereen die ze tegenkwam vriendelijk en men groette haar even vriendelijk terug. Toen ze echter in de buurt kwam van het laatste huis van het gehucht, werd ze ineens staande tegengehouden door een jonge man. "Ik moet met je spreken."
Ze lachte. "Ik zal je niet tegenhouden."
"Je hebt me nog steeds geen antwoord gegeven." Zijn stem beefde, en zij keek hem oplettend aan. Hij zag er vermoeid uit, als iemand die al een te lange tijd wordt tegengewerkt.
"Hoor eens, ik zal je een antwoord geven, wanneer ik dat wil. Ik ben toch zeker vrij om te doen en te laten wat ik zelf wil?"
"Nee! Geen mens is vrij. Ik laat jou niet vrij. Je zult me antwoord geven."
Zwijgend liepen ze op een pad tussen goudgele korenvelden. Af en toe bukte het meisje zich om een klaproos of een korenbloem te plukken, en ze voegde deze bloem toe aan de andere. Ze had plezier in de kleuren en vormen van de bloemen, zoals een vrouw kan genieten van kleine dingen die moeder aarde te bieden heeft. Maar hij, een man, ergerde zich aan haar aandacht voor het boeket, en tenslotte viel hij uit: "Zul je mij nu eindelijk antwoord geven?!"
Dromend keek ze op, van de bloemen naar hem. "Wat voor recht heb je om zo tegen mij te praten?"
"Maar zie je dan niet, hoe ik onder deze toestand lijd? O jij... je hebt tegen mij gezegd: 'Later zal ik je antwoord geven.' Nou, wat betekent dat 'later'? Moet ik dan tot de winter wachten?"
"Is het soms niet de beslissing van mijn leven, die je van me vraagt? Wat doet het er toe, of jij nog een paar maanden langer

moet wachten? Wat zijn een paar maanden op een mensenleven? Weet je niet hoe lichtzinnig mijn hart is? Zoek liever een ander meisje, waarom zocht je uitgerekend mij uit? Ik ben anders dan de rest. Ik vlinder liever nog wat rond. Jij wilt maar niet begrijpen dat we niet bij elkaar passen."

"Ik heb je lief!"

"O dat zal wel. Jullie mannen... maar daarom sta ik nog niet meteen voor je klaar. Een hond kun je fluiten, mij niet!"

Hij was verwonderd over haar uitval. Hij dacht dat hij zich bescheiden genoeg had opgesteld om haar hart zacht te stemmen jegens hem.

"Zelfs als je wist dat het mijn ongeluk zou worden om 'ja' te zeggen, zou het je nog niet kunnen schelen", riep ze hartstochtelijk uit. "Wanneer je ijdelheid maar wordt gestreeld. Dat is voor jou de hoofdzaak. Je verdraagt het niet dat ik niet aan je toegeef. Dat is alles. Waarom kun je mij niet met rust laten?"

"Omdat ik hoop heb je voor me te winnen... "

"Laat me je uitlachen! Je weet wel dat ik nooit iets voor je zal voelen. Nog niet dát!" Ze knipte met haar vingers.

"We gaan nu terug. Spreek me er nooit meer over aan, dat is voor jou het beste... en wie weet... voor mij ook..." Er klonk verdriet in haar stem.

"Wat bedoel je daar precies mee?" vroeg hij heel verwonderd, en hij bleef stilstaan om haar aan te kijken.

"Dacht je dat ik niet ongelukkig was?"

"Hoe kun jij nu ongelukkig zijn? Je bent jong en mooi, het hele dorp houdt van je."

"We betalen allemaal de prijs voor onze zwakheden. Het helpt niet of je jong en mooi bent."

Ze zag er vaal uit terwijl ze sprak, en haar ogen stonden dof. Iedereen kende haar als een stralende jonge vrouw, maar nu ze aan haar somberheid toegaf, kreeg ze plotseling scherpe lijnen in haar gezicht. Als je haar slanke figuurtje even zou vergeten, had ze het uiterlijk van een vrouw die haar moeder zou kunnen zijn.

Ook zijzelf voelde haar verandering, en ze vermande zich. Ze kon het niet te lang van zichzelf verdragen, dat ze haar charme verloor. Ze streek met haar slanke vingers langs het voorhoofd, als om de smalle rimpeltjes te doen verdwijnen. Schaam je! Om er zo lelijk uit te zien, sprak ze zichzelf in stilte toe. Ze wreef haar wangen, zodat de blos terugkeerde, en ze dwong zichzelf

tot een glimlach, die kuiltjes op haar gezicht toverde. Haar ogen herkregen hun schittering. Ineens was ze weer een en al behaagzieke, vrouwelijke jeugd.
Teder nam ze de hand van de jonge man in de hare en streelde deze.
"O!" zei hij verwonderd, "ik dacht dat je niets meer met mij..."
"Dat wil met vrouwen omgaan! Je begrijpt ook niets van vrouwen. Kom mee!"
Ze kenden allebei de geheime wegjes wel tussen het koren waar niemand anders dan minnende paartjes komen. Wat hebben andere mensen daar ook te zoeken?
"Kom nou! O, kom!" Ze pakte zijn hand vast en trok hem mee. Bij een beekje ploften ze neer, en gingen hand in hand dicht naast elkaar zitten, als twee geliefden.
"Wist ik maar of jij het echt met mij meende!" zuchtte hij.
"Denk daar nou niet over na. Is het je dan niet genoeg dat we nu bij elkaar zijn?" Hulpeloos hief hij de handen in de lucht.
"Beloof me dat je me trouw zult zijn. Speel niet met mij."
"Hoe zou ik zoiets kunnen beloven?" vroeg ze mijmerend. Ze trok haar hand uit de zijne, en staarde voor zich uit.
"Ik ben nu eenmaal niet zoals andere vrouwen die overal zeker van zijn, die precies weten wat ze willen, voor wie heden en toekomst helder zijn. Jij denkt dat jíj ongelukkig bent. Je moest eens weten hoe het is om je het ene moment zus te voelen, en het andere moment zo, om vandaag naar de ene te verlangen en morgen de andere lief te hebben. Jouw geluk is afhankelijk van een ander, het mijne van mijzelf, en het is even wisselend van stemming als het weer." Dikke tranen biggelden nu over haar wangen.
"Zie me nu eens huilen, en zie me straks lachen. Hoe haat ik in jou je eenvoud. Je zit me verbaasd aan te kijken. Echt iets voor een man om te vragen: waarom huil je? Wat is het dat je ontroert? Begrijp het toch, ik moet soms razen, razen, uitrazen!"
Ze hield op met huilen en stond op. Ze liep een paar keer het smalle weggetje op en neer. Toen keerde ze tot hem terug.
"Goed dan, je zult je zin hebben. Wil je een belofte van me?"
Hij knikte.
"Ja, daar heb ik recht op!"
"Recht hebben jullie, plicht hebben wij... zo denk jij. De wereldorde zal verstoord worden, nietwaar, wanneer wij ons niet meer schikken. Och, voor deze wereldorde een andere."

Ook hij stond op en ging naast haar staan.
"Ik heb je stilzwijgend beloofd, en ik doe het nu hardop, dat ik je trouw zal blijven. Het is mijn plicht mijn belofte na te komen."
"Dat is zo", zei ze vertederd. "Je hebt me nu trouw beloofd... maar *jij* houdt van mij."
"Houd jij ook van mij", smeekte de jongeman. "Ik zal voor je werken." Zijn wanhopig aanhouden ontroerde haar.
"Houd je dan zoveel van mij?" Ze streelde hem over de haren. "Zou ik ook zo van jou kunnen houden?"
Was het om het duizelingwekkende zonlicht, het ruisen van het koren, dat zachtjes door de wind werd bewogen, de triomferende jubelkreet van de leeuwerik, die zijn vreugde uitzong? Ze sloeg haar armen om hem heen.
"Ik zal het proberen", beloofde ze.
Sindsdien zochten ze samen vele malen het wegje op, en ze raakte aan hem gewend en gehecht. Na enige tijd liet hij haar plechtig beloven dat ze hem heel haar leven trouw zou blijven.
"Als ik mijn woord breek", zo voegde ze er overmoedig aan toe, "zal ik de kerk een ton olie schenken om in de godslamp te branden."
Met dit antwoord was hij tevreden, en hij wist niet beter of de huwelijksdag kwam naderbij.

Waarom kreeg ze een ander lief? Waar en hoe ontmoette ze de ander? Het zal een eeuwig raadsel blijven...
Andere vrouwen in haar plaats hadden misschien onder hun ontrouw geleden, maar zij niet. Ze was zo iemand die verliefd was op aandacht, ze verruilde de een met gemak voor de ander en was ze volgende dag alweer vergeten. Ze nam zelfs geen afscheid van haar verloofde. Ze liep trots met haar nieuwe vriend door de straten van Roggel, en wachtte af tot hij haar zijn liefde zou bekennen.
"Kom", zei ze, en ze voerde hem aan de hand over het bekende smalle weggetje tussen het koren.
Het was een zwoele zomeravond en het begon al te schemeren. Met deze vriend ging ze anders om dan met haar eerste minnaar. Ze voelde zich onzekerder... preutser misschien... aan deze gaf ze zich oprecht bloot, ze liet zich langzaam winnen. Hij vroeg: "Waarom heb ik je niet eerder ontmoet?"
"Ik ben maar een gewoon meisje", zei ze, "dus is het wel te

begrijpen dat je me over het hoofd hebt gezien."
"Wel te begrijpen?" vroeg hij verontwaardigd. "Je ogen... als je tegen me lacht... ik zie ze liever dan die van mijn moeder... en je stem... het is een muziek, die ik nooit eerder heb gehoord! Als je me nu zou willen zeggen dat je wel eens aan me denkt... ik zou zo gelukkig als een kind zijn..."
Hij probeerde de ziel van dit vreemde, bekoorlijke wezen te peilen. "Je denkt vast niet aan mij, zoals ik aan jou denk. Dat durf ik niet te hopen. Ik heb het wel eens in een droom gedacht, maar als ik dan wakker werd, dacht ik: het is onmogelijk! Daarom zal ik er niet over praten. Of wil je dat ik het zeg?"
"Ik weet toch tevoren niet wat je hebt gedroomd? Je mag het me wel zeggen."
"Ik droomde... dat wij langs een korenveld liepen... en dat ik je een hand gaf... en dat je die hand aannam... en dat ik me naar jou overboog, en je kuste... en ik zei: 'Ik heb je lief!' Toen werd ik wakker, en dacht: dat zul je nooit tegen haar durven zeggen, al is het de zuivere waarheid."
"O, toch heb je het nu gezegd, jij slimme, slimme jongen. En nu wil je zeker weten wat ik heb gedroomd?"
"Droomde jij ook iets dan?"
Hij trok haar naar zich toe en kuste haar vol op de lippen.
Zij lachte. "Ja ik droomde ook iets. Ik droomde dat jij van me hield en ik van jou, maar ik kan het niet geloven."
Ze sloeg haar armen om zijn hals. Nu was *zij* de zwakste... *zij* de smekeling! Haar lichtzinnig hart vergat haar belofte dat ze de kerk een ton olie zou schenken, als ze haar woord zou breken tegenover haar eerste minnaar. Zij ging zorgeloos met de ander om tot de kerkklokken klonken en zij als een stralende witte bruid naar het altaar werd geleid om trouw te beloven. Zeker dacht ze op dat moment niet aan vroeger dagen.

Wie weet wanneer in dit leven het uur van de dood komt? Kijk naar het spelende kind en hoor het lachen! Het sterft nog eerder dan de grijsaard die voorbij strompelt.
Zo kwam de dag dat de jonge vrouw op haar ziekbed kwam te liggen, de haren uitgespreid over het witte kussen, met grote ogen van ontzetting. Moest zij sterven? Moest zij zo jong al sterven?
Nu pas herinnerde zij zich haar toezegging die ze in een onbe-

zonnen bui had gedaan, de ton olie die ze in het verleden aan de kerk had beloofd. De onbewogen dood sloeg toe en zachtjes blies zij de laatste adem uit. Men begeleidde haar naar haar graf. Onder de aarde lag zij in haar dodenkleed...

En de onvervulde belofte deed haar opschrikken uit haar eeuwige slaap. Zij kwam terug uit het ondergrondse rijk, zuchtend en klagend kwam zij bij de levenden weer, als een witte schim. Tot haar broers en zusters ging zij, en ze riep tot hen: "Help mij! Vergeet mij niet! Ik, trouweloze, beloofde een ton olie aan de kerk. Ik heb tijdens mijn leven alleen mijn eigen genoegens nagejaagd, en ik heb alleen voor het lichtzinnig genot geleefd. Jullie levenden, met jullie warme handen, jullie kunnen mijn foute goedmaken. Jullie kunnen mijn belofte vervullen, geef de kerk wat haar toekomt, geef voor mij!"

Maar haar bloedverwanten hielden zich blind en doof voor haar smeekbeden. Ze luisterden niet naar haar. Vele malen kwam ze terug, zoals een zondares naar de plaats van haar misdrijf keert, treurend en jammerend, haar familie bezwerend haar te verlossen. Zij had het leven geleefd en haar kansen verspild. Daarvoor moest zij lijden.

Toen ze merkte dat de levenden niet bereid waren een hand uit te steken, werd ze door wanhoop gekweld. Rusteloos dwaalde ze door de huizen van de mensen in het dorp, en men kon haar nergens ontwijken. 's Nachts riep ze met haar holle stem de slapenden wakker, en men zag haar staan in het donker, als een blanke nevel, die 's avonds uit het land opstijgt. Wat een straf moest zij ondergaan, nog wreder dan de dood die haar zo jong had gehaald.

Op den duur werd haar familie er door de dorpelingen op aangekeken dat zij onrust veroorzaakte. De broers en zussen kwamen bij elkaar om te praten over de problemen. Wat moesten ze beginnen? Wie wist een middel om haar te verbannen? Ze moest terugkeren naar het dodenrijk.

De oudste broer deed een voorstel: "Laten we het een van de paters vragen uit het kruisherenklooster Sint-Elizabeth. Als die ons niet helpen kan, wie dan wel?" Men zag wel wat in dat advies, en men vroeg dus een van de goede paters of hij de familie uit hun nood wilde verlossen. Hij stemde in. Al de volgende nacht keerde de geest van de ongelukkige niet meer bij haar broers en zusters terug en konden ze eindelijk eens rustig slapen. De pater had de schim naar de Gravenberg geleid.

Kom daar niet in de buurt als u bang bent voor de stem van de doden. Want nog altijd kunt u daar haar klagelijke echo horen: *ze konden mij helpen, maar ze wilden het niet. Ze konden het, maar wilden niet.* Geslacht op geslacht heeft men de jammerklacht van de arme rusteloze ziel gehoord, en zo zal het blijven tot het einde der tijden...

Het monster in het meer van Halen

Niet voor niets luiden 's zondags de klokken zo doordringend in het Limburgse land. Het zijn goede en gelovige stemmen die je overal hoort klinken, soms dichtbij, soms van heel ver weg, maar hun geluid lijkt wel tot het einde der wereld te kunnen dragen. Luister toe als de klokken luiden. Zeggen ze geen eenvoudige, verstandige woorden, zoals die van een oude man die geboren en getogen is op een en dezelfde plek, en die in de loop van zijn levensjaren wijsheid heeft opgedaan?

"Kom tot ons! Die belast en beladen zijn – kom naar de kerk, kom, en wacht niet langer."

Hoe bestaat het dat er mensen zijn die doof blijven voor deze stemmen? Velen liggen nog op één oor als de klokken roepen met hun opwekkende klank. Anderen willen per se niet luisteren, en ze moeten soms grote moeite doen hun oren dicht te houden. En dan zijn er nog lui die donders goed weten dat ze eigenlijk in de kerk zouden moeten zitten, maar die volmaakt onverschillig zijn en hun schouders erover ophalen. Dat zijn de ergste zondaren.

In de buurt van Halen woonde zo'n man. Op een zondag stapte hij zijn huis uit, en hoorde het 'bim-bam-bim-bam' uit de richting van de kerk komen, maar het interesseerde hem geen zier.

"Laat anderen daar maar heen gaan", dacht hij, "ik heb wel wat beters te doen."

Hij nam zijn hengel op zijn rug, keek zijn snoer en de haak nog eens na, en wandelde naar de vijver.

"Gisteren heb ik me daar toch een grote snoek gezien", mompelde hij in zichzelf, "en ik heb net een mooie vis die als aas voor hem kan dienen. Die heb ik tenminste niet voor niets gisteren gevangen en in een emmer water levend gehouden! Die snoek zal vandaag nog de mijne zijn, en mijn vrouw zal hem

klaarmaken. De hele week zullen we ervan kunnen smullen."
Het water van het meer van Halen was zo grondeloos diep dat het verhaal ging dat er een kasteel van enorme afmetingen in was verzonken. In de koele diepten, door geen mensenoog gezien, spelen de kleurrijke vissen. De grote boze snoek kan ze anders wel vinden: hij duikt als de beste en hij weet ze stuk voor stuk met zijn lange bek en de scherpe meedogenloze tanden te pakken te krijgen.
Niet altijd neemt hij de moeite om naar zijn buit toe te zwemmen. Soms staat hij rechtop in het water, als een lange paal. Niets verraadt dat hij levend is. Ja, zelf schijnt hij het ook niet te weten, zoals hij daar staat als een nooit vermoeide dromer. Het water rimpelt om hem heen en hij laat zich zachtjes mee wiegelen. Zijn ogen dreigen niet. Soms als het zonlicht verder doordringt in het blauwe water, en hij meent dat een zilverwit visje hem voorbijschiet, lijkt het of hij in zijn roerloosheid even siddert. Hij heeft alle tijd van de wereld. Wee de grondel of de voorn, de kikker of het waterhoentje, dat in zijn buurt komt. De kaakbeenderen, de keelbeenderen, het gehemelte, de tong, zijn hele bek is niet voor niets met messentanden bezet. Hij kan hem openen zo wijd als hij wil: zelfs de otter is niet veilig voor hem.
De man in zijn bootje tuurde over het water en zocht naar de plaats waar hij de vorige dag de snoek had gezien. Hij mijmerde na over de afmetingen van de vis, ja hij had er zelfs de vorige nacht over gedroomd. Hij durfde de grootte van het dier niet te schatten, maar hij meende dat het roofdier toch zeker anderhalve meter lang zou zijn.
Plotseling brak de zon door en in een flits van een seconde nam hij het dier waar. Zijn hart sloeg een slag over. Nu hij de snoek in werkelijkheid voor zich zag, bleek dat hij ruim twee meter was en dat hij zeker een zestig pond woog. Zulk een snoek had nog nooit iemand in het Limburgse land gevangen! De visser keek de hengelstok, het snoer, en de haak nog eens zorgvuldig na voor hij de aasvis in het meer liet. Zodra het diertje het water om zich heen voelde, schoot het met het onzichtbare snoer weg, al was de scherpe punt van de angel ook stevig in zijn weke vlees verankerd. De man keek gespannen naar de dobber en naar de snoek die nog steeds onbeweeglijk rechtop in het blauw stond. Er was geen spoortje van deining in de vijver. Het leek of de vis daar ver beneden in de bodem was geheid.

De stilte van de Limburgse zondag beefde door de lucht. Alle mensen zaten in de kerk, de trillingen van het klokgebeier waren in de verste hoeken van hemel en aarde gestorven. Het koren op het land ruiste niet. Geen enkele leeuwerik – de vogel, die anders als een gevederd wolkje de hele dag het zonlicht zoekt hoog in de lucht – hing in de hemel. Zelfs de merel zweeg.
De visser zat in zijn dromen verzonken. Hij dacht over de verhalen die de ronde deden over dit meer. Het zou een betoverd meer zijn, en niet alleen lag er op de bodem van de vijver een kasteel, compleet met al zijn muren en torens, neen, in de heilige kerstnacht zou men hier ook de klokken kunnen horen luiden als men zich over het water boog, de klokken die de mensen oproepen om naar de kerk te komen.
De man schrok uit zijn dommel op. In zijn verbeelding zag hij de torens van de burcht opdoemen. Hij wreef zich de ogen, maar het beeld verdween niet van zijn netvlies. Ook meende hij klokken te horen luiden. Het maakte hem angstig. Voor het eerst sloop de twijfel in zijn hart. Had hij er wel goed aan gedaan om op zondag te gaan vissen, uitgerekend op deze plek? Het geluid van de klokken zwol aan. Wat had dit te betekenen? Klokken?! Had hij misschien beter met de anderen in de kerk kunnen zitten, in plaats van in zijn eentje op dit meer met een geschiedenis?
Op dat moment kwam er beweging in de dobber. Het visje had zijn vijand gezien en vluchtte. Zo vlucht een man in zijn gevangenispak, hij weet zeker dat hij wordt herkend, ingehaald en gegrepen, maar hij probeert desondanks aan zijn lot te ontsnappen. De man in de boot was op slag zijn sombere gedachten vergeten. Hij liet de lijn vieren, nu weer helemaal in zijn element. Visje! Visje! Zwem zo snel als je kan, maar hij zal je zeker pakken, er is immers een eind aan het snoer.
Het lange slanke lijf van de snoek was al achter hem, en hij hield zijn vervaarlijke bek reeds opengesperd... hap! deed hij, en de dobber schoot naar beneden.
"Dat is alleen nog ophalen, jongens", mompelde de man verheugd. "Vanmiddag sist er iets lekkers in de pan."
Iedereen weet dat het gemakkelijk valt om het gewicht van een vis – zolang hij nog onder water is – te tillen. Deze snoek echter bezat een vreemde kracht. Hij raakte niet in paniek omdat iemand hem aan een touw hield. *Hij trok als een sterk, gespierd mens terug.*

Deze snoek echter bezat een vreemde kracht.

Nu voelde de visser dat zijn laatste uur had geslagen. Hij hoorde het gelui van kerkklokken. Het geluid scheen uit de richting van het dorp te komen, maar tegelijk ook van heel dichtbij, vanuit het water. Waarom had hij toch nooit gehoor gegeven aan het luiden der klokken?
Hij verzette zich nog, maar stap voor stap – het bootje schommelde gevaarlijk- werd hij over de lengte van zijn boot meegesleurd, tot hij op de rand stond. De spieren van zijn beide armen werden hard als staal, en met een uiterste krachtsinspanning vocht hij tegen deze bovenmenselijke macht.
Toen hij eenmaal wankelde, was het met de arme visser gedaan. Hij viel in het hemelsblauwe water. De zon brak baan en liet zijn stralen op het spiegelende vlak vallen. Het laatste wat de visser hoorde, waren de kerkklokken waarmee God hem tot zich riep.

Het Dokkumse spookhuis

Het is nog niet zo heel erg lang geleden dat er in de buurt van Dokkum een huis stond waar het spookte. Elke nacht tegen twaalf uur was er in een van de kamers van het oude huis altijd een verschrikkelijk lawaai te horen. Op een gegeven moment had men die kamer ontruimd. Alle meubels werden eruit gehaald, want er was niemand die daar nog wilde slapen. Alleen een krakkemikkig bed bleef staan, omdat niemand wist waar ze het moesten laten.
Op een keer kwam er een oud, arm vrouwtje, dat al weken lang over straat had gezworven, bij het huis aan. De storm ging tekeer, en de donkere hemel had, als een onuitputtelijke fontein, stromen water over akkers en wegen uitgegoten. Buiten de steden en dorpen was de aarde een grote blinkende plas met slechts hier en daar een eilandje van klinkerstenen. De takken van de bomen bogen door onder het aanhoudende geweld van de regen en de bladeren konden de stroom niet meer tegenhouden.
Het water was in de schoenen van de arme vrouw gesijpeld, druppel na druppel had het zich een weg gebaand, straaltjes volgden de weg van de druppels, golfjes op hun beurt de straaltjes. Ze sopte door de plassen op het veld. De regen die van boven kwam, was nog erger te dragen. In het begin had de oude vrouw haar rok over 't hoofd geslagen, ze hoopte onder deze zelfgemaakte paraplu de aanhoudende stroom enigszins op te kunnen vangen. Het had geen zin. Het stukje armoedige katoen bood geen enkele bescherming. Ze gaf het op. Het water gutste nu op haar blote hoofd, en vandaar sprong het als een vloed naar beneden, langs heel haar magere lichaam tot op de schoenen, waarvan de zolen al doorweekt waren.
Toen ze zo over velden en wegen liep, had de regen vrij spel

over haar gekregen, en evenmin als de bladeren van de bomen het water belemmerden, vormde de vrouw een noemenswaardige hindernis. De stroom liet zich aan niets of niemand iets gelegen liggen. Het water kletste, kledderde van haar hoofd en schouders op de grond. Zij regende zelf al even erg als de donkere wolken boven haar!

Men kan begrijpen hoe blij ze was, toen er eindelijk een huis in zicht kwam. Wat ze anders nooit deed, deed ze nu. Ze belde aan.

"Ze kunnen me wegjagen als ze willen", bedacht ze, "maar iets anders dan wegjagen kunnen ze niet, en er bestaan ergere dingen op de wereld."

Tot haar verwondering vroeg men – nadat ze had verteld waarom ze kwam – heel beleefd, of ze niet binnen wilde komen. Men liet haar in de gang staan, zo druipnat als ze was. Een paar kinderen aan het eind van de gang stonden heel bedremmeld te kijken, of ze een oud vrouwtje uit een sprookje was. Ze moest erom lachen, want ze hield veel van kinderen. Ze knikte ze nog eens vriendelijk toe, al kwam daardoor nog meer water uit haar verwarde haren stromen.

Een mannenstem klonk door het portaal en er kwam een oude heer op haar af.

"Wou je hier overnachten, vrouwtje?"

"Als mijnheer het goed vindt?!"

"En ben je bang?"

"Waarom zou ik bang wezen?"

"Zou je in een spookkamer durven slapen?"

"In iedere kamer, al waren er duizend spoken!"

"Ga maar mee, dan zal ik je de kamer wijzen!"

Ze liep gedwee met hem mee.

"Zonde van de mooie gang", fluisterde ze toen ze de plassen water zag die zich achter haar vormden.

"Maak je daar maar niet druk over", zei de deftige heer, "als jij vannacht in de spookkamer slaapt, ben ik tevreden. Dan kan er misschien een einde aan komen."

Aan de kamer was niets bijzonders te zien. Het vertrek was leeg, op het oude bed na. Bij het raam was een grote vensterbank gebouwd; daar ging de heer op zitten en hij keek het oude verregende vrouwtje doordringend aan.

"Ben je echt niet bang?"

"Als mijnheer zo lang in de regen had gelopen als ik, zou hij

ook niet bang meer wezen. Ik ben veel te moe om bang te zijn."
"Dus je wilt meteen gaan slapen?"
"Als mijnheer een handdoek heeft om me af te drogen? Want ik ben van binnen en van buiten zo nat als een regenton! Dan duik ik dat lekkere bed in."
"Is dat alles? Eén handdoek?" riep de oude heer verrukt. "Vrouw, al wil je er tien hebben!"
"Zoveel als mijnheer kan missen. 't Komt op eentje meer of minder niet aan. Brrr!"
Toen kwam er een jong dienstmeisje aantrippelen met een stapel handdoeken, maar het oude vrouwtje bleef nat, hoe hard ze zich ook wreef. Toen ze het meeste water er toch afgekregen had, hulde ze zich in het warme nachtgoed en stapte met een zucht van tevredenheid in bed.
Ze droomde van de regen, die buiten op de grond donderde, en ze sliep door, terwijl de klok acht sloeg, negen, tien, elf, en twaalf. Het spook kwam en ging, zonder dat ze er iets van merkte. Ja, het was al laat in de ochtend, toen ze wakker schrok van een geluid. De deur piepte, en een klein meisje, het kleindochtertje van de oude mijnheer, keek nieuwsgierig om het hoekje van de deur. 't Oude vrouwtje lag heel netjes in haar bed, met een hagelwitte, geplooide nachtpon die tot aan haar hals sloot en een pas gestreken muts met kantjes om haar kin gebonden: "Kom maar binnen, schatje!"
"Ben jij het regenvrouwtje?" vroeg het kleine meisje.
"Ja, wat heb je een mooie naam voor me bedacht! En hoe heet jij?"
"Webkje."
"En hoe oud ben je dan?"
"Vier jaar, en de volgende week ben ik jarig!"
Het regenvrouwtje was rechtop in haar bed gaan zitten.
Het kleine meisje keek haar peinzend aan.
"Hoe komt het dat je nou niet meer regent?"
"Ik heb lekker tussen droge lakens en warme dekens geslapen."
Op de gang klonk een strenge stem. 't Kleine meisje liep verschrikt weg.
"Grootvader! Hij heeft gezegd dat ik hier niet mocht komen!"
Het regenvrouwtje voelde zich beledigd dat de oude heer het meisje had verboden haar te bezoeken, alsof ze een gevaarlijke

toverkol was. Ze dacht er niet aan dat de spookkamer verboden terrein voor de kinderen in huis was. In haar ergernis wilde ze zonder ontbijt vertrekken, al stroomde, stroomde, stroomde het water uit de lucht. Ze kleedde zich haastig aan, en sloop de gang door, de trap af... ineens bedacht ze zich. Ze wilde zich toch niet laten kennen en vond dat ze voor de verleende gastvrijheid moest bedanken.
Voor de verschillende deuren bleef ze aarzelen, omdat ze niet wist bij welke ze aan moest kloppen. Eindelijk vatte ze moed, en ze tikte zomaar ergens. Een dikke, gezonde keukenmeid stak haar hoofd buiten de deur. Ze sloeg de handen in elkaar toen ze het oude vrouwtje zag. Daarna riep ze zo hard als ze kon:
"Mevrouw! Mevrouw! Heren! Kom eens kijken!"
De hele familie kwam aanrennen. Voorop liep de oude mijnheer die haar de dag tevoren had ontvangen. Hij schudde het hoofd, en zei: "Wou je weggaan zonder ons te vertellen, wat er vannacht gebeurd is?"
"Gebeurd? Er is niets gebeurd! Ik heb geslapen!"
"Is er dan geen spook geweest? Maar ik heb gestommel gehoord in je kamer!"
Het oude vrouwtje schudde op haar beurt het hoofd, en keek de heer met een trouwhartige blik aan.
"Zal ik vannacht nog een keer op de kamer slapen, en dan beter opletten, of het spook komt?"
"Ja, als je dat wilt doen, heel graag! In de keuken zullen ze voor je klaarmaken, wat je maar lust."
De daaropvolgende nacht sliep het oude vrouwtje dus weer in de spookkamer. Ze had goed gegeten en gedronken, en ze voelde zich zo behagelijk, als had ze nooit in de regen gewandeld. Ze was heel vroeg gaan liggen, want ze wilde tegen twaalf uur wakker zijn. Ze viel in een lichte slaap. Tegen middernacht werd ze wakker van een geluid, en ze richtte zich onmiddellijk op. Hoewel het buiten pikdonker was, scheen er in de kamer een blauw gedempt licht. Ze wreef zich de ogen uit en probeerde iets te onderscheiden. Waar kwam dat licht vandaan? Zou ze om hulp roepen?
Het was te laat. Bij de vensterbank liep iemand heen en weer met regelmatige voetstappen, als een schildwacht. Angst voelde het oude vrouwtje niet. Ze ging op haar knieën zitten, en boog zich over de bedrand heen. De man die op en neer marcheerde, hield zijn passen in.

"Wie ben je?" vroeg het oude vrouwtje heel beleefd.
De kerel bij de vensterbank kwam dreigend op haar toe, balde zijn vuisten en hield de knokkels vlak bij haar ogen.
"Wil je wel eens gaan slapen?" donderde hij. "Ik heb vannacht al meer dan genoeg last van je gehad!"
Het oude vrouwtje zuchtte, en zette toen haar slaapmuts wat steviger op haar hoofd.
"Als je erop staat, zal ik wel weer gaan slapen. Maar schiet een beetje op, alsjeblieft?!"
"Nou!" mompelde het spook, die duidelijk niet gewend was aan weerwoord, "al te bang schijn je me ook niet te wezen."
Het oude vrouwtje was op de rand van het bed gaan liggen en ze hield haar ogen half dicht, zodat ze ze meteen kon sluiten als de man naar haar zou kijken. Door het smalle kiertje tussen de wimpers kon ze precies genoeg zien.
Het was een lange, magere kerel, met een vuile pet op, en hij droeg kapotte laarzen aan zijn grote voeten. De broekspijpen eindigden in lange rafels, en in de mouwen van zijn jas waren gaten gevallen. Op zijn kraag lag een dikke laag stof.
"Hij heeft vast nooit iemand gehad, die eens naar hem omgekeken heeft", dacht het oude vrouwtje medelijdend.
Plotseling slaakte hij een vreselijke gil, en hij liep op de vensterbank af. Met zijn nagels sloeg hij in het hout, en hij bleef huilend liggen. Weer richtte het oude vrouwtje zich op, om beter te kunnen zien wat er aan de hand was, maar nu wat voorzichtiger dan de eerste keer. Gelukkig maar, want met één sprong was de gestalte weer bij haar en zij had nog net de tijd om zich achterover te gooien. Ze deed of ze snurkte, maar ze voelde dat de ogen van het spook in haar vel brandden. De man schudde woest zijn vuist, waarbij zijn vingers tegen elkaar klapperden. *Klapperdeklapklap.*
Toen werd het regenvrouwtje pas goed bang. Ze heeft er later vaak van verteld, toen ze weer door het land zwierf. Haar bloed stond stil en ze voelde haar hart zwaar in haar lichaam wegen. Het leek of zijn buigzame knokkels zich om haar keel sloten. Ze wist: dit doet *hij*!, en ze zag kleurige ballen, groen en paars en diepblauw uit elkaar spatten, als vuurwerk, terwijl ze haar ogen stijf dicht hield.
Hij boog zich over haar heen, en zijn adem maakte haar zo koud, als lag zij op bevroren grond. Ze kon zijn nabijheid niet langer dulden: ze verstarde over heel haar lichaam en raakte in

doodsnood. Met moeite strekte ze haar handen uit, terwijl ze rochelend ademhaalde. Toen hoorde ze de stem van het spook in haar oren:
"Blijf liggen en kijk niet naar wat ik doe."
Dit hoefde hij niet te zeggen, zolang hij zo dicht bij haar in de buurt was. Maar terwijl hij weer naar de vensterbank liep, kon ze de verleiding niet weerstaan en opnieuw richtte ze zich iets op. Ze zag dat hij timmermansgereedschap uit zijn witte, wijde jas haalde, een hamer, een vijl, en een zaag, en deze smeet hij op de grond zodat het rinkelde. Toen draaide hij zich dreigend om, om te controleren of ze hem beloerde. Onmiddellijk liet het regenvrouwtje zich achterover vallen, en ze sloot de ogen. Hij sloop donker naar haar bed – als een koude tochtwind naderde hij – en boog zich over haar heen. Hij wilde zien of zij werkelijk sliep en zo dicht kwam zijn gezicht bij het hare, dat ze de lijklucht van zijn adem rook, en zich moest beheersen om niet op te springen van walging.
Oef! Hij was verdwenen, gelukkig. Nu hoorde ze, dat hij de vensterbank openbrak. Ze kon het in haar bed niet meer uithouden van nieuwsgierigheid. Ze tilde de benen over de rand, zette de voeten geluidloos op de grond, boog haar hoofd opzij en sperde haar ogen open om beter te kunnen zien. Ze leek nu op een vogel die voer verwacht van zijn ouders. Bijna op hetzelfde ogenblik draaide het hoofd van het spook zich naar haar toe, en ternauwernood kon het oude vrouwtje haar benen binnen bed slingeren, de dekens over zich heen trekken en de ogen dicht doen.
Met één stap stond de geest voor haar, en ze voelde dat hij haar argwanend bekeek. Dapper dacht ze, terwijl zij de ogen met alle geweld gesloten hield: "Laat hem maar denken dat ik slaap, maar straks zal ik zien wat hij daar doet."
Toch bleef hij lange tijd naar haar staren, zodat op het laatst een andere angst in haar opkwam. Stel dat hij daar eens bleef staan tot de klok twaalven sloeg! Dan zou ze niemand kunnen vertellen, wat hij eigenlijk uitspookte. Ze begreep dat ze sterker moest zijn dan haar vrees, en ze wist zich zo goed te beheersen, dat haar ademhaling rustig leek als van een diep slapend kind. Haar handen, door 't maanlicht beschenen, lagen bewegingloos op het kussen en het model van haar mager lichaampje was stijf in de dekens gegoten, zoals een gipsen beeld in zijn vorm.
Eindelijk besloot het spook weg te gaan van haar bed. Ze hoor-

de zijn voetstap, en zijn nevelige gedaante was nog niet bij de vensterbank of zij had zich alweer opgericht en tuurde met nieuwgierige blik naar zijn werk. De slagen van zijn bijl dreunden dof tegen het hout, en tenslotte spatte het bovenstuk van het onderstuk af; tegelijkertijd rolden de dukaten, de gouden tientjes, de rijksdaalders rinkelend op de grond, achter elkaar aanjagend in witte en gele kringen. Nu had hij geen aandacht meer voor het bed waarin het oude vrouwtje lag, want zijn ogen keken en zijn handen grepen bijna in een en dezelfde seconde.

Hij ging op de grond zitten, en verzamelde al het goud en het zilver dat nog in de vensterbank was gebleven en dat over de vloer rolde, om zich heen. Toen legde hij al het geld op hoopjes, en hij telde, hij telde, en hij hertelde, terwijl hij intussen vreselijk zuchtte.

Het oude vrouwtje durfde niet te ademen. Ze hield zich klaar om dadelijk, bij de geringste beweging van zijn hoofd in haar richting, haar bed in te duiken. Hij was echter helemaal in beslag genomen door het geld. Eindelijk stond hij met een laatste benauwde zucht op, stopte het goud en zilver weer in de vensterbank, hamerde de plank erop, en verdween gillend met de laatste slag van twaalven.

Na deze vreselijk spannende nacht, kon het arme, oude vrouwtje met geen mogelijkheid nog slapen. Ze had het gevoel alsof er in elke hoek van de kamer vreemde wezens met vurige ogen naar haar zaten te staren! De nacht leek eindeloos lang te duren. Buiten ruiste de regen, het ging maar door, en ze probeerde zich voor te stellen hoe ze de volgende ochtend – die misschien wel nooit aan zou breken – over de velden zou dwalen, met een blauwe hemel boven haar en de horizon in haar ogen. Ze verlangde met heel haar wezen naar het daglicht.

Eindelijk was het zover. Buiten, boven de donkere, plassende regen kleurden de wolken zich grijs: het licht, mat en zwaar, verspreidde zich uit het oosten naar de rest van de wereld. Het oude vrouwtje was op het laatst toch een beetje ingedommeld, maar toen ze zich bewust werd van de schemer, sprong ze met een kreet van blijdschap haar bed uit.

Snel kleedde ze zich aan, en – de deur piepte – ze ging naar beneden. Niemand had haar gehoord. Rijkelui kunnen blijven slapen zolang ze willen en daarom hebben ze zachte kussens van fijne veren of zwanendons, met slopen van satijn.

Hij ging op de grond zitten.

Het oude vrouwtje wachtte geduldig in de mooie kamer. Nu had ze niets meer te vrezen. Er waren al mensen op in het stadje: een wagen reed langzaam voorbij, en ze hoorde twee mannen met elkaar praten.
Eindelijk kwam er ook beweging in het huis. Een slaperig dienstmeisje stak haar hoofd om de deur, en schrok toen ze het vrouwtje aan de tafel zag zitten.
"Is het spook geweest?"
"Ja! En maak je baas maar wakker. Er is heel veel geld in de vensterbank boven!"
In een oogwenk was de dienstmeid verdwenen, en al heel gauw was iedereen in de woning op. Men ging in een kring om het oude vrouwtje heen staan en zij vertelde in geuren en kleuren wat zij de afgelopen nacht gezien en gehoord had. Zij had rode wangen van opwinding en knikte, bij het opnieuw beleven van haar avontuur telkens met haar hoofd.
Men wilde haar eerst niet geloven. Had zij niet gedroomd? Ze glimlachte. Nee! Ze wist het zeker. Ze hoorde in haar oren nog de hamerslagen van het spook.
"Ga maar kijken. Dan zal de rijkdom jullie in de schoot vallen."
Men geloofde haar nog steeds niet toen men de vensterbank openbrak. Daarna moest men haar echter wel geloven! Want het geld sprong, net als de vorige nacht, over de vloer. Ho! Wat hadden die gouden tientjes een haast om uit hun gevangenschap te komen. Ze wisten wel dat ze niet in een cel hoorden, ze moesten de wijde wereld in, en daar veel kwaad en veel goed doen. Ze moesten de misdaad wekken en de misdaad bestraffen, en ze moesten de spieren van de mensheid sterk maken. En de rijksdaalders en de guldens, ja de kwartjes en de dubbeltjes volgden elkaar steeds sneller op, zoals na een zachte bui een plasregen valt. Wat hadden ze een haast, om de woorden van het oude vrouwtje waar te maken. De kinderen gristen en grabbelden.
Toen begon men elkaar te vragen, wat er toch wel ooit in het huis gebeurd kon zijn, en men dacht lange tijd na over de vreemde geschiedenis. Eindelijk zei de oude heer dat er enige tijd geleden een gierigaard had gewoond, een man die niet om God en gebod gaf en geen liefde en mededogen kende. Ooit had hij een oude zieke man, die de huur niet kon betalen, op straat gezet. Hij had het geld lief, als een bloem het licht: hij

kon niet zonder leven. Ieder dubbeltje dat hij moest uitgeven, scheen hem aan de handen te blijven plakken en met moeite schudde hij het af.
Wie zó denkt en doet, zal, hoe dan ook, een misdadiger worden. Wie overdag niets anders doet dan over zijn geld waken, droomt er ook 's nachts over, en in het duister rijpen de sluwe plannen, die in het daglicht uitgevoerd gaan worden. De handen van een gierigaard beven 's ochtends van begeerte, zoals van iemand die teveel drinkt, om het geld tussen zijn vingers te voelen. De een leent geld tegen woekerrente, de ander heelt of bedriegt, of laat anderen voor hem smokkelen. Maar ze belanden lang niet allemaal in de gevangenis! Nee, velen zijn zelfs tijdens hun leven gerespecteerde burgers, want geld oefent op iedereen een zwarte macht uit.
Ook deze gierigaard was zo'n slecht mens geweest: men wist niet veel van hem, maar dit wel. Er deden veel verhalen de ronde. Men vertelde hoe hij zonder nadenken het huis van een gezin had verkocht dat altijd braaf de huur had betaald, enkel en alleen omdat hij belust was geweest op een snelle winst.
Wat een vloek!
Hij stierf zonder dat iemand zich om hem bekommerde. Hij werd van de armen begraven, omdat men geen cent vond in het grote huis, hoeveel geld hij daarvoor ook had opgenomen. Waar kon het gebleven zijn? Men zocht het hele huis af, speurde in alle hoeken en gaten. Men keek elke centimeter in de kasten na, maar er hingen alleen afgedragen kleren in.
Niemand heeft ooit aan de vensterbank gedacht, want wie zou vermoeden dat je in een vensterbank geld kan verstoppen? Zolang men de schat nog niet had gevonden, keerde de vrek naar deze kamer terug. Iedere nacht moest hij voor straf het geld tellen, precies zoals hij het tijdens zijn leven had gedaan, net zo lang tot het weer onder de mensen zou rollen.
"Nu zal hij niet meet terugkomen", zei de oude heer. "Wat zou hij nog bij ons moeten doen? Op het kerkhof is zijn plaats en zijn geraamte blijft in de doodskist geklemd."
"Is dat waar?" vroeg het oude vrouwtje verrukt. "Dan heb ik hem verlost."
"Ja, en daarvoor mag je bij ons blijven!"
"En wat moet ik hier dan doen? Nee, nee, over de weg moet ik gaan, onder de bomen staan, zwerven en... sterven."
Ze legde de versleten rok over haar hoofd, en ze keek niet een

keer om. De regen sloeg nog steeds over de wegen, en de wind striemde. De kinderen riepen haar wat na, woorden van kinderen, die alleen oude mensen begrijpen die veel hebben gezien, en ze glimlachte, terwijl het water weer in haar schoenen drong...

De macht van de liefde

Het begint met een liefdesavontuur en het eindigt met een woord van afscheid, zoals elke geschiedenis: op deze regel bestaan geen uitzonderingen.

In dit verhaal gaat het om de tragische liefde tussen een jonge ridder en een non. Hij had haar lief, en dacht dag en nacht aan haar. Haar stem achtervolgde hem, zijn ziel was één met de hare, als twee klokken die tegelijkertijd beieren. Aangezien zij in het klooster woonde, was het hem zelfs niet toegestaan openlijk zijn verlangen uit te spreken en haar lief te hebben op afstand. Het onvervulde liefdesverlangen heeft voor sommigen een hele bijzondere bekoring, maar zelfs dat was voor de ridder niet weggelegd.

"Ach liefste! Jij, die zo ver van mij vandaan woont, denk jij aan mij zoals ik aan jou? Ik heb je lief. Ik zal je nooit kunnen zeggen lieveling, dat ik van je houd. Tussen ons bevinden zich grote landen zonder wegen. Ik herinner me nog alles van je. Je moet niet denken dat ik je vergeten ben. Je bent als de zon in mijn leven, en ik ben de zonnebloem die zich naar het licht wendt. Maar het is nu al zo lang geleden dat de zon heeft geschenen. Ik weet niet of jij mij nog liefhebt. Vaak denk ik dat je me vergeten bent. Hoe kan dit ook anders, jij die in een andere wereld leeft, waar ik nooit zal kunnen komen?"

Dit zijn woorden van een wanhopige minnaar, die hoopt zijn geliefde voor zich te winnen. Maar deze ridder was zonder enige hoop.

Al zong Gertrudes naam dag en nacht in hem, hij kon zijn armen nooit naar haar uitstrekken, en hij was veroordeeld eenzaam te blijven. Er is altijd een grote zomerdag in het leven van alle geliefden, een dag die eindeloos lang schijnt te duren, al hoort men de tijd voorbij tikken. Maar zelfs deze ene dag had

hij niet genoten. Andere liefdes kende hij niet. Hij moest zijn leed helemaal alleen dragen, en haar naam fluisterde hij slechts wanneer hij ver uit de buurt van mensen was. "Gertrude!" Hij haalde zich echter uit eerbied voor haar keuze nooit haar beeld voor de geest.
Zij woonde in het klooster, en zij diende Maria, de Moeder der Smarten. Zij bad elke dag vurig tot haar, geheel verzonken, zoals alleen zij kunnen die gewend zijn aan voortdurend en volhardend bidden.

Zal alleen hij, verteerd door vuur en vlam
ooit gelouterd voor u staan?
Zal alleen hij in uw hemel gaan
die gebroken tot u kwam?

Nooit kwam haar iets ter ore over zijn hopeloze liefde voor haar. Hij dwaalde rusteloos langs akkers en wegen, terwijl zij zich volledig wijdde aan de dienst van de Heer.
"Wat zal er met mij gebeuren?" zo vroeg hij zich af. "Waarom moet ik zo lijden?"
Iemand die zo denkt, vindt niet gemakkelijk troost in het leven. Troost is er voor de man die zegt: "Het lot brengt mij zware slagen toe, maar ik zal er niet voor buigen, en terugslaan."
De ridder werd echter onophoudelijk geteisterd door zijn verdriet; in golven van pijn beukte zijn machtige liefde over hem heen, en het maakte hem zwak en weerloos. En de storm nam niet af in kracht. De dag kwam dat hij bang werd van zichzelf. Zo scherp stak de pijn in zijn wezen dat hij besefte dat hij er een ander mens door was geworden. Af en toe zadelde hij zijn paard en ontvluchtte hij zijn kille, eenzame burcht.
"Hoe krijg ik ooit mijn rust weer terug?" dacht hij, als hij als een dolleman over de weg reed. "O! Dat ik uitgerekend deze vrouw moet beminnen, die ik niet beminnen mag. Ik ben nog jong en ik verlang ernaar van iemand te houden. Als zij nog in de wereld zou staan, als zij haar gelofte niet had afgelegd... ik zou met haar in de bloeiende geurende wei liggen, waar het gras zo hoog is, dat het met gemak twee geliefden verbergen kan. Of zij zou met mij door het bos dwalen, tot achter de hoge stammen van de bomen, tot waar het kreupelhout het dichtst is. Ik voel aan het bonzen van mijn hart, dat daar mooie muziek te horen is... die ik nooit zal kunnen beluisteren."

Al te lang kon hij deze gedachten niet verdragen. Op een van zulke wildemanstochten bedacht hij een plan. Hij kon Gertrude weliswaar niet de beker van zijn liefde overhandigen, waaruit zij kon drinken en zich verzadigen, maar wel kon hij haar klooster bedenken. En zo vond zijn liefde een manier om zich zonder woorden te uiten. Hij was een dappere ridder die vele schatten had vergaard, en hij gaf ze stuk voor stuk weg aan het klooster. Hierdoor kwam het klooster tot grote rijkdom. Kostbare edelstenen, saffieren, karbonkelen, jaspissen, onyxen, al deze wonderbaarlijke stenen met hun diepe schittering schonk hij de kerk. Hij gaf opdrachten aan schilders – hij betaalde ze in goud – om Jezus' heilig leven op het doek vast te leggen. De doeken lieten de Heer aan het kruis zien, of Jezus omgeven door zijn discipelen. Ook heiligen werden afgebeeld, zoals Christophorus, groot van gestalte en van geloof, die met een kind op de armen door het woeste water waadde om het veilig naar de overkant te brengen. Men zag ook de Heilige Moeder Gods met het kindeke Jezus op haar schoot.

Het klooster kreeg groot aanzien in de streek. De vrome nonnen deelden van hun overvloed met de armen en zij gaven volop aalmoezen. Al snel was er weinig armoede meer in de streek. De ridder zag dat zijn rijkdommen stilletjes aan verminderden, en nog steeds werd hij door zijn liefde gekweld. Al deze jaren, dat hij het klooster had bedacht, waren in de gapende afgrond van de tijd verzonken, nu kwam er een andere tijd aan. Wat moest hij beginnen, als hij geen schatten meer brengen kon?

Hij trok ten strijde, en zijn buit was groot, want hij vocht in vele landen. Wonderlijk mooie spullen kwamen in zijn bezit. Hij zond ze allemaal naar het klooster. Hij veroverde kransen van goud, zilveren bekers met edelstenen bezet, tafels van citroen – en van rozenhout, marmeren beelden, geheimzinnig fonkelend glaswerk, dat van binnenuit vlamde, parels van welke de waarde niet te schatten was.

Maar alles wat hij zond, was overgoten met een glans die niet van enige stof afkomstig was. Het goud en zilver wat er blonk waren de liefkozingen en fluisteringen van een oprecht minnaar, die geen andere woorden had. Maar zijn krachten namen langzamerhand af. De armen van de ridder voelden minder hard en gespierd aan en na een zware tocht voelde hij zich moe. Hij zond minder en minder goederen naar het klooster en op een dag merkte hij tot zijn schrik dat hij arm was geworden. Al zijn geld en goed had hij verspeeld, en hoewel hij de ouderdom al in zijn botten voelde kruipen, bleef zijn liefde even brandend als in zijn jeugd. Dag in dag uit zat hij voor zich uit te staren, en hij zag zijn ongeluk zonder ophouden in de ogen.

"O Gertrude!" zo peinsde hij, "mijn hele leven heb ik je gediend, en nooit heb ik mijn liefde voor je kunnen uitspreken. Ik ben nu verder van je verwijderd dan ooit. De dag dat ik je heb ontmoet, is een dag die voor mij een zegen en een vloek tegelijkertijd is. Wat moet ik zonder jou beginnen? Waarom heb ik mijn jeugd verloren? Kon ik nog maar eenmaal jong zijn, en opnieuw beginnen. Voor elk mens komt de tijd dat hij op zijn leven terugkijkt. Gelukkig zijn zij die zich hun kindertijd en jeugd herinneren, en hoe zij gegroeid zijn tot volwassenheid en ouderdom. Maar ik! Wee mij! Ik heb steeds gehandeld als een jonge man en nooit aan iets anders gedacht dan aan de toekomst. Mijn hele leven lang heb ik gehoopt, tegen beter weten in. Ik leefde in een droom! Ja, al de tijd dat ik haar heb liefgehad, was ik alleen maar bezig met de dag van morgen. De volgende dag was voor mij steeds aanlokkelijker dan die van vandaag en nu... heb ik geen toekomst meer!"

Iedere dag reed hij uit, maar hij kwam zelden nog met schatten thuis. Hij was eenzaam, en fluisterde urenlang tegen zijn Gertrude, terwijl hij met zijn paard de bossen doorkruiste.

"Zul je niet denken, dat ik je vergeten ben? Nu zul je geloven dat mijn liefde een einde heeft, als de bloei van bloesem, die kort en uitbundig leeft. Liefste! Er is niets eenvoudigers en toch geheimzinniger dan trouw. Mijn leven is aan het jouwe gebonden. God alleen weet hoe ik lijd. Zullen je zusters niet vragen: 'Is de ridder gestorven, omdat we niets meer van hem horen of zien?' Zul je misschien aan de poortwachters gaan vragen: 'Wanneer hebben jullie voor het laatst zijn wilde stofwolk op de weg zien waaien?' Zul je om mij huilen, denkend dat ik gestorven ben? Maar nee, het is je niet toegestaan om te huilen om een man die je heeft liefgehad. Je mag alleen voor hem bidden. Gertrude, mijn zuster Gertrude!"

Hij keek op toen hij een vreemd schrapend geluid hoorde, en een schrikwekkende gedaante met hoorns op zijn kop en harige poten in plaats van benen stond voor hem. De ridder herkende hem in een oogopslag en sloeg zijn handen voor het gezicht. Was hij dan al zo diep gezonken?

"Ridder!" zo begon de duivel, "waarom bent u bang van mij?

Bent u niet van God verlaten geweest, zolang u heeft geleefd? U heeft nog meer geleden dan Job, ja ik kan met de hand op mijn hart verklaren dat ik er niet veel heb gekend die ongelukkiger waren dan u. Maar – zo vraag ik u – weet u wel zeker dat u deze pijn moet doorstaan? Heeft u nooit over uw redding nagedacht?" De ridder deinsde terug.
"Wat wilt u van mij, u, die altijd, de vele jaren dat ik bezeten ben van mijn liefde, op de achtergrond hebt toegekeken, en die nu in volle glorie voor mij verschijnt. Waarom bent u niet eerder gekomen, als het toch uw voornemen was?"
"Ik wacht altijd het goede ogenblik af. De mensen aanvaarden mijn hulp pas als ze radeloos genoeg zijn. Dan kom ik in hun leven, en... en neem wat me toekomt. Wat ik te bieden heb, is veel, en wat ik vraag, is weinig, maar voor mij genoeg."
"Ik weet wat u vraagt", zei de ridder somber, "al weet ik nog niet precies wat u er dit keer voor wilt geven. Maar geloof maar niet dat mijn ziel voor mij niet kostbaar is. Dat is toch wat u eist, mijn ziel, in ruil voor geld en goud? Door u verspelen wij de hemel."
"Maar edele ridder, u moet zich niet om het hiernamaals bekommeren! Denk aan uw Gertrude. U houdt van haar. Ik begrijp niet dat u nog aan iets anders denkt. Hoe kunt u dit doen?"
"Ik kan het ook niet!" gaf de ridder radeloos toe. "U weet net zo goed als ik dat er voor mij maar één rijkdom is op de aarde en in de hemel, en dat is mijn liefde voor Gertrude!"
"Als dat waar is, als er maar één rijkdom is op de aarde en in de hemel, en ik kan u die geven, waarom wilt u dan uw ziel niet afstaan, die voor u immers geen rijkdom is? Hoor wat ik u bieden kan! Schatten en schatten, zoveel u wilt, goud en zilver en diamant, alles wat voor geld te koop is. Geen uur zal voorbijgaan of u kunt Gertrude bewijzen dat u nog aan haar denkt. Geen zorgen meer omdat uw armen krachteloos worden. Ouderdom bestaat niet meer voor u, u leeft voor uw liefde, en Gertrude zal u onophoudelijk prijzen in haar gebeden. Hoelang zal dit duren? Zeven volle jaren. En bedenk dat zeven jaren voor u de eeuwigheid zijn. Wat heeft u er immers zonder mij van te verwachten? Niets! Kom ridder, bezegel mijn contract met uw bloed, en u kunt weer leven zoals vroeger."
"Ga weg van mij, Satan, je maakt het me onverdraaglijk moeilijk. Waarom wilt u dat ik u toebehoor? Zoek rijkere zielen, zie,

ik smeek het u! Als *zij* het wist, ze zou het nooit toestaan!"
"Als *zij* het wist? Maar ridder, nu drijft u de spot met uzelf en met mij. Zij zal het immers nooit te weten komen. Zeven jaren lang zal ze denken dat u al uw geschenken in de strijd verworven hebt. Doe niet zo dwaas."
De ridder had geen weerstand meer en boog het hoofd, ten teken van onderwerping. De duivel nam het zware perkament uit zijn kleed, en legde het de arme minnaar voor. Hij tekende met zijn bloed.
"Tot ziens, ridder van mij!" De duivel verdween spoorslags.
Zeven jaren lang scheen het of de ridder geen leed kende. Iedere dag scheen de zon voor hem. Hij zond het klooster geschenken, rijker dan ooit. De dagen, alle bodes van het geluk, snelden de ridder voorbij. Niemand wist dat hij een verbond met de duivel had gesloten. Gertrude bad voor hem tot de Heilige Moeder Gods, zonder te beseffen wat voor een grote zonde hij op zijn geweten had, en hoe de arme gulle gever Gods genade meer nodig had dan enige andere sterveling.
En zo verdwenen de eerste zes jaren aan de horizon – het zevende begon aan de meedogenloze wedloop. De ridder die de kransen van krokus en sneeuwklok zag opbloeien, hield van schrik zijn adem in.
Toen de zeven jaren om waren, wist de ridder dat hij de zwaarste tocht van zijn leven moest aanvaarden. Eeuwige verdoemenis wachtte hem en hij ging naar het klooster om nog eenmaal de vrouw te zien voor wie hij zijn ziel had gegeven. Men langzame pas liep hij tot aan het klooster, en daar zag hij Gertrude. Het was hem niet toegestaan op haar af te gaan, en hij mocht zijn hand niet op haar hart leggen. Zij glimlachte tegen hem, maar deze glimlach was er niet een van aardse liefde. Zou ze weten dat hij haar beminde? Weten vrouwen het ook als het niet met woorden wordt gezegd? Ze nam een beker en vulde die vol met wijn.
"Vaarwel", zei ze. Hij dronk haar toe, maar antwoordde niet. Hij durfde haar geen ogenblik aan te kijken. Hij wierp zich op zijn paard en reed weg. Zijn ziel snikte: "vaarwel! Vaarwel!"
Gertrude boog zich voor het altaar neer, en bad vurig. Hoe wist ze dat hij haar voorspraak nu meer dan ooit nodig had? Haar woorden gingen recht naar de hemel. Rijdend, rijden over het wijde veld, kwam de ridder bij de plek waar de duivel op hem wachtte.

Hij durfde haar geen ogenblik aan te kijken.

"Hier ben ik", zei hij ademloos, "neem mijn ziel." De duivel zag hem duister aan.
"Ik kan uw ziel niet nemen", antwoordde hij bitter, zichtbaar ontstemd om de schat die hem ontging, "alles en iedereen spant samen om u te redden. Ben ik niet de arme Lucifer, en weet ik niet uit eigen ervaring hoe sterk de hemelse machten zijn? Wee mij, ik heb u verloren door de macht van Gertrudes gebed." Hij verborg zijn gezicht in de mantel.
De ridder begon een nieuw leven. Hij kwam tot zichzelf, en hij zag zijn zonden uit het verleden onder ogen. Hij zond geen schatten meer naar het klooster waar Gertrude leefde, maar hij werd monnik, en hij leidde evenals zijn zuster een vroom leven van vasten en gebed.
Deze tragische liefdesgeschiedenis bleef echter voortleven in de harten van de mensen. Telkens als iemand een zware tocht moest gaan ondernemen, vulde men een beker met wijn en men sprak het droevige woord met zijn sombere klank: "Vaarwel!" En dan proostte men en wenste de reiziger het "heil van Sint-Gertruiminnen" (of Sint-Geertenminnen). Dit deed men ter herinnering aan de aardse liefde van de ridder en aan de liefde voor God van de non Gertrude, die dankzij de macht van het gebed de arme ziel van de ridder had gered uit de klauwen van de duivel.

De vervloekte klokken van Breda

Dit verhaal gaat over twee jonge mensen, Maria van Grave en jonkheer Walther van de Ulvenhout, die elkaar leerden kennen in de lente van hun leven. Wee hen! Hun prille liefde was tot mislukken gedoemd. Toen de jonkheer op zijn vader afstapte om hem ronduit te verklaren: "Ik houd van Maria van Grave en wil met haar trouwen", maakte de oude geschrokken een afwerend handgebaar.
"Nooit! Ik mag het je niet toestaan!"
"Waarom niet, vader?"
De oude man staarde in de vlammen en hij gaf geen antwoord. De jonkheer viel op zijn knieën voor hem neer.
"Vader, denk aan uw eigen jeugd, denk aan de dagen dat u moeder liefhad, in de lente van uw leven Wat zou u uw vader hebben geantwoord, als deze had gezegd: 'Je mag niet trouwen.'"
"Neem een ander, neem wie je wilt", zo riep de oude man uit, "maar niet Maria van Grave, nooit Maria van Grave!"
"Waarom niet? Zeg me dan toch waarom?!"
"Het is mijn wens en mijn bevel!"
Hardop vloekend rende de jonkheer de zaal uit. Hij zadelde zijn paard en reed in galop over de wegen, zijn paard al maar aansporend tot nog meer spoed. Zo kon hij goed nadenken.
"Mijn vader is zeker vergeten hoe het voelt om lief te hebben, hij denkt dat de liefde zich laat beheersen, hij wil me dwingen zijn zin te doen, alsof God of de duivel me zou kunnen dwingen. Hij kan nog eerder het kloppen van mijn hart stoppen dan mijn liefde. Vort! Rij aan paard, we zien wel waar we terechtkomen, mijn liefde zweept me op. 't Kan me niet meer schelen wat er gebeurt. Als het dan moet zijn, dan zeg ik: laat het komen, zoals het komt."

Plotseling hield hij zijn paard in, en hij sloeg zijn hand tegen zijn voorhoofd.
"Zou ik haar vanmiddag niet ontmoeten, om haar te vertellen wat mijn vader zei?! Ze zal er nu vast niet meer zijn. Ik, ongelukkige! Ik had haar in mijn armen kunnen sluiten, en ze zit nu vast weer thuis, zonder dat ik haar heb gezien!" Deze gedachte deed zijn gezicht van voorhoofd tot nek branden, alsof hij te lange tijd een zware helm had gedragen. Hij dacht aan haar ogen en een wild verlangen kwam in hem op. Wilde zijn vader proberen hem van haar te scheiden? Hij lachte. Hij wendde zijn paard, en deed het spoorslags rijden naar de plaats waar hij Maria zou ontmoeten.
Ze stond nog op hem te wachten, in het gezelschap van een oude dienares, die verveeld en ongeduldig een eindje van haar af stond. Zij liep hem tegemoet, en ze vatte hem, nadat hij het paard had doen stilstaan, bij de hand.
"Hoe heb ik gewacht!" Hij steeg af en bond zijn dier aan een boom. "Wat heeft je vader gezegd?"
"Laat me je eerst kussen."
"Eerst, wat heeft je vader gezegd?"
"En als mijn vader heeft gezegd, dat wij elkaar niet mogen trouwen, moet ik dan soms weer van hier weggaan? Wat doet het ertoe wat mijn vader denkt..."
"Dus hij vindt het niet goed dat wij elkaar liefhebben?" vroeg ze verdrietig. Hij keek haar verbaasd aan.
"Hoe weet je dat?"
"Dat maak ik op uit je woorden. O Walther, ik wist wel dat wij elkaar niet zouden kunnen krijgen. Ook mijn vader zei: er kan niets bestaan tussen een Van de Ulvenhout en een Van Grave. Waarom moeten onze ouders zo wreed zijn?"
"Waarom laten ze ons niet met rust?!" schreeuwde hij wild. "Wat hebben wij te maken met een vete tussen de Van Ulvenhouts en de Van Graves? Wij hebben elkaar lief. En als het geen vete is, hebben ze ons te maar te vertellen waarom wij geen paar mogen worden."
"Wat kunnen we doen?"
"Nu begint het pas, voor jou en voor mij. Mijn vader moet niet denken dat hij de baas over mij kan spelen. Luister naar me! De nachten zijn donker. Ik zal met je vluchten. Heb je me lief?"
"Ik weet niet of ik zal durven. Ik wist dat je het me zou vragen, en ik bad dat je het niet zou doen! Want hoe moet ik me tegen

je verweren? Vraag het me niet weer..."
"Wat zal mijn vader opkijken als ik hem zeg: ik ben getrouwd met Maria van Grave! Stil... ik weet een kerk... waar 's nachts een priester bidt. Hij zal ons huwelijk inzegenen!"
"Walther, wanneer jij het zegt..."
"Overmorgen nacht! Zacht weer, regen of wind, het maakt niet uit, dan gebeurt het. Wij hebben elkaar lief!"
Toen wist ze zeker dat ze hem gehoorzamen moest. Haar vader en moeder waren vreemden voor haar geworden, en zoals dat nu eenmaal gaat, was de vreemde een vriend geworden. Ja, iemand anders dan hij bestond niet meer op deze wereld.
"Ik zal doen wat je vraagt", beloofde ze met zachte stem. "Ik hou van je!"
Hij sloot haar in zijn armen en hij kuste haar teder en beschermend. Zij legde haar hoofd tegen zijn schouder, en ze huilde, van niet eerder gekende wanhoop. Hij streelde haar troostend over de wangen.
Ze keek hem aan als zag ze hem voor de eerste keer. Zij kende zijn gangen en ze kon de trekken van zijn gelaat een voor een dromen, wanneer ze de ogen sloot. Maar ze had hem nog nooit zo bezien als ze nu deed, nu ze zichzelf en haar leven overgaf in zijn handen.
"Waarom kijk je me zo aan?" vroeg hij.
"Walther! Ik laat mijn vader en moeder in de steek voor jou."
"Je krijgt er toch een nieuw thuis voor terug? Lieveling, als je vader en je moeder je vervloeken, zal ik je des te meer liefhebben..."
"Er ligt een vreemde glans in je ogen, die ik nog nooit heb gezien. Jij denkt dat je alles en iedereen kunt dwingen!"
"Wee degenen die mij in de weg staan!"
"Je maakt me bang. Wat zal er gebeuren?"
"Laat gebeuren wat moet gebeuren. Wij horen bij elkaar!"
Ze spraken met elkaar af dat ze twee nachten later zouden ontvluchten. Hij zou met een dienaar onder haar venster staan, en een ladder tegen de muur van haar kamer zetten. Te paard zouden ze wegrijden.
Op de bewuste dag gingen de heer en zijn dienaar op weg. Onderweg zeiden ze niets tegen elkaar, ze fluisterden zelfs niet. Bij het kasteel aangekomen, stegen ze af. De paarden bleven onbeweeglijk staan, als standbeelden. Ze stond klaar op het afgesproken uur. Ze hoorde hoe de ladder in de buurt van het

venster werd gezet, maar ze kon niets onderscheiden in de donkere nacht.

Ze luisterde. Heel zachtjes besteeg iemand de sporten van de ladder en stapte behoedzaam haar kamer binnen. Ze wachtte angstig af, haar hart klopte in haar keel, alsof een inbreker haar naderde. Toen voelde ze zijn vertrouwde armen om zich heen en ze kwam tot rust.

De dienaar die beneden stond te wachten, ontstak een vuur. Bij dit rozige schemerende licht dat flakkerde alsof het in de wind werd bewogen, al waaide het niet, droeg haar minnaar haar naar beneden. Toen ze de grond raakten, doofde op hetzelfde ogenblik de gloed. Hij tilde haar op het paard en stapvoets reden ze weg. Zo zou het voor diegenen die iets hadden gehoord, lijken alsof er toevallige ruiters voorbij gingen.

"Waar breng je me heen?" vroeg ze fluisterend, nadat ze een eindje van haar huis vandaan waren. Hij lachte.

"Dus je hebt toch wel vertrouwen in mij, dat je op me wachtte zonder te vragen, waar ik je heen zou brengen, mijn liefste!"

"Ja", antwoordde ze eenvoudig, en in de duisternis zocht ze zijn hand.

"We zijn spoedig waar we wezen moeten."

Voor een kerk liet hij zijn paard stilhouden en nadat hij op de grond was gesprongen, hielp hij haar het paard af. "Straks zullen we draven", zei hij, "als het huwelijk tussen ons is ingezegend. Dan zal ik je ver weg voeren, waar geen mens ons kan vinden, lieveling. Dan begint er een leven van geluk voor je."

Hij leidde haar aan de hand de kerk binnen. Kaarslicht verspreidde een rossige gloed in de ruimte, en de geur van wierook vulde hun neusgaten. Bij het altaar lag een priester geknield, in gebed verzonken, die niet opkeek toen ze hem naderden.

"Dit is de priester", fluisterde Walther, "aan wie ik heb gedacht. Vele nachten, wanneer alle andere mensen slapen, bidt hij hier in de eenzame kerk. Hij zal ons het geluk niet weigeren."

Zij wachtten eerbiedig, tot de priester van zijn plaats opstond. Ze stonden hand in hand voor hem. In de geest van de priester trilde nog de echo van het gebed na, en hij hield zijn hoofd gebogen. Pas toen Walther zijn mond opendeed, merkte hij dat er mensen op hem wachtten die om zijn goede raad verlegen waren.

"Wat kan ik voor u doen?" vroeg hij beminnelijk.

"Vader! Zie hier voor u twee mensen die van elkaar houden, een minnend paar, dat u smeekt, om hun huwelijk in te zegenen."
"Waarom komen jullie daarvoor in de nacht?"
"Als men ons overdag verhindert om te gaan, moeten we de nacht wel zoeken!"
"Waarom verhindert men u overdag te gaan?"
"Ik weet het niet, vader! Men weigert ons een verklaring!"
"Hoe is uw naam?"
"Walther van de Ulvenhout!"
"En van het meisje dat naast u staat?"
"Maria van Grave..."
"En uw vader heeft gezegd dat een huwelijk tussen de Van Ulvenhouts en de Van Graves niet mocht zijn."
"Hoe weet u dat?"
"En nu verlang je van mij dat ik dit huwelijk mijn zegen zal geven?"
Maria vouwde haar handen. "Help ons! Ons geluk of ongeluk ligt in uw handen!"
"Elke nacht dat ik hier voorbij kwam de laatste tijd", zei Walther zacht, "dacht ik: deze priester is goed, hij zal het begrijpen. We hebben elkaar lief, zo dat de hele wereld van aanzien is veranderd toen wij elkaar ontmoetten, zo plotseling als een weiland in de eerste voorjaarsdag."
De priester stond voor hem, en het was hem aan te zien dat hij een zware strijd voerde. Toen hij eindelijk sprak, klonk zijn stem zwaar en bedroefd.
"Er rust geen zegen op. Ik kan dit huwelijk van jonkheer Walther van de Ulvenhout en Maria van Grave niet inwijden."
Vol wilde drift tastte de ongelukkige minnaar naar het klokkentouw, dat naast hem hing. Zijn vingers omknelden het zo vast, dat je zou kunnen denken dat hij iemand wilde wurgen. In ontzetting greep de priester zijn arm vast.
"Walther", smeekte hij, de ridder indringend bij de voornaam aansprekend, "luid de klokken niet in! Ze zijn nog ongezegend en daarom in de macht van de duivel. Hij zal je te gronde richten als je aan het touw trekt."
De jonkheer luisterde niet. Hij begon de klokken te luiden, hij wilde ze laten beieren over het land. Hij wilde uiting geven aan zijn machteloze woede, aan zijn intense verdriet, hij wilde iedereen laten weten wat hij voelde, als een dichter die naar woorden

zoekt om zich uit te drukken. Maar de klokken waren nog in de macht van de duivel. Ze gaven een snerpende kreet, en tegelijkertijd vielen ze uit de toren, en ze donderden neer in het water, dat voor de kerk stroomde. Toen stortte de toren zelf in en bij honderdtallen hagelden de stenen op Walther en Maria neer, die ter plekke stierven. De priester bleef op wonderlijke wijze ongedeerd.
Van alle kanten kwamen de mensen toelopen, en ze staarden naar de puinhopen, en van de twee lijken keken ze naar de levende, en ze verwonderden zich dat Gods macht en de macht van de duivel soms in één gebeurtenis zichtbaar worden.

Het slimme schaap van Thorn

Wanneer de zomer komt, slaan de boeren palen in de grond en binden ze de schapen aan een touw vast, zodat de dieren kunnen grazen op een beperkt oppervlak, maar niet kunnen vluchten.
In de buurt van een paar huizen, bij de kapel onder de linden in Thorn, had een boer zijn schaap aan een touw gebonden. Het was een warme zomermiddag, en er was in geen velden of wegen iemand te bekennen. Je hoorde of zag zelfs geen spelende kinderen. Een wit en een geel vlindertje dansten samen om de bloemen, een bij kwam aangevlogen die een ogenblik gonzend in de lucht hing, om dan zijn weg weer te vervolgen en in de verte te verdwijnen. Soms ruisten even de bladeren van de bomen in een zacht windje. Het was een stralend zonnige dag, met bijna geen schaduw. Het schaap scheurde met hongerige kaken het malse gras af.
Ineens werd de vredige stilte verstoord. Het dier schrok op en keek in de richting van waar het geluid was gekomen. In een reflex wilde het arme dier er vandoor gaan, toen het zag welk gevaar het bedreigde. Maar het touw hield hem tegen. Langzaam naderde de boze wolf, behoedzaam om zich heen loerend. Het getuigde van lef om zo dicht in de woonomgeving van mensen te komen.
De ogen van het roofdier glinsterden. Ja, het schaap was vet. Ineens... nam hij een sprong in de richting van het doodsbange schaap, maar zonder enig geluid te maken. Wolf en schaap keken elkaar nu recht in de ogen. Het kon niet lang meer duren of het schaap zou worden verslonden. Het blaatte en bleef blaten, maar niemand hoorde het. Het moest zichzelf helpen. Het vooruitzicht van de dood maakte het schaap sterk en het trok uit alle macht, zodat het paaltje uit de grond werd gerukt. Met

paaltje en al rende het zo snel het kon naar de kapel onder de linden.
Het dier hoorde het gehijg van de wolf vlak achter zich. Het riep nog eenmaal uit alle macht zijn nood uit, zodat men tot ver in de omtrek zijn angstschreeuw zou horen: "Béééé! Bééééééé!" Maar er was geen mens te zien, niemand verscheen uit zijn huis met zeis of schop, met messen en stokken om het leven van het dier te beschermen.
Wat moest het weerloos dier doen? Het zag dat de deur van de kapel open stond, en het holde naar binnen. De paal bleef echter achter de deur haken, en terwijl het schaap verder liep, *trok het de deur dicht.*
De wolf moest buiten blijven staan, en wachtte af. Maar het schaap blaatte niet meer, want in de kapel werd het beschermd door Maria die het zoet toelachte.
De wolf moest maar denken aan het vette malse schaap. Hij voelde dat het gevaarlijk voor hem werd, maar hij kon niet van zijn plaats wijken, nu hem eenmaal de geur van de malse buit in de neusgaten woei. Daarom was hij voor de mensen, die hem zagen dwalen voor de kapel, makkelijk te verslaan. Men doodde hem vlak voor de deur, en ging toen de kapel binnen.
Het schaap stapte kalm naar buiten en de mensen begrepen meteen dat hier een wonder was geschied.

De belofte

In Breukelen leefden eens een man en een vrouw die aan de armen royaal hun deel gaven. Zij waren erg gelukkig met elkaar en daarom dachten ze niet aan de dood die als een schaduw achter struiken en heggen loert om de mens onverhoeds de weg te versperren. Nooit was een van de twee ziek, en de dokter dacht als hij hun huis voorbijliep:
"Slechte klanten!"
Ze stonden vroeg op en gingen vroeg naar bed. Daar blijven onze maag, hart en zenuwen gezond bij, redeneerden ze.
Maar op een ochtend, terwijl hij zich aankleedde, hoorde hij haar zachtjes klagen.
"Wat is er aan de hand?" zei hij verwonderd. Ze had nog nooit geklaagd, zolang zij getrouwd waren niet.
"Ik heb zo'n vreselijke pijn in mijn hoofd en in mijn zij!"
"Zal ik de dokter halen?" vroeg hij ongerust.
"Nee", glimlachte ze in haar pijn, "er is hier nog nooit een dokter over de vloer geweest! 't Zal vanzelf wel overgaan."
Helaas, in de loop van de dag was het nodig dat de dokter kwam en de man zag aan zijn gezicht dat hij bezorgd was. Zelf was hij ook bang, en hij lette op de ogen van de dokter als een hond op de ogen van zijn meester, van wie hij slaag verwacht.
"Het is erg", zei de man met zekerheid, toen de dokter klaar was met zijn onderzoek en de man aankeek.
"Kalmte zal haar goeddoen", antwoordde de dokter. "Ik zal haar een drankje voorschrijven."
"Een drankje helpt niet tegen de dood!"
"Maak jij het haar nu niet nog moeilijker, man!" zei de dokter en hij ging weg. Er viel niets meer te doen voor de arme vrouw. Toen begaf de man zich naar het bed, waar zijn vrouw zo roerloos lag. Ze was altijd zijn beste kameraad geweest, en de

gedachte dat ze moest sterven, vond hij onverdraaglijk.
Ze hoorde hem niet komen. Ze leefde al in de besloten wereld van de dromers. Tussen hen die tot de dood zijn veroordeeld en de levenden loopt een grens, die slechts een enkele keer door een buitengewone genade wordt uitgewist. Op zo'n moment spreken beiden tedere woorden tegen elkaar en zijn zij elkaar het meest nabij.
De vrouw ademde kort en hijgend, en het kostte hem moeite om het drankje naar binnen te krijgen. Hij wist wel dat ze er niet beter van zou worden... maar ze zou er in elk geval rustiger van worden. Na een tijd keerden haar gedachten een ogenblik naar de gewone dingen terug, en haar blik zwierf door de kamer. Toen zag ze haar man en ze glimlachte.
"Ik ga hier vandaan."
"Zeg dat niet", smeekte hij, "ik kan je niet missen. Ik heb er nooit over gedacht, dat wij elkaar ooit moesten verlaten."
"Al heb je er nooit over gedacht, het ogenblik is gekomen. En nu, voor ik weer ga slapen, moet je me iets beloven."
"Ik beloof jou de hele wereld."
"Je moet me beloven, dat je na mijn dood veel geld aan de armen zult geven."
"Dat beloof ik", zei hij, "maar je zult niet sterven."
"O jawel, ik voel de dood in me opkruipen. Daar kan ik me niet tegen verzetten." Moe sloot zij de ogen. "Ik wil weer gaan slapen en als ik niet wakker word, denk dan aan je belofte. Het geld... heeft een grote macht... als men geen liefde meer heeft... klamp je er niet aan vast!"
"Maak je niet ongerust", zei hij, "ik beloof je dat ik het geld niet zal verkiezen boven mijn belofte."
Ze sliep in, en hij ging naast haar bed zitten. Zou dit al haar laatste droom zijn? Door de ramen scheen het licht. Buiten ruisten de bladeren van de bomen. In de kamer was het stil. Slechts een enkele verdwaalde vlieg gonsde tegen de ruiten, kroop even over het glas, werd opgeschrikt door onbekende oorzaak, bromde dan opnieuw enkele seconden, en zocht tenslotte het plafond op. Het gonzen van de vlieg was het enige geluid dat de stilte verbrak.
De stilte van de dag ging over in de stilte van de avond. De man nam de lucifers van de tafel, en stak twee kaarsen aan. Een zette hij op de schoorsteen en een op de tafel. Het licht flakkerde en wierp grillige schaduwen op de muur. Toen zij

zich iets oprichtte, zag hij haar beweging ternauwernood. Hij boog zich over haar heen.
"Wat wil je?" vroeg hij. "Kan ik iets voor je doen?"
Ze antwoordde dof.
"Niets meer... niets... meer... alleen je belofte!"
"Sterf gerust... lieveling... ik zal mijn belofte niet breken!"
In de dagen die op haar dood volgden, voelde hij zich radeloos van verdriet. Hij herinnerde zich niets meer van wat er vroeger was gebeurd, en beleefde telkens die ene seconde dat zij gestorven was. Hoe kon hij verder leven?
Maar de bloemen bloeiden en de merel zong. De zon scheen en de regen kletterde. Geleidelijk aan heelde de tijd zijn verdriet. Soms zat hij in de kamer, zonder aan haar sterfuur te denken. De uren dat hij haar vergat, werden dagen, en de dagen weken. Wat betekende de dood van een mens eigenlijk in het licht van een eeuwigheid?
Wat zij gezegd had, en waar zij zo bang voor was geweest, gebeurde. Hij kreeg het geld lief, en hij piekerde er niet over om nog een cent weg te geven. Hij vergat zijn belofte.
De geest van zijn vrouw op het kerkhof werd gekweld. Ze kon niet als de anderen rusten in vrede, zolang de man zijn belofte die hij op haar sterfbed had gedaan, niet had vervuld. Ze moest uit het graf rijzen, en ze begaf zich, een ijle schim, naar de woningen van de mensen.
De man zat eenzaam aan zijn tafel. Hij steunde het hoofd tussen beide handen. Hij keek op, en schrok...
In de hoek stond de gedaante die hij zo goed had gekend. Hij dacht niet aan zijn vrouw, maar aan een boze geest die hem wilde kwellen. Hij liep op haar toe en vroeg ruw: "Wat doe je uit je graf?"
Ze antwoordde hem niet.
"Waarom zeg je niets?" Maar de geest bezat niet het vermogen om te spreken. Zwijgend, en van een groot mededogen vervuld, keek de dode vrouw naar de man die ze tijdens haar leven zoveel liefde had gegeven. Hij had een ander hart gekregen, maar hij was haar man.
Zij bleef hem enkel maar aanzien, want zij kon niets zeggen. Ze volgde hem met haar blik, waar hij ook maar ging. Hij verliet het huis, en hij meende even van haar bevrijd te zijn, maar telkens dook ze weer aan de kant van de weg op.
Alle avonden kwam zij en bezocht hem in zijn eenzaamheid.

Toen herinnerde hij zich zijn belofte, en hij begreep eindelijk dat niet alleen hij, maar ook zij gekweld werd. Hij herinnerde zich hun hele leven, de dagen dat ze samen de bloeiende meidoorn hadden bewonderd, de dagen dat hij moe van het werk thuiskwam en zij glimlachend op hem had gewacht en aan de vreedzame dagen van hun ouderdom.
En toen deze beelden in zijn geest waren teruggekeerd, en hij haar liefde voor hem in zijn hart voelde, werd hij weer de oude. Voortaan gaf hij het geld dat hij zelf niet nodig had aan de armen.
Sindsdien heeft hij rust gevonden, evenals de ziel van zijn vrouw.

De zwaanridder van Kleef

In het begin van de achtste eeuw leefde er een graaf van Kleef, die Diederik heette. Hij regeerde niet alleen over het land van Kleef waartoe destijds ook Nijmegen behoorde, maar ook over Loen in Westfalen, en over Teisterbant, dat tussen Tiel en Vlaardingen lag. Hij stierf in het jaar 713 en liet alleen een dochter na om hem op te volgen. Beatrix heette die dochter.

Beatrix kreeg het vanaf het begin moeilijk, want het waren toen woelige tijden. Haar buren wilden allemaal hun gebied uitbreiden en zij deinsden er niet voor terug om door middel van onrecht en geweld hun zin te krijgen. De enige die haar had kunnen helpen en dit misschien ook wel had willen doen, was Pepijn van Herstal, hertog van Brabant, een machtig man aan het hof van de Frankische koning. Echter, kort nadat ze haar vader had verloren, werd ook deze door de dood weggeroepen. Zo stond Beatrix er alleen voor.

Degenen die een oogje op haar land en haar bezittingen hadden laten vallen, kwamen al spoedig opdagen. Een reden om aan onschuldigen de oorlog te verklaren, vinden zulke lui gemakkelijk en gauw. In het tweede jaar na haar vaders dood werd Beatrix van alle kanten door haar vijanden aangevallen. Ze nam de wijk naar de burcht die ze in Nijmegen bezat. Hier wou ze zich tot het laatst toe verdedigen.

Haar vijanden sloten de burcht nauw in, zodat er geen mens meer in of uit kon. Weldra deden ze aanval op aanval. Maar Beatrix' strijders hielden dapper stand. Telkens weer moesten de aanvallers met bebloede koppen afdruipen. Telkens weer kwamen ze echter ook terug. Ze wisten wel dat de tegenstand in de burcht op den duur minder zou worden. Het voedsel werd er schaars, het aantal krijgers nam af. Eens zou er een dag komen, dat de burcht moest vallen.

En er kwam een dag... nee, toen viel de burcht nog niet, want de belegeraars deden geen aanval, maar een dag waarop Beatrix voelde dat die dag haar laatste in vrijheid had kunnen zijn. Het voedsel stond al enige weken op rantsoen, en er was alleen nog water te krijgen van slechte kwaliteit, een drabbige en stinkende vloeistof. Haar weinige mannen waren niet meer de geduchte strijders van weleer. Hun krachten waren verzwakt, al kon je dat van hun moed niet zeggen. *Als* de vijand op dit moment een aanval zou ondernemen, dan zou hun tegenstand vergeefs zijn, besefte Beatrix.

Moeizaam beklom ze die morgen de wenteltrap in haar hoogste toren. Voor het laatst wilde ze haar blikken over haar geliefde land laten gaan. Ze wilde met eigen ogen zien of de vijand iets bijzonders van plan was. Ze keek uit over het gebied, dat er zo rustig en vertrouwd bij lag, onder een stralend blauwe hemel. Een bronskleurige lentegloed lag over het eikenwoud. Wat rookwolkjes stegen boven de bomen uit, recht omhoog. Stookten krijgsknechten daar vuren? Verderop bewoog zich een legergroep naar het bos toe. Trok die weg? Langs de rivier scheen men de posten opgeheven te hebben. Gaf men het beleg op?

Met een weemoedig lachje schudde Beatrix het hoofd. Nee, nee, ze kon beter geen hoop koesteren die toch niet verwezenlijkt zou worden! Die mannen trokken nu misschien weg, maar straks zouden ze terugkeren, en zo niet, dan zouden anderen hun plaats innemen. Uitkomst was er niet voor haar. In haar dromen misschien wel, maar de werkelijkheid was anders. De werkelijkheid was net zo wreed als die mannen daar in dat kamp. En haar dromen...? De droom is van de nacht, de droom is bedrog. Bedrog was ook de droom, die zij de afgelopen nacht had: er woedde een felle brand, de burcht stond in een vuurzee, ziedende vlammen sloegen uit, zware rook dreef dreigend in zwarte wolken over het land weg. Toen kwam er in de hoogste nood een ridder; waar vandaan wist ze niet. Nog zag ze zijn gezicht duidelijk voor zich. Hij dook midden tussen de verstikkende rook en de felle vlammen op, vlammen die meteen als een wonder voor hem weken. De brand ging liggen, hij werd door de macht van de ridder geblust, ze weet niet meer hoe. Ze was gered. Er was uitkomst!... maar de droom is van de nacht, de droom is bedrog, en de werkelijkheid is anders.

Over de kantelen heen keek ze nu naar het oosten. Van daar

kwam de rivier. Als een zilveren lint dat glansde in de zon lag ze in haar landschap. Zo glansde ook eens haar leven. Maar toen haar vader stierf en hebzuchtigen haar omringden, had haar leven alle glans verloren. Alleen in haar droom werd het weer licht, de werkelijkheid was grauw. Beneden liepen haar mannen als schimmen rond, op onvaste benen, verzwakt door hun wonden en gebrek. Straks zou de vijand erin slagen om binnen te dringen en dan was het voorgoed uit met alle glorie. Het was zo zwaar, om zo jong al dit lot te moeten dragen.
Alleen de rivier, ja, die glansde nog! En de zon lichtte aan een wolkeloze hemel. Straalde die ook voor haar? De rivier kwam uit verre, onbekende oorden, ze stroomde aan en stroomde weer voorbij en ze droeg het licht van de zon met zich mee. Dat licht sprankelde in duizenden vonken, ook voor haar, Beatrix! Het weerkaatste in de rivier, en veroorzaakte helwitte plekken... die ene plek... die leek wel als sneeuw zo wit... als in een droom zo licht en zo helder... hoe kan dat nu?... die plek kwam dichterbij... het waren twee plekken... de een, de voorste wit als sneeuw... die daarachter, wat matter, als zilver... toverde de zon op de rivier? Beatrix knipperde met de ogen. Droomde ze? Was dan de werkelijkheid niet overal grauw? Dit... dit... waren geen lichtplekken. Daar zwom een zwaan! In blanke pracht gleed hij over het water, en een bootje volgde, zilverwit. Daar stond rechtop een man in, een ridder.
Beatrix sloeg haar hand voor de mond van verbazing, maar haar ogen bleven gericht op het vreemde vaartuigje en op de man die daarin stond. Ze kreunde zachtjes, maar dat hoorden haar oren niet.
"Ridder!" fluisterde ze, "ridder!"
Snel naderden vogel en man daar op de rivier.
Ze zag hem aankomen, en bleef recht en onbeweeglijk staan.
Hij droeg een zwaard, dat als goud glansde in de zon.
Hij had een zilveren schild aan zijn voeten, versierd met een dubbel gouden kruis.
Hij droeg een jachthoorn aan een fluwelen band over de schouder.
Van een prachtige ring aan zijn vinger ketste stralend het licht terug op een grote diamant.
Ze zag hoe de zwaan naar de oever zwom en hoe de ridder aan land stapte.
Ze onderscheidde nu zijn gezichtstrekken en herkende onmid-

dellijk de ridder uit haar droom. Het geluk sloeg duizelend door haar aderen.
"Ridder!" hijgde ze, "ridder!"
Toen snelde ze naar beneden.
In de duisternis van de wenteltrap hoorde ze hoe plotseling rondom de burcht een geweldig lawaai losbrak. Ze versnelde haar pas. Had men de laatste aanval geopend? Ze hoorde het geroep van haar mannen. Wapens kletterden.
Door een vensternis keek ze naar buiten.
Ze zag hoe de vijand opdrong.
"Te wapen!" Ze uitte een schelle kreet. "Te wapen!"
Meteen daarop klonk een daverend hoorngeschal. De ridder blies in zijn hoorn. Ze zag hoe hij zich in het gevecht stortte met een onstuimige drift. De zwaan vloog voor hem uit, boven het deinende strijdgewoel. Leidde de zwaan hem?
Ze zag het flikkeren van zijn zwaard. Ze hoorde het beuken van ijzer op ijzer. Ze zag mannen vallen, ridders, hoog en trots gezeten, tuimelend sterven. Ze zag de aanvoerders onder de slagen van die ene ridder bezwijken. De moed van haar mannen steeg. Ze waagden een uitval. Fel vuurde ze hen aan. Ze zag de vijand wijken en vluchten.
Weer schalde de hoorn. De burcht was gered! De vijand trok zich terug in verwarring.
Ze snelde het voorplein op.
Daar boog de ridder voor haar met een eerbiedige groet.
"Jonkvrouwe, ik ben Elias", zei hij. "Ik ben gekomen om u te beschermen." Ze maakte een lichte buiging en bedankte hem.
"Ik ken u al", zei ze zacht. "Uw komst was mij aangekondigd in een droom. U bent welkom."
Nu was er spoedig bruiloft op de burcht. Het huwelijk met Elias ontsloot een nieuw en lichtend levenspad voor Beatrix. Hij was een dappere held en een beminnelijke man. Hij begon een hevige strijd tegen de overgebleven vijanden van Beatrix. Hij versloeg ze allemaal en het huis van Kleef steeg in macht een aanzien. De koning van Frankenland verhief hem tot de rang van rijksvorst, waarvan er slechts vier waren, in al zijn landen samen.
Eén voorwaarde stelde Elias voor het huwelijk dat hij met Beatrix sloot.
"Vraag mij nooit naar mijn geslacht en afkomst", zei hij. "Want als je dit ooit doet, dan zal ik je onmiddellijk moeten

verlaten, hoezeer mij dit ook verdriet zou doen."
Ze keek hem lang in de ernstige, donkere ogen op dit verzoek. Toen knikte ze.
"Zoals je nu bent, zo ben je me genoeg", zei ze met een lach. "Ik heb je verleden niet nodig."
Zo gingen de jaren voorbij. Ze waren vol geluk. Ze kregen drie zonen: Diederik, Godfried en Koenraad. Die groeiden voorspoedig op tot flinke, degelijke jongemannen. In hen verenigde zich de bezonnen ernst van de vader met het opgewekte vertrouwen van de moeder.
Maar er kwam een ommekeer. Het geheim dat over Elias' afkomst lag, begon Beatrix zwaar te drukken. Iedere dag ernstiger en iedere dag intenser drong zich de vraag op: waar komt toch de vader van mijn zonen vandaan? Ze vroeg Elias echter niets. Ze beheerste zich en duwde de vraag met geweld terug. Toch kwam deze telkens weer boven. Het werd als een gevecht met een duister dwingende macht. Beatrix werd er stil van. De lach uit haar ogen verdween, een rimpel verscheen tussen haar wenkbrauwen. Midden in een gesprek dwaalden soms haar gedachten ver af, en haar blik kreeg dan iets starends. Elias merkte dit en hij had wel door wat haar kwelde. Ik hoop vurig dat ze me niet naar het geheim vraagt, dacht hij, en hij bad dat ze daartoe de kracht ontvangen zou. Hij zou haar nooit kunnen antwoorden, daarover had hij geen macht, evenmin als hij de macht had om na die noodlottige vraag nog langer bij haar te blijven.
In een vertrouwelijk ogenblik welde de vraag onweerstaanbaar in haar op.
"Zou je...?" begon ze.
Hij legde verschrikt zijn hand op haar mond, en ze zweeg. Ze drukte in haar strijd de nagels in haar handpalmen. Maar de vraag bleef aandringen. De volgende dag legde ze haar hoofd tegen zijn borst en streelde liefkozend zijn haren.
"Zou je onze kinderen niet kunnen zeggen, waar hun vader vandaan gekomen is?" vroeg ze met fluisterstem, aarzelend.
Plotseling greep ze in het niets. Elias was weg.
"Elias! Elias!" kreet ze uit.
Een dwingende macht dreef haar naar het raam. Vertwijfeld keek ze naar buiten. In het avondlicht gleed de rivier als een zacht glanzend lint door het vertrouwde landschap.
"Elias!"

Maar de lichtplekken gleden verder.
De ene plek, de voorste was als sneeuw zo wit... die daar achter, wat matter... als zilver. Diep bedroefd sloeg ze de handen voor het gezicht. Snikkend riep ze de naam uit van de man die haar zo lief was.
Toen ze weer opkeek, zag haar door tranen verduisterde blik niets dan het snel in glans verminderende water. Ze stond daar in bitter berouw, tot de nacht de wereld opnam.
Sindsdien was het licht uit haar leven voorgoed weg. Elias keerde nooit meer terug, en hij liet evenmin ooit nog iets van zich horen. Beatrix ging in een toren wonen die dichtbij Kleef aan de rivier stond. Vaak klom ze naar boven toe en staarde uit over het water. Ze keek of haar man niet terugkwam: of ze een zilveren bootje, een sneeuwwitte zwaan kon ontwaren. Het was vergeefs. De jaren vlogen heen. Spijt en verlangen kwelden haar zonder ophouden. Ze kreeg grijze haren Haar schoonheid smolt weg, haar krachten namen snel af. Eenmaal nog drong tot haar een gerucht door, dat Elias met Karel Martel tegen de Noren had gevochten. Nog eenmaal flikkerde haar hoop op. Tevergeefs. Toen werd het voorgoed nacht. Ze stierf te jong voor haar jaren.
Na haar dood ging het verhaal dat ze 's nachts rondspookte door de toren en dat ze op de uitkijk stond. De mensen in de omgeving durfden niet naar boven te kijken en noemden haar de "Witte Vrouw van de Zwanetoren".
De zonen van Beatrix en Elias kwamen tot hoog aanzien. Diederik volgde zijn vader in het graafschap Kleef op. Het gouden zwaard en het zilveren schild behoorden tot zijn erfdeel. Godfried werd graaf van Loen, hij erfde de jachthoorn, terwijl Koenraad, de jongste, de stamvader van Hessen werd. Hij kreeg de ring met de prachtige diamant.
Er zijn allerlei verhalen over Elias' leven in omloop. Maar niemand weet er het fijne van. Het enige dat men met zekerheid weet, is dat hij op een geheimzinnige manier was verdwenen, precies zoals hij ook was gekomen.

De kinderen van Maria

Op een dag werd er een klein jongetje afgeleverd bij een klooster. Zijn moeder was gestorven en zijn vader kon niet meer voor hem zorgen. De monniken namen hem liefdevol op, maar zij waren oud en het jongetje had niemand om mee te spelen. Daarom dwaalde hij vaak door de lange gangen van het klooster, en zo kwam hij op een keer ook in de kapel terecht. In de nis van de kapel stond een beeld van Maria met op haar schoot het kindje Jezus, dat met een appel speelde.

Het jongetje keek van de moeder naar het kind en toen weer naar de moeder. Maria keek het jongetje in de ogen en zij glimlachte. Ze wist wat het jongetje verlangde. Ze nam haar kind van de schoot en zette het op de grond. Het jongetje kwam handenklappend dichterbij. Opgetogen speelde het met Jezus, zijn nieuw kameraadje. Vanaf die dag kwam het jongetje elke dag in de kapel en dan speelden hij en Jezus samen met de bal.

Op een dag miste de abt van het klooster de jongen, en hij zocht overal. Eerst dacht hij dat de jongen misschien buiten aan het spelen was. Het was stralend weer, en de monnik zocht met zijn ogen het maisveld af, en hij keek in het hoge gras van de tuin en in de appelbomen van de boomgaard of hij het jongetje soms ergens zag. Maar het jongetje was spoorloos verdwenen.

Toen ging hij in het kloostergebouw zoeken, en in de kerk, en op het laatst kwam hij ook in de kapel. Daar ontdekte hij tot zijn schrik het jongetje, dat aan het spelen was met de appel van het Christuskind. De abt kwam dichterbij, en toen hij naast het jongetje stond, hoestte hij om te laten weten dat hij er was.

Toen het jongetje dit geluid hoorde, schrok hij zo dat hij de appel uit zijn handen liet vallen. Deze rolde door de kapel. Het jongetje voelde zich betrapt, en hij meende dat niemand anders

dan Jezus het geheim had verraden aan de abt. Deze gaf hem een standje.
"Jongen toch, je weet toch wel dat deze appel geen speelgoed is?"
Het jongetje boog zijn hoofd en zei niets.
"Geef de appel maar gauw terug aan Jezus!" beval de abt.
Het jongetje deed wat hem werd bevolen, maar toen hij de appel aan zijn speelkameraad gaf, zei hij: "Jezus, hier is je appel, maar je bent een lelijke klikspaan!"
Maria hoorde hem glimlachend aan. Ze wilde dat Jezus en het jongetje goede vrienden zouden blijven, en toen de abt weg was, zorgde zij ervoor dat beide kinderen zich snel met elkaar verzoenden. De volgende dag kwam het jongetje weer zoals gewoonlijk om met Jezus te spelen, en er heerste een en al vrolijkheid in de kapel. Ze hielden van elkaar, en ze vermaakten zich uitstekend, net zolang tot Maria het jongetje bij zich nam en hem liet delen in de eeuwige vreugde.

De levende dode

In Dokkum stond een huis waar vreemde dingen gebeurden. Er woonden een man en een vrouw, en een moeder die bij haar getrouwde dochter was ingetrokken. Het gerucht ging dat de man vaak dronken thuis kwam en dan zijn vrouw sloeg.
De oude vrouw had haar vaste plaats aan het raam vanwaar zij de voorbijgangers kon zien. Iedereen groette haar, van de burgemeester tot de jongste slagersknecht, want ze werd door iedereen in het dorp gerespecteerd. Ze had nooit een mens ter wereld bedrogen, ze had nooit gelogen, en ze had medelijden getoond met arme zwervers die bij haar aan de deur klopten.
Op de voorhoofden van alle oude mensen staan rimpels van zorgen en berouw gegriefd. Elke rimpel heeft zijn eigen verhaal: hier is een rimpel omdat men een bedelaarshand heeft genegeerd, lange jaren geleden; daar nog een rimpel omdat men zijn vriend heeft verraden uit geldzucht of uit onnadenkendheid; en soms is er een diepe rimpel, die verraadt dat men zichzelf heeft verkocht. Dit zijn rimpels van diegenen die gezondigd hebben.
Op 't voorhoofd van de oude vrouw waren deze rimpels niet te zien. Bij haar waren het zachte, stille, onzekere lijnen, groeven kon men ze niet noemen, zo weinig diep waren ze. Bij haar waren het de rimpels van een eervol leven. Nu ze oud werd, zag men een warnet van deze rimpels op haar voorhoofd, als ze even opkeek van de bijbel op haar schoot.
Ze droeg een grote uilenbril om beter te kunnen lezen. Al vijftig stappen voor het huis dacht iedereen die haar voorbij zou gaan: "Straks zie ik de oude vrouw die mij zo vriendelijk groet."
Toen kwamen de dagen dat ze niet meer glimlachte. Wel las ze de bijbel, maar niet meer met blijmoedigheid. Wat ging er toch in het huis om, dat zich diepe rimpels in haar voorhoofd plooiden? Zij durfde bijna niet meer te groeten van haar plaats bij

het raam. Het was of haar ogen achter de grote uilenbril smeekten: "Ga liever mijn huis voorbij! Doe of ik niet besta. Mijn pijn is te scherp. Groet mij niet!"
Men kon haar raam niet voorbijgaan, zonder haar toe te knikken. Dan boog ze eerbiedig het oude hoofd, want ze wilde niet graag iemand beledigen, zelfs nu niet, nu ze voelde dat ze spoedig zou sterven. Het verdriet was in haar bloed als langzaam werkend gif. Ze verlangde naar rust... rust die ze alleen op het kerkhof zou vinden.
De mensen waren zich er niet van bewust dat op een dag de oude vrouw niet meer achter haar raam zou zitten. Zij was de spil van het huis, en als zij er niet bleef om orde en toezicht te houden, kon men in dit huis alleen rampspoed en ellende verwachten. Hoe vreemd het ook schijnen mag, de oude vrouw kon het minst van allemaal worden gemist. Toch bemoeide ze zich nergens mee. Zolang het zonlicht scheen, zat ze bij het raam; als de avond viel, ging ze rusten.
Op het ogenblik dat ze sterven zou, wist ze dat de misdaad, die zijn intrede in het huis al had gedaan, vrij spel zou hebben, een misdaad die even erg was als die twee grote plagen van de mensheid: honger en dood. Tot het einde toe zat de oude vrouw voor het raam, de grote uilenbril op de neus, de handen rustend op haar bijbel. Nog groette ze iedereen die voorbij kwam. Ze had geweigerd om in haar bed te gaan liggen.
"Hier heb ik geleefd, en hier wil ik dood gaan", zei ze met vaste stem tegen haar dochter, die haar smeekte om naar bed te gaan.
Zo stierf ze voor het raam, nadat ze nog diezelfde dag velen had gegroet. Ze werd snel begraven, maar niet snel vergeten, terwijl dat toch het lot van de meeste doden is. Nu ze niet meer voor het raam zat, was de misdaad de baas. Dikwijls was er een groot kabaal in de kamer te horen. Vaak klonk er geschreeuw, en hoorde men het kermen en jammeren van de dochter. Op een keer strompelde de jonge vrouw naar buiten, met een bebloede doek voor het gezicht, maar toen men haar vroeg wat er aan de hand was, antwoordde ze niet.
Wanneer ze alleen was, huilde ze.
"Moeder! Moeder! Waarom bent u er niet meer om me te beschermen? Ik had dood willen gaan vóór u. Dit leven... is te zwaar... voor mij. Ik houd het niet uit, altijd die dronkaard om me heen. Hij wil me vermoorden! Maar dat is misschien nog

het beste wat hij voor mij kan doen. Dan ben ik tenminste verlost van dit vreselijke lijden."
Ze zei dit in haar angst en pijn die ze in haar eentje moest dragen, want ze vreesde de dood net zo goed als de meeste andere mensen. Er kwamen nooit vreemde mensen in hun huis. De stilte was een deel van de kamer, tot man en vrouw samen waren, dan brak de hel los.
Ze kon er met niemand over praten. In het stadje hadden velen haar gewaarschuwd. Ze vonden het haar eigen schuld. Ze had tenslotte niet met deze dronkelap hoeven trouwen. Er waren jongens genoeg geweest die haar graag tot vrouw hadden willen hebben, waarom had ze juist de verkeerde uitgekozen? Ze had vrijers te kust en te keur gehad, maar ze had haar zinnen gezet op die ene, en niemand kon haar ervan weerhouden. O dwaasheid der jeugd. Het kon zo niet langer duren. Maar hoe zou er een einde kunnen komen aan deze situatie?
Op een goede dag kwam iemand het huis voorbij. Hij keek naar binnen en toen stond hij plotseling stokstijf stil, en zijn hart sloeg een paar tellen over.
Achter het raam, op haar vertrouwde plek, zat de oude vrouw. De gestorven vrouw! Op haar neus droeg ze de grote ronde uilenbril, en op haar brede schoot lag de bijbel. Ze had haar hoofd gebogen, maar toen de voorbijganger haar zag, groette zij, zoals ze gedurende haar leven had gegroet.
Op dat moment kwam de jonge vrouw naar buiten om uit de regenton water te scheppen. Ze dompelde de emmer in het vat, stond daarna een ogenblik stil, keek om zich heen, en ze merkte de man op die nog steeds naar het raam stond te staren.
"Wat is er te zien?" glimlachte ze.
Hij wees naar het huis, en toen ze zag wat hij zag, deinsde ze achteruit.
De oude vrouw achter het raam groette haar eerbiedig.
"Wat is dat?" schreeuwde de jonge vrouw angstig. "Moeder?!"
Maar er kwam geen antwoord. De oude vrouw opende haar mond niet.
Vanaf dat ogenblik was de zwijgende oude vrouw weer de meesteres in huis. Overdag zat ze als vanouds voor het raam, maar tegen de avond loste haar verschijning op in de schemering.
De man van de dochter, in zijn voortdurende dronkenschap, dacht dat hij ter plekke een delirium kreeg toen hij zijn schoon-

moeder voor het eerst op haar plekje achter het raam zag zitten. Hij zeilde langs de regenton heen en viel pardoes neer, zoals men op een gladbevroren weg valt. Verbaasd wreef hij over zijn pijnlijke hoofd, tastte met zijn handen langs de muren om zich vast te houden en stond dan eindelijk oog in oog met de oude, dode vrouw, alleen nog door het glas van haar gescheiden. Hij strekte zijn armen uit, en tierde als een waanzinnige, hoewel hij in een en dezelfde seconde broodnuchter was geworden.

De jonge vrouw hoorde hem buiten tekeer gaan en sprong haar bed uit. Zo stond ze voor hem, met wanordelijk haar, in lange sprietige slierten hing het langs haar wangen, haar handen leken nog magerder dan anders, ze haalde kort en hijgend adem.

"Jij... jij... jij hebt moeder hier teruggebracht!"

"Wat zeg je nou, vrouw?!" schreeuwde hij.

De oude vrouw sloeg de twee zwijgend gade. Hij riep in zijn wanhoop uit: "Moeten we hiermee verder leven?"

"Het is jouw schuld..."

"Hoelang zal dit gaan duren?"

"Dat weet ik niet. Ze bewaakt ons. Als je in de kamer zelf komt, zie je niets, maar als je naar buiten gaat..."

"Ik zal andere ruiten in het raam laten zetten."

"Daarmee jaag je haar heus niet weg."

"Ze moet heengaan", huilde hij. "Ze zal ons niet van hier verdrijven. Ze zal en ze moet weg!"

Hij liet andere ruiten in het raam zetten, zoals hij had gezegd, maar hij bande haar niet uit de kamer. Zij zat, als een stomme gast, bij het raam en knikte al haar oude vrienden toe. Ze kende iedereen weer, alsof ze het huis nooit had verlaten. Ze zat er om haar dochter te beschermen, zoals een levende moeder zou doen. Wie durfde nog te geloven dat ze deze aarde ooit had verlaten! Ze was zó werkelijk, dat niemand in haar een geest zag. Als een levende vrouw boog ze haar hoofd licht bij wijze van begroeting en ze had een uilenbril nodig om in de bijbel te lezen. 's Avonds zaten man en vrouw voortaan zonder ruzie bij elkaar. De man waagde het niet nog een druppel te drinken, en hij raakte zijn vrouw met geen vinger aan. Als de een de ander aankeek, hoefden ze geen van beiden te raden waar ze aan dachten. Ze durfden lange tijd niet hardop te spreken, want ze waren bang dat de oude vrouw hen ook 's avonds bewaakte.

Verbaasd wreef hij over zijn pijnlijke hoofd.

Nadat deze situatie vele maanden had geduurd, stond hij op een avond van zijn stoel op en riep snikkend uit:
"Jaag jij haar weg... jij hebt haar geroepen. Door jouw toedoen is ze hier!"
Zoals een vleermuis die de draden in de duisternis handig weet te ontwijken, zo ontweken haar gedachten nu zijn woorden, en ze konden haar dan ook geen pijn doen.
Ze zei alleen: "Laten we naar bed gaan, het is laat."
"Laat of vroeg, ik weet niet meer wat voor tijd het is, sinds de oude vrouw hier leeft."
"De nacht komt – buiten is het al donker."
"Morgen komt toch het licht opnieuw. Ik ben banger voor de dag dan voor de avond.
"Alle lampen zijn al uit."
"De onze brandt nog, al zal ze de dag niet tegen kunnen houden. Wat kan de dag wel tegenhouden?" riep hij radeloos uit.
"Ik ga alleen." Ze blies zorgzaam de lamp uit. Hij zag dat ze heenging van tafel en zich uitkleedde. Toen legde hij de handen voor zijn gezicht, zodat er volstrekte duisternis heerste, en hij bracht de nacht wakend en piekerend in de kamer door.
En ja, de volgende morgen ging de oude vrouw weer voor het raam zitten.
Ze deed of ze de man niet zag. Ze groette iedereen die voorbij ging even vriendelijk. Ze leek niet te horen wat de man tot haar dochter zei.
"Vraag het haar – ik merk aan de mensen buiten dat zij er weer zit."
"Wat moet ik haar vragen? Ik zie haar niet..."
"Ga voor het raam staan en zeg me of ze er is."
De jonge vrouw stapte naar buiten en de moeder groette haar.
Ze bleef even treuzelen. Toen stapte ze wankelend de kamer weer in. Hij richtte zijn hoofd op.
"Zij is weg, nietwaar? Zeg me alsjeblieft dat ze weg is! Ze kan daar toch niet eeuwig blijven zitten?!"
"Zolang als jij leeft, zal er geen genade zijn, ze blijft."
Hij smeekte: "Vraag jij het haar dan of ze weg wil gaan. Dan doet ze het zeker, zij is tenslotte de moeder, jij bent haar kind. Ze zal het je niet kunnen weigeren."
"Ik heb geen invloed meer op haar. In het hart van de doden is de liefde vergaan."
"De liefde van een moeder voor haar kind vergaat niet. Zou ze

soms hier zitten als haar liefde vergaan was? Dan zou ze rustig op het kerkhof liggen." Hij greep haar bij de arm. "Val op je knieën, probeer het, anders moet ik zeker sterven."
Ze stapte in de richting van het raam, maar ze durfde niet te naderen tot de plek waar haar oude moeder zou zitten.
"Val nu neer", huilde de man. "Ze zal je misschien verhoren. Vertel haar dat ze niet meer nodig is. Het is afgelopen, ik heb toch mijn lesje geleerd."
"Moeder!" begon de dochter. "Uw kind spreekt met u. U heeft mijn tranen gedroogd toen ik klein was, en later hoefde u mij maar aan te kijken, om me te laten glimlachen. Verdriet heb ik in mijn jeugd dankzij uw liefde nooit gekend."
Ze stopte een moment en herinnerde zich de dagen van weleer. Zoals men soms weer denkt aan een bijzondere dag in het voorjaar, waarop de vogels mooier dan ooit leken te zingen, zo ontbloeiden haar kinderjaren voor haar ogen die met tranen waren gevuld. Ze snoof de zoete geuren van de lentedag op, werd opnieuw dronken van de kleurenrijkdom van de bloemen die ze voor zich zag.
Het beeld van een verjaarsfeest schoot haar te binnen, hoe haar moeder een cadeau op haar bed legde – en ook voelde ze haar moeders kus weer op haar wang, toen ze vertelde dat de meester haar had geprezen. Ze riep de zoete, vertrouwde naam die de oude vrouw bij het raam moest doen opschrikken, en die haar glimlachend op haar dochter zou doen neerzien.
"Moeder! Moeder! Moeder!"
Maar nu kwam er geen antwoord. Ze probeerde het opnieuw: "Moedertje, luister toch naar mij. Wat moet ik mijn man zeggen? Hij wordt nog waanzinnig! Wat een straf."
Moeder zweeg, en de jonge vrouw strekte haar armen hulpeloos naar haar man uit.
"Zie je wel? 't Helpt niets, wat ik haar ook vraag..."
"Vraag haar dan wat ik heb gezegd", riep hij ongeduldig, "dat heb je nog niet gedaan."
De jonge vrouw kroop op haar knieën tot vlak voor de plaats waar haar moeder zitten moest.
"Moeder! Hij zal me nooit meer slaan. Het is genoeg geweest."
"Ga nu naar buiten!" beval de man.
Ze deed wat hij wilde en keek nog een keer naar het raam. Wanhopig vouwde ze de handen toen ze zag dat de oude vrouw als altijd bij het raam zat, de bijbel op haar schoot. Ze keerde

in de kamer terug. Haar man keek niet op. Hij vroeg niets, maar zij gaf hem door haar stilzwijgen al genoeg antwoord.
"Ze is niet weggegaan, het helpt niets of ik in het stof kruip voor haar. Haar hart is dood!"
"We gaan op zolder wonen. Ik laat achter in het huis een trap maken. We komen nooit meer in deze kamer terug. Ik wil nog wel eens zien wie hier de sterkste is, zij of ik! Ze zal het hier niet lang meer uithouden", riep hij, en er klonk nieuwe hoop in zijn stem, "en als alles over zoveel jaar voorbij is, kunnen we weer naar de kamer gaan."
Hij timmerde op de zolder een bedstede, en hij zette de stoelen en de tafel daarbij. Ze hadden nu het gevoel dat ze heel ver van de kamer leefden. Ze vermeden het zoveel mogelijk naar buiten te gaan. Alleen wanneer de vrouw water uit de regenton moest scheppen, verliet ze het huis, maar dan zorgde zij er wel voor dat ze niet in de richting van het raam keek. Het zou niet helpen. Ze merkte aan de voorbijgangers, die dikwijls even stil bleven staan, dat de oude vrouw nog altijd voor het raam zat.
Op den duur konden de twee mensen op zolder dit leven niet langer volhouden. Ze vroegen zich af of de oude vrouw nog wel ooit weg zou gaan. Waarvoor zou zij wijken? Ze was niet gevoelig voor de smeekbeden van haar dochter, en met geweld viel bij een dode ook niets te bereiken.
"Ik ga morgenvroeg nog één keer kijken of zij er nog altijd is. En dan...", zei de man op een keer, toen ze de hele avond zwijgend tegenover elkaar hadden gezeten. Zij voelden zich door de wereld verlaten, want er was niemand in Dokkum die hun huis nog wilde bezoeken.
Hij had zijn zin niet afgemaakt, maar zij voelde hoe de aloude woede in hem opsteeg. Ze hield zich aan haar stoel vast en staarde hem met grote ogen aan. Hij liet zijn vuist op tafel vallen en ze schrok. Zou het oude leventje dan weer opnieuw beginnen?
"Wat wil je dat ik doe?" vroeg ze timide.
"Ik ben bang."
Door dit onverwachte antwoord, vatte ze moed.
"Bang? Dan weet je ook eens wat dat is. Vroeger was je anders zo bang niet, je had me makkelijk dood kunnen slaan!"
Hij voelde zich tot het uiterste getergd door haar brutale weerwoord.

"Durf jíj zo tegen mij te beginnen? Nou weet ik helemaal zeker dat jij die toverkol hebt geroepen. Nou, je hebt het handig aangepakt, dat moet ik je nageven. Ik heb je met geen vinger aangeraakt. Maar ik ga er nu een eind aan maken."
Ze boog zich over de tafel heen en keek hem recht in de ogen.
"Zij hier beneden zal over mij waken!"
"Net zolang als ík dat wil."
"Ik wil eerst nog wel eens zien of je morgenvroeg naar het raam durft te gaan."
"Dat zul je zien", gilde hij met overslaande stem. "Morgen voor het licht is, zal ik er staan."
Hij sliep de hele nacht niet. Hij keek met brandende ogen het duister in, zoals iemand die koorts heeft. Hij lette niet op de tijd, maar toch voelde hij de ochtend naderen. Aan de onzichtbare horizon ontstonden roze sluiers, terwijl het veld en de huizen nog met een inktzwarte deken waren bedekt. Moeizaam stond hij van zijn stoel, kleedde zich aan en ging naar beneden. De lucht was koel, en hij huiverde, zodra hij zijn hoofd buiten de deur stak. Toch aarzelde hij niet.
"Ik moet met eigen ogen zien of zij er nog zit", dacht hij.
Het raam was nog één met de nacht. Als hij de plaats niet zo goed zou hebben gekend, zou hij het raam niet eens hebben kunnen vinden.
Toen hij voor het raam stond, en zijn neus tegen het glas drukte, zag hij niets van de gestalte. Maar toen drong achter hem, naast hem, boven hem, het zwellende licht van de dag op, als een onstuimige stroom die buiten zijn oevers treedt, door geen wal of dijk gehinderd. Toen deinsde hij achteruit, want voor het raam zat de oude vrouw. Glimlachend, zwierig bijna, groette ze hem. Hij tastte voor zich uit tot zijn vingers het raam aanraakten.
"Leef je dan?" schreeuwde hij. "Wat doe je bij ons?"
De gedaante antwoordde niet. Ze zat nu in het volle licht en een straaltje zon vonkte in de glazen van haar uilenbril. De man sloeg tegen het raam.
"Geef dan toch antwoord! Ik ben niet bang voor je!"
De oude vrouw knikte hem toe. Toen hield hij het niet langer uit, en huilend van angst en onmachtige woede liep hij de trap op.
"Ze zit er nog altijd en zegt niets."
"Dat heb ik vooruit geweten. Zolang jij er bent, zal zij er zijn."

"Dan moet het maar gebeuren..."
"Wat wil je? Raak me niet aan! Ze is bij het raam, ik waarschuw je."
Hij lachte als een krankzinnige en liet zijn vuist op tafel daveren.
"Jij hoeft me niet te waarschuwen. Jij bent het die haar hier heeft gehaald. En als je nu niet zorgt dat ze wegkomt..." Hij schreeuwde het nu uit. "Van het raam weg! Die kat met haar uilenbril. Ksjj, smerige kat, wat doe je in mijn huis?"
"Wat klets je nou?! Heb ik haar in huis gehaald, dat lieg je zo groot als je bent. Ik heb niets in huis gehaald, dat niet van jou of van mij is. Ik heb geen geest in de kamer gebracht."
"Bewijs het! We gaan hier vandaan. Ga je mee als ik hier vandaan ga?" treiterde hij.
"Waar moet ik op de wereld blijven, wanneer ik dat niet doe? Ik blijf hier niet alleen."
"Misschien zal ze hier niet meer spoken als ik weg ben."
"Nee, nee, je mag mij hier niet alleen laten."
Dit beloofde hij haar, maar de volgende morgen was hij verdwenen. Ze riep hem bij zijn naam. Ze doorzocht het hele huis van onderen tot boven, en ze kwam zelfs in de kamer. Ze vroeg de buren of iemand hem had gezien. Geen enkele kon haar troosten en voortaan zat ze eenzaam op de zolder, met de deur op slot.
Ze wist niet hoeveel nachten en vreselijke dagen ze in de eenzaamheid zat opgesloten, met de dreigende muren van de stilte om haar heen. Zij durfde helemaal niet meer te denken. Haar lot was nog akeliger dan van een gevangene, want die heeft nog altijd de hoop en het verlangen naar bevrijding. Zij echter zag niets dan haar cel.
Op een dag hoorde zij beneden een geluid dat tot haar doffe geest doordrong, en dat haar werktuiglijk het hoofd deed heffen. Er klonken voetstappen op de trap. Zij stond op, en opende de deur. In de opening bleef ze staan, en haar man kwam binnen, een vermoeide hongerige zwerver. Hij viel op een stoel neer, legde zijn handen voor de ogen en begon luid te huilen.
"Ze zit er nog altijd, ze zal hier nooit weggaan. En het is alles mijn schuld", jammerde hij.
"Uit dit huis", smeekte ze hem, "laten we samen uit dit verdoemde huis vertrekken."

"Het is goed, laten we geen seconde langer wachten."
Ze pakte twee bundeltjes kleren, een voor haarzelf, een voor haar man. Ze lieten hun woning achter zich. Ze keken niet om en ze waren als mensen die zonder enige herinnering een streek verlaten. Onderweg kwamen ze bekenden tegen en dan namen ze afscheid van elkaar met het droevigste woord dat de taal bezit: vaarwel!
Nog lange jaren zat de oude gestorven vrouw voor het raam in het verlaten huis, en ze bleef iedereen die voorbijkwam vriendelijk groeten. Vreemden konden haar niet zien, maar alle inwoners van Dokkum die haar vroeger hadden gekend, zagen haar heel duidelijk en ze beantwoordden haar groet met respect. Moeders maakten hun ondeugende kinderen bang met de levende dode. Wanneer een man in Dokkum zijn hand ophief om zijn vrouw te mishandelen, schoot hem de levende dode te binnen, en dan viel zijn sterke vuist machteloos langs zijn lichaam neer.
Op een dag was ze plotseling verdwenen. Men vatte het op als een teken dat haar dochter en haar schoonzoon waren gestorven. Dit zou best eens waar kunnen zijn, want men heeft sinds hun vertrek nooit meer iets van die twee gehoord.

De put van Uithuizermeeden

Bestaat er een sterkere liefde dan die van ouders voor hun kinderen? Als de lente in de lucht hangt, en jongens en meisjes elkaar ontmoeten, hebben ze de mond vol van de liefde, maar dit is niet meer dan de holle echo van een woord in vergelijking met de liefde van een moeder voor haar kind.

Een klein kind in Uithuizermeeden was al lange tijd ziek. Zijn moeder had ruwe handen van het werken, maar ze kon haar zieke jongen zo teder strelen dat hij dacht: "Moeder heeft een vel van zijde of van satijn, zoals de feeën uit mijn prentenboek." Hij droomde vaak dat zijn moeder een fee was, terwijl ze voor iedereen die haar kende maar een gewone boerenvrouw was. Maar een moeder... een moeder... heeft voor haar kinderen een unieke glans, en als we haar portret zouden schilderen, zou het niet lijken op de werkelijkheid. Want ze heeft voor ons een tedere blik in haar ogen die haar gezicht verandert zonder dat zij dit weet. En wij ondankbaren, beseffen dit meestal pas als we veel en veel ouder zijn geworden.

Niet altijd kon het kind zo bewust over zijn moeder nadenken. Dikwijls joeg de koorts door zijn lichaam en dan zei hij dingen die veel te wijs waren voor zijn leeftijd. En altijd, zoals een klok die bij stormweer luidt, klonk zijn smeekbede, die trilde en natrilde door de lucht: "Moeder! Moeder! Moeder!"

Moeder was de enige die hem helpen kon. Hij voelde haar liefde uitstralen tot in zijn ziel, zoals het zonlicht doordringt in een meer als het al vele dagen zomer is. Hij was te klein om al deze liefde te bevatten. In de dagen dat hij gezond was, had hij er nooit bij stilgestaan en ze altijd als vanzelfsprekend beschouwd. Het werd een deel van de lucht in de kamer, dit ene woord: "Moeder!" Het galmde naar buiten als de deur werd geopend, en het klonk over het veld. In die tijd was men er nog van

overtuigd dat de kleine jongen op een dag beter zou worden.
Maar de Dood dreef de spot met hun vertrouwen. De Dood drong door de trillingen van de klank heen in de kamer. Zijn schaduw kon men niet zien. Men wist niet dat Hij gekomen was, want op het ogenblik dat Hij, de meest gevreesde gast, naar binnen ging, zat het jongetje juist rechtop in zijn bed, en glimlachte zwakjes. De moeder zat naast hem te hopen en te bidden dat haar kind zou blijven leven. Voelde het jongetje de koude adem die langs hem heen streek? Het rilde, liet zich in de kussens terugvallen en vroeg met krachteloze stem: "Mijn hoofd doet pijn. Ik heb dorst. Moeder! Moeder! Moeder! Geef mij water."
Van dat ogenblik af veranderde er iets in het huis. De atmosfeer verkilde, zoals op de dag dat de zomer voorbij is en de herfst nog niet is gekomen. De herinnering aan een voorbije tijd, aan een voorgoed verloren geluk is dan in het hart, en men voelt zich verdrietig zonder precies te weten hoe en waarom.
Hoe wonderlijk is het hart van een moeder! Van het ogenblik af dat het zieke jongetje in de kussens terug was gezonken, wist zijn moeder dat hij moest sterven. En toch gingen alle dagen en nachten in het huis gewoon voorbij, zoals ze altijd hadden gedaan. Het kind lag roerloos in zijn bed. Maar het had zo vaak onbeweeglijk stil gelegen. Zijn gezichtje was lijkbleek. Maar al vanaf het begin van zijn ziekte zag het immers spierwit.
Dikwijls huilde de moeder, maar dan zong het kleine jongetje met zijn hoge stem: "Ik word toch beter, mamma!" Hij aaide haar handen, in een poging om haar te troosten.
De tijd gleed voorbij, uur aan uur, tot de seconde dat de wereld stil stond en het jongetje dood moest gaan. Wie kon er in *dit* huis huilen? Het diepe verdriet kent geen klank, het is zonder stem. De Dood slaat een mens met stomme, stille pijn.
Het kind bewoog zich niet toen het ging sterven. Het lag met wijd open ogen te turen naar het plafond, alsof het daar de blauwe hemel zag waarin de engelen van het licht vliegen. Hij hoorde al niet meer bij de levenden, zijn hartje had al vóór het daadwerkelijk einde voor het laatst geklopt. Hij keek zijn moeder met een laatste tedere blik aan en daarna zonk zijn kleine geest voorgoed in de vergetelheid weg.
De moeder stond voor zijn bed en keek naar hem. Tikte de klok? Sloeg buiten de emmer van buurvrouw tegen de stenen

van de put? Was daar een boer op het land die zijn zeis aan het slijpen was, staal dat over staal schuurde? Ze hoorde het niet.
Het jongetje zuchtte, en het was zijn laatste ademtocht. Langzaam doofde zijn levenslichtje uit. Zijn zieltje steeg op. De moeder hield de handen voor haar gezicht en dacht als een waanzinnige na. Alle vezels in haar lichaam verzetten zich tegen hetgeen gebeurde. Het was alsof een deel van haar eigen lichaam en geest stierven. Een stem, allerlei stemmen praatten op haar in. Het leek of haar brein gesloten was en of niets of niemand haar nog bereiken kon. Ze ging op de grond liggen. Toen men haar optilde, was ze zo zwaar als een lijk.
Ze kwam niet tot bewustzijn, toen men haar kindje ging begraven. Ze had niet gehoord hoe men het deksel op het kistje spijkerde. Ze zag de dragers niet die het lijkje meenamen. Het bedje van de jongen was onbeslapen... het drong niet tot haar door. Maar wel voelde ze een ondraaglijke pijn, en ze begreep: "Ik moet iets hebben verloren." Dagen achter elkaar probeerde ze zich te herinneren wat het kon zijn dat ze kwijt was. Ze spande zich tot het uiterste in om haar gedachten, één voor één, op een rijtje te krijgen. Langzaam drong de waarheid tot haar door, zoals een heldere bel gas in donker water opstijgt, maar deze bel spatte niet uit elkaar toen hij aan de oppervlakte kwam. Ze werd bang voor zichzelf, toen ze zich bewust werd van haar eigen jammeren. Want nog altijd leefde ze buiten zichzelf, zij, de arme vrouw... de moeder die voor altijd met haar verlies zou moeten leven.
"Waar ben ik?" vroeg ze en ze huilde. Nooit zou ze voorjaar en zijn vogelgezang meer zo zorgeloos en onbevangen beleven als de kinderen en de gelukkigen op de wereld. Ze huilde met een hoge stem, als van een vreemde, en ze hoorde zichzelf voortdurend huilen, in een grenzeloze angst.
Toen begon ze langzamerhand alles weer te kennen, omdat elk voorwerp in de omgeving haar herinnerde aan haar jongen. Die stoel kende ze, omdat hij erop had gezeten. Die klok hoorde ze tikken en ze herinnerde zich het geluid, want hij had er, toen hij nog heel klein was, eens heel verwonderd naar gekeken, toen hij het voor het eerst hoorde. Ook tegen het bed, waarin haar zoontje gelegen had, knikte zij. Ze glimlachte tegen haar man bij zijn thuiskomst. Het had immers op *zijn* knieën paardje gespeeld en in zijn baard gewoeld?
Eindelijk ging ze voor het eerst weer naar buiten, na even op de

drempel te hebben geaarzeld. Ze glimlachte tegen de buurvrouw. Die had immers ooit een zakje zoetigheid voor haar kindje gekocht. Daarna streelde zij het schaap... ooit een lammetje, in de dagen dat hij er mee had gespeeld. Toen kwam ze aan de put, en plotseling hoorde ze van beneden de stem van het jongetje: "Moeder! Moeder! Moeder!" Het klonk zo duidelijk, alsof het nog leefde. Ze twijfelde aan haar verstand. Ze riep de buurvrouw. "Hoor jij ook mijn kindje roepen, mijn kleine jongen?"
Buurvrouw deinsde verschrikt terug, want ook zij hoorde duidelijk: "Moeder! Moeder! Moeder!" Niemand hoefde er nog aan te twijfelen.
De moeder kende geen angst. Welke moeder is bang als zij de stem van haar kind hoort? Dood of levend... het hoort bij zijn moeder thuis!
En alle dagen, tot op de dag van vandaag, klinkt de stem van het dode jongetje uit de put: "Moeder! Moeder! Moeder!"

Het spookhuis in Veere

Wanneer je goed keek, kon je op de scheefgezakte gevel van het oude huis de Griffioen nog het jaartal 1527 ontcijferen. Meer dan drie eeuwen werd de trapgevel van verweerde baksteen nu al weerspiegeld in het water van de gracht. In het gedeeltelijk met kroos bedekte water bewogen de lange stengels van de waterpest zachtjes op de haast onmerkbare stroming.
Wanneer een blad van de lindebomen aan de wal voor het huis neerdwarrelde in de gracht, zag je een almaar wijder uitlopende rimpelkring in het bijna bewegingloze water.
Het leven verliep langzaam langs de stille gracht van het stadje. In de loop van de jaren waren heel wat huizen afgebroken, die al te lang leeg stonden of onbewoonbaar waren verklaard. In de straat langs de gracht gaapten leegten als tandeloze gaten in een mond.
Het gras dat tussen de stenen groeide nam al snel bezit van deze lege plekken, die hol klonken als je er overheen liep, omdat zich daaronder nog kelders bevonden. De klokken hoog in de toren beierden elk uur een eentonige, langgerekte klacht: 'Arrrrrem Veere, arrrrrem Veere.' Het klonk als een laatste oordeel over het vergeten en verloren stadje aan de dichtgeslibde kreek.
Toch was het doodse Veere eens een bruisend stadje geweest. Schepen uit alle landen van de bekende wereld, uit Portugal, Venetië, en de hanzesteden, deden Veere aan. De haven wemelde van vaartuigen die de buitenlandse schepen omringden om de goederen over te laden. Ze brachten ze door de zeearmen en kreken naar de steden die verder op aan de rivier lagen.
In de avond, als het werk gedaan was, bezocht de bemanning de talrijke cafés in Veere. De wijn hitste het scheepsvolk op en vloeide even gemakkelijk als het bloed.

De reders van Marseille en Genua, de kooplieden van Rega en Riga, de kapiteins van Cádiz en Lissabon deden zaken in de sjieke logementen, waar het dronken, ruziënde gepeupel werd geweerd. Hier weerkaatste het licht van de schitterende luchters in de kostbare glazen, die rijkelijk met wijn werden gevuld.
In die gelegenheden hoorde je zelden praten over het huis de Griffioen, maar daarbuiten, onder het gewone volk, deden spookverhalen de ronde. Het huis was vroeger een logement geweest met een slechte naam. Er heerste een broeierige stilte, een hatelijk, heimelijk zwijgen, waarin veel kwaads verborgen lag. Uit de diepe kelders, die voor een deel onder water stonden, steeg een geur op van schimmel en duf bederf, die doordrong tot in de vertrekken gelijkvloers.
Toch trok dit huis huurders aan. Misschien was het de zo romantische ligging van het oude huis aan de gracht, of de lage prijs voor zo'n groot herenhuis, die in later eeuwen telkens weer vreemdelingen verleidde om het te huren. Maar de nieuwe huurders bleven nooit lang, en na korte tijd wachtte het huis weer gelaten op een nieuwe huurder, die altijd weer op kwam dagen.

In Veere wist iedereen dat de Griffioen een spookhuis was, maar het kwam bij niemand op om eventuele nieuwe huurders daarover in te lichten en met verhalen af te schrikken. Zij gunden hun stadgenoot, de makelaar Cornelis Griep die het huis bezat, zijn verdiensten. De Veerenaren bekommerden zich niet om vreemdelingen. Hoewel zo nodig elke inwoner een verhaal had kunnen vertellen over de Griffioen, het een nog sterker dan het ander, hoorden zij met een beleefd zwijgen de huurder aan, die hun zijn belevenissen toevertrouwde. Zó hecht was deze gemeenschap, die almaar kleiner werd met het verstrijken van de jaren.
Het was op een donderdag in het begin van november van het jaar 1836, dat een nieuwe huurder zijn intrek in het huis zou nemen. Er stond een behoorlijke wind toen zijn rijtuig, vroeg in de morgen aan kwam ratelen uit de richting van Middelburg. De makelaar Cornelis Griep wachtte hem op, met een zware bos sleutels in zijn linkerhand. Hij trok zijn norse gezicht uit de plooi en hij glimlachte vriendelijk toen de lange slanke vreemdeling uit het rijtuig stapte. Deze was gekleed in een duur kostuum, en zijn haren grijsden aan de slapen, wat hem een deftig

aanzien gaf. Zij schudden elkaar de hand.
"Mijnheer Griep, ik hoorde over de Griffioen praten in een Londense club, toen het gesprek over spookhuizen ging. De verteller, die korte tijd in het huis had gewoond, was zeer onder de indruk van wat hij daar gezien en gehoord had. Hij begreep er alleen niets van, waarom hij alleen iets gemerkt had. Iedereen in het stadje was verbaasd toen hij over zijn belevenissen vertelde, en u nog wel het meest van allemaal. Ik zei tegen hem: 'U begrijpt het niet, maar u kent deze stadjes ook niet zoals ik ze ken. Wat voor zin zou het hebben om een huis dat geld opbrengt in een slecht daglicht te stellen?' Zo is het toch mijnheer Griep?" vervolgde hij, en hij keek de makelaar onderzoekend aan.
De makelaar probeerde de scherpe ogen van de vreemdeling te ontwijken, maar het lukte hem niet. Hij werd rood tot aan zijn kruin en deed grote moeite om iets weg te slikken, maar daarna kwam het hoge woord eruit: "Ja mijnheer."
De vreemdeling lachte geluidloos. "Kom, laten we naar de Griffioen gaan."
Cornelis Griep deed de deur van het slot en ging de vreemdeling voor. Sleutels knarsten, deuren kraakten open, bij het wegschuiven van zware gordijnen die tot aan de vloer reikten, viel het daglicht binnen in kamers waarin een eigenaardige geur hing.
"Wanneer de avond valt, zie je hier overal schaduwen bewegen", zei de makelaar.
"Is het achter deze kast dat men de valdeuren die al eeuwen geleden zijn weggebroken nog open en dicht hoort klappen?" vroeg de vreemdeling, zonder op zijn woorden in te gaan. "Komen dan uit de diepten gesmoorde angstkreten omhoog van degenen die eens door de waard van de Griffioen zijn gedood? Is het dan alsof de doden willen spreken, maar het niet kunnen?"
"Ja, zo is het", antwoordde Cornelis Griep. "Hun gefluister schijnt de kamers te vullen. Wie hier is, krijgt het benauwd, o zo benauwd. Hij wil iets zeggen, maar het gaat niet. Op het laatst vlucht hij dan in paniek naar buiten en klopt op mijn deur of op de deur van een van mijn buren om te vertellen wat hem is overkomen.
Kort daarna vertrekt hij voorgoed, en hij betaalt altijd de huur voor het hele jaar! De waard van de Griffioen was bepaald

geen aanwinst voor de stad, maar zijn dood brengt geld in het laatje."
De vreemdeling keerde zich peinzend om naar de makelaar.
"Ik was hier graag gebleven", zei hij, "het is niet omdat ik bang ben van de geesten dat ik straks weer terug zal rijden naar Middelburg, maar dit huis zal hier morgen niet meer staan. Vaarwel, mijnheer Griep."
In dezelfde nacht in november 1836 stak er een orkaan op en de volgende morgen vroeg luidden de noodklokken over Veere. Een springvloed joeg de golven op in het Veerse Gat, maar toen was het huis de Griffioen al volledig ingestort, om nooit meer opgebouwd te worden. De doden vonden eindelijk rust.

De schimmel van Middelstum

In Middelstum woonde een jonge, levenslustige vrouw. Heel haar leven lag nog vóór haar, als een bloeiende tuin, rijk aan kleur en met een verscheidenheid aan planten en bloemen. Waarom zou zij aan de dood denken? Iedere dag was voor haar een verrassing, en ze genoot van elke minuut zoals een kind druppel voor druppel een zoete drank indrinkt. Ze sprak het niet uit, maar in haar hart was ze ervan overtuigd: "Eeuwig zal ik jong blijven..."
In de buurt leefde een man die de gave van helderziendheid bezat. Hij voelde wanneer iemand op de hielen gezeten werd door de dood. Het is vreselijk als men er zich van bewust is, wie sterven zal. Hij ging daarom stilletjes zijn eigen gang, zonder zich veel met de mensen te bemoeien.
Op een keer liep hij op de weg, toen hij voor zijn geestesoog een zwarte koets met volgrijtuigen zag naderen. Zoals altijd wanneer hij een begrafenisstoet tegenkwam, stapte hij eerbiedig opzij. Zo duidelijk kon hij alles onderscheiden dat hij er niet aan twijfelde, dat wat hij zag zich in de werkelijkheid afspeelde. Hij dacht: "Laat ik blijven staan, en zien waar het naar toe gaat!"
De wagen hield stil voor het huis van de jonge vrouw. De man keek naar de paarden, en begon plotseling in zichzelf te praten. "Dat is raar", mompelde hij, "een wit en een zwart paard voor de lijkwagen. Zo hebben ze nog nooit iemand begraven. Ik moet het me wel verbeelden."
Vier mannen droegen een kist uit het huis de straat op. Hoewel het deksel stevig gesloten was, kon de man zien wie er in de kist lag. Het was de jonge vrouw die het leven zo liefhad...
De beide paarden bleven nog even doodstil staan. Toen verdwenen ze in de verte.

De man ging naar het huis en hij keek door de ramen naar binnen. De jonge vrouw zat aan een tafel over haar naaiwerk gebogen. Er lag een glimlach om haar lippen. Ze keek op toen ze voelde dat ze werd aangestaard. Ze knikte de man vriendelijk toe. Met alle macht dwong hij zichzelf om haar te wenken. Ze wees op zichzelf, enigszins verwonderd.
"Wil je mij spreken?" zo vroeg ze.
"Ja", knikte hij. Ze stapte naar buiten en hij vroeg langzaam: "Heb je hier een lijkkoets gezien?"
"Nee..." zei ze en werd bleek.
"Vrouw!" riep hij met overslaande stem, "bereid je voor op de dood!"
Ze wist dat deze man de waarheid sprak. Ze voelde dat ze van dit leven – zo mooi en vol beloften – moest scheiden, als een bruidje van haar bruidegom. Ze ging naar haar kamer, en huilde om deze wrede dood.
Toen de dorpelingen hoorden van de voorspelling, waren er velen die er de spot mee dreven. Ze zeiden: "En ze zou met een wit en een zwart paard worden begraven?! Eerder nog loopt er een rivier van klare jenever door Middelstum, of wordt het kasteel van Ewsum weer opgebouwd. De man droomt!"
De jonge vrouw echter wist wat haar te wachten stond en deed wat ze doen moest. Ze ging afscheid nemen van haar vrienden en vriendinnen. Ze was als iemand die voor altijd zijn geboorteland gaat verlaten. Zwijgend drukte ze een ieder de hand. Op de drempel van elk huis bleef ze even staan, en ze keek om zich heen. Met gebroken stem zei ze: "Denk goed van mij, als ik onder de aarde lig. De doden hebben het nodig, dat men met liefde aan ze denkt. O! Dat in mijn huis binnenkort een ander zal wonen. Denk aan mij, als jullie die ander zien."
Meermalen vroeg men haar, de een met twijfel, de ander met spot in zijn stem: "Weet je wel zeker, dat je sterven zult?"
Dan huilde ze bitter, omdat zij zelf diep in haar hart een spoor van twijfel voelde, een hopen tegen beter weten in dat de man het bij het verkeerde eind had. Ze antwoordde: "Heeft hij zich soms ooit vergist? Waar de lijkkoets stilhield, daar viel altijd een dode, nietwaar?"
"Misschien dit keer niet. En dan nog iets..." zo sprak haar beste vriend, "als het zo moet zijn dat je zult sterven, dan zal ik ervoor zorgen dat je goed wordt begraven, en dat je koets door twee zwarte paarden zal worden getrokken!"

"Ach, dat ligt buiten je macht, ik ben gevonnist en veroordeeld! Vaarwel!"
Enige dagen later werd ze ziek en men spotte niet meer in het dorp. Nooit eerder had ze ziek in bed gelegen. Men moest toegeven dat dit een onheilspellend teken mocht heten. De dokter werd erbij gehaald, en deze schudde machteloos het hoofd. Tegen deze ziekte was geen kruid gewassen. De jonge vrouw moest sterven.
Haar hoofd lag heel stil en berustend in het witte kussen. Ze hield de handen al gevouwen op haar borst, en zó wachtte ze op de dood, in het vertrouwen dat zij opgevangen zou worden aan de andere kant. Haar gedachten cirkelden om de dood, zoals ze tijdens haar leven naar spel en dans uitgegaan waren. Ze was het aardse bestaan moe en het leek haar of de wereld een lege huls was geweest, met haar ziel daarin gevangen. Ze bad.
"Kom dan nu o goede dood, want u moet toch komen, en voer me naar de eeuwige gelukzaligheid, die wij hier in ons aardse bestaan niet kennen. Ik roep u aan zoals een jong meisje haar minnaar vanuit haar raam binnenroept. U bent mijn verlosser, wacht toch niet langer!"
Haar geest had zich al overgegeven, maar ze had een gezond jong lichaam dat zich heftig tegen de dood verzette. Haar krachtige spieren, haar lenige ledematen, en haar warme bloed kwamen in opstand tegen de dood die haar verlamde en verkilde en haar met pijnen sloeg. Ze glimlachte in haar leed, zoals ze in haar vreugde had geglimlacht.
En in de nacht sloeg de dood zijn laatste slag, en zij lag geveld. Toen herinnerde zich de vriend de belofte die hij haar had gegeven: dat zij als ieder ander normaal mens zou worden begraven. Men vroeg hem waarom hij niet huilde. Hij antwoordde: "Ik heb wel wat beters te doen. Als ze eenmaal goed onder de aarde ligt, zal ik om haar treuren!"
Dit waren zijn woorden en men dacht er lange tijd over na, onzeker hoe men deze moest uitleggen. Zij was gestorven... goed. Niemand had het verwacht. Toch gebeurde het. Al moest men dit ene feit geloven, men kon het andere niet aannemen: het sprak toch vanzelf dat twee *zwarte* paarden de wagen zouden trekken.
De man die de gave van helderziendheid bezat, liep rusteloos over de weg. Ook hij hoopte dat niet zou gebeuren, wat gebeuren moest. Altijd kwam het uit.

Wie houdt de stroom van een rivier tegen?
Wanneer het deze keer toch eens anders zou zijn! Wanneer zijn voorspelling dit keer niet uit zou komen, zou hij misschien bevrijd zijn van zijn gave die hij als een loodzware last voelde drukken. Altijd waren het *gewone* begrafenissen geweest die hij van te voren had gezien. Nooit eerder had hij het wonderlijk beeld van een wit en een zwart paard voor de koets gezien. Misschien was het een goed teken.
"'t Zal nu niet uitkomen", zo troostte hij zichzelf.
Hoewel hij zichzelf dit probeerde wijs te maken, stond hij op de ochtend dat de jonge vrouw werd begraven voor het huis. Hij stapte op de man af die de vriend van haar leven was geweest, en zei geheimzinnig: "Zie ik het goed en zijn het twee zwarte paarden voor de koets?"
"Twee zwarte paarden!"
"Gelukkig – dan heb ik mij vergist! Ga je in een rijtuig zitten?"
"Nee, ik loop naast de koets. We zijn nog niet op het kerkhof."
"O... o... daar heb je gelijk in. We zijn nog niet op het kerkhof. Ik wou dat de paarden er al waren!"
"Ze zullen er komen." Hij zette zijn tanden op elkaar. Ik heb het haar beloofd."
De paarden gingen stap voor stap. De rouwkoets kwam in beweging. Alles geschiedde, zoals bij een gewone begrafenis. De mensen in het volgrijtuig zeiden tot elkaar: "De voorspelling komt niet uit. Er loopt geen schimmel voor de wagen."
De vriend van de jonge vrouw slenterde langzaam mee. Toen schoot er iets voorbij dat de paarden verschrikte. Het was nog nooit gebeurd zolang er een rouwkoets in Middelstum had bestaan. Ze sloegen op hol en in hun paniek renden ze een greppel in. Men liep zo snel men kon de dieren achterna. Een stond nog overeind, bezweet en trillend over zijn lichaam. Het andere lag weerloos op de grond, het had een been gebroken.
Precies op dat moment kwam er een boer voorbij, die een schimmel aan zijn hand meevoerde.
"Wat is hier gebeurd?" vroeg hij.
De koetsier maakte zonder te antwoorden de touwen van het dier al los.
"We zullen het witte paard voor de wagen spannen, in plaats van het zwarte."
En zo gebeurde het.

De helderziende herbergier

Er moet in Opende een herbergier hebben gewoond, die de gave van helderziendheid bezat. Lange tijd wist hijzelf echter nergens van, want geen mens had hem ooit verteld dat hij met de helm was geboren. Ja, niemand scheen het te weten: de moeder, de tantes, de vroedvrouw, die in zulke gevallen meestal de wonderlijke tijding meteen in het hele dorp rondvertellen, zwegen dit keer.

Dat hadden zij beter niet kunnen doen. Kinderen die met de helm geboren zijn, kunnen dit het beste al vroeg weten. Zij moeten erop voorbereid zijn dat zij anders zijn dan de andere mensen en dat zij veel verdriet van deze gave zullen moeten verduren. Voor deze mensen vloeien heden, verleden en toekomst samen.

Het wonderlijke in dit geval was dat de herbergier noch zijn omgeving ooit iets van zijn anders zijn hadden opgemerkt. Als jongetje onderscheidde hij zich in niets van zijn vriendjes. Als jongeman vrijde hij als de anderen en won hij een jong meisje voor zich. Als man zette hij zijn zaak op en achter de toog bepraatte hij de dingen van de dag met zijn klanten: over veilingen in de omtrek, over sterfgevallen en huwelijken, en de prijs van het graan. Het leek of hij sterven zou zoals hij geleefd had: zonder dat iemand ter wereld vermoedde wat voor een bijzondere man hij was.

Dat hij meermalen als er weinig mensen in de herberg zaten, dromerig achter de toog stond en dan steeds met zijn hand langs het voorhoofd streek, zoals zij doen bij wie de gedachten onrustig door het hoofd tollen, vond hij niets bijzonders. Dat zijn moeder, die in de winter altijd bij het haardvuur zat te breien, dan verontrust naar hem opkeek, merkte hij niet.

Eens vond er tussen hen een gesprek plaats, waarbij hem een

licht had moeten opgaan. Hij leunde over de toog. De gelagkamer was verlaten. Plotseling dwong hem een vreemde macht om zijn vingers op het voorhoofd te leggen. Het leek wel of zijn hersens brandden.
"Wat heb je, jongen?" vroeg de moeder. Jongen, zo noemde ze hem altijd, ook nu hij al lang volwassen was.
"Niets moeder, niets! Wat zou ik hebben? Ik denk zo maar wat."
"Denken is gevaarlijk. Er zijn mensen die beter niet kunnen denken."
"Ik kan er niets aan doen. Ik heb het wel meer."
"Zie je dan wat, jongen?" Ze stond op.
Hij verbaasde zich over deze vraag. "Wat zou ik moeten zien? Ik wou dat ik wat zag. Dan zou ik weten waarom mijn hersens zo gloeien."
"Bid God in de hemel toch dat je nooit wat zien zult!"
Ze zwegen allebei. Ieder had zijn eigen gedachten, maar ze konden die niet meer uitspreken, want er kwamen klanten binnen. Wie lette er toen nog op de oude, grijze vrouw die bij de haard zat? Wie denkt ooit aan ouderdom, en zijn stille, wijze gedachten?! De herberg is een plaats voor de jeugd en de vreugd en de zorgeloosheid!
De moeder zat in een hoek gebogen, met de witte, lange vingers aan de wangen, en wanhopig van verdriet staarde zij in het vuur. Waarom had ze hem nog niet verteld wat voor last hij moest dragen? Nu praatte hij vrij en onbekommerd met de man aan het tafeltje. Hoe zou ze hem ooit moeten vertellen over de gave die hij bezat?
De winter ging voorbij, zonder dat zij terugkwamen op het onderwerp. Op een zwoele zomeravond zat de moeder op dezelfde stoel als in de winter, en ze boog zich huiverend over de koude haard. Ze werd oud, en ze voelde de kille dood al tot haar botten doordringen. De herinnering aan het vuur, dat daar in de winter brandde, deed haar goed.
Haar zoon stond aan de deur en zag de nacht in. Er zong geen enkele vogel meer. De velden lagen wijd in het schemerduister uitgestrekt, zo wijd... de weg leek er des te smaller door.
De herbergier merkte dat heel in de verte een wagen naderde, zo langzaam dat hij achter de nevel van de horizon niet vooruit scheen te komen. De herbergier móest ernaar kijken, hij boog zijn hoofd iets voorover. Wat een vreemde wagen! De duisternis

spreidde haar geruisloze sluiers uit over de hemel, over de akker, over de weg. Er waren bijna geen sterren in deze nacht. Er hing een diepe stilte over het dorp. De herbergier wist niet hoelang hij al naar hetzelfde punt in de verte staarde, hij raakte elk besef van tijd kwijt.
Hoewel alles aardedonker was, zag de herbergier de wagen nu duidelijker dan in de schemering. De wagen kwam onherroepelijk dichterbij, al bleef het tempo even langzaam. Stap voor stap, als voor een dodenkoets, gingen de paarden. Als voor een dodenkoets? Maar het was er ook een!
"Onzin!" dacht de herbergier. "'s Nachts zijn er toch geen begrafenissen!" Hij ging terug in de herberg, en hij keek zijn moeder aan.
"Wie is er dood in Opende, moeder?"
"Niemand jongen... en waarom vraag je me dat? Wat is er aan de hand? Je bent lijkbleek. Wat is het dat je op de weg gezien hebt?"
"Er komt een lijkwagen aan, moeder!"
Ze stond op en huiverde opnieuw. Ze ging naast hem staan, als een moederdier dat haar jong moet verdedigen. Zij voelde zich plotseling jong en sterk, en hij werd voor haar weer een klein knaapje, met een korte broek, de handen vuil, de pet onverschillig over het wanordelijke haar.
"Wat zie je dan, mijn jongen?"
"Hier vlakbij, moeder – straks zullen ze voorbijkomen – de zwarte paarden... het zwarte rijtuig... een man op de bok... wie brengt men 's nachts naar het kerkhof?"
"Niemand. Er wordt niemand begraven. Geloof je moeder, ze heeft altijd de waarheid gesproken, waarom zou ze je dan nu voorliegen?"
"Kijk dan! De paardenkoppen zijn al ter hoogte van de herberg! Daarachter strekken zich hun lichamen uit, ik zie de staarten al. Het lijkt, of de wagen stilstaat, zo langzaam lopen de paarden ervoor... en toch... hij komt voorbij... hoe weet ik niet... ik begrijp het niet... ik begrijp het niet. Als ik nu met de helm geboren was..."
Ze schreeuwde het uit van angst. "Zeg zulke dingen niet!"
De herbergier had zijn geheim geraden, maar wilde het zelf nog niet geloven.
"Dan zou je het me toch wel hebben verteld?"
Ze zei het hem na: "Dan zou ik het je hebben verteld."

De volgende ochtend vroeg hij elke gast, of er die nacht niet iemand was begraven. Men meende dat hij had gedroomd.
"Of heb je soms te veel jonge klare gedronken?" vroeg een spotvogel. "Dat zal 't wel geweest zijn, man!"
"Dat is het niet geweest. Wel moeder? Ik had geen druppel gedronken!"
Allen die in de herberg zaten, keken hem lachend aan. Er waren gisteravond mensen genoeg op straat geweest, en niemand had een lijkkoets gezien. Vanaf die dag spotte men veel met de herbergier. Voortaan waren er altijd wel een paar lui in de kroeg die hun mond niet konden houden.
"Heb je gisteren weer zo gedroomd?" Of: "Hoeveel doden zijn er vannacht voorbijgegaan?"
Zowel hij als zijn moeder zwegen dan. Zij beiden wisten, dat hij de wagen had gezien, de zoon dacht "in werkelijkheid", de moeder wist "in helderziendheid". Zij begreep dat het onheil voor Opende niet uit kon blijven en met rasse schreden naderde.
Dikwijls overwoog zij bij zichzelf: "Zal ik het hem zeggen?" Maar ze had al die jaren gezwegen en ze kon het niet over haar hart verkrijgen haar zoon te bekennen dat ze het voor hem verborgen had gehouden. Ze vreesde de seconde dat hij de vervloekte gave zou herkennen. Toch twijfelde ze er niet aan dat die seconde ooit moest komen.
Nog dezelfde zomer brak er in Opende een besmettelijke ziekte uit, die de dokters voor een raadsel zette. Zelfs professoren die men uit Groningen ontbood, wisten niet hoe men deze ziekte het hoofd moest bieden. Er lagen veel doden in de huizen, kinderen en volwassenen. De lijkkoets had werk als nooit tevoren.
Op een dag – het was stil in de herberg – zaten moeder en zoon samen voor de haard. Ze had besloten hem haar geheim te openbaren. Maar het hoefde niet meer. Plotseling sloeg hij de handen voor het gezicht.
"Ik heb het gezien! Ik heb het gezien!"
"Ja jongen", zei ze eenvoudig, "je bent met de helm geboren."
"Ik moet het iedereen vertellen. Misschien kunnen ze me helpen."
Toen zich die avond een gezelschap in de herberg verzamelde, ach, hoeveel waren er niet die ontbraken, stelde de waard zich aan de lange tafel, en hij boog zijn hoofd als een misdadiger die zijn schuld belijdt. Iedereen zweeg terwijl hij sprak. Het kwam

in niemands hoofd op de spot met hem te drijven.
"Ik heb jullie wat te zeggen, mannen, iets wat ik nooit heb geweten. Ik ben met de helm geboren, en daarom heb ik ons ongeluk voorzien. Ik zag een lijkkoets in de nacht, maar ik wist niet wat het betekende." Radeloos hief hij zijn handen ten hemel.
Toen nam de oude vrouw het woord: "Ik had het allang eerder moeten vertellen. Dan had niemand hem uitgelachen, en dan hadden we geweten dat het moest komen en dan hadden we ons kunnen voorbereiden!"
"Maar hoe weet je zo zeker dat hij onze rampspoed gezien heeft?" riep een van de bezoekers boos. "We begraven onze doden toch niet 's nachts?"
Er klonken dreigende woorden in de zaal, sommigen geloofden het verhaal van de herbergier, anderen verzetten zich ertegen dat deze man hun noodlot had voorzien. Een paar mannen sloegen met hun vuisten op tafel en vloekten. Waarom wilde de vreselijke ziekte niet uit het dorp Opende wijken? De ziekte verspreidde zich nog steeds, als een hongerige hond vrat hij alles wat hem voor de poten liep.
Velen die deze avond uit de herberg kwamen, vonden hun ouders of hun vrouw of hun kinderen ziek in bed. De lijkwagen hield voor menig huis stil, de doodgraver groef graf na graf. En de dag kwam dat er door de burgemeester werd bevolen, dat de zwarte koets ook 's nachts zou rijden. Er waren te veel doden. Men kon hen niet boven de aarde laten liggen. De doktoren zeiden dat het gevaarlijk was en dat als men geen maatregelen nam, de ziekte om zich heen zou blijven grijpen. Maar het hele dorp verzette zich ertegen. Men wilde zijn doden niet in het donker begraven. Liever lieten ze het leed komen zoals het kwam dan hierin toe te stemmen.
De doktoren schudden het hoofd over zoveel eigenzinnigheid. Wilde men dan dat de hele streek besmet zou raken?
De herbergier hoorde het aan, en sprak met toonloze stem, terwijl zijn armen slap langs het lichaam hingen: "Het moet toch gebeuren."
Die avond stond hij op de drempel van zijn herberg. Uit de schemer, ver weg aan de horizon, kwam de lijkwagen, die stil scheen te staan. Of stond hij echt voor een huis stil? Langzaam maar zeker naderde de dodenkoets. De nacht legde zwarte wolken in de nevel, die steeds breder werden, en zich aaneensloten

als de schakels van een ketting. De waard bleef ingespannen turen. Toen onderscheidde hij de paardenkoppen, de paardenlijven, de bok met de koetsier erop... en zo ging de gruwelijke stoet hem voor de tweede maal voorbij, maar nu in werkelijkheid.

Een visser uit IJmuiden

Op een nacht had een IJmuidense visser een wel heel wonderlijke droom. Terwijl hij in zijn kajuit lag uit te rusten van een vermoeiende dag, zag hij in zijn droom zichzelf roerloos liggen. Hij kon de trekken van zijn gezicht duidelijk onderscheiden, hij zag de onduidelijke bult onder de dekens die zijn lichaam was, en tegelijkertijd nam hij ook de meubels en de voorwerpen in zijn kajuit waar.

Hij kon zijn ogen niet van dit vreemde tafereel afhouden. Hij keek geen ogenblik in de richting van de deur. Toch wist hij dat er iemand binnen kwam die hij heel goed kende. Het was zijn oude moedertje. Ze kwam met zachte passen dichterbij. "Wat komt ze bij me doen?" dacht hij. Hij voelde dat dit geen gewone droom was, maar iets wat hij in werkelijkheid beleefde.

Zijn moeder droeg iets in haar hand. Toen hij zag wat het was, raakte hij diep ontroerd. Het was haar oude, versleten bijbeltje, dat ze zo liefhad en waar ze hem zo vaak uit had voorgelezen, toen hij nog een kleine jongen was.

Toen ze het bed van haar zoon was genaderd, streek ze hem over zijn haren, pakte het hoofdkussen op en legde het bijbeltje met liefdevolle aandacht neer. Daarna verdween ze geruisloos.

Toen de visser de haven van IJmuiden binnenvoer, wilde hij zo snel mogelijk naar zijn ouderlijk huis. Hij had een onbehaaglijk voorgevoel. Zijn kennissen die hij in het voorbijgaan op straat ontmoette, groetten hem schuw.

Toen hij thuis aankwam, zag hij dat de gordijnen dicht waren. Zijn vader kwam hem met gebogen hoofd tegemoet. Hij droeg iets in zijn hand. Hij nam de visser bij de schouders en vertelde hem dat zijn moeder was overleden, in de nacht dat de visser zo vreemd had gedroomd. “Hier mijn jongen, is haar bijbeltje… je moeder heeft me op haar sterfbed gesmeekt het aan jou te geven!”

De Duivelsgracht van Gorinchem

Dit verhaal dateert van lang geleden, zo lang dat niemand meer weet wanneer het zich precies heeft afgespeeld. Er woonde toen in de stad Gorinchem een baron, een vriendelijke, statige man, die een lieve vrouw had en drie gezonde jongens. Zij vormden met elkaar een gelukkig gezin en hun manier van leven was een voorbeeld voor alle mensen die het goede nastreven.

De oudste van de jongens was nog geen man toen hij onverhoeds zijn moeder verloor. Zij stierf op zeer jonge leeftijd, en tot het laatst van haar leven had ze haar hart en ziel aan God gewijd. Wie de baron ontmoette na die rampzalige dag, schrok flink. In niets leek hij nog op de beminnelijke heer van weleer. Hij was een vreemde geworden voor zichzelf en voor anderen. Waar zich vroeger goedmoedige lachrimpeltjes hadden geplooid, waren deze subtiele, bijna onzichtbare lijntjes nu tot diepe groeven van zorg en verdriet uitgegroeid. Zijn lippen waren ooit vol en vlezig geweest, en van een gezond rode kleur; nu was zijn mond een strakke witte streep.

Helaas bleef het niet bij een verandering in zijn uiterlijk. De baron raakte verbitterd en eenzaam, en hij begon te drinken. Langzaam aan gleed hij af en verloor hij zijn normen en waarden. Hij was zich er nauwelijks van bewust dat hij een ander mens was geworden. Hij scheen het zich nauwelijks nog te herinneren, dat zijn naam ooit een milde klank was geweest voor zijn naasten, zoals een vriendelijke kerkklok die de mensen op zondag uitnodigt naar het huis van de Heer te komen.

Al kort na de dood van zijn beminde vrouw, verzamelden zich slechte vrienden om hem heen, als aasgieren die op een rottend lijk afkwamen. Ze kwamen met z'n allen tegelijk, in grotere aantallen dan ooit zijn brave vrienden. Immers, goede vrienden kun je op de vingers van één hand tellen, maar slechte vrienden

kun je krijgen zoveel je wil. Zodra een mens een voet op het slechte pad zet, zijn ze er, en na elke misstap of ondeugd komen er een paar bij.
De baron reageerde onverschillig op de waarschuwingen van zijn goede vrienden, hun bezorgdheid, hun verdriet om wat er van hem geworden was. Hij sloeg al hun goede raad in de wind, en sprak harde en verbitterde woorden. Een voor een zeiden zij hem vaarwel, maar hij maalde er niet om.
Ja, in zijn hart was hij eerder opgelucht dat ze met hem braken, want hij schaamde zich voor hun braafheid en voor het zedige leven dat hij vroeger zelf had geleid, zoals men zich kan schamen voor dwaze daden uit zijn jeugd, of voor zijn goedgelovigheid.
Vroeger was het zo geweest dat er 's avonds, nadat de wachter de brug had neergelaten, een vredige rust daalde in het slot. De vensters bleven donker als de nacht die ze omsloot. Nu galoppeerden er midden in de nacht ruiters naar het kasteel, zij schreeuwden met schorre stemmen en hun dronken gebral bleef tot in de morgen klinken. De gloed van flambouwen flakkerde onrustig heen en weer, waaiend als door de wind bewogen. Overdag bleef het dikwijls stil, in en buiten het kasteel, als men tenminste niet op roof uitging.
De drie jongens die de moeder met haar tedere zorg en liefde had omringd, werden in een mum van tijd verpest door hun vader en zijn trawanten. Niemand bekommerde zich om hun opvoeding, en zij werden in deze vriendenkring al wel heel gauw volwassen! Zij werden ingewijd in het volle leven, dat wil zeggen, wat hondsvotten daaronder verstaan. Ook zij herinnerden zich binnen korte tijd niet meer dat er andere tijden waren geweest, dat er ooit woorden van vrede en liefde in het huis waren gesproken. Ze bedronken zich als de rest. Ze spraken over de liefde met gemene spot. Hun vader lachte erom, want laagheid lacht om laagheid. Ze werden grof en wreed, en ze deden waar ze zin in hadden. In heel Gorinchem was niemand meer veilig voor de slotbewoners en het hielp niet dat men de gouden dukaten verstopte. Zij kenden alle smerige trucs om de inwoners aan het praten te krijgen.
En zo verstreek jaar na jaar. De baron voelde de tijd als zand tussen zijn vingers doorglippen, zonder dat er ooit iets leek te veranderen. Als de baron al wel eens nadacht over zijn verleden, kwam het hem voor dat zijn hele leven een grote, vrolijke

braspartij was geweest. Hij leefde in een constante roes.
Het geld kwam gemakkelijk binnen. Hij hoefde zijn hand maar in de schatkist te steken om te grijpen wat hij verlangde. Voor de vulling van de kist zorgde de rentmeester. Die perste de pachters de laatste duit uit hun beurzen, zonder ooit acht te slaan op hun klagen of enig mededogen te hebben met hun ellende. De baron zag er ook geen been in om achter struikgewas op reizigers te loeren en hun paarden tegen te houden. Menige rijkaard werd uitgeschud, en zo op de eenzame weg achtergelaten als een bedelende zwerver. De brave burgers van Gorinchem maakten zich hierover ernstige zorgen.
"Wat zal er op den duur van ons worden, als het zo doorgaat? Alle handel zal uit Gorinchem verdwijnen, want niemand zal nog in onze stad durven te komen. De boer zal niet meer zaaien, want voor hij kan maaien, houdt de rentmeester zijn eisende hand al op. De koopman zal zijn winkel sluiten: dringen de zonen van de baron niet bij hem binnen om zijn voorraden te plunderen, zijn kasten leeg te halen, en zijn dochters te verleiden? Wat hebben de mensen nog aan hun leven? God heeft ons vruchtbare aarde gegeven, hij zendt de zon en de regen, maar wat hebben wij eraan, zolang de baron en zijn zoons leven?"
En zo kwam het dat de mensen minder hard gingen werken, en er kwamen ook geen marskramers meer langs op het kasteel, want het bericht dat men van alles werd beroofd zodra men een voet in het kasteel zette, verspreidde zich snel. Aldus maakten de edellieden anderen armer en zichzelf rijker, zoals het door alle eeuwen heen is geweest met vorsten en baronnen die vernieling in hun vaandel meevoeren. Hun daden staan niet in de kronieken beschreven, maar ze moeten vreselijk zijn geweest, want er wordt nog tot op de huidige dag door de mensen over gesproken. Hun gruweldaden zijn niet opgetekend, maar leven voort van vader op zoon, van mond op mond, zoals de geschiedenis van de baron en zijn zoons.
Op een dag deed de baron een greep in zijn schatkist, maar hij voelde niets dan lucht en leegte. Hij tastte met zijn handen tot op de bodem, maar er bleef niet een klein, minuscuul geldstukje aan zijn vingers kleven. Hij was stomverbaasd. Hij pakte de kist, keerde ze om, en schudde. Nog niet een duit rolde op de grond. De baron werd razend en hij riep zijn rentmeester bij zich, die hij toeschreeuwde: "Wie heeft het geld gestolen? Wie heeft het geld gestolen?"

“Er valt geen geld te stelen uit een lege kist”, zei de rentmeester.
Toen begon de baron godslasterlijk te vloeken en te ketteren, en hij liet zijn zonen bij zich komen.
“Jullie denken zeker dat het feesten eeuwig door kan gaan”, zei hij, “en dat het goud voor het oprapen ligt als water uit een put. Nu, kijk maar eens in de kist! Schud maar goed! Het is met ons gedaan!”
Een van zijn zonen zei overmoedig: “Binnenkort komt er wel weer een koopman voorbij die we een kopje kleiner kunnen maken!”
De tweede zei: “Of we proberen om bij een jood of christen in de stad nog wat te halen.”
Maar de jongste zag de situatie onder ogen: “Er valt niks meer te grissen”, zei hij. “Uit het ei is de dooier geslurpt. Wij hebben de burgers van Gorinchem tot de laatste druppel toe uitgeperst. Er is niets meer over.”
“En onze oogst dan?”
“Die is al verkocht en geleverd, je kunt net zo goed van de ratten geld halen.”
Nu zwegen ze allemaal. Iedereen peinsde over een oplossing, maar niemand wist raad. Eindelijk stond de oude baron op en hij riep opstandig uit: “Moet ik de rest van mijn leven dan op een houtje bijten? Dat haat ik. We moeten een middel zien te vinden om aan geld te komen, al moet ik het bij de duivel zelf halen.”
Van deze drieste woorden schrokken de drie anderen toch even, hoe slecht ze ook van hart waren. Zij wensten niet met Heintje kennis te maken, want ze wisten nog wel één ding: hij die zaken doet met de satan, zal nooit winst maken, maar alles verliezen. Het goud van de duivel is klatergoud.
Toch spraken ze hun gedachten niet uit tegen de baron. Ze lachten hun onrust weg. Met de lichtzinnigheid die de jeugd eigen is, gingen ze al stoeiende met elkaar de zaal uit en lieten hun vader alleen met zijn geldzorgen.
De baron zat eenzaam in de zaal, de lege schatkist stond naast hem. Hij had er geen spijt van dat hij over de duivel gesproken had. Hij wiste het zweet van zijn voorhoofd. Hij had behoefte aan drank. Hoe zou hij ooit nog zonder wijn en rum kunnen leven? Hij was liever dood. Hij had wijn nodig om te vergeten, om de oude stemmen en gedaantes uit het verleden te verjagen.

Hij was bang voor de stilte van de avond, wanneer de herinneringen opdoken en hij het uitschreeuwde van angst, omdat hij niet meer wist wat werkelijkheid en onwerkelijkheid was. Hij moest de schimmen van het verleden op afstand houden, en de wijn was zijn tovermiddel.
Sj! Een zacht schrijdende mannengestalte gleed de zaal binnen en ging tegenover hem zitten.
Hij had horens als een bok en in plaats van benen had hij tenen hoeven...
Terwijl hij de baron aanstaarde, met ogen glinsterend als een hongerig dier dat een lekker hapje bekijkt, bleef hij heel stil zitten, de poten over elkaar geslagen, zodat de mens wanneer hij zou opkijken niet naar zijn naam en het doel van zijn komst hoefde te vragen. Het was hier niet nodig om zijn stem te laten vleien. Hij kon onmiddellijk tot zaken komen. Alles verliep precies zoals hij had gedacht.
De baron hief het hoofd op, schrok even en vroeg de duivel toen wat hij van hem wilde.
De duivel deed heel verbaasd: "Wat ik van u wil? Beste man, u bent toch degene die mij heeft geroepen? Ik ben meteen gekomen. Ik ben een goede vriend van de mensen. Alleen kennen ze me niet, en ze vertellen veel kwaads van me, maar ik sta altijd klaar om iedereen uit de penarie te halen en hem op zijn wenken te bedienen."
"Ja, maar tegen welke prijs?" vroeg de baron somber.
Hij wist dat de duivel niets voor niets deed, en hij wachtte op wat onvermijdelijk moest komen. Satan zette zijn bokkenpoten steviger op de grond. Hij had zijn prooi stevig in de klauwen, en ook hij wist dat zijn voorwaarden net zo goed onbesproken konden blijven. Zijn winst was zeker, maar hij speelde het spel volgens de regels.
"Ik weet precies wat er met u aan de hand is", zei de satan, en hij legde een medelijdende klank in zijn stem. Als de duivel met medelijden komt, weet iedereen wel hoe laat het is.
"Ik heb u lange tijd in het oog gehouden en ik wist dat wij samen nog wel eens zaken zouden doen. 't Komt alleen eerder dan ik had verwacht. Arme man, kost het je zoveel moeite om op de been te blijven? Tja, het is ook altijd het oude liedje, dat komt er nu van als men zo nodig goed en deugdzaam wil leven en niet vanaf het begin de hulp van de duivel inroept. Mijn voorwaarde is doodsimpel, heer baron. Zeven jaren zult u in luxe leven, en u

zult geen zorgen kennen. Na deze zeven jaren..."
"Na deze zeven jaren...?!"
"Ik vraag niet veel", zei de duivel. De spottende klank was uit zijn stem verdwenen. "Niet meer dan uw ziel, heer baron."
"Niet meer dan mijn ziel? Maar u moet toch begrijpen, al bent u de duivel zelf, dat ze me ooit dierbaar was... en een ander ook, haar naam wil ik hier niet uitspreken. Het is een kostbaar goed... een mensenziel..."
Satan haalde zijn schouders op. "U beweert dat uw ziel kostbaar is? Ja, ooit, heer baron, eens, in een ver verleden misschien! Laat dat woord tot u doordringen: eens, ooit! Ooit had u een vrouw, en ooit waren er hier 's avonds geen drinkgelagen waarin de mensen er op los vloeken. Ooit waren uw zoons onschuldige kinderen. Ooit had u liever uw handen verbrand dan u toe te eigenen waar u geen recht op heeft. Ooit...", de duivel schudde spottend het hoofd en zuchtte diep: "Hoe vaak ik dát woord niet moet horen: 'ooit'."
Hij was nu goed op dreef en ging verder. "'Ooit was ik braaf', piept de jongeman als hij in de klauwen van de duivel spartelt. O, ik ben gek op dat woord! Het betekent dat velen die vroeger God hebben gezocht, zich nu door mij voelen aangetrokken. En een ziel die ooit goed is geweest, heeft voor mij een dubbele bekoring..."
Plotseling brak hij zijn gloedvol betoog af. "Enfin, laten we tot zaken komen. Zullen we met elkaar afspreken... dat ik de schatkist die bij u staat steeds met geld gevuld houd... zeven jaren lang... zal ik het nog eens zeggen? Zeven lange jaren, waarin u niets hoeft te doen dan in de kist te graaien en te grijpen om te kunnen doen wat u wilt, zoveel te drinken als u op kunt... en na de zeven jaren is het slot van mij... met alles en iedereen wat erin is..."
De baron overwoog de woorden bij zichzelf. Zou hij de duivel niet voor de gek kunnen houden? Die scheen anders wel zeker van zijn zaak. Toch zou het niet de eerste keer zijn dat de duivel het af moest leggen tegen menselijke sluwheid. In zeven jaren moest hij toch een plan kunnen bedenken om de satan een loer te draaien. Hij glimlachte. De duivel zag ongetwijfeld de glimlach, maar hij had zijn zaak goed overdacht. Hij wist dat de baron met handen en voeten gekluisterd zat aan de boeien van drank en geld; hij voelde dat er van ontsnappen geen sprake kon zijn, en haalde zijn schouders op.

"Afgesproken dan", zei de baron opgelucht, "over zeven jaren behoort dit kasteel u toe, met alles wat erin is!"
Iedereen kan wel begrijpen waarom de edelman dit durfde te zeggen. Hij was van plan om voor die dag het slot te verlaten met allen die erin leefden. Zijn geld en goederen zou hij op wagens laden... verder mocht ervan komen, wat wilde. Daarom tekende hij het schadelijkste en schandelijkste van alle overeenkomsten met zijn bloed, en de duivel verdween, tevreden met zijn toekomstige buit.
Nog altijd stond de schatkist naast de baron. Hij bukte zich, en net zoals in vroeger dagen woelden zijn handen in het goud. Hij slaakte een kreet van vreugde. Zijn zonen kwamen binnen, en ze waren verwonderd dat er nu plotseling weer zoveel geld in huis was. Ze vroegen echter niet hoe de vader het voor elkaar had gekregen. Waarom zouden ze dit vragen? Zoveel kwaad hadden ze zelf bedreven, dat ze er helemaal niet nieuwsgierig naar waren.
Nu volgden zeven jaren van woeste uitspattingen, want de duivel houdt zijn belofte, aangezien hij er alleen op uit is om zielen te vangen. Zo hij zijn woord niet hield, zou hij zijn goede naam verliezen. Zeven jaren was het feest in het kasteel; de baron dronk en dronk en vergat de tijd, en hij was de duivel helemaal vergeten. Nog meer vrienden dan vroeger reden 's avonds op het kasteel aan, en in de stad kon men dikwijls niet slapen, zo schreeuwden de dronken ridders.
Weer gleden de dagen geruisloos voorbij, zoals wolken die elkaar op zo korte afstand volgen dat ze onmerkbaar een geheel gaan vormen. De dagen waren ook precies zo nevelig als wolken op een lichte zomerdag. Wanneer iemand zou hebben geprobeerd zich te herinneren "wat is er toen en toen gebeurd", dan zou het hem niet zijn gelukt, maar zelfs daar gaf men zich geen rekenschap van. Men liet alles maar glijden. Het leven was als een gladde vloer.
Op de noodlottige dag kwamen allen die ooit in het slot waren geweest, bij elkaar, of ze wilden of niet. Zij die lang geleden de baron hadden bezocht, voelden zich ertoe aangezet om naar het kasteel te gaan, zoals paarden in beweging komen voor een knallende zweep. In eerste instantie was iedereen verheugd elkaar daar te treffen. Dienaren brachten bekers vol met schuimend bier, en de gasten maakten ze in een teug leeg, om daarna adem te halen, te lachen, en naar een nieuwe beker te grij-

pen. Nooit eerder had men zoveel lawaai in het slot gehoord. Nooit had men zo in uitzinnige vreugde genoten. Men liet zich in een zalige vergetelheid bedwelmen door het lawaai, het licht en de wijn.
Toch stond de baron tegen middernacht ineens op. Hij liep de zaal uit en schreeuwde tegen een van zijn knechten: "Zadel mijn paard en zeg de poortwachter dat hij de brug neerlaat. Ik ga rijden!"
Van alle kanten hoorde hij: "Ik ga rijden! Ik ga rijden! Ik ga rijden!" De ene echo riep de andere op, en ze herhaalden elkaar eindeloos. Van de muren, uit de lucht, van de zolder, de vloer en uit de gewelven spotten de stemmen: "Ik ga rijden! Ik ga rijden! Ik ga rijden!"
De baron wankelde naar de stal waar een van de paarden klaar stond.
"Waarom heb je een zwart paard gezadeld?" zo vroeg hij. De knecht hield een fakkel in de hand en hief deze plotseling op, tot het vuur zijn gezicht verlichtte. De baron deinsde achteruit.
"Wie ben jij? Ik ken jou niet", schreeuwde hij, en een angstig voorgevoel maakte zich van hem meester.
"Ik ga rijden – ik ga rijden – ik ga rijden!" antwoordde de knecht.
"Zeg me je naam!" Hij greep de man bij de arm. "Jou heb ik eerder gezien. Zeg me waar en wanneer. Nu! Ik beveel het je!"

Ik ga rijden, ik ga rijden
holadrio!
Ik ga rijden
ik ga rijden
Holadria!

"Jij...", stamelde de baron. "Nu weet ik waar ik je van ken!"
"Ik kom mijn beloning halen", zei de duivel.
Op hetzelfde moment zonk het slot met alles en iedereen wat erin was met een enorm geschreeuw en kabaal in de diepte, zo diep dat het grondwater steeg en een gracht vormde dicht bij de Waterpoort.
Indien men in Gorinchem komt en naar de Duivelsgracht vraagt, weet iedereen deze plek aan te wijzen. De daden van de wrede baron en zijn zoons leven voor altijd in de herinnering van de mensen voort.

De twee broeders uit Valkenburg

Reginald en Waleram waren twee broers, zij waren zoons van de graaf van Valkenburg. Zijn slot hield al meer dan zeven eeuwen stand in het Zuid-Limburgse heuvelland. Men zag deze jongemannen bijna altijd samen. Het lijken wel tweelingen, zeiden de mensen.
Toch waren ze dit niet. Reginald was de oudste. Hij was groot en sterk, en had een mannelijk uiterlijk. Waleram was ook wel rijzig, maar toch was hij iets kleiner dan zijn broeder, iets teerder, zou men haast kunnen zeggen. Reginald was uitgesproken levenslustig, hij praatte druk en veel, zijn woorden hadden een harde metaalklank. Als hij lachte, dan lachte de wereld mee, maar als hij boos was, dan beefden de dienaren voor hem. Waleram was een evenwichtige en warme persoonlijkheid. Zijn woorden klonken rustig en bedachtzaam, zijn ogen hadden een zachte glans en meestal lag er een beminnelijke glimlach om zijn lippen.
Vaak gingen de broers samen op jacht. Men zou misschien denken dat Reginald daarin Waleram de baas was, toch was dit niet zo. Reginald bedierf vaak zijn kansen omdat hij te haastig was, waar Waleram door geduld en overleg succes had. Ze vulden elkaar goed aan. Reginald kwam vaak met de plannen, maar ze waren dan meestal niet goed doordacht en hij wilde er ook te onbesuisd op los gaan. Dan remde Waleram hem af en stelde de plannen bij en zo kwamen ze dan tenslotte tot een goed compromis.
Zo leefde ze al menig jaar samen en ze hadden het goed met elkaar. Geheimen hadden ze niet voor elkaar, ze leefden in vriendschap, openheid en waarheid, zoals het hoort tussen zonen uit één familie. Toen kwam er een tijd dat ze over één ding niet met elkaar spraken. Dus toch een geheim? Ja. Maar

dat kwam omdat ze voor zichzelf niet eens wilden weten wat hen bezighield.
Die zomer was de graaf van Kleef met zijn dochter Alixe een paar dagen op bezoek geweest. Na dat bezoek dachten beide broers veel aan Alixe. Haar beeld dook telkens voor hen op. Als ze aan tafel zaten, als ze in het bos jaagden, als ze de wagens met het gouden koren de voorhof op zagen rijden, dan kon het ineens gebeuren dat ze Alixe voor zich zagen staan, met haar lieve lach, met de zon glinsterend op het blond van haar mooie haren, dat ze haar lach hoorden parelen, dat het leek of ze iets tegen hen riep, of hen wenkte. Alixe!
Op zo'n ogenblik kwam er een verstilde uitdrukking op Walerams gezicht, de glimlach trok weg van zijn lippen, zijn ogen staarden in het niets, maar hadden een warme glans. Reginalds stem schalde echter nog harder dan gewoonlijk. Zijn bewegingen werden heftig en hoekig, en er kwam iets fels en uitdagends in zijn lach. Beiden zwegen echter over de oorzaak van hun emoties. Dat was ook eigenlijk iets waarover ze niet kónden praten. Alixe? Alixe van Kleef zat immers ver weg op de burcht van haar vader, en ze dacht natuurlijk al lang niet meer aan die Limburgse jongens. Het was dwaas om je dingen in het hoofd te halen! Ze schaamden zich voor elkaar dat hun gedachten en verlangens telkens weer uitgingen naar haar.
Er kwam een dag in de nazomer, toen reden ze er heel vroeg in de morgen samen op uit. De zon stond laag, en zat verscholen achter dikke wolken, en het was heel stil in de natuur.
"Wat zou je ervan vinden als we eens naar Kleef reden?" zei Reginald plotseling.
"Naar Kleef? Dat is immers ver!"
"Nu, en wat zou dat?"
Reginald rechtte zijn rug. Hij tuurde gespannen in de verte.
"Wij worden er niet verwacht", zei Waleram.
"Nu, wat zou dat? Denk je dat Alixe jou terugstuurt?"
"Mij?"
"Mij dan soms?"
Luid schalde Reginalds lach. Zijn sporen drukten al in de flanken van het paard. Het dier schoot vooruit. Walerams paard zette dadelijk de achtervolging in. Voort vlogen de broeders, naar het noorden. De paardenhoeven sloegen tegen de grond dat het daverde. Wolken stof vlogen op naar de hemel. Zo reden ze urenlang. De paarden schuimbekten, de adem floot uit

hun neusgaten. De broeders ontzagen de dieren echter niet, maar zetten hen aan tot steeds grotere spoed. Zo kwamen ze in de Kleefse landen aan. De torens van een slot doken uit het geboomte op. Hun blikken snelden hun paarden vooruit.
Plotseling struikelde echter het paard van Waleram en mens en dier maakten een tuimeling.
"Há-á!" schreeuwde Reginald triomfantelijk. Hij vergat zijn broederplicht. Nog sneller schoot hij vooruit. Hij was de eerste, hij de eerste. Alixe!
Weldra daverde zijn hoefslag over de voorhof.
"Alixe!"
Daar stond ze al voor hem. Hij zwaaide hijgend maar hoffelijk met zijn muts. Hij glansde van uitbundige blijdschap.
Alixe maakte een buiging en groette hem.
"U?"
"Alixe! Ik! Reginald van Valkenburg!"
"Reginald, ja. Wees welkom. Bent u alleen? Kwam uw broeder niet met u mee?"
"Waleram? Mijn broeder? Ja... hahaha... die is... die is... ja die is niet zo'n goede ruiter! Die kon me niet bijhouden! Nee, die kan lang niet tegen me op hoor! Het zal nog lang duren voor hij een echte man is. Alixe, ik ben zo blij..."
Hij zocht Alixes blik, maar haar ogen keken langs hem heen, alsof hij niet bestond op de wereld, ze keek naar de poort, over de brug. Er lag een gespannen uitdrukking op haar lieve gezichtje.
"Alixe?"
Daar dreunde een hoefslag op hout. Waleram stormde aan, gleed van het paard, en boog voor Alixe, zwaaiend zijn muts.
"Het spijt me", zei hij zacht. "Het spijt me dat ik wat later ben."
Hij zweeg nog over de oorzaak.
Er kwam een vriendelijk lachje op Alixes lippen.
"Wees welkom, Waleram", groette ze. "Ik ben blij dat u er bent. Misschien dat Reginalds paard iets sneller is?"
"Reginalds paard sneller? Nee, dat niet. Wij bleven de hele weg naast elkaar. Mijn paard trapte echter in een molshoop en struikelde, toen vloog ik uit het zadel."
"U hinkt!"
"Een beetje maar."
"Hebt u zich bezeerd?"

"Het is niets."
"En Reginald? Wachtte die niet op u?"
"Misschien dat hij het niet gemerkt heeft."
"Wachten?" schaterde Reginald nu. "Wachten bij zo'n jacht? Als je zulk prachtig wild jaagt? Alixe!"
Overmoedig, brutaal was de blik waarmee hij haar aankeek. Hij stak de beide handen naar haar uit... trok ze toen ontstemd terug terwijl een donkere wolk over zijn gezicht gleed. Alixe keek hem niet aan. Haar ogen zochten die van Waleram, vragend.
"Nu ja", zei deze, en hij verontschuldigde daarmee zijn broer, "laten we blij zijn dat we nu heelhuids hier zijn."
"Blij?"
Weer klonk Reginalds lach, smalend nu en grof. "Blij, omdat *wij* nu hier zijn?"
Uitdagend keek hij zijn broeder aan. Een scherp antwoord lag hem op de lippen. Maar op dat ogenblik maakte Alixe een uitnodigend gebaar om binnen te komen en hij haastte zich de hoge stoep op.
"Waleram is mij veel liever dan Reginald", schoot het door Alixe heen. Met een zachte, liefkozende blik keek ze de jongste van de beide broers even na, en toen ging ze snel naast hem lopen. Ze liet het aan Reginald over of hij volgen wou of niet. Inderdaad volgde deze. Maar zijn gezicht stond verbeten en zijn stap was zo loodzwaar dat zijn sporen heftig rinkelden.
Het werden onaangename uren. Reginald deed nors en dwars. Zelfs de aanwezigheid van de graaf aan de maaltijd kon zijn boosheid niet intomen. Als Alixe dan de voorkeur aan Waleram gaf, goed, maar dan moest iedereen hier maar weten, hoe hij dit opnam.
Na het eten nam Alixe afscheid. Reginald zag hoe haar blik lang in die van Waleram bleef rusten, hoe hun handen in elkaar lagen als hoorden ze al bij elkaar, en hoe ze eindelijk langzaam en met moeite uit elkaar gleden. Hij drong aan op een spoedig vertrek. De graaf bracht hen tot aan de deur.
"Vaarwel", zei hij tegen Waleram, "tot een spoedig weerzien."
"Lang zal dat wel niet duren", voegde hij er met een fijn lachje aan toe.
"Vaarwel", zei hij tegen Reginald. "Er is voorspoed en tegenspoed in het leven. Een goed ridder neemt het zoals het komt."
"En hij slaat er desnoods op tot hij er bij neervalt", kwam Re-

ginalds harde antwoord. Zijn blik was duister, zijn stem had nu de klank van metaal dat gescheurd is.
Zwijgend besteeg hij zijn paard, zwijgend reed hij weg. Waleram haastte zich hem te volgen.
Op de voorhof hoorde hij een lichte, heldere roep uit een van de vensteropeningen in de hoogte. Het was of zijn naam gezongen werd. "Dag Waleram!" Hij zag een wuivende, blanke hand en zwaaide met zijn muts ten afscheid.
Stapvoets reden ze over de brug. Reginald hield zijn paard in.
"Ga jij voorop of ik?" kwam zijn hatelijke vraag.
"Mij is het liever als we samen verder rijden", antwoordde Waleram.
"Mij niet!"
Er viel na deze korte snauw een stilte. Toen vroeg Waleram: "Neem je Alixe haar keuze kwalijk? Ze is toch vrij daarin?"
Er verschenen zware rimpels in Reginalds voorhoofd, de wenkbrauwen trokken zich dicht boven zijn ogen samen.
"Ik wil niet dat ze jouw vrouw wordt", beet hij zijn broeder hees toe.
Waleram keek hem aan met een rustige, open blik.
"Daarin heb je niets te willen", zei hij. "Een vrouw is vrij in haar keus en als zij mij wil, dan zullen we spoedig bruid en bruidegom wezen."
Van woede gaf Reginald een felle schreeuw. "Ik haat je! O hoe haat ik je!" riep hij.
Hij sloeg zijn paard, uitzinnig van nijd, en drukte het de sporen zo hard in de flanken dat het hinnikend een zijsprong maakte en toen in razende vaart weg galoppeerde.
"Vijanden zijn we voortaan! Vijanden!" riep hij nog, terwijl hij achterom keek. Toen verdwenen paard en ruiter achter een wolk van stof.
Waleram probeerde niet zijn broeder in te halen. Eenzaam reed hij door de invallende nacht naar huis. Urenlang reed hij, uren. Hij was tegelijk gelukkig en bedroefd, veel had hij op deze dag gewonnen, maar ook veel verloren.
Bij zijn thuiskomst trof hij zijn broeder niet aan op het slot. Reginald keerde ook de volgende dagen niet terug. Geen enkel bericht of gerucht deed de ronde waaruit zou kunnen blijken waar hij was. Het leek wel of de bossen tussen Kleef en Valkenburg hem hadden verslonden.

Enkele maanden later trouwden Alixe en Waleram. Ze vierden hun bruiloft op het slot van Kleef. Na afloop van de feestelijkheden reden ze te paard terug naar Zuid-Limburg. Het was een heerlijke tocht door de late herfst. Het was zeer stil in de bossen. Langzaam dwarrelden de laatste bladeren naar de grond, bruin, geel en goud vielen ze neer, als vermoeide vlinders. De zon verspreidde een zachte warmte. Hier en daar was nog een vogel te horen, die afscheid nam van de zomer. Ze reden naast elkaar in een rustige draf, de handen in elkaar gestrengeld, als speelse kinderen.

Halverwege hun tocht viel de avond in. Het werd een nacht vol sterren, maar zonder maan. Ze reden vaak door diepe bomenschaduwen. Maar hun hart sloeg blij. In de diepste schaduwen riepen ze warm elkaars naam.

"Waleram!"

"Alixe!"

"Wacht nu ons huis?"

"Nu wacht ons huis!"

"Duurt het nog lang?"

"Niet lang, nee, niet lang meer, Alixe."

Het was al ver na middernacht toen de paardenhoeven over de vaderlijke grond klopten. De sterren hadden zich in het donker teruggetrokken. De nacht was nu dicht en zwaar.

Een dienaar stond op ze te wachten en lichtte ze bij. Ze bleven niet lang in de zaal, maar zochten al snel hun kamer op. Een donkere wenteltrap leidde naar boven toe. Alixe ging voorop, Waleram volgde met het flakkerend licht dat grillige schaduwen wierp op de muren rondom. Schuw fladderde een vleermuis naar omhoog, verdween om de hoek, ergens klonk de schrille kreet van een nachtvogel.

"Waleram!"

Alixe stond stil en keek om. Lag er angst in haar stem?

"Alixe!"

Ze lachte naar hem.

"Ben je bang, Alixe?"

Even legde ze haar hoofd tegen zijn schouder aan.

"Het is hier net als thuis!"

"Het ís hier thuis, liefste!"

Toen klommen ze hoger. Er kwam van de gang om de hoek een vaag geluid. Ze letten er niet op. Zo'n oud slot zat vol geheimzinnige geluiden. Nu viel er een diepe stilte. Alleen het

geluid van hun stappen op de treden en het knetteren van het vuur was nog te horen.
Zo kwamen ze boven. Om de hoek was daar ineens weer dat geluid. Waleram, die een trede lager dan Alixe stond, keek op. Hij keek recht in een bleek, vertrokken mannengezicht. Hij gaf een schreeuw. Daar flikkerde iets boven Alixe... hij waarschuwde angstig. Te laat!
Een harde schreeuw ontsnapte aan de mond van Alixe. "Moordenaar!"
Toen zonk ze aan Walerams voeten neer. Hij wilde zich over haar heen buigen, maar toen werd ook hij door de dolk getroffen. Hij stortte neer. Met zijn brekende ogen zag hij bij het stervende licht zijn broeder ontvluchten.
"Reginald? Reginald?"
Smartelijk riep hij het met zijn laatste kracht.
"Reginald?"
Uit een donkere trapholte schoot een honende lach naar boven.

Door de duisternis van de nacht verwijderde Reginald zich snel van de plaats van de misdaad. Hoe sneller hij het slot achter zich had, hoe liever het hem was.
Hoe ver hij echter ook ging, het leek wel of hij het slot toch niet kon ontlopen. Hij hoorde steeds weer de echo van zijn lach, hoe die had geklonken in de donkere ruimte van de trap. En nog iets anders hoorde hij. De stem van zijn broeder. *Reginald? Reginald?*
Geen boosheid had in die stem geklonken, geen enkel verwijt. Reginald? Een vraag was het geweest. Een vraag, verwonderd en droevig. Van zijn broer die hem het liefst op de wereld was geweest. Reginald, jij? Broeder, jij? Wat had hij gedaan? Rillend stond hij stil. Berouw kneep zijn keel dicht. Nee, nee, weg moest hij, ver weg!
Hij liep uren achter elkaar, de aarde was groot, maar de pijn om zijn daad was nog groter. Hoe ver hij ook liep, hij raakte het slot niet kwijt. Het eerste licht van de morgen daagde. Hij wist niet in welke streek hij zich bevond. Hij was als een vreemde in een vreemde wereld. Hij was een ander dan gisteren, hij kende zichzelf niet. Hij hoorde de doden roepen. *Moordenaar! Reginald?*
Hij hief zijn armen in ontzetting op.
Het eerste licht van de zon viel er op.

Zijn ogen puilden uit hun kassen van schrik. Hij kreunde. Die handen waren rood van het bloed. Radeloos keek hij om zich heen. Hij hield zijn handen wijd van zich af.
Hij hoorde een beek ruisen en holde erheen. Het water spoelde over zijn handen. Hij waste en waste, maar ze bleven rood. Droge snikken welden op in zijn keel. Hij wilde in zijn nood om hulp roepen, maar hij bedacht dat er voor zo iemand als hij wel nergens hulp te vinden zou zijn. Radeloos sprong hij op en ijlde verder. In elke beek die hij zag waste hij zijn handen, maar het bloed ging er niet af, zij bleven rood. Zijn schuld bleef, zoals het bloed bleef.
Wekenlang doolde hij zo rond. Hij zag geen uitkomst meer. Hij at niet en dronk nauwelijks. Hoe kon hij zich ooit van zijn schuld bevrijden?
Vermagerd en afgemat kwam hij uiteindelijk bij de hut van een kluizenaar, een heilige man die de zonden van de wereld kende. Aan hem bekende hij zijn daad, hij klaagde zijn nood bij hem, hem vroeg hij om hulp en uitkomst.
"Kluizenaar, is er voor deze zonde ooit genade te vinden bij God?"
De kluizenaar gaf niet meteen antwoord. Hij bad veel voor hem. De rust van zijn biddende stem was als balsem op de gekwelde ziel van de zwerver. Op een morgen leidde de kluizenaar hem naar buiten en wees hem de weg naar het noorden.
"God geeft mij maar één antwoord", zei hij tegen hem. "Ga steeds naar het noorden, rechtdoor, zonder af te wijken. En blijf hopen, houd moed. U draagt de zwaarste schuld die een mens op aarde dragen kan. Is er voor zo iemand genade? Ik weet het niet. Maar ga naar het noorden!"
Reginald ging. Hij liep vaak dag en nacht door. Overdag richtte hij zich naar de zon, 's nachts naar de sterren en de maan. De tocht duurde maanden. Hij verdroeg kou en hitte. Hij liep zijn voeten kapot. Hij voedde zich met bittere wortels en kruiden. Vaak verloor hij de moed. Zou hij het maar niet opgeven? Er kwam toch geen einde aan zijn weg, geen uitkomst was er voor hem. Maar een blik op zijn handen deed hem dan weer verder gaan. Naar het noorden, naar het noorden! Het was zijn enige kans om het bloed weg te krijgen, zijn enige kans om de schuld te vereffenen.
Het gebeurde soms, dat het een of ander op zijn weg hem deed treuzelen. Een jonge vrouwenstem riep herinneringen aan betere

tijden in hem op."Blijf, blijf toch hier!" Wie zei dat? Wie nodigde hem zo dringend uit? Hij stond luisterend stil, en hij werd overvallen door een groot verlangen naar zachtheid en tederheid. *Verder, verder!* Hij keek naar zijn handen en ging verder.
Hij kwam een paar keer langs ridders die volledig uitgerust naar het toernooiveld togen, het vrolijke gelach van hun schildknapen klonk helder in de morgenuren. "Blijf! Blijf toch en ga met ons mee!" Wie riep dat? Wie nodigde hem zo dringend uit? Hij hief zijn armen op, als wilde hij groeten. Toen zag hij zijn handen. *Verder, verder!* En hij ging verder.
Op een dag zag hij in een dal twee jongens op jacht gaan. Het liep tegen de avond, als de herten uit het bos komen om te drinken uit de beek en te grazen in de frisse wei. Hij ging sneller lopen. Toen stond hij plotseling stil en hield zijn adem in. Zijn ogen staarden strak naar de twee jonge jagers. Broeders? Waren het broeders? Eens was er een tijd dat hij ook zo.... "Blijf! Blijf!" Hij keerde zich al naar hen om. Toen zag hij zijn handen. Ze waren rood. *Verder, verder!* Met gebogen hoofd richtte hij zijn passen weer naar het noorden.
Op een stille avond zat hij moe aan een bosrand. Een oud vrouwtje passeerde hem. Ze ging gebukt onder de last van sprokkelhout, en ze keek hem verbaasd aan. Ze keek links, ze keek rechts langs hem. Toen ging ze haastig verder, zonder een enkele groet, terwijl ze onverstaanbare woorden mompelde. Hij keek haar na, tot ze achter het kreupelhout verdween. Lang zat hij daarna stil. Hoorde hij een verre stem? Hij luisterde gespannen. Die stem kwam steeds dichter bij. "Blijf, blijf!" Wie riep dat? Riep zijn moeder hem? "Blijf! Keer om!" Wie nodigde hem zo dringend uit? *Moeder, moeder!* Hij sprong haastig overeind.
"Ik kom, ik kom!" Hij bukte zich naar zijn stok. Hij zag zijn handen. *Verder, verder!* klonk een hese stem in zijn oor. Hij wankelde, stond weer op en ging duizelig verder op zijn weg naar het noorden. Sindsdien gebeurde het vaak dat mensen hem verbaasd nastaarden. Hij zag in hun ogen de schrik die hij ook in de ogen van het oude vrouwtje had gezien. Ze keken niet alleen naar hem, ze keken ook langs hem heen, links en rechts. Dan volgde hij hun blikken. Loopt er iemand naast me, vroeg hij zich verschrikt af. Maar hij was nog net zo alleen als sinds hij de kluizenaar had verlaten.
Die mensen groetten hem nooit voor ze verder gingen, evenmin als het vrouwtje dit had gedaan. Ze keken hem schichtig aan en

vervolgden dan haastig hun weg, het hoofd wat gebogen, de lippen woorden prevelend die hij niet kon verstaan. Soms ving hij iets op. “Een witte en een zwarte!” Had hij het wel goed verstaan? vroeg hij zich dan met verwondering af. Dit overkwam hem echter steeds vaker. Steeds weer hoorde hij dezelfde woorden. “Een witte en een zwarte!” Het maakte hem nog onrustiger dan hij al was. Steeds haastiger ging hij verder. De uitnodigende stemmen zwegen. *Naar het noorden, naar het noorden!* Hij liep en liep, ofschoon hij steeds minder uitkomst zag. Eindelijk bereikte hij de zee. Voor hem lag het nooit geziene water, eindeloos groot en vreemd. Een paar vogels vlogen krijsend boven de golven. Heel ver weg, tegen de horizon, lag een schip in zee. Hij keek er lang naar. Het scheen voor anker te liggen. Geen zuchtje wind bewoog de zeilen. Plotseling zag hij een man in een roeiboot recht op hem afkomen. Toen hij vlakbij was, riep de man: “Reginald van Valkenburg?”
De zwerver knikte.
“Stap dan maar in”, zei de man strak.
Reginald strekte afwerend zijn handen uit. Hij wilde niet! Toen zag hij de kleur van zijn vingers en zijn armen zakten machteloos langs zijn lijf. Hij stapte in en de man roeide hem naar het schip toe. Toen ze daar aanlegden, bolden de zeilen plotseling. Een zwarte vlag woei somber aan de grote mast.
“Ga maar aan boord”, zei de man kortaf. Reginald gehoorzaamde werktuiglijk. Hij dacht dat de man wel zou volgen, maar toen hij omkeek was er geen man of roeiboot meer te bekennen. Er was niemand op het dek. Aarzelend liep hij naar de kajuit. Voorzichtig opende hij de deur. Hij keek in een donkere ruimte. Zijn ogen moesten eerst wennen aan het halfduister. Toen zag hij aan tafel twee gedaanten zitten, een witte rechts en een zwarte links. De schrik sloeg hem om het hart. In zijn hoofd weerklonk een echo: *een witte en een zwarte.* Hij keek de twee wantrouwig aan. Hij zag dat er nog een lege stoel bij de tafel stond. De witte zei dat hij daar maar op moest gaan zitten. Hij deed het, en voelde dat er op datzelfde moment beweging in het schip kwam. De zwarte grijnslachte hem toe en haalde een paar dobbelstenen te voorschijn. Wat had dat te betekenen? Met grote ogen keek Reginald toe.
“We zullen dobbelen om jouw ziel!” klonk een holle stem. Was dat de stem van de zwarte?
“Schrik maar niet”, klonk daarna de stem van de ander. “Ik

win het wel." Zei dat de witte? Lachte de witte? Of deed dat de zwarte? Of lachten ze allebei?
Maar daar klonk weer de eerste stem. "Let maar goed op of het eerlijk toegaat! Het gaat om jouw ziel!"
Daar rolden de stenen al... de zwarte en de witte dobbelden om het bezit van Reginalds ziel. Het zou een lang spel worden. Het schip zocht intussen haar weg over zee. Er stond geen mens aan het roer, en er was niemand aan boord, en zo voer het dagen, maanden, jaren. De mannen dobbelden om Reginalds ziel, terwijl Reginald moest toekijken, dagen, maanden, jaren.
Zeven eeuwen gingen voorbij, nog steeds kruist het schip over de zeeën, nog steeds rollen de dobbelstenen, nog steeds verkeert Reginald in angst en vrees om het lot van zijn ziel. Zal hij ooit verlost worden? Zal ooit de rode kleur loslaten van zijn handen en zijn schuld hem vergeven zijn?
Wij zullen het antwoord nooit weten. Het schip vaart over de zee en de dobbelstenen rollen. Holle stemmen tellen de punten en Reginald kijkt toe, al die tijd, al die tijd. Als Waleram nog leefde, zou hij misschien antwoord kunnen geven. Of zou er een antwoord te vinden zijn in de gebeurtenissen die zich rond Valkenburg afspelen? Sommige mensen vertellen wonderlijke dingen, over de keren dat ze 's avonds het zachte gloeien van twee paar lichtjes zien. Ze zeggen dat het de ogen van Waleram en Alixe zijn. En soms horen ze Alixes zachte stem, die "moordenaar" fluistert. Daarna horen ze duidelijker de stem van Waleram: "Reginald? Reginald?" Het is een stem zonder een spoor van boosheid, een vragende stem waar vergeving in ligt.

Het huis met de hoofden in Amsterdam

Mijnheer en mevrouw waren uitgegaan en de dienstbode was alleen achtergebleven in het grote huis. Het was er doodstil, je kon een speld horen vallen. In de gang brandde geen enkele kaars. Alleen een felle streep maanlicht die hier en daar in het huis viel, toverde geheimzinnige schaduwen op de muren en vloeren.

Het meisje zat in de keuken. Ze was tenger en blond. Zij moest het huis bewaken, maar ze was niet zo bang uitgevallen.

Stil! In de verte hoorde ze een licht geluid, zo zacht als het trippelen van een muisje achter een beschot. Het leek of ze stemmen hoorde, maar ze wist niet waar ze vandaan kwamen. Ze richtte zich op en wachtte. Er kwam niemand voorbij op straat, en het geluid kwam ook niet uit het huis van de buren. Ze stond op, en uit heel haar houding bleek dat ze aandachtig luisterde. Het huis was nu stil. Ze hoorde niets ongewoons.

Ze stak kaarsen aan. Over de muur schoof een rossige gloed, en grillige schaduwen tekenden zich op de muur af. Het dienstmeisje voelde geen vrees, terwijl de meeste meisjes waarschijnlijk bang zouden zijn geworden, alleen in het enorme huis, bij het schaarse licht, en met de raadselachtige geluiden die door de woning gonsden.

“Ik zal me toch wel vergist hebben”, mompelde het meisje in zichzelf, maar ze was er niet helemaal gerust op.

Iedereen in haar situatie zou geneigd zijn dingen te zien die er niet waren. Men laat zich gemakkelijk op sleeptouw nemen door zijn fantasie wanneer men ’s avonds alleen thuis is en een straatjongen komt voorbij die met zijn elleboog tegen de muur schuurt... of wanneer men op een zwoele zomeravond een wandeling maakt, en even uitrust op het veld en een honderd meter verder is een vleermuis op jacht die zachtjes piept... eerst is het

niet zeker of men nu wel of niet iets heeft gehoord. Men glimlacht misschien om zijn eigen verbeelding. Maar dit meisje voelde instinctief aan dat de stilte op een gevaarlijke manier verbroken was, en ze speurde nu naar de hoek waaruit het gevaar kon komen...
Ze ging de trappen op en spiedde in alle kieren en gaten van de kamers, tot in de grote kasten met hun donkere hoeken toe. Ze wist wel wat haar te wachten zou staan als er plotseling een kerel te voorschijn zou springen. Maar ze had nu eenmaal opdracht van haar mijnheer en mevrouw om op het huis te passen. Ze ging zelfs naar de grote zolder waar het 's nachts pikdonker is, op een enkele plek na waar het maanlicht door een klein raampje naar binnen valt. Ze doorzocht haar eigen kleine, gezellige kamertje dat men voor haar op zolder had getimmerd, omdat meiden ook moeten slapen. Ze speurde achter de zware fluwelen gordijnen, die gelegenheid genoeg boden aan kwaadwillenden om zich in de ruime plooien te verstoppen. Soms zag ze in het schemerduister een schaduw aan voor een menselijke vorm. Hoewel haar hart dan een tel stilstond, deinsde ze niet terug. Ze kromde haar rug, zoals een kat die zich voorbereidt op een gevecht met een tegenstander die veel sterker is dan hijzelf.
Want ze had haar mijnheer en mevrouw lief en ze beschouwde hun eigendommen als waren ze van haarzelf. Ze verdedigde het huis als een moeder haar kind. Zonder na te denken deed ze gehoorzaam haar plicht, en ze aarzelde geen moment.
Zo daalde ze tenslotte ook de trappen van de kelder af, geruisloos als was *zij* de dievegge! Ze sloop trede voor trede naar beneden, en het geluid dat zij eerder die avond had vernomen, leek op deze plek in kracht toe te nemen. Haar hart bonsde in haar keel, want ook moedige mensen zijn bang, maar zij doen niettemin wat zij menen te moeten doen. Eindelijk bereikte ze de keldervloer, en daar stond ze stil. Ze probeerde haar hijgende ademhaling te beheersen, en ademde zo stil en diep als ze kon.
"Het is hier, in deze kelder", zo voelde ze met zekerheid. Ze doofde de kaarsen. Het maanlicht drong ook in dit vertrek door. Er waren smalle raampjes in de muren aangebracht. Je kon niet zeggen dat het maanlicht op de vloer glansde, hoogstens was er een vale sluier te zien die de vloer heel vaagjes verlichtte. Toen zag het meisje bij een van de raampjes een licht

binnenvallen dat niet van de maan afkomstig kon zijn.
Ze staarde er verbaasd naar, ze wist eerst niet wat ze ervan moest denken. Toen zag ze een rossige gloed, en ze begreep dat aan de andere kant mensen stonden met kaarsen in de hand. Het waren vlammen die door de wind werden bewogen.
"Nu is het zover", zo dacht ze, "ik moet mijn plicht doen en het huis van mijnheer en mevrouw verdedigen. Maar hoe? God sta me bij!" Het licht bleef flikkeren en ze hoorde fluisterende stemmen, meerdere door elkaar.
"Jij eerst."
Toen merkte ze dat het raampje waardoor het licht scheen, groot genoeg was om een mensenhoofd door te laten, en wanneer men eenmaal met kop en schouders binnen zou zijn gedrongen, zou het een koud kunstje zijn voor een slank en lenig iemand om verder te komen. Toen ze de situatie in minder dan een seconde had doorzien, snelde ze zo zacht ze kon de trappen van de kelder weer op, en ze kwam een ogenblik later terug, met het grote scherpe slagersmes in haar hand. Op dat moment zag ze het hoofd van de eerste rover al langzaam door het gat glijden. Ze raapte al haar moed bij elkaar, stapte op de rover af, en sprak hem toe.
"Vrees niet, man! In ruil voor een deel van de buit, neem ik u straks bij de schouders en ik trek u door het gat heen. Mijnheer en mevrouw zijn rijk en gierig. Ik zal blij zijn als ik ze eens een poets kan bakken. Er is hier een hoop te halen."
Na zijn aanvankelijke schrik glimlachte de rover van blijdschap. Dat was nog eens een onverwachte meevaller! Met grote krachtsinspanning, zichzelf centimeter voor centimeter voortslepend zwoegde hij door, tot zijn hoofd en schouders in de kelder staken. Toen greep het meisje hem met beide handen aan de haren vast en nog voor hij van zijn verbazing was bekomen en zijn maten kon waarschuwen, stak ze hem al in zijn keel, en sneed met enkele forse halen zijn hoofd eraf. Het bloed spoot in het rond, zoals in de slachtplaats van een ongeoefend slager. Haar handen waren met bloed besmeurd, maar zij lette er niet op. Ze dacht alleen maar aan haar mijnheer en mevrouw. Ze trok het lijf met al haar kracht verder door de opening en sjouwde het zo snel ze kon naar een donkere hoek. Toen boog ze zich door het gat en fluisterde tegen de rover die volgen moest: "Hij is erdoor! Nu is het jouw beurt! Wees niet bang, ik zal jou even goed helpen als hem."

Zo sprak ze en terwijl in de opening het machtige hoofd verscheen van de volgende rover, die zijn schedel tegen de kanten stootte, greep zij hem speelsgewijs bij zijn lange haren en ze lachte hem tegemoet.
"We zullen eerlijk alles delen, nietwaar, jij met je prachtige lokken. Er is hier goud zo rood als bloed te vinden, en zilver zo wit als een hoofd waaruit het bloed is weggetrokken!" Hij kon voor- noch achteruit en ze voelde zich bijna dronken van de macht die ze over deze grote sterke man uitoefende.
"Haha", gierde ze. "Ik ben alleen thuis. Ik ben maar een arme, zwakke vrouw en ik alleen moet dit huis bewaken. Wie denkt dat ik dat niet kan, is gek, en jij bent zo'n gek. Nee, kom vooral verder. Er wacht je een rijke beloning. Waarvan houd je meer vriend, van diamanten of van parels?"
Terwijl zij dit zei, schudde ze zijn hoofd op en neer, en telkens bonsde ze zijn neus tegen de grond, zodat zijn bloed al vloeide. Maar hij had niets door en dacht dat ze haar best deed om hem des te eerder door het gat te trekken. Daarom zweeg hij, hoewel hij een gemene pijn voelde. Hij zag sterretjes dansen aan de binnenkant van zijn oogleden en hij begon te vrezen dat hij straks halfblind zou zijn.
"Wacht nog een ogenblikje, lieverd", sprak zij hem moederlijk toe, "het ogenblik is nabij dat je uit je lijden verlost zult zijn. Je zult meer van het rode goedje voor je ogen zien dan je in je leven hebt gedroomd. Wat zullen mijnheer en mevrouw straks opkijken als ze thuiskomen en als ze zien dat ik zoveel heb weggenomen!"
Nauwelijks had de man zijn hoofd in het gat gestoken, of hij deelde het lot van zijn hebberige kameraad, en ook zijn levenloze lichaam ging dezelfde weg. Intussen lokte ze de derde dief.
"Je vrienden hebben hun verdiende loon al, haast je toch, dan krijg je gauw hetzelfde als zij. Het is zo eenvoudig als wat. Steek je hoofd in het gat en ik neem het in mijn handen, je kunt op me rekenen."
Ook de vierde sprak ze op dezelfde manier toe. "Je zult meer krijgen dan je verwacht, ieder krijgt wat hem toekomt, ik verdeel alles eerlijk onder jou en je vrienden. De een hoeft niet jaloers te zijn op de ander."
En zo nam ze alle rovers stuk voor stuk te pakken. Eindelijk lagen alle hoofden en rompen op de grond, een berg levenloos vlees. Ze ging naar de opening en fluisterde: "Is daar soms nog

iemand? De buit is groot, en als iemand nog zin heeft om te delen, moet hij het maar zeggen."

Maar er kwam geen antwoord meer. Toen ging ze rustig naar haar donkere keuken terug, alsof er niets was gebeurd, en daar wachtte ze op de thuiskomst van haar mijnheer en mevrouw. Eindelijk hoorde ze een rijtuig op de straat rollen en ze ging naar de deur om de grendel te verschuiven. Mijnheer en mevrouw groetten haar, en liepen haar voorbij, naar de mooie kamer, waar veel goud en zilver in de kasten verborgen lag. Ze namen plaats in de grote stoelen, dichtbij het kastje, waar de juwelen van mevrouw bewaard bleven, de halskettingen, de armbanden, en de ringen. Ze spraken samen over koetjes en kalfjes. De dienstmeid zat in de keuken. Daar was haar plaats. Eindelijk geeuwde mevrouw.

"Laten we naar bed gaan!" Ze nam de zilveren tafelbel en klingelde. De meid klopte heel bescheiden aan de deur.

"Je kunt afruimen, mijn kind. Is er vanavond nog iets gebeurd?" vroeg mevrouw.

"Ja mevrouw, mijnheer, er waren dieven."

"Dieven? Wat bedoel je, meisje?" Ze keken haar verbaasd aan.

"In de kelder. Zal ik het mijnheer en mevrouw laten zien?"

Ze ging voorop met een kaars en haar meesters volgden haar op de voet, nieuwsgierig wat de meid te vertellen zou hebben.

Ze konden hun eigen ogen niet geloven toen ze in de kelder kwamen en de lijken op de vloer zagen. De koppen van de rovers hadden een verdwaasde uitdrukking, alsof ze in de allerlaatste seconde van hun leven nog hadden beseft dat ze voor de gek waren gehouden door een simpel meisje.

"Wwwwie heeft dat gedaan?" stamelde mijnheer.

"Ik!" antwoordde de meid eenvoudig. Toen vertelde ze wat ze die avond had doorstaan en nadat ze uitgepraat was, bekeken ze haar met bewondering en met liefde.

De volgende dagen praatte heel Amsterdam over de meid die zeven woeste rovers te slim af was geweest. Vol lof sprak men over haar gehoorzaamheid en haar trouw aan haar meesters. De meid zelf bleef bescheiden: ze vond dat ze niets meer had gedaan dan haar plicht.

Haar mijnheer en mevrouw besloten haar daad te vereeuwigen, zodat iedereen in het heden en de toekomst zou weten dat er in het huis ooit een dienstbode had gewoond met de moed van een leeuw en de trouw van een hond. Tegen de gevel lieten ze zeven stenen hoofden plaatsen, die tot op de dag van vandaag te bewonderen zijn in Amsterdam. Men hoeft maar te vragen naar 'het huis met de zeven hoofden'.

De zwarte bende van Breda

Waar de doolhoven van eikenhakhout ophouden, verliezen de vele slingerende paden zich plotseling in de zandvlakte met haar licht glooiende heuvels.
Nog steeds zijn deze heuvels dor. Niets wil er groeien. De eenzame dennen die overal elders voorovergebogen het ergste geweld kunnen weerstaan van de wind die aangiert over de vlakte, schieten hier geen wortel. De bijna niet te stuiten bloei van de heide, die verderop, naar het noorden en naar het oosten, 's zomers de met dennen beplante hoogten kleur en geur geeft, eindigt hier abrupt en de altijd maar voortkruipende woekerplanten, die alleen de duivel kan ontwarren, lopen zich dood in dit stuivende zand.
Hier eindigt het leven. Hier strekt zich het rijk van de dood uit. Dit verlaten en vervloekte galgenveld ligt op enkele kilometers van de stad Breda die men de vrolijkste en levenslustigste plaats van heel het zuiden noemt.
In een ver verleden zijn hier ooit de galgen in stukken gekapt en verbrand op het haardvuur van een boer op de Teteringse heide, wiens boerderij verscholen ligt achter de hoogste heuvels aan de rand van het veld.
De mensen dachten in hun naïeve overmoed dat het verkondigen van de idealen vrijheid, gelijkheid, broederschap genoeg zou zijn om de zielen van de mensen te veranderen, maar de rijken bleven rijk en zelfverzekerd en de armen bleven arm en leden honger zoals ze altijd hadden gedaan.
Onvruchtbaar bleef de plaats waar de galgen hun magere armen hadden uitgestrekt, want deze vlakte is vervloekt, voor altijd... sinds de rechters van de goede stad Breda tweehonderd jaar geleden een jonge zwangere zigeunerin voor het stelen van een brood op de pijnbank lieten binden en daarna lieten

terechtstellen. Hier heeft ze gehangen, de arme vrouw, als een voorbeeld voor alle anderen die het durfden wagen hun honger te stillen. Haar magere lichaam bungelde aan de hoogste galg, waar het zacht heen en weer bewoog in de wind.
Maar het is niet deze zigeunerin die af en toe terugkomt uit de dood en ronddoolt over de vlakte. Zij heeft godzijdank haar eeuwige rust gevonden. Nee, het zijn de onuitstaanbaar deftige heren van het gerecht die haar hebben veroordeeld, met hun gepoederde pruiken, hun smetteloos witte beffen, en hun ravenzwarte toga's.
Zij komen rechtstreeks uit het laaiende vagevuur en hebben een helse dorst. Hun lippen zijn droog en gebarsten als de heide in het heetste van de zomer, hun tong is in hun mond opgezwollen en zij grijnzen van ellende hun witte tanden bloot.
Als de wind opsteekt van achter de heuvels, de kruinen van de hoge slanke dennen op de Kalbergen op en neer zwiepen, het eikenhakhout met zijn ruisende bladeren in voortdurende beweging is, en het zand zo stuift dat de ogen worden verblind door de altijd weer aanwervelende stofwolken, verschijnen de geesten.
Bijna niemand heeft hen ooit gezien, want wie gaat er nu door de woeste zandzee als er zo'n storm woedt?
Soms flakkert de hoop op bij de rechters. Er zijn dagen dat zij in staat zijn verder te gaan. Dan opent zich de vlakte voor hen en met de wind zweven zij door de nachtdonkere, zwaar ruisende bossen. Zij ruiken het water al dat hun dorst zal lessen en hun lichaam verkoeling zal geven; het diepe ven is in de buurt.
Achter de steenbakkerij glinstert het water, dat rimpelt en schuimt door de storm die ook de rietpluimen en het gras heen en weer zwiept en de geurige struiken doet buigen.
Meteen als zij echter de oever hebben bereikt, stijgt een dichte damp uit de diepte op. De damp is als vuur. Het ven schijnt in brand te staan. Wanhopig klagend glijden de schimmen rond het Brandende Ven. Hun geroep gaat in de wind verloren.
"De rechters zijn weer bij het Brandende Ven; God zij hun zielen genadig", zeggen de boeren dan.

Dit zijn dezelfde rechters geweest die ook de bende van de Zwartmakers als onkruid hebben uitgeroeid en aan de galgen hebben gehangen.
Het was in de tijd dat er onrust heerste in het zuiden. De Bel-

gen waren in opstand gekomen tegen het Oostenrijks bestuur en ze werden daarbij in het geheim door het noorden gesteund met geld en wapens.
Aan allebei de kanten van de grens kon men 's nachts gewapende strijders tegenkomen die klaar stonden om op bevel van hun meerderen deze onzichtbare grens over te steken. Hun commandanten hadden hun hoofdkwartier in Breda.
In die tijd dwaalden bendes gewapende rovers rond, die van de onrustige situatie gebruik maakten om hun slag te slaan. Zwartmakers werden zij genoemd, omdat zij hun gezichten onherkenbaar maakten door zich met zwartsel in te wrijven.
Wanneer een van hen na een overval waarbij het hard tegen hard ging op de plaats dood bleef, dan werd zijn gezicht door de kameraden met messen bewerkt, zodat niemand erachter kwam wie daar lag.
Zo kon het bendelid ook als hij dood was niemand verraden. Werd hij gevonden, dan nam men aan, dat hij als slachtoffer was gevallen en men begroef hem in stilte, als een naamloze.
Op een keer gebeurde het dat een rijk en aanzienlijk heer op zijn landgoed achter de bossen van Ulvenhout de heide liet ontginnen. Daarvoor had hij veel arbeiders nodig. Velen uit de omgeving kwamen bij hem werken. Op een morgen kwam een van hen niet op tijd. Toen hij te laat voor zijn heer verscheen, begon hij hem meteen het laatste nieuws te vertellen, in een zenuwachtige poging om er genadig af te komen:
"Heer, weet u al dat heel Bavel op zijn kop staat, want de Zwartmakers hebben vannacht de boerderij van Tienus Geurts overvallen. Met kettingen hebben ze de deuren vergrendeld en ze zijn toen door de stal naar binnen gekomen. Ze hebben de voeten van Tienuske net zo lang in het haardvuur gehouden, tot zijn zolen geblakerd waren. Toen wees hij ze de plek waar hij zijn daalders had verstopt, maar toen kon hij ook niet meer gaan of staan van de pijn. Tienuske is ook zo'n stijfkop."
De heer zei niets, maar keek de arbeider onderzoekend aan. Toen nam hij plotseling zijn stok met de zilveren knop waar hij altijd op leunde. Hij greep de arbeider bij zijn lurven en sloeg erop los, zo hard dat de botten van de man kraakten als dor hout. Hij schreeuwde als een varken dat gekeeld wordt.
Toen hij klaar was, zette de heer hem weer overeind.
"Zorg voortaan dat je het zwartsel behoorlijk van je gezicht veegt als je erop uit bent geweest! En zorg er ook voor dat je

morgen op tijd bent, want laatkomers kan ik hier niet gebruiken."

Niet lang daarna ging op een morgen voor dag en dauw een boer uit Gilze op weg naar Breda, met een piepende kruiwagen vol boter en eieren. Onderweg kwam hij een marskramer tegen uit het dorpje Rijen die hem haastig voorbij wilde gaan.
De boer kende de kramer wel en vroeg daarom: "Jij hebt haast zo te zien. Wat doe je al zo vroeg op de weg?"
"Natuurlijk heb ik haast", antwoordde de man. "Weet je dan niet wat er gebeurd is? De Zwartmakers hebben de pastorie van Oosterhout willen aanvallen, maar dat is ze niet gelukt. De maan scheen te helder en de boerenwacht was in het geweer. Zij schoten in het wilde weg! Maar wij hadden valse sleutels bij ons en ijzers om de sloten open te breken wanneer de sleutels niet zouden werken, maar toen moesten we hals over kop vluchten. Urenlang heb ik door de bossen gedwaald, nu moet ik opschieten!"
"Ah!" dacht de boer, "daar hoor ik van op. Dus hij is ook een Zwartmaker! Zou ik het wagen om in Breda mijn mond open te doen? Mijn kop gaat eraf als de rovers erachter komen, maar ik kan het geld goed gebruiken en ik zal een flinke beloning krijgen voor mijn verhaal. Als ik die rechter te spreken vraag in zijn eigen huis, waar ik tenslotte ook altijd mijn eieren aflever, wie zal dan ooit kunnen denken dat ik degene was die een Zwartmaker heb verraden?"
En zo vertelde hij diezelfde morgen nog aan de rechter over de marskramer die zijn mond voorbij had gepraat. "Ik wil niet met naam en toenaam genoemd worden, Edele Heer", zei hij. "Ik ben als de dood voor de Zwartmakers."
"Je behoeft niet bang voor hen te zijn", antwoordde de rechter. "Nu we met zekerheid één lid van de bende kennen, hangen ook de anderen. Onze scherprechter is de beste van heel Brabant. Hij krijgt ze allemaal aan de praat. Maar ik beloof je, beste man, dat we je naam in woord en geschrift geheimhouden. Kom volgende week je beloning maar halen."
De goede stad Breda had redenen om trots te zijn op zijn beul. "Rekken, strekken, schroeien, branden", waren de gevleugelde woorden van deze meester van het moordend koord. "Schroef de duimschroeven aan... bind de Spaanse laarzen vaster en vaster aan." De beul had plezier in zijn werk en hij was er goed in.

Spieren en pezen scheurden, botten en gewichten kraakten. Mensen knapten af, bekenden en noemden weer andere namen. Ook de naam van de hoofdman, een boer uit Etten, rolde er al snel uit. Toen ze die te pakken hadden, hield de bende van de Zwartmakers plotseling op te bestaan. Nooit kwamen ze nog in Brabant terug.
Toch bleven veel mensen zich afvragen of die eenvoudige boer uit Etten de werkelijke hoofdman was geweest. Men vermoedde dat er een ander, een rijk en machtig heer met een landgoed rond Ulvenhout, bij dit lucratieve spel was betrokken. Niemand durfde zijn wantrouwen hardop uit te spreken, maar onder elkaar fluisterde men nog lang over omkoperij en over de bescherming die de rijke misdadigers van de rechters genoten.

De pastoor en de bokkenrijders

Dit verhaal speelt zich af in de tijd dat de bokkenrijders zeer actief waren in Limburg. Het was een rauw volkje en ze deden niet onder voor de Brabantse bende, niet in sluwheid, en niet in geweld. Medelijden hadden ze met niemand, ze bestalen rijk en arm, zonder onderscheid te maken. Ja, ze kwamen op de honger af als zwarte roofvogels, en waar gebrek was stalen zij misschien nog wel het meest. Tussen Aken en Roermond was dan ook niemand veilig.

In een dorp in de buurt van Valkenberg woonde een pastoor. Hij was niet erg geliefd in de streek, maar een keer in de week kwam een brave man een avondje bij hem kaarten. Ze spraken dan over de dagelijkse gang van zaken in het dorp, en in die dagen natuurlijk ook heel veel over de bokkenrijders. De pastoor kon smakelijk vertellen, en zijn gast luisterde graag naar de spannende verhalen.

"Heb je al wel eens gehoord van Lusche Katrien?" vroeg hij op een keer.

"Nee", antwoordde de vriend.

"Dat was een kwaaie, maar nu schijnen ze haar te pakken te hebben! Er woont in Heerlen een notaris, en die heeft mij verteld dat Lusche Katrien gevangen is genomen. Men wilde haar op een bok binden en levend verbranden." De pastoor schonk zich een glas wijn in en bood zijn gast ook iets aan. Zo zaten ze gezellig koutend samen bij het vuur.

"En hoe is het afgelopen met Lusche Katrien?"

"Toen de mensen hoorden dat men Lusche Katrien op een bok zou binden en levend zou verbranden, stroomde de menigte in Heerlen toe. Iedereen wilde dat meemaken. Maar Lusche Katrien werd niet ter dood veroordeeld en daarom ging iedereen weer onverrichter zake op huis aan."

"Dus ze is weer op vrije voeten? Je zou toch zeggen: hoe is het mogelijk!"
"Ze is er niet voor niets eentje van de bokkenrijders. Die krijgen ze niet te pakken. Ik heb er nog nooit eentje ontmoet. 't Is wel een geheimzinnige bende."
"Dat is het zeker!"
De pastoor vertelde nog dat het gerucht ging dat een van de rechters een hoofdman van de bokkenrijders zou zijn. De rechter was verhoord en gemarteld, maar hij was gestorven zonder dat hij iets bekend had. De goede dorpeling luisterde naar het verhaal van de pastoor, en hij bleef maar met zijn hoofd schudden, zoals domme mensen plegen te doen. Zoiets wonderlijks had hij nog nooit gehoord, hij kon er met zijn verstand niet bij dat de wereld zo in elkaar zat.
De pastoor genoot van de indruk die zijn praatjes, een mengsel van verzinsel en waarheid, op de goede man maakten, en hij schonk hem nog eens bij.
"Weet je", begon de pastoor, "ik heb de bokkenrijders op mijn beurt toch mooi te pakken gehad!"
"Hoezo dat, mijnheer pastoor?"
"Ik had van iemand in het dorp zeshonderd gulden te goed, en ik dacht al bij mezelf: naar dat geld kan ik fluiten, want dat kan hij van zijn levensdagen niet afbetalen. Maar hij heeft zijn zieltje gered.
Hij heeft zich aangesloten bij de bokkenrijders en hij heeft me alles tot de laatste cent terugbetaald. Wat zeg je daarvan? Ik had er plezier van, dat kun je je voorstellen!"
"Ja mijnheer pastoor, en nou heb ik er op mijn beurt plezier van, want om u de waarheid te zeggen: ik ben de hoofdman van de bokkenrijders. Betaal me die zeshonderd guldentjes maar dadelijk uit."
Toen begon de pastoor te lachen. Zijn lichaam sloeg dubbel. Hij kronkelde zich in duizend bochten. Dikke tranen liepen hem over de wangen, hij sloeg zijn handen op zijn knieën.
"Hou op, hou op man, 't is te gek", riep hij uit. Hij strekte zijn handen uit om zijn gast de mond te snoeren. Foei, hij had het er benauwd van gekregen.
"Ja mijnheer pastoor, 't is om je dood te lachen", zei de gast, "maar kom nu maar op met je geld."
Deze woorden veroorzaakten een nieuw lachsalvo. De pastoor bulderde het uit, hij kon niet meer blijven zitten. Hij moest

gaan staan en hield zijn buik vast die hem zeer deed van het lachen.
"Het is ernst." Op dat moment haalde de gast een zilveren fluitje voor de dag en blies erop. Tien gewapende mannen stormden naar binnen. Nu viel er niets meer te lachen.
"Bedankt mijnheer pastoor!" zeiden de kerels en koelbloedig streken zij de zeshonderd guldens op.
De hoofdman schudde zijn hoofd en zei bij wijze van afscheid: "Nou ja mijnheer pastoor, het is dan wel een duur grapje geweest, maar u moet maar bedenken dat u toch wel veel plezier heeft gehad van het geld. Vooruit jongens... we gaan de buit verdelen."

Nu viel er niets meer te lachen.

De grens tussen Vries en Norg

Vroeger woonde er in de buurt van Norg in het lieflijke Drentse land een jong, mooi meisje, Lebbe genaamd. Hoewel ze zich in niets leek te onderscheiden van andere jonge vrouwen uit de streek, en zij net als alle anderen hard moest werken om aan de kost te komen, wist ze dat haar dromen niet leken op die van haar lotgenoten.
Dikwijls dwaalde zij alleen door de omgeving en ze voelde zich dan als een koningin die haar onderdanen bezoekt, en die glimlachend over de aarde schrijdt. De mensen in het dorp waarschuwden haar dat het gevaarlijk was om als vrouw in je eentje op de hei rond te zwerven. Men raadde haar aan een man te kiezen en niet langer alleen en onbeschermd te blijven wonen. Maar zulke adviezen sloeg ze lachend in de wind en ze antwoordde vrolijk: "Iedereen ziet toch dat ik mijn eigen brood kan verdienen? Ik kan goed leven van de verkoop van het vlas dat ik spin en de kleden die ik weef. Met het geld dat ik hiervoor krijg, kan ik weer andere dingen kopen. Wie zou mij kwaad willen doen wanneer ik in de buurt rondzwerf? En waarom? Om dat beetje goud en zilver dat ik in mijn zakken draag? Daar geloof ik niets van."
Lebbe sprak overmoedige woorden. Op een keer trok ze er weer eens op uit om haar waren aan de man te brengen. Het was een warme zomerdag en de bijen waren druk in de weer met het verzamelen van honing. Ze glimlachte om het ijverig werken van die duizenden onaanzienlijke diertjes die hun taak zonder dank verrichten.
Plotseling werd deze vredige atmosfeer verstoord. Er schoof een schaduw langs haar heen en ze bleef stilstaan. Een mens, hier op de eenzame heide? Een man ging haar rakelings voorbij en hij keek haar in het gezicht.

Rustig keek ze terug. Ze kende hem niet.
"Lebbe!" zei hij, "ik heb lang op je geloerd!" Ze trok haar wenkbrauwen verwonderd omhoog. Nee, ze besefte nog niet dat deze man kwaad in de zin had. Anders had ze wel geprobeerd te vluchten, ofwel in de richting van Norg ofwel de andere kant op, naar Vries. Maar het kwam helemaal niet in haar op om te vluchten, en daarom overwoog ze ook niet welke van de twee dorpen zij het snelste zou kunnen bereiken, mocht de man slechte bedoelingen hebben.
"Waar gaat de reis naar toe, man?" vroeg ze kalm. Toen zag ze dat hij een groot mes uit zijn zak haalde.
"Bezondig je niet aan mijn leven..." zo smeekte zij hem. "Je misdaad zal niet onbestraft kunnen blijven."
Hij keek speurend om zich heen. De heide en niets dan de heide verscheen op zijn netvlies. Er was geen mens te bekennen op de kronkelende paden, in heinde en verre geen hond te zien. Ruw greep hij haar arm, en zonder nog een moment te aarzelen stak hij haar een mes recht in het hart.
Zij was op geen enkele manier bedacht geweest op deze gruweldaad en ze bood dan ook geen enkele tegenstand. Hij trok het lemmet en staal uit haar lichaam en haar bloed golfde eerst over zijn hand, maar spoot daarna als een fontein omhoog uit haar borst. Het spatte op zijn broek, maar hij merkte het niet, zo vervuld was hij van de gedachte aan het zilver dat zojuist nog in haar zakken had gerinkeld. Zij viel neer, en hij stortte zich onmiddellijk op haar. Hebberig doorzocht hij haar kleding. Toen hij alles wat zij bezat bij elkaar had gegraaid, drukte hij zijn hoed diep in de ogen en hij vluchtte weg.
Haar lijk bleef eenzaam achter op het heideveld. De dag ging voorbij, en de nacht viel als een donkere deken die de misdaad bedekte. Pas de volgende ochtend vond men haar, en men verwonderde zich over zulk een weerzinwekkende slachtpartij. Wie uit Vries of Norg kon dit op zijn geweten hebben?
Men beschuldigde een jongeman uit het dorp, die Lebbe in het verleden dikwijls had lastiggevallen. Men sleepte hem voor het gerecht. Hij keek zijn rechters in de ogen toen ze hem ondervroegen en hij hief zijn handen hulpeloos in de lucht. Hij riep het zonlicht tot getuige dat er geen bloed aan zijn vingers kleefde. Door dit gebaar en zijn oprechte houding twijfelde men sterk aan zijn schuld.
"Maar is het dan ook niet waar", zo begon een rechter, "dat u

die dag met Lebbe hebt gesproken?"
"Dat klopt, mijnheer de rechter. Vroeg in de morgen kwam ik haar tegen en heb ik een praatje met haar gemaakt!"
"En heeft ze u toen niet gezegd waar ze heenging?"
"Jawel! Zij ging naar de markt om een koe te kopen van het geld dat zij had verdiend met haar spinnen en weven."
"Dus u wist dat ze geld bij zich had, veel geld?"
"Haar winst van al die jaren hard werken droeg ze bij zich. Ik had er geen idee van dat ze zó rijk was."
"Dus zij vertelde u hoeveel geld ze bezat, en kwam u toen niet in de verleiding het van haar te stelen?"
"Nee heer rechter! Geen moment heb ik daar aan gedacht. Hoe zou ik kunnen? Ik... ik... ik was alleen bedroefd, omdat ze steeds verder van me af was gegroeid. Daarom nam ik al snel afscheid van haar, want ik wilde niet laten merken... dat ik leed... om haar."
Het volk dat aandachtig luisterde, stond in een kring om de jongeman heen. Bij deze woorden steeg er een gemompel op. De rechters fluisterden onder elkaar. Na enig stilzwijgen vroeg de oudste met een vriendelijke blik in zijn ogen:
"Verklaar u nader. Wat bedoelt u hier precies mee? We begrijpen het niet goed. Misschien zijn we onze eigen jeugd vergeten."
"Toen wij allebei nog even arm waren...", begon de jongeman moeizaam, "kon ik nog hopen dat Lebbe en ik ooit... u moet weten, we kenden elkaar al van kinds af aan, we speelden als kleuters met elkaar. Ik was de oudste. Ik hield van haar, maar ik heb wel altijd gevoeld dat we niet bij elkaar pasten. Lebbe was... anders dan andere meisjes. Toch, zolang zij nog niet zo rijk was om een koe te kunnen kopen, durfde ik nog te hopen dat wij tweeën... op een goede dag... maar die morgen, toen ik haar tegenkwam, begreep ik dat ik vergeefs had gehoopt en dat Lebbe mij niet nodig had om voor haar te zorgen." Hij snikte het nu uit. "Had ik het maar niet begrepen, heren rechters, dan leefde zij nu misschien nog. Want dan zou ik met haar zijn meegegaan. Ik zou haar hebben beschermd!"
Men liet de arme man gaan, en veel van zijn vrienden die de zaak gevolgd hadden, vergezelden hem naar zijn dorp. De zaak was hiermee echter nog niet gedaan. De jongeman sprak de wens uit om haar te begraven – het lichaam van Lebbe lag nog altijd boven de grond, waar het dag en nacht met lichtloze ogen

naar de hemel staarde –, maar hij kreeg hiervoor geen toestemming.

"Eerst moet worden uitgemaakt", zei men hem, "op wiens grondgebied zij is gestorven. Eerder kan zij niet worden begraven! Wie zal immers haar begrafenis betalen? Geld heeft zij niet meer. Eerst moet dus de moordenaar gevonden worden, of anders moet degene van wie de grond is voor de kosten opdraaien."

"Moet zij dan zo blijven liggen, onbeschermd tegen zon, wind en allerlei ongedierte? Laat mij haar toch begraven?!"

"Als we moeten wachten tot de moordenaar ontdekt is, zal haar lichaam inmiddels zijn vergaan", riepen ook zijn vrienden.

De bestuurders gaven echter geen krimp. Zo bleef Lebbe op de plaats rusten waar ze was omgebracht. Niemand durfde meer 's avonds of 's nachts over de heide. Zou haar lichaam niet plotseling kunnen verrijzen, en zou Lebbe met haar dode handen de levende niet in het graf kunnen meetrekken? De arme ziel zou geen rust kunnen vinden voor men de moordenaar zou hebben ontdekt. Misschien zon Lebbe op wraak nu men haar lichaam zo liet liggen.

Men hoopte vurig dat de onverlaat zichzelf snel bekend zou maken. Waarom zou hij bang zijn voor de straf die hem hier op aarde te wachten zou staan? Het moest veel erger zijn om verder te leven met zulk een grote schuld op je geweten. Het leven dat hij nu leidde, moest martelender zijn dan de strop die zich om een keel sluit. Ja, men voelde dat de misdadiger in zijn hart het liefste zijn schuld wilde belijden... zijn bekentenis hing in de lucht. Eén van de bewoners van Vries of Norg liep 's avonds in zijn eenzame kamer op en neer, met berouw in zijn hart en rusteloos verlangend naar zijn verdiende straf. Als men zijn ogen dichtdeed, zag men hem ijsberen, als in een droom, men zag zijn gebogen rug, een teken dat hij gebukt ging onder zijn zware zonde.

Het zal niemand verbazen die weet hoe diep een misdaad in een dorp kan ingrijpen, dat men zo bezig was met de vraag wie de moordenaar was. In een dorp kent iedereen iedereen, en men komt elkaar overal tegen. Het is vreselijk om bij elke ontmoeting te moeten denken: "Zou hij het kunnen wezen? Hij heeft vroeger wel eens rare dingen gezegd. Hij is vaak dronken. Stel je voor dat hij die middag ook te diep in het glaasje had gekeken. Misschien heeft hij haar wel in een roes vermoord!"

Na verloop van tijd begon men eraan te twijfelen, of men de dader wel ooit zou ontdekken. Men begon te hopen dat het toch een vreemdeling zou zijn, van buiten het dorp. Ja, het was toch altijd mogelijk... dat een of andere zwerver die door het land struinde, zich aan haar had vergrepen. Iemand die de mooie jonge vrouw alleen over de straat had zien gaan. Hij was haar gevolgd over de heide. Er was geen mens in de buurt geweest. Hij trok zijn mes uit de zak en doodde haar. Nog eenmaal keek hij om zich heen, maakte haar zakken leeg, en keerde nooit meer naar de plaats van de misdaad terug. Het was wonderlijk, dat niemand uit de streek in deze voorstelling van zaken echt kon geloven. Het zat logisch in elkaar, de kern van het verhaal klopte, en toch wist men zeker dat iemand uit de eigen buurt de schuldige was. Maar wie?

Op een dag waren twee arbeiders zoals gewoonlijk hard aan het werk. Ze waren bezig rogge te maaien, de een aan de linkerkant van het veld, de ander aan de rechterkant. Al vanaf de vroege morgen werkten ze stug door, zonder dat ze een woord met elkaar hadden gewisseld. Eindelijk merkten ze allebei tegelijk aan de warmte van de zon dat het al tegen de middag liep. Turend naar het licht met de handen voor de ogen schatten ze dat het al over twaalven was.

Ze gingen bij elkaar zitten om te eten, te drinken en uit te rusten. Ze strekten hun vermoeide leden en vleiden zich neer op het zachte gras. Liggend aten ze hun brood, en als ze drinken wilden uit de meegenomen fles, richtten ze zich slechts even op. Daarna dommelden ze allebei in, ze genoten van de lichte verkwikkende slaap die alle landarbeiders kennen. De man die het eerst wakker werd, keek even om zich heen. Toen stond hij op, en wilde hij zijn kameraad wekken.

"Jan! Het is tijd..." had hij al geroepen, maar ineens zweeg hij. De woorden bestierven hem op de lippen. Zijn oog was op de broek van zijn vriend gevallen. Die was een paar centimeter omgeslagen, en aan de rafels zag hij opgedroogde bloedvlekken zitten. Jan was inmiddels ontwaakt en hij keek de ander vragend aan.

"Is het al zo laat, Floris?" riep hij.

Zijn metgezel kon geen woord uitbrengen, maar wees alleen naar de broeksrand. Jan volgde de vinger en zag wat zijn vriend had gezien. Hij trok bleek weg. Dit was het bewijs dat

zijn vriend nodig had. De vriend werd tot rechter. Hij werd tot rechter voor de hele streek. Nu kon de misdaad niet langer onbestraft blijven. Nu had de zon de vlek der schande aan het licht gebracht. Toen hij weer in staat was tot spreken, klonk zijn stem niet boos, eerder vol verdriet en medelijden.
"Jan, wat is dat voor een bloedvlek? Zeg het mij in godsnaam; we hebben jarenlang samengewerkt."
"Wat zou dat voor een bloedvlek wezen? Ik heb een schaap geslacht."
"Als je een schaap had geslacht, zou je het me wel hebben verteld. Welk schaap heb je dan geslacht?"
"Niet hier... in een dorp ergens in de buurt heb ik een schaap geslacht."
Toen riep Floris met overslaande stem: "Het is het bloed van de vrouw! Het is het bloed van Lebbe!"
Jan zweeg, boog zijn hoofd, en zei: "Het is waar." Daarna legde de aanklager zijn hand op de schouder van de zondaar.
"Er zit niets anders op dan je wandaad in het dorp te bekennen. Het is je enige kans om je ziel te redden."
Weer werden de rechters bij elkaar geroepen voor dezelfde moordzaak, en ze namen plaats onder de linde. Voor hen trad de man, met het hoofd gebogen en de handen ongebonden. Iedereen wist dat hij het niet zou wagen om te vluchten, want hij zou onvermijdelijk doodgeslagen worden door het volk. De dorpelingen drongen op tot ze vlak bij hem stonden. Hij droeg de bewuste broek, de binnenkant naar buiten geslagen, en hij toonde de rechters de vlekken opgedroogd bloed van Lebbe toen ze hem dat vroegen.
"Waarom heb je haar vermoord?" zo vroeg de oudste rechter. De man haalde moeizaam adem.
"Ik was arm en zij rijk. Daarom hield ik haar in de gaten en toen ging ik haar achterna en sloeg ik haar dood!"
"Vertel ons precies zoals het is gegaan. Zwijg niet langer, want je hardnekkig zwijgen weegt voor ons bijna even zwaar als je grote zonde. Bijna was er een onschuldige veroordeeld!"
"Ik kreeg spijt. Haar geld bracht mij geen geluk! Ik heb het bloedgeld in het Eelderdiep gegooid", jammerde hij.
"Beken je dat je al langer van plan was om haar te vermoorden? Heb je er van te voren over nagedacht?"
"Ik beken het. Ik wist dat zij die dag veel geld bij zich had."
Nu durfde hij zijn hoofd op te richten. Wel woekerde de zonde

zelf nog in zijn lichaam als een kwaadaardig gezwel, maar zijn ziel was bevrijd nu hij zich tegenover iedereen had uitgesproken. Men kan hem vergelijken met een zwaar ziek mens voor wie de priester heeft gebeden en die afscheid neemt van het leven. Nu moest alleen zijn vonnis nog hardop worden uitgesproken, maar iedereen wist al hoe dat luiden zou. Zijn dood was o zo onvermijdelijk.
"Heb je nog iets te zeggen?" vroeg hem de oudste van de rechters. De mensen zwegen. Even bleef het doodstil.
"Nee mijnheer de rechter. Ik ben schuldig aan de dood van een onschuldige en alleen de dood kan de dood verzoenen."
"Zo zal het zijn."
Er waren weinig woorden nodig om het strafproces te besluiten. De zondaar had zijn vonnis zelf al geveld.

Al die tijd lag het lijk op een plek tussen Vries en Norg. De moordenaar was al gestorven en begraven toen de mannen van Vries en van Norg bij elkaar kwamen om te beraadslagen wat er met het lijk zou moeten gebeuren. Ze stonden op de plaats waar Lebbe was gedood.
"Dit stuk grond behoort aan Norg", zeiden de Vriezers. "Wij mogen hier het lichaam niet begraven. Dat past ons niet. Norg moet begraven wat op Norg gevonden wordt."
De Norgers lachten. Onder hen bevonden zich ook de inwoners van het buurdorp Peize die erom bekend staan dat ze met alles en iedereen spotten.
"Zo, dus het past de mensen van Vries niet?" zo lachte een van hen gemeen, "ja, het zijn ook zulke fijne luitjes, met brandschone handen en een zuiver geweten. Ze zijn o zo precies. Als wij koopwaren nodig hebben, gaan we niet naar Norg, maar naar Vries. Daar verkopen ze ons het vee en het koren zo goedkoop als het kan. Ze zouden er niet aan moeten denken om ons af te zetten. Nooit betalen we te veel. Ja, het moest tot een uitdrukking worden in heel Drenthe: zo eerlijk als een Vriezer!"
De Vriezers zwegen beschaamd. Ze voelden de vlijmscherpe spot in de woorden van de Peizenaren. Een man uit Norg stond op en kwam naar voren.
"Ik zal bewijzen", riep hij uit, "dat wij de kosten en de moeite niet hoeven te dragen om Lebbe te begraven."
Hij nam van zijn buurman een stok, sleep er met zijn mes een punt aan en ging naar het witte zand. Iedereen volgde hem.

Dit stuk grond behoort aan Norg.

Met het scherpe hout tekende hij de streek van Vries en Norg. Hij volgde de loop van het Eelderdiep. En hij wees aan waar de andere dorpen lagen op het veld: Peize en Zeijen, Een, Veenhuizen, Tynaarlo en Donderen. Hij lachte niet. Hij bleef ernstig zoals het een man van de feiten en de wetenschap betaamt.
"Het is niet zo dat wij onze plicht niet willen doen, wij mannen uit Norg", sprak hij gewichtig. "Wij zijn altijd bereid om onze schulden af te betalen. Ze zullen in heel Drenthe nooit van ons kunnen zeggen 'zo vals als een Norger'. Niemand moet denken dat wij een slechte naam willen krijgen om wat zilvergeld uit te sparen. Maar het moet wel rechtvaardig zijn. En dat is deze zaak niet. Ik heb u hierbij het bewijs geleverd, Vriezers!"
Hij was nog niet uitgesproken of er kwam al iemand van de tegenpartij naast hem staan. Hij woonde dicht bij de grote stenen die de reuzen in Drenthe hebben neergelegd en ook hij kende de streek op zijn duimpje. Hij had zacht gelachen terwijl de Norger deskundige de grenzen van het land in het zand had getekend. Hij wist zeker dat het lijk op het grondgebied van Norg lag.
"Mannen van Vries!" zei hij, "laat u toch door die zwetser niet voor de gek houden. Lebbes lijf strekt zich van kop tot teen in het gebied van Norg uit, ja, zelfs nog een hele lap ten oosten van de plek waar ze gevonden is, hoort nog bij Norg. Nou wordt-ie mooi, om ons voor de onkosten te laten opdraaien! De mensen uit Norg en Peize weten heel goed, waar hun land ophoudt en het onze begint. Ze zouden iets heel anders hebben gezegd, als hier de dode vrouw niet zou hebben gelegen die begraven moet worden."
Op dat moment trok iemand hem aan zijn mouw, en wenkte hem. De Vriezers begonnen met elkaar te fluisteren. De Norgers wachtten wat ze zouden beslissen, maar intussen bleven ze mopperen: "Wij betalen mooi niet. Laat de anderen betalen. Het kan ons niet schelen als het lijk hier blijft liggen. Daar kunnen wij niets aan doen. Wij hebben daar geen schuld aan."
De man uit Vries die zojuist had gesproken, trad nu rustig naar voren. Zijn ogen keken ernstig.
"Mannen van Norg, onder wie ook die van Peize zijn, jullie staan er dus op dat wij Lebbe begraven?"
"Het is gewoon niets meer en minder dan jullie plicht", beet hem de deskundige uit de andere groep toe.
"Jullie hebben het gezegd, en wij hebben een beslissing geno-

men, en de hemel is onze getuige. De vrouw zal eervol begraven worden in de grond van Vries."

Toen gingen ze uit elkaar. De volgende dag al was het graf gedolven, en men legde het lichaam in de kist. Toen de ceremonie achter de rug was, gingen de Vriezers naar hun huizen.

Een paar dagen later liep een Norger voorbij de plaats waar de vrouw ter aarde was besteld. Verbaasd keek hij naar de stok die er in de grond was gestoken. Toen rende hij naar zijn dorp terug, en hij riep iedereen uit de buurt samen. Hij vertelde wat hij had gezien, en met zijn allen togen ze naar de plaats van de stok. Daar aangekomen schudden ze verontwaardigd het hoofd.

"Is dat een teken ter herinnering aan Lebbe?" vroeg iemand.

"Nee", antwoordde de deskundige, en hij wees met een uitgestrekte vinger naar de stok. "Dit is een grenspaal."

"Hoe durft men een grenspaal te zetten op Norger grond?! Zolang de wereld bestaat, is dit gebied al van Norg geweest."

Zij waren vergeten dat ze nog niet zo heel lang geleden anders hadden gepiept en dat ze toen bij hoog en bij laag vol hadden gehouden dat het gebied van Vries was. De Vriezers werden erbij gehaald. Zo stonden de inwoners van de twee dorpen opnieuw als kemphanen tegenover elkaar. Beide partijen wezen iemand uit hun midden aan om het woord te voeren. De Peizenaren spotten niet meer en ze keken zwijgend toe.

"Jullie hebben ons hier laten komen, omdat wij een paal hebben gezet op Lebbes graf. Dit is de Lebbestok", begon de Vriezer.

"Niet omdat jullie de Lebbestok hebben geplant, zijn we boos, maar wij zien er een grenspaal in, onderbrak hem de man uit Norg."

"Dat hebben jullie dan goed gezien. Het is inderdaad een grenspaal. Hebben jullie de stok niet bij met de scherpe punt waarmee jullie de vorige keer in het witte zand de streek hebben uitgetekend? Jullie hebben ons toen bewezen dat al dit land van ons was, nietwaar? Jullie hebben ons de vrouw gegeven en ons behoort de grond waarin zij ligt."

"Maar jullie hebben toen op jullie beurt betoogd dat het land tot Norg moest worden gerekend!"

"Willen jullie dat het nageslacht van jullie zal zeggen, tot jullie eeuwige schande: de Norgers lieten de Vriezers op Norgse grond een dode vrouw begraven onder voorwendsel dat de grond van Vries was.... maar nadat de Vriezers het geld hadden

betaald en de vrouw hadden begraven, beweerden de Norgers weer dat de grond van hen was?"
Deze woorden maakten diepe indruk. De Norger woordvoerder boog het hoofd.
"Het is waar", zo zei hij eindelijk bedachtzaam, "dit land is altijd van u geweest. Ik heb me ditmaal vergist... de vorige keer heeft mijn stok de juiste grens gewezen. U hebt ze met uw dodenpaal precies aangegeven. Eeuwig zal de Lebbestok de scheiding zijn tussen uw land en dat van ons."
Rustig gingen zij ieder hun weg. Ze keken niet om. De ene groep leek niet blij, de andere niet bedroefd, en voortaan wezen zij de vreemdeling de dodenpaal, maar niemand durfde erbij te vertellen hoe deze de grens was geworden tussen de twee dorpen.

Het slot van Slochteren

Talloze smalle glibberige paadjes voeren de wandelaar tot in het hart van het Slochterbos, terwijl grillige boomwortels en vochtige bladeren hem tot uitglijden proberen te verleiden, en manshoge wuivende varens hem het uitzicht benemen.
De brede lanen die eens het park van het slot van Slochteren doorkruisten, zijn nu met gras en mos overwoekerd en grotendeels dichtgegroeid.
Hier en daar vindt men nog in het struikgewas stenen vazen op hoge voetstukken, scheef weggezakt in de drassige bodem. Ze zijn grauw van ouderdom, door de vorst gespleten en gekerfd, met korstmos overwoekerd, en door knoestige doorntakken omrankt.
Een overdaad van onkruid bloeit uit die vazen op, in plaats van de zeldzame en zorgvuldig uitgezochte bloemen, die de tuinlieden er vroeger elk jaar in plantten.
Alleen in het midden van het bos is een open plek waar het kreupelhout geen vat op heeft en waar geen jonge bomen groeien, omdat daar de grootste beuk van Groningen wortelt, de Dikke Boom van het Slochterbos.
Het is eeuwen en eeuwen geleden, dat deze boom daar werd geplant.

Vóór die tijd was er nog al eens ruzie tussen de slotheer en de abt van het klooster van Schildwolde over de loop van de grens. Niemand wist precies wat tot het gebied van de heer van Slochteren behoorde en waar het terrein van het klooster begon. Wanneer dienaren van de burchtheer de monniken in de venen ontmoetten, probeerden ze vaak daarover een beslissing uit te lokken. Praten hielp niet, dat wisten ze allang en daarom begonnen beide partijen er maar meteen op los te meppen met

schoppen of wat ze in de gauwigheid maar konden vinden.
Zo gauw de ene groep met blauwe plekken en bebloede koppen was afgedropen, bracht de andere gauw een kenteken aan op de veroverde plek. 's Morgens vroeg was daar echter niks meer van te bekennen, want de verslagenen, die versterking hadden gehaald, waren intussen teruggekeerd en hadden het verzet.
Dat kon zo niet jaar in, jaar uit doorgaan.
Op een goede dag reden daarom de abt van Schildwolde en de heer van Slochteren elkaar tegemoet. Waar nu de Titzerdijk loopt, ontmoetten ze elkaar, maar de abt was niet alleen. Onzichtbaar reed de duivel met hem mee.
"Als ik de grens moest bepalen, dan wist ik wel wat ik deed", fluisterde de duivel de abt in het oor, "ik zorgde dat ik al het goede land in handen kreeg en het slechte op de koop toe."
De abt had als geestelijke natuurlijk een streepje voor, en daarom mocht hij de grens aanwijzen. Men vertrouwde erop dat dit aan geen betere handen kon worden toevertrouwd. Maar hierin vergisten zij zich behoorlijk.
Toen de abt goed en wel begonnen was en zich afvroeg of hij niet de grens van zijn gebied had bereikt, begon de duivel opnieuw te fluisteren: "Ga maar verder, ga nog maar een stukje verder, ik zal wel waarschuwen als je bent waar je wezen moet."
De abt liep dus maar door. Het goed begaanbare land had hij al achter de rug en nu was hij in de venen beland, die elke winter onder water stonden, zodat er alleen elzen konden groeien tussen de rietpollen.
Dat land kon niet bebouwd worden, want daarvoor was het veel te drassig. Kuilen en wielen, zo diep dat ze met geen vaarboom gemeten konden worden, lagen er half verborgen in het hoge riet en op sommige plekken die donkerder van kleur waren, beefde de slappe grond als je er over liep.
Desondanks liep de abt verder, want hij hoorde nog altijd de stem van de duivel: "Nu dat stuk nog, heer abt! Die reep land kan er ook nog wel bij! Doorgaan maar, je bent op de goede weg!"
Niemand durfde de abt nog te volgen in dat moerassige land. Ze bleven staan waar de laatste elzenstruiken nog vaste grond vonden om wortel te schieten, want verderop moest de veenlaag wel flinterdun zijn.
Pas toen de voeten van de abt slipten in het veenmos, bleef hij

staan en riep over zijn schouder: "Burchtheer van Slochteren, hier is de grens. Nu ben ik waar ik wezen moet en ik zet geen stap verder meer."
Dat was maar al te waar. De grond hield het gewicht van zijn lichaam niet meer en hij verdween plotseling in een van de bodemloze kuilen. Zo diep zonk hij weg, dat men hem nooit meer heeft teruggevonden, zelfs niet toen zeventig jaar geleden het moerasland werd ingepolderd.

Niet lang na de dood van de abt had de heer van Slochteren een gast op het slot, een prinses die verdreven was uit een ver land, waarvan niemand de naam meer kent.
Elke morgen werd de ophaalbrug voor haar neergelaten, want dan reed zij uit, gekleed in kostbare zijde, met een jachtvalk op de gehandschoende hand. Naast haar reed de burchtheer en dan volgden de edelen uit de buurt met de valkeniers en de knechten.
Op een keer reden ze door het Slochterbos, toen tuinlieden bezig waren om een bomenrij te planten. Het was een van de laatste dagen dat de prinses in het slot logeerde, want zij moest weer ten oorlog trekken.
"Prinses", zei de burchtheer, "u weet dat we u nooit zullen vergeten, maar toch willen we een tastbare herinnering aan u bewaren. Wees zo vriendelijk om een schop te nemen en de laatste beuk in de rij te planten."
Dadelijk sprong de prinses van het paard, gaf haar jachtvogel aan een valkenier en nam de zware schop op. Een van de tuinmannen zocht de mooiste loot voor haar uit en zij gooide de klei op de wortels en stampte de grond stevig aan met haar puntige schoen, die met parels was bestikt.
"Ik moet weer gaan strijden", zei ze, "en misschien kom ik niet meer terug. Zo moeten we allemaal ooit sterven, maar deze boom zal leven zo lang er valken in het bos nestelen. Over vijfhonderd jaar zal hij daar nog staan."
Het is precies zo uitgekomen als de prinses het voorspeld heeft.

In die vijf eeuwen is er heel veel gebeurd op Slochteren.
Een van de freules, Hillebranda Fraeylema, gaf de burcht de naam die deze nog draagt: Fraeylemaborg. Men beweert dat het haar beeld is dat in de schaduw van de Dikke Boom staat; anderen echter die beweren het beter te weten, vertellen dat het

beeld een godin voorstelt, en dat het overgebleven is van de vele tuinbeelden die ooit op voetstukken in het eens zo keurig aangelegde park stonden.
Het beeld van Hillebranda kijkt strak naar een van de brede takken van de beuk, want daaraan heeft haar kleinzoon, een rechter, eens een jongen laten ophangen die van een kleine diefstal werd verdacht, maar die tot op het laatste ogenblik zijn onschuld volhield.
Wanneer kinderen zingend door het bos trekken, is er tot op de dag van vandaag een heldere stem te horen, die meezingt als een verre echo, soms dichtbij en dan weer vervagend in de wind. Dat is de stem van de jongen die onschuldig werd veroordeeld.

Onder Hildebranda's nakomelingen waren wel meer zonderlinge heren. Een van hen leefde in Parijs, waar hij elke nacht aan de speeltafels te vinden was. Het geld dat hij daarvoor nodig had, verdiende hij overdag op een van de bruggen over de Seine, de Pont Neuf, vermomd als een bedelende harpspeler.
Om het lot van Slochteren maakte hij zich intussen niet druk. Het park werd een wildernis en de burcht raakte meer en meer in verval, tot tenslotte de zware slottoren zowat het enige was dat overbleef van het ooit zo roemrijke slot.

Een zigeunermeisje in Venlo

In de buurt van Venlo stond een groep zigeuners met paarden en wagens, die op het land kampeerden. Overdag trokken de vrouwen er op uit, om de toekomst te voorspellen met een glazen bol of met kaarten. De mannen lagen bij de wagens, ze rookten, luierden, of ze speelden kaart. Ze koesterden zich languit in de warme zon, de knieën iets opgetrokken. De kinderen, om wie niemand zich bekommerde, stoeiden en ravotten, en pootjebaadden in de frisse beek. De allerkleinsten lagen zo maar ergens op het land, als vergeten bundeltjes.

Een van de meisjes van een jaar of acht, negen dwaalde op een dag van de groep af. Ze ging op avontuur uit. Al snel kwam ze bij een boerderij, waar op het eerste gezicht niemand thuis was. Er was geen hond op het erf te bekennen en daarom ging ze tot aan de achterdeur. Daar bleef ze staan om te luisteren... zo te horen was er geen mens in de buurt...

Behoedzaam ging ze het huis binnen. Ze keek om zich heen. Heel zachtjes liep ze, want ze bleef intussen met gespitste oren luisteren of ze toch niet ergens geluiden in een van de vertrekken opving. Maar het bleef overal doodstil. Toen vatte ze moed. Ze haalde diep adem en nu sloop ze geruisloos verder als een kat die zijn prooi gaat belagen.

Ze bewoog zich snel en soepel. Ze wist dat mensen hun kasten op slot doen, maar ze kende ook de plekken waar ze hun sleutels verstopten. Ook in dit huis vond ze de sleutels meteen. Grondig doorzocht ze alle kasten en laden. Al vlug ontdekte ze een dubbele la, met daarin een goed verborgen diamanten ring. Ze greep het voorwerp en vluchtte haastig het huis uit.

Ze was bijna op het vrije veld, toen plotseling vanuit het niets een man opdook die haar bij een arm pakte. Het was de boer die haar blijkbaar had beloerd en die haar op heterdaad had willen betrappen. "Wat heb je daar in je hand?" vroeg hij bars. Ze verstond hem niet. Hij opende haar knuist en griste de ring weg. Ze begreep dat ze erbij was, gevangen als een marter die in een val geklemd zit.

Ze kon niet ontsnappen, maar ze beet, sloeg en krabde hem waar ze hem maar kon raken.

"Valse kat!" zei hij. Hij greep haar in haar nekvel en trapte haar voor zich uit. Zo leverde hij haar aan de rechter over, en hij vertelde wat er was gebeurd. Men gooide haar in de gevangenis en liet haar daar zitten, terwijl ze af en toe wat water en een stuk oud brood kreeg.

Haar familie deed als zoveel vervolgde rassen hebben geleerd te doen: ze gingen er vandoor en deden of er geen vijanden bestonden. De dikke hoofdman zat voor zijn wagen en hij liet de zweep knallen. De zigeuners mochten nog blij zijn dat men niet de hele groep in de gevangenis had gesmeten. Zij vertrokken zo snel zij konden naar andere streken en het kleine meisje liet men noodgedwongen achter.

Helemaal alleen, verlaten door haar familie en de rest van de wereld, zat daar het kind in de cel, aan de muur geketend als een volwassen misdadiger. Niemand keek naar haar om.

Na verloop van lange tijd leidde men haar voor de rechter. Verloren stond zij daar, in de grote zaal, tegenover de deftige heren, een klein smerig zigeunermeisje, dat de taal die in deze landen werd gesproken bijna niet verstond, en de wetten die er heersten niet begreep. Zij keek verwilderd om zich heen, maar ze deed haar best om niet te bijten of te krabben. Zoveel had ze wel geleerd, dat dit haar niet helpen zou. De deur en de ramen zaten potdicht, dus ontsnappen kon zij niet. Achter haar stond een zwaar bewapende man, met zijn sabel getrokken.

Ze keek naar de vreemde mannen met hun witte gezichten en hun zwarte jassen en ze werd bang. Wat wilde men eigenlijk van haar? Haar neusvleugels trilden. Daarna vestigde zich haar blik op de raadselachtige voorwerpen die op de deftige groene tafel stonden.

Eindelijk stond een van de heren op, en sprak tegen haar. Ze verstond niet wat hij zei, en ze haalde haar schouders op. Maar ze staarde naar de gouden ketting die hij droeg en naar zijn ringen. Ze droomde weg. Als ze die eens naar de hoofdman kon brengen, zou ze zeker een stuk vlees krijgen! Maar toen ze de stem van de rechter hoorde, realiseerde ze zich weer waar ze

was en dat ze de hoofdman misschien wel nooit meer zou zien, en ook haar familie niet.
"Ze verstaat niet wat er gezegd wordt", zei een van de schepenen.
"Is er niemand hier die haar taal spreekt?"
"Een paar woorden zal ze toch zeker wel begrijpen, dat doen ze allemaal."
Er stapte een man binnen die ze kende. Haar ogen werden heel donker en vertrokken tot spleetjes. Het was de boer die haar in haar kraag had gevat! Ze kroop dicht tegen de gewapende soldaat aan die achter haar stond. Van de twee angstaanjagende volwassenen vond ze de getuige van haar misdaad de ergste.
Ze zag dat hij aarzelend dichterbij kwam, en toen begreep ze dat de mensen achter de groene tafel met de zwarte jassen en de witte gezichten hoofdlieden waren voor wie iedereen bang was. Was ze dan van alle kanten omringd door gevaren? Ze begon te bibberen. O, o, wat wilde men van haar?
De boer begon op opgewonden toon te praten in een vreemde taal en de heren luisterden aandachtig naar hem. Soms maakte hij gebaren. Die begreep ze. Hij legde uit hoe hij haar had zien binnensluipen. De deur stond open. Toen deed hij voor hoe hij achter een deur had toegekeken terwijl zij de kasten en de laden had doorzocht. Hij had rustig gewacht en toen ze wegvluchtte, had hij ingegrepen.
Terwijl de boer vertelde, hield het meisje haar adem in, zoals op het ogenblik dat ze de kamer was binnengelopen. Ze leefde met het verhaal mee dat de boer met handen en voeten uit de doeken deed. Ze glimlachte en knikte heftig: ja, precies zó was het gebeurd.
Veel mensen die door het land zwerven en van hot naar her trekken, zoals ook zigeuners, ontwikkelen op den duur een vreemd instinct. Ze houden zich in het dagelijkse leven staande met sluwheid en behendigheid, zolang ze kunnen. Wanneer ze echter in een situatie belanden waar niets of niemand hen meer uit kan redden, dan worden ze als makke dieren. Dan ook grijpt de angst hen aan, angst die zij vroeger nooit gekend hebben.
Deze angst was het zigeunermeisje voor een ogenblik vergeten. Ze leefde weer even helemaal in het verleden. De boer wees aan hoe hij haar vastgegrepen had, zij wees de rechter de plek in haar nek, waar zijn vingers hadden gekneld.

"Ziet u wel? Ze bekent", glimlachte een van de schepenen tevreden. Het kind lachte vriendelijk terug.
"Die van ons zouden hun ogen uit hun kop hebben gehuild, maar dit hier moet wel een duivelsjong zijn", sprak een ander nors.
"De mens leeft niet lang", riep het meisje plotseling uit in haar eigen taal. Het was een regel uit een melancholiek zigeunerlied dat zij vroeger vaak gezongen had, wanneer ze samen met haar volk rondom het vuur verzameld zat.
Niemand verstond haar, maar er bestond geen twijfel aan haar schuld. Zijzelf sprong nu door de rechtszaal, als een kleine ondeugende aap deed ze de boer na, en nu moesten de strenge heren tegen wil en dank om haar kinderlijk spel lachen. Ieder van hen dacht een ogenblik aan zijn dochtertje of kleindochtertje. Toch konden ze niet vergeten dat dit jonge kind een verschrikkelijke misdaad op haar geweten had. Ze zouden haar niet sparen. Als men het volk met medelijden tegemoet kwam, zou het einde zoek zijn. Het was hun taak de orde te handhaven.
Toen stond de middelste van de heren op en hij sprak haar vonnis uit. Ze rekte haar hals uit om zijn gezicht beter te kunnen zien. Het moest wel iets heel belangrijks en bijzonders wezen dat hij voorlas. De anderen luisterden met zóveel aandacht. De soldaat achter haar stond streng en stram in de houding. De boer wachtte met rechte rug en hij knikte voldaan toen hij het oordeel van de heren vernam.
Het kleine meisje zou wegens haar misdrijf worden opgehangen. Toen de heer weer was gaan zitten, maakte de soldaat een gebaar met een zwaaiende vinger om zijn hals en ze knikte levendig, alsof ze het begreep.
"Een mens leeft niet lang", zei ze en ze deed het gebaar na.
"Ze begrijpt het wel", zei een van de schepenen. Hij keek naar het figuurtje dat in lompen was gehuld, naar haar donkere verwarde krullen, haar magere armen en benen, haar grote hongerige ogen die vragend keken, ook al straalde er levenservaring uit. Hij dacht aan een ander meisje over wie er een oordeel was uitgesproken, de kleine Maria die nu op het kerkhof van Venlo lag. Hij schudde zijn hoofd.
"Volwassen misdadigers aan de galg, dat is één ding", bromde hij ontevreden, "maar zulke piepkuikens!"
"Wat is er?" vroeg zijn buurman.

“Het is nog een kind. Ze weet niet wat ze gedaan heeft. Ik vind dat we haar maar moeten vrijlaten.”
“Dat kan niet. Het staat vast dat zij de diefstal heeft gepleegd. Er is een getuige!”
“Maar als ze nu niet weet wat zo’n ring waard is!”
“Daar kunnen we makkelijk achter komen, als je erop staat. Laten we eens proberen wat ze van de waarde van de dingen weet.”
De rechter die het vonnis had uitgesproken, nam de zilveren tafelbel en luidde. Onmiddellijk kwam er een bode binnen. Hij wachtte eerbiedig op het bevel dat de heren zouden geven.
“Breng ons een appel!” De bode was verbaasd over deze opdracht, maar dat mocht hij niet laten merken. Hij rende dus naar zijn huis, en bracht snel een mooie, rode bellefleur mee, die hij voor de heren op tafel neerlegde. Een van de schepenen legde nu een goudstuk ernaast. Vervolgens riep men het kind en maakte men duidelijk wat er van haar werd verwacht. Ach, het meisje begreep... ze moest tussen beide kiezen, maar ze wist niet dat de vrucht voor haar het leven, en het goud de dood betekende. Ze keek van de flonkerende munt naar de kleurige appel, van de appel weer naar de munt. Ze dacht diep na.
Ze had honger en haar buik schreeuwde om de sappige appel. Tegelijk voelde ze instinctief dat er veel afhing van deze beslissing. Ze moest zich als een groot mens gedragen. Ze wist in elk geval wel wat haar hoofdman het liefst zou bezitten. Voor zulk een stukje geel dat daar op tafel lag, zou hij haar net zoveel fruit geven als ze op kon. Bovendien, als ze straks weer vrij door het veld zou lopen, wat betekende dan één appel voor haar? Als ze in de eerste de beste boomgaard kroop, en even aan de boomtakken schudde, rolden ze haar met tientallen voor de voeten. Maar goud had tovermacht. Met goud kreeg ze geen slaag. Met goud hoefde ze de vrouwen niet te helpen om de pot te koken of hout te sprokkelen. Met goud zou de wereld aan haar voeten liggen.
Ze nam een beslissing en greep de munt. Op hetzelfde ogenblik zei de middelste rechter streng tot de soldaat:
“Neem haar weer mee naar de gevangenis! Morgen wordt ze opgehangen. Ze kent het verschil tussen goed en kwaad!”
De volgende dag hing de beul het kleine zigeunermeisje aan een hoge galg. Even spartelde ze, en toen was ze dood.

Ze nam een beslissing en greep de munt.

De moordenaar van Schildwolde

Het liep tegen de avond, en op het dorpsplein heerste een vredig geroezemoes. De mensen maakten aanstalten om op te staan van de banken op de stoep waar ze hun gewone buurtpraatje hadden gehouden over het weer, de toestand van de gewassen op het land, stadhouder Willem de Vijfde, en andere ditjes en datjes. Toen hoorden ze plotseling in de verte een paard over de weg komen aanrennen. Ze bemerkten aan de hoefslag dat het dier niet door een mens werd geleid, maar dat het op hol geslagen was. Ze vroegen elkaar: "Wat zou er aan de hand wezen?" Ze rekten hun halzen en een vrouw liep haar huis in en haalde wat kaarsen. Een vage gloed verlichtte nu de huizen die in een kring om het plein waren gebouwd. De kleine cirkel werd min of meer verlicht, daarbuiten heerste het donker. Aan het geluid hoorde men dat het paard nu in de buurt moest zijn. De mannen stonden al klaar om het vast te grijpen.

Toen het dier de lichtkring waarnam, minderde het uit zichzelf vaart. Het was bezweet en helemaal buiten adem. Het schuim stond hem op de bek. De vrouw die de kaarsen had gehaald, bracht een emmer water en een deken voor het arme beest en kalmeerde het met liefkozende woorden.

"Wat zou er toch aan de hand wezen?" vroeg men elkaar weer en men hield het licht van de kaarsen bij het paard om te kunnen onderscheiden wiens dier het was. Toen herkende men het.

"'t Is het beest van Jan Roelfs uit Schildwolde."

"Hij is vanmorgen met Lanterman uitgereden!"

"Hij heeft vast een ongeluk gekregen."

"Maar waar?"

"Kijk, daar heb je de timmerman al... Lanterman...!"

Lanterman, een woeste kerel voor wie iedereen in het dorp ontzag had, stapte in de kring. Men ging voor hem opzij.

"Ga dadelijk met me mee naar het Vroombos", riep hij. "Rovers hebben de timmerman en mij te grazen gehad, en ik kon nog maar net aan ze ontsnappen."
Het bleef even stil in de kring, en men keek de timmerman wantrouwend aan.
"Wat krijgen we nou?" riep deze uit toen hij hun aarzeling bespeurde. "Waar verdenken jullie mij eigenlijk van? Denken jullie soms dat ík Jan Roelfs eigenhandig vermoord heb? Zadel liever jullie paarden, mensen. We hebben geen ogenblik te verliezen!"
"Hij heeft gelijk!" riep een oude man, en hij was de eerste om zijn paard te halen. Nog geen kwartier later was iedereen onderweg. Alleen de vrouwen waren in het dorp achtergebleven, samen met de kinderen, van wie er verschillende door al deze vreemde geluiden aan het huilen waren geraakt. De moeders troosten hun kinderen, en wiegden ze opnieuw in slaap, met een onrustig hart wachtend wanneer hun mannen thuis zouden komen.
Deze hadden intussen het Vroombos bereikt. Drie van hen hielden brandende fakkels omhoog. Dichtbij deze drie reed ook Lanterman. Hij werd door anderen ingesloten, hoewel dit helemaal geen opzet van de groep was geweest.
"Halt!" riep plotseling de man die aan het hoofd reed, en hij sprong op de grond. "Ik zie daar iemand op de weg liggen."
Ja, daar lag de arme Jan Roelfs. Zijn dode ogen staarden naar de hemel. Hij lag in een grote plas bloed, waarin het licht van de fakkels even weerspiegelde.
"Wat heeft hij gebloed!" zei Lanterman rustig. Iemand greep hem plotseling bij de schouder vast.
"Zijn moordenaar staat hier niet ver vandaan!" De fakkels werden lager gericht, zodat men zijn gezicht beter kon zien. Maar Lanterman keek ze allemaal verwonderd aan. Daarna bedekte hij zijn gezicht met zijn handen en begon hartverscheurend te huilen.
"Ik een moordenaar! Ze zien mij voor een moordenaar aan. Jan Roelfs! Jan Roelfs! Ze zien mij voor jouw moordenaar aan!"
Iedereen zweeg nu. Ze voelden dat een man die zo kon huilen, moeilijk een misdadiger kon zijn.
"Van welke kant kwamen de moordenaars?" vroeg iemand uit de groep op het laatst aan Lanterman.
"Uit het Vroombos. Ze grepen ons vast, ze hebben al ons geld

gestolen. Maar ik wist me los te rukken... en toen hebben ze met z'n allen Jan Roelfs aangevallen. Ik kon niks anders doen dan snel hulp gaan vragen. O, Jan, Jan, help me toch!"
Haastig overlegde men met elkaar. Wat moesten ze geloven? Hoe kwam het paard los? Waarom was Lanterman dadelijk komen vertellen wat hij had gezien als hij schuldig was? Toch verdween het wantrouwen tegenover Lanterman niet helemaal uit hun hart, en toen ze in groepjes samen naar huis reden, liet iedereen de timmerman links liggen.
"Ik ben onschuldig!" riep hij ze nog achterna. Hij was bang in zijn verlatenheid. Immers, in zijn eentje stelde hij niks voor. Wat te doen als iedereen hem bleef wantrouwen? Zo kon hij het leven niet leven.
De volgende morgen probeerde hij met anderen een praatje aan te knopen, maar men antwoordde hem stuurs. Als er ergens een paar dorpelingen met elkaar stonden te praten, zag men hem alleen in een hoek staan. In de kerk wilde niemand naast hem zitten, en de bank naast hem bleef leeg. Hij liep van dorpsgenoot tot dorpsgenoot, en tegen elke man zei hij:
"Geloof je dan niet, dat ik onschuldig ben?" Men haalde zijn schouders op bij wijze van antwoord.
"Tot wij weten wie de moordenaar is, weten wij niks en geloven wij niks, Lanterman!"
"O wat een ellende" riep Lanterman uit, "dat ik nu zelfs door mijn eigen volk niet geloofd word."
Ze durfden hem niet recht in de ogen te kijken, want ze voelden zich een beetje schuldig over hun eigen wreedheid. Waarom viel het ze toch zo moeilijk hem te geloven? De timmerman schreeuwde ze in hun gezicht: "Hier zullen jullie nog spijt van krijgen. Alleen God weet hoe de vork in de steel zit. Jullie zullen het zien!"
Op een goede dag trokken de mannen van Schildwolde er met paard en wagen op uit, om hout te halen in het bos. Op een van de wagens zat Lanterman, naast een boer die het best vond dat Lanterman met hem op de bok zat.
"Waarom niet?" dacht hij, "waarom zou ik Lanterman niet met mij mee laten rijden? Hij verdient een kans."
Toen ze in het bos waren aangekomen, ging iedereen hard aan het werk. Onder de hete zon laadden ze het hout op de wagen. Het werk werd in stilte gedaan. Men hoorde alleen de geluiden die bij het werk hoorden. Voor het eerst sinds een lange tijd

voelde de timmerman zich niet buitengesloten. Niemand bemoeide zich met hem, maar zij spraken ook onderling niet tegen elkaar. Even was hij uit zijn eenzaamheid verlost.
Tegen de avond ging men op huis aan. Hoog was het hout op de wagens gestapeld, boven de bok uit. Wie zin had om mee te rijden, moest er niks om geven dat hij met zijn rug niet tegen veren kussens leunde. De kar schommelde en de blokken hout voelden hard aan. De lange rij wagens werd gesloten door de kar waar de boer en Lanterman op zaten. Zij wiebelden het ergst, want de wagensporen waren diep door de wielen van de karren die hen waren voorgegaan. Bij het Vroombos, precies op de plek waar Jan Roelfs was vermoord, bleven plotseling de paarden staan. Ze wilden niet verder, hoe de boer ze ook aanspoorde. Lanterman zei geen woord. Ook de boer niet die naast hem zat.
"Vooruit! Vooruit!" riep Lanterman op het laatst, en hij liet de zweep eens flink knallen. Maar de dieren bleven stokstijf stilstaan. Plotseling verscheen uit het bos een grote zwarte zwerm insecten. De beesten stortten zich met duizendtallen tegelijk op de paardenlijven, die ze als een deken bedekten, en ze staken en zogen het bloed uit de warme lichamen. Ze gonsden in drommen om ze heen, maar de paarden verdroegen deze wonderlijke marteling en verzetten geen stap.
"Dit is een teken Gods!" riep de boer uit met overslaande stem. "Een van ons tweeën moet de moordenaar zijn! En ik ben het niet!" Lanterman boog het hoofd.
"Op deze plaats is Jan Roelfs vermoord, timmerman! Zeg nu ten overstaan van God en de mensen wie van ons beiden de moord heeft gepleegd!"
"God wreekt waar hij niet spreekt", antwoordde Lanterman met gebroken stem.
Op dat moment trapte ineens een van de paarden achteruit en raakte Lanterman tegen het hoofd. Deze tuimelde van de wagen, viel met een harde klap op de grond, en brak zijn nek. Op hetzelfde ogenblik lieten de zwermen insecten af, en ze keerden weer terug naar waar ze vandaan gekomen waren. De paarden begonnen de wagen te trekken en een ogenblik later hadden ze de voorste wagens al ingehaald.
Lanterman lag dood in het bos, precies op dezelfde plaats waar hij zijn vriend verraderlijk had vermoord.

De dwalende rechter van Maastricht

In najaarsnachten, wanneer de toppen van de bomen achter het Sint Servaasklooster in Maastricht zachtjes in de wind bewogen, flakkerden er twee kaarsen onrustig in een vervallen theekoepel achter in een van de tuinen. De koepel lag in een jarenlang verwaarloosde tuin, waar wilde bloemen en woeste struiken vrij spel hadden gekregen. Overal schoot het onkruid op en de rododendronstruiken hadden dichte hagen gevormd, die de weg naar de theekoepel versperden.
Nooit kwam er nog iemand in die ooit zo sierlijke, vrolijk beschilderde achtkantige koepel. De ruiten waren door de vorst gesprongen of door de zwiepende takken gebroken; door kieren en gaten in de vermolmde planken vloer schoten planten en struiken omhoog; en waar de pannen van het dak waren weggewaaid, druppelde de regen zonder ophouden naar binnen. De verveloze deur stond altijd op een kier, alsof er iemand werd verwacht.
En er werd ook steeds iemand verwacht. Elke nacht stapte de rechter daar binnen, en zette zich in de gebroken stoel voor de met klimop begroeide, half verzakte tafel. Dan stak hij met een bevende hand allebei de kaarsen aan en ging zitten lezen in een van de dikke boeken die hij had meegebracht.
De rechter doodde de tijd met lezen, want als hij ooit voor het hemelse gerecht zou moeten verschijnen, wilde hij zich kunnen verdedigen. Nog steeds had hij niet door dat je je tegenover God niet kunt beroepen op wetsartikelen en dat zijn verdediging hem niet zou baten.

Jarenlang was de rechter een streng maar rechtvaardig man geweest, tot zijn vrouw hem had overgehaald tot een eerste verkeerde daad. Daarna was er geen houden meer aan geweest.

Hij kende geen rechtvaardigheid meer, en zijn strengheid nam nog toe, want hij had geen genade meer voor diegenen die hun leven niet duur konden verkopen.
Toen kwam de dag dat een oude zwerver vóór de strop zijn keel dichtkneep en hem het leven benam, de rechter toeschreeuwde: "Wacht maar tot u voor Gods rechterstoel moet verschijnen!"
De mederechters lachten om de bedreiging van de oude man, en de beul grijnsde breeduit. Maar het lachen verging hen snel toen de rechter plotseling naar adem snakte en door een beroerte getroffen in elkaar zakte.
Men begroef hem, maar de rechter keerde terug naar het huis achter het Sint Servaasklooster in Maastricht, toen men dacht dat hij veilig en wel onder de grond lag. De nacht na zijn begrafenis liep hij op de zolder heen en weer, al maar heen en weer... want hij kon geen rust vinden. Ondanks de zware eikenhouten balken, die de zoldering steunden, hoorde zijn vrouw duidelijk die langzame, nadrukkelijke voetstappen. Zij zat nog op, want ook zij kon de slaap niet vatten. De klok van het klooster sloeg elf uur, middernacht, één uur...
Toen daalde de rechter de trappen af; tree na tree kraakte. De deur van de kamer ging open en de kaarsen op de notenhouten kast doofden door deze onverwachte tochtvlaag.
In die absolute duisternis zag de vrouw van de rechter de ogen van de dode strak en star op haar gericht en in die ogen brandden machteloze woede en haat, omdat zij hem tot de eerste stap had verleid op de weg die naar zijn ondergang had geleid.
Zij moest in die ogen kijken. Het was misschien niet meer dan een ogenblik, maar het scheen uren te duren. Toen zakte ze bewusteloos achterover in haar stoel. In die ene nacht kreeg zij grijs haar en veranderde zij in een bibberende oude vrouw.
De volgende morgen ging ze naar de kapelaan van de Sint Servaaskerk, die nog verre familie van haar was en zij smeekte hem om die nacht de geest uit het huis te verdrijven. Om haar gerust te stellen, beloofde de kapelaan te komen, hoewel hij niet in geesten geloofde. Nauwelijks zat hij echter die avond bij haar in huis, of hij hoorde boven zijn hoofd de dode rusteloos op en neer stappen. Eindelijk sloeg het één uur en evenals de vorige avond, daalde de rechter de trappen af.
Weer ging de deur vanzelf open en de kaarsen werden uitgewaaid.

Uit het donker keken twee ogen de kapelaan aan en een krakerige stem vroeg: "Wat kom je hier doen, kapelaan?"
"Ik kom je verjagen."
"Dat kun je niet, kapelaan", antwoordde de rechter. "Daar heb je het recht niet toe. Ook jij hebt immers gezondigd? Geef eerst het mes maar eens terug dat je als jongen van je vriendje hebt gestolen."
"Rechter", zei de kapelaan, "rechter, dat gaat niet meer, mijn vriend is kort daarna gestorven."
"Dat weet ik", antwoordde de rechter en hij lachte een koude harde lach, die weerkaatst werd in de lange marmeren gang.
De kapelaan was nog heel jong en die lach maakte hem van streek. Zonder om te kijken vluchtte hij uit het huis waar de dood heerste en hij liep in één ruk door naar de Sint Servaaskerk om daar te vertellen, wat hem overkomen was. De pastoor hoorde hem aan, en trok onmiddellijk zijn jas aan. Hij wilde die geest wel eens met eigen ogen zien.
De voordeur stond op een kier en hij ging naar binnen. Halverwege de trap hoorde hij de stem van de rechter al, die dichterbij scheen te zweven uit het niets.
"Wat wil je, priester?"
"Ik wil je verdrijven uit dit huis waar je alleen maar ongeluk brengt."
"Dat zal je niet lukken", antwoordde de rechter. "Heb jij als jongen niet een paar wortels van het land gestolen? Zeg op, geef eerlijk antwoord: ja of nee?"
"Ja heer rechter", antwoordde de bedremmelde pastoor, "maar ik heb er later geld voor in de plaats gelegd."
"De boer heeft het geld nooit gevonden. Je bezweringen zullen nutteloos zijn. Je kunt dus net zo goed meteen vertrekken", antwoordde de rechter.

Op dat ogenblik ging de voordeur open. Daar stond een stokoude pater, gebogen onder de last van zijn jaren, met een gezicht zo bruin en doorgroefd als de aarde, en een baard witter dan sneeuw.
Langzaam beklom hij de trap en achter hem aan kwam de doodsbleke vrouw van de rechter, die in haar radeloosheid naar het klooster was gevlucht, toen de kapelaan waarop zij haar hoop had gevestigd, gefaald had.
Zo hevig en ontroerend was haar angst geweest dat de oude

broeder-portier de poort verlaten had, wat hij in geen jaren had gedaan, om met haar naar het huis te gaan waar de geest van de onrechtvaardige rechter van geen weggaan wilde weten.
"Rechter, rechter, wat doe je hier nog?"
"Wat is er van je dienst, pater?"
"Dat weet je wel, ik kom je uit dit huis verjagen. Je kunt je toevlucht nemen in de koepel achter in de tuin. Daar kun je blijven tot je het laatste oordeel hoort slaan."
"Pater, je hebt macht over mij, want ik kan je niets ten laste leggen, maar laat mij nog één keer mijn handen neerleggen in dit huis."
Nog voor de pater het hem kon verbieden, had de rechter al zijn linkerhand gelegd op de tafel waar hij had gezeten toen hij zijn eerste foute vonnis ondertekende, en zijn rechterhand op de schouder van zijn vrouw. De vrouw stootte een vreselijke kreet uit als van een dier in nood, want de hand van de rechter gloeide als hels vuur. Zolang zij leefde, stond de afdruk van zijn hand in haar schouder geprent; zijn andere hand was in de tafel gebrand en hoe men ook schaafde en boende, de hand viel nooit meer uit te wissen.

De verlegen soldaat

Er leefde in Weert eens een jonge, vriendelijke soldaat die zeer gezien was bij de meisjes. Zo ze hem al niet groetten, kwam dat omdat hij niet meer op de wereld bezat dan zijn blozend gezicht, zijn rechte schouders en zijn blinkend geweer, maar toch mochten velen hem graag. Maar het was een verlegen, teruggetrokken jongen en hij was zich niet bewust van zijn aantrekkingskracht. Misschien was het daarom dat hij zo eenzaam was, vooral 's avonds als het marcheren was gedaan. De mensen dachten in de loop van de tijd bij zichzelf:
"Waarom is die jonge soldaat toch altijd alleen en ziet men hem nooit in het gezelschap van zijn kameraden?"
Had iemand alleen maar de moeite genomen om het hem te vragen. Zijn antwoord zou zeker eenvoudig zijn geweest. Maar wie de mensen kent, weet dat ze liever onder elkaar wat kletsen: de meesten zijn blij als ze een gesprek kunnen aanknopen, al is het ook maar over een jonge soldaat die ze helemaal niet kennen.
Op een goede dag maakte hij 's avonds een ommetje, en hij dacht al wandelend na over de dingen die hij die dag had beleefd. Plotseling hoorde hij vlak bij zich een schril geluid. Op hetzelfde ogenblik zag hij voor een huis een man staan die zijn richting uitrende. Voor hij besefte wat er gebeurde, voelde hij dat hem iets in de handen werd geduwd. De man holde door en was verdwenen... de jonge soldaat ging in het licht van de maan staan en opende zijn hand om te zien wat hij in de vingers hield.
Het flonkerde, het was een ring van goud, en grote diamanten, schitterend als waterdruppels door zonnestralen betoverd, lagen er in rijen omheen. Wie dit had bezeten, moest wel zeer rijk zijn.

Terwijl hij het sieraad aandachtig bekeek, greep hem iemand bij de kraag, en terwijl de soldaat zich geschrokken omdraaide, hoorde hij roepen: "We hebben de dief!"
Waar komen zo plotseling, zelfs 's nachts in kleine stadjes, toch al die nieuwsgierige mensen vandaan? Ze zijn er als de kippen bij als er een ongeluk gebeurt, als er brand uitbreekt, als een misdadiger wordt betrapt. Uit het duister van de straten, stegen en sloppen komen ze aanrennen. De deuren van de huizen worden opengegooid. Iedereen wil weten wat er aan de hand is, men vraagt het elkaar en de een weet het al beter dan de ander te vertellen, ook al heeft hij net zo veel of zo weinig gezien.
"Wat, wat, wat is er gebeurd?" Toen de schout zijn buit voor zich uit duwde, herkende men de misdadiger.
"Het is de jonge soldaat! Ja, ik heb altijd al geweten dat er met hem iets mis was. Waarom ging hij anders altijd zijn eigen eenzame weg?"
"O, ik heb het ook altijd gedacht, dat hij tot iets in staat was. Wat heeft-ie op zijn geweten? Is het moord? Diefstal?"
De schout zei geen woord. Bij elke stap gaf hij de soldaat een stomp in zijn rug, totdat ze samen de gevangenis hadden bereikt. Daar hield hij de arme jongen op een armlengte van zich af, terwijl hij hem bij de schouders vasthield. Het volk verdrong zich, om de schop goed te kunnen zien, die de rechtsdienaar volgens de regels van de kunst zijn gevangene altijd meegaf. De schout hief zijn rechtervoet hoog in de lucht, strekte zijn been en trapte de arme soldaat naar binnen. Deze kletste hals over kop tegen de vochtige muur aan en bleef versuft liggen.
"Zo, die heeft-ie tenminste al te pakken", zei een burgerman. "Zulke lui kunnen niet hard genoeg worden gestraft."
Iedereen die erbij was, knikte. Ze waren het helemaal met de spreker eens. In de vroege morgen ging al het praatje in Weert rond dat de jonge knappe soldaat een dief en een moordenaar was, en er was niemand die het voor hem opnam of hem durfde te verdedigen.
In de gevangenis drong geen straaltje licht door, niet van de zon overdag, en ook niet van de maan 's nachts. De jongen moest zijn weg op de tast vinden. Toen hij genoeg van zijn hoofdpijn was bijgekomen om zijn omgeving te verkennen, ontdekte hij dat er in de hoek een kruik troebel water stond, en hij bluste er zijn brandende dorst mee. Vervolgens ging hij op de

vloer zitten en hij steunde met zijn handen zijn pijnlijke en vermoeide hoofd. Zo dommelde hij in.
In de vroege morgen werden de grendels van de deur verschoven, en even zag hij een streepje licht. De gevangenisbewaarder bracht hem wat hard brood.
"Ik ben onschuldig!" riep hij uit, maar de zwijgende man was al verdwenen en nu kon de soldaat alleen nog tot de stenen klagen.
"Ik ben onschuldig!" Zijn tranen drupten over zijn wangen.
Zo verliepen vele dagen. De soldaat, die eraan gewend was alleen te zijn, werd nu door de eenzaamheid gekweld. Meestal lag hij languit op de steenkoude vloer, zonder te weten of het buiten dag was of nacht. In zijn kerker heerste immers slechts het duister.
Toen stapten op een dag eindelijk de schout met zijn mannen zijn cel binnen om hem te halen. Hoewel hij bij de gevangenis een massa volk zag staan, wat niet veel goeds voorspelde, voelde hij zich bijna vrolijk. In het begin durfde hij zijn ogen niet open te doen. Hij voelde de zon op zijn huid prikken en snoof voor het eerst sinds een lange tijd frisse lucht op. Toen zijn ogen aan het licht waren gewend, zag hij door zijn wimpers de bonte kleuren van de stad. Hij zag het groen van de bomen en de tedere bloesem. De lente was begonnen en de vogels zongen.
Men had de jonge soldaat in de boeien geslagen om te voorkomen dat hij zou ontsnappen. Iedereen zou zich kunnen voorstellen dat hij een poging zou ondernemen om uit te breken, nu het leven jong en rijk voor hem lag. De kettingen die om zijn pols sloten, rinkelden, en het domme volk dat hem omringde, huiverde. Deze roestige klank maakte het volk bang. Als de jonge soldaat vrij over de weg was gelopen, zonder deze boeien, dan hadden de mensen waarschijnlijk nog medelijden met hem gehad.
Men duwde hem voort, ze gingen over een landweggetje waar de bloemen van de mei bloeiden in de berm. De soldaat genoot van elke stap die hij zette. Op rustige toon zei hij tegen zijn bewakers: "Jullie hoeven mij niet zo te stompen, ik ben geen kwaaie stier die door stokslagen moet worden voortgedreven! Ik ben een onschuldig mens. Laat me gaan!"
"Zo'n brutale kerel", schreeuwde de schout, "hij vindt zeker dat we hem met fluwelen handschoenen moeten aanpakken. Die durft! Hij zal nog wat beleven! Vooruit met jou!"

De jonge soldaat duldde stilzwijgend de slagen die op zijn rug neerdaalden en hij dacht bij zichzelf: "Straks zal ik vrij zijn! Wanneer de rechter mijn verhaal eindelijk hoort, zal hij me moeten vrijspreken."
Vervuld van moed liep hij tot aan de linde, waaronder de rechter zat. Deze bekeek de soldaat die een zeker zelfvertrouwen uitstraalde met verwondering, maar meteen daarop werd zijn gezicht streng en strak.
"Soldaat", vroeg hij, "waarom heb je gestolen?"
"Ik heb niets gestolen, heer", antwoordde de soldaat, en hij vertelde wat hem die ongeluksavond was overkomen.
De rechter hoorde hem aan en schudde zijn hoofd.
"Het zou beter zijn als je meteen zou bekennen. Denk toch aan het behoud van je ziel, man!"
"Ik ben onschuldig!" sprak de jonge soldaat. Hij verbaasde zich dat hij niet werd geloofd. Hij had zijn onschuld tegen de stenen gefluisterd en nu zei het tegen de mensen. Maar hij had net zo goed, of nog veel beter, tegen de stenen kunnen blijven praten.
De rechter fronste zijn wenkbrauwen.
"Ik geloof u niet en u gelooft uzelf niet!" zo riep hij kwaad uit. "Waarom zou je nog langer liegen? Je hebt niets meer te verliezen. Wil je dat ik je laat martelen met duimschroeven en je laat geselen?"
"Ik ben onschuldig", hield de soldaat vol.
Toen wenkte de rechter de beul en hij zei tot hem: "Pijnig deze man, zo ongenadig als je kunt."
Toen kreeg de jonge soldaat de duimschroeven aangedraaid en zijn spieren scheurden. Maar hij bekende niet. Zijn lichaam werd uitgerekt. Hij zei: "Ik ben onschuldig!" De beulsknechten sloegen hem met buigzame twijgen op de rug, zo hard dat hij na vele slagen in elkaar zonk. Men boog zich over hem heen, om uit zijn mond te horen of hij nu bereid was zijn misdaad te belijden. Moeizaam schudde hij zijn hoofd. Men bond hem vast, zodat hij geen vin verroeren kon, en stak daarna een vuurtje aan bij de onderkant van zijn uitgestrekte voeten, zodat zijn zolen langzaam werden geschroeid. Hij gilde: "Waarom vervolgen jullie mij, een ander dan ik is de dief!"
Men sleepte hem vervolgens weer voor de rechter die woedend tegen hem tekeer ging: "Je weet dat niemand anders dan jij de misdaad heeft begaan. Hoe durf je er ook nog een ander de schuld van te geven?! Hoe lang denk je nog door te kunnen

gaan met je leugens? Je verspilt mijn kostbare tijd. Het zal je berouwen. Berouwen zal het je, daar zal ik voor zorgen!"
"Dood mij dan", zei de soldaat kreunend. "Op een dag zal de waarheid boven tafel komen en dan zal blijken dat u mij ten onrechte hebt gestraft!"
Toen stond de rechter op en het volk drong om hem heen. Hij ging zijn vonnis wijzen.
"Slechte man", zei hij, "hoewel je niet bekend hebt, ben je schuldig en daarom moet ik je veroordelen tot het ergste. Soldaat, je zult hangen aan de galg!"
Toen voerde men de gestrafte weg, en in de straten van Weert bekeek iedereen, de mannen, de vrouwen, ja ook de kinderen, de onschuldige soldaat met afschuw. Men begreep niet hoe hij ondanks de martelingen had kunnen volharden in zijn onschuld. Hij moest wel bijgestaan zijn door gevaarlijke machten en krachten!
Met moeite ging de soldaat zijn weg... zelfs de erfhonden werden tegen hem opgehitst. Ze blaften tegen hem alsof hij een zwerver was. Telkens dreigde hij om te vallen van pijn en van uitputting, en dan kletterden zijn ijzers. Het bloed lag dik geronnen op zijn gezicht en op zijn handen. Van zijn eens zo glanzende uniform waar hij de meisjes mee had bekoord, was niet veel overgebleven. Het was smerig, en de knopen hingen er los aan. Zijn kousen zaten vol gaten. Hij leek in niets meer op de keurige jonge soldaat die hij ooit was geweest. Hij lette niet op de duwen en stompen die hij van de omstanders kreeg. Hij voelde het niet. In zijn geest leefde maar één gedachte: de mensen hadden hem onschuldig veroordeeld! Onschuldig veroordeeld!
Ze kwamen bij de gevangenis en daar kreeg hij van de schout nog een schop achterna, zodat hij, net zoals de eerste keer, in de duisternis op de harde vloer tuimelde. Nu voelde hij zich echter nog veel ongelukkiger. Hij was door iedereen verlaten, hij was voor altijd alleen. Hij kroop op zijn knieën voort, tot hij de muur van de cel voelde. Toen richtte hij zich op, en in radeloosheid zette hij in zijn nagels in de muur, terwijl hij kreunde: "Door allemaal verlaten!" Nog eenmaal kwam hij uit zijn hok en werd hij in het licht gevoerd. Een priester sprak met hem en probeerde hem te bewegen een bekentenis af te leggen. Er bestond geen aardse genade voor de jonge soldaat: de strop moest zijn hals omknellen. Maar hij zei tot de priester: "Vader!

Ik ben onschuldig! Mijn ziel is niet door een misdaad bezwaard!" En nadat hij weer in zijn gevangenis was teruggebracht, huilde hij zachtjes voor zich heen: "Ik ben onschuldig. God weet dat ik onschuldig ben."
De gevangenisbewaarder verscheen in de deuropening en vroeg nors wat de soldaat wilde eten.
"Het is zeker mijn galgenmaal? Dit is de eerste keer dat ik mag kiezen om iets anders te eten dan het stuk oud brood dat ik van u ontving."
"Bespaar me je praatjes en vraag wat je hebben wilt!" Lange tijd dacht de gevangene na.
"Geef me groene erwten met spek!" zo zei hij tenslotte. "Dat maakte mijn moedertje vroeger altijd voor me."
Zo kreeg hij op de avond voor hij gehangen zou worden groene erwten met spek opgediend. Hij vond dit erg lekker en het bord met warm eten voerde hem terug naar zijn gelukkige kindertijd. Hierdoor sliep hij na de maaltijd in vrede in, zoals kinderen doen die weten dat vader en moeder thuis zijn om ze te beschermen.
In de vroege ochtend werd hij uitgerust wakker, na een droomloze slaap. Hij stond op, en voelde zich zo fris alsof hij een lange mars zou kunnen afleggen. Men liet hem in een kar plaats nemen, en omstuwd door de grote menigte reed hij naar de galg.
Het was een groot feest voor het volk. Van stad en land, uit de wijde omtrek, waren ze samen gestroomd, om de jonge soldaat te zien dansen op de vreemde maat van de dodendans. Voor muzikanten hoefde men niet te zorgen: raven en kraaien krasten de mars.
De boeren hadden voedsel meegenomen voor een lange dag. Ze waren vastbesloten te genieten van het schouwspel. Zoiets zag je tenslotte niet elke dag! In de wagens lagen grote zachte broden, royaal met boter besmeerd, hardgekookte eieren, Limburgse kaas, en vette ham. Na de dood van de jonge soldaat zou er nog heel wat geschranst worden. De herbergen hadden voor een extra voorraad bier en brandewijn gezorgd.
Toen nu de jonge soldaat de galg was genaderd, legde de beul hem de strop om de hals. De priester stond de ongelukkige bij met gebeden, maar de jonge soldaat leek niets te horen. "Ik heb niets gedaan", zei hij, en de tranen stroomden uit zijn ogen, uit medelijden om zijn eigen jonge leven, dat hem dadelijk zou ont-

snappen. De beul keek na of het touw wel sterk genoeg was. Hij knikte goedkeurend: geen rafeltje viel er aan te bekennen, het was goed, nieuw touw.
De jonge soldaat gaf zijn ziel in de handen van God. Hij kon rustig sterven. Hoog hief hij het hoofd en keek voor de laatste keer om zich heen.
"Ik ben onschuldig!" riep hij met een luide stem.
Hij werd gehangen en hij bengelde aan de galg. De mensen verdrongen elkaar om een glimp van het lichaam op te vangen. De soldaten konden het aanstromende volk bijna niet meer tegenhouden.
Eensklaps... o wonder... knapte het goede nieuwe touw aan stukken en langzaam viel de jonge soldaat ter aarde die hem opving zoals een moeder die met haar kind speelt. Zacht kwam hij neer. Hij stond op en riep met een krachtige stem die tot ver buiten de menigte werd gehoord: "Ik ben onschuldig! God heeft gesproken!"
Het volk barstte los in gejuich en ze namen hem op de schouders. Zo werd hij in triomf weggevoerd van de galg. De raven en de kraaien hadden voor niets gekrast.

Een koopman in de nesten

De koopman die op gezette tijden het Limburgse land bezocht, legde een ogenblik het zware pak van zijn schouders, veegde zich het zweet van zijn voorhoofd en ging daarna langs de kant van de weg zitten.
"Pfff... !" kreunde hij zachtjes. "Het is warm vandaag."
Een oude man die om een praatje verlegen zat, kwam voorbij.
"Waar gaat de reis naar toe?"
"Naar de heer van Rijckholt. Ik heb mooie spullen bij me."
"Daar zullen ze je er wel snel van af helpen."
"Och ja... och ja... ik moet er anders ook wat voor doen. 't Is zwaar werk vandaag."
Langzaam stond hij op, sjorde de zak op zijn rug, en vervolgde zijn weg. Zo nu en dan bleef hij staan om zich opnieuw het zweet van het voorhoofd te wissen.
Het was al laat in de avond toen hij huize Rijckholt bereikte. Maar hij werd met open armen ontvangen en onmiddellijk in de grote zaal gelaten. Men deed de kaarsen aan en nodigde hem uit om zijn waren te laten zien.
En uit zijn zak, hoe klein die op het eerste oog ook leek, kwam van alles te voorschijn, tot het meest onverwachte en kostbare toe. Een zakdoek voor de verwaande jonge heer, een kraagje van Brusselse kant voor zijn deftige zuster, een halsketting van blinkende kralen voor het dienstmeisje en van kostbare parels voor mevrouw. Een schitterende ring die alle meisjesharten sneller deed kloppen, een elegant barnstenen pijpje ingelegd met goud, heerlijke geuren, dunne kousen, dansschoentjes, een fluit, papier om brieven op te schrijven, een ivoren naaldenkoker, een zilveren vingerhoed, een gouden speld, het ene hebbedingetje na het andere toverde de koopman uit zijn zak.
De koopman wist heel goed hoe hij de kooplust op moest wek-

ken en hoe hij het beste zijn waren kon aanprijzen. Hij hoefde helemaal niets te zeggen. Hij drapeerde de zakdoekjes, de kanten kraagjes en de kousen zodanig op het deftige tafelblad, dat ze het beste tot hun recht kwamen. Hij liet de kralen en de parels voortdurend door zijn vingers glijden, zodat het kaarslicht ze deed glimmen en flonkeren. De vrouwen konden er hun ogen niet van afhouden, en ze waren maar van één gedachte vervuld: "Hoe zal het mij staan?" In hun fantasie zagen ze zichzelf in een feestelijke balzaal, een menuet werd gespeeld... en ze verbeeldden zich hoe hun knappe danspartner als betoverd staarde naar het geglitter om hun blanke hals.
Naar het papier keek de koopman niet om. Daarvan kon hij verkopen zoveel hij wilde. Men had het nodig, want anders zou niemand in het huis brieven kunnen schrijven. Hij lette alleen op de luxe kostbaarheden. Hij zorgde er altijd voor tactisch partij te kiezen voor de vrouwen in het gezelschap, want die hadden het voor het zeggen als het om kopen ging en hun mannen delfden altijd het onderspit, als het spel subtiel genoeg werd gespeeld.
Daarna kreeg hij doorgaans uit dankbaarheid een stevig maal voorgezet, en de vrouwen gaven hun meiden opdracht een zacht bed voor de nacht op te maken. Hij sliep rustig, werd vroeg wakker, bond de zak weer op zijn rug, en verliet het slot, tevreden over de verkoop van zijn handel.
Dit keer verliep zijn bezoek echter anders. Hij had het huis in alle vroegte verlaten en was net tot op de grens van Rijckholt gelopen, toen een dienaar hem inhaalde en bij de schouder pakte.
"De heer van Rijckholt zou u nog even willen spreken."
Hoewel hij hardhandig vastgegrepen werd, kon de koopman niet vermoeden dat hem iets naars boven het hoofd hing. Hij stapte dezelfde zaal binnen waar hij de vorige avond zo gastvrij en feestelijk was ontvangen.
De heer van Rijckholt liep heen en weer, en zodra hij de koopman zag, viel hij met de deur in huis: "We missen hier een ring", snauwde hij hem toe, "en jij zult wel weten waar hij is."
"Ik?" vroeg de koopman stomverbaasd. "Hoe zou ik dat moeten weten?"
"Ik zorg er wel voor dat je bekent. Denk eerst maar eens een poosje over je zonden na in de toren."
En zo belandde de arme koopman in zijn enge gevangenis. Hij

zat met zijn handen in het haar. Hij was onschuldig, maar wie zou hem willen geloven? De volgende dag voerde men hem voor de drost en de schepenen. De drost was een kille man, die bekend stond om zijn streng en onbarmhartig beleid. Van te voren was hij al van de schuld van de beklaagden overtuigd. Het was voldoende bewijs voor hem dat ze van iets verdacht werden en in de boeien geklonken voor hem verschenen. Waar rook is, moet vuur zijn, dat scheen zijn beginsel te zijn. Hij wilde geen woord meer verspillen aan de zaak dan hij nodig achtte.

"Ontken je?"

"Ja, edele heer." De koopman viel op zijn knieën voor de drost. "Ik ben onschuldig als een duif in het veld!"

"Hoe kom je aan de waar die je te koop aanbiedt?"

"Die heb ik eerlijk verdiend."

"Waar heb je de ring gelaten die je gestolen hebt?"

"God is mijn getuige dat ik onschuldig ben!" Vol ongeduld stond de drost op en bedreigde hem met de pijnbank.

"Dan moet je het zelf maar weten. Ik heb geen uren de tijd. Laat de beul de waarheid maar uit je lichaam trekken."

Na deze woorden werd de koopman in een schemerige kelder gebracht. Daar stond een man op hem te wachten in een bloedrood kleed. In zijn handen hield hij een blinkend, tweesnijdend zwaard en hij bleef onbeweeglijk staan, toen de koopman werd binnen gevoerd.

"Ja, kijk maar eens rustig om je heen", beet de drost hem toe. "Als ik in jouw schoenen stond, zou ik gauw bekennen."

Hij nam achteloos een paar ijzeren pinnen van de tafel. "Kijk nou eens", lachte hij, wat we hier voor speelgoed hebben. Deze kunnen we roodgloeiend maken, en dan houden we ze tegen je tong tot die wil spreken. En hier, dit is een ware Jakobsladder – daar kunnen we je armen en benen op uitrekken. Zie je dat vuurtje branden? We binden je vast, en we kietelen je voetzolen met de vlammen. Wel eens onder de hete drop gestaan? We laten één druppeltje kokende olie op je kop vallen, en dat blijven we doen. Haha! De duimschroeven. De duimschroeven, man! Die kan ongeveer niemand ter wereld verdragen. Maar voor de hardnekkige gevallen, hebben we ook nog de kleine stokjes, om onder de nagels van je vingers en tenen te stoppen. We kunnen je ook geselen met heel dunne koordjes... wanneer we je er lang genoeg mee slaan, zijn ze erger dan messen!"

"Hou op, hou op!" smeekte de koopman en hij hield de handen voor zijn oren.
"Dus je zult eindelijk bekennen?"
"Hoe kan ik bekennen wat ik niet gedaan heb? Dat is immers voor God en de mensen onmogelijk."
"Genoeg!" De drost wenkte de beul, en deze knikte kort. Hij ging weg, maar hij kwam een ogenblik later terug met een bundel rijshout. Vervolgens bond hij de koopman zo goed vast dat deze geen vin meer kon verroeren, en hij smeet hem op de grond alsof hij geen mens was, maar een voorwerp zonder enige waarde.
Toen riep hij de beulsknecht erbij en gaf hem opdracht het vuur goed op te poken en blokken op de vlammen te gooien. De beul greep zijn slachtoffer bij het nekvel vast en hij hield de onderkanten van diens voeten vlak bij de gloed, zodat het vel werd geroosterd, maar net niet verbrand.
De beklaagde begon zachtjes te steunen.
"Hou die voet nog maar iets dichter bij het vuur", riep de drost met een kennersblik.
"Hij heeft nu anders precies genoeg", sprak de beul tegen, maar hij deed toch wat hem bevolen was.
Een der schepenen ging alvast aan tafel zitten, hij nam een veren pen en wachtte tot de koopman zijn schuld zou belijden.
"Heb je het gedaan?" vroeg de drost.
De gemartelde gilde: "Nee! Nee! Nee!"
"Geef hem nog een ogenblik de vlam. Gooi nog wat blokken op het vuur."
Eindelijk kon de man de pijn niet langer meer verdragen. Hij probeerde zich in duizend bochten te wringen om aan het vuur te ontsnappen, maar hij kon zich niet bewegen.
"Als ik beken... als ik beken... houdt het dan op?"
"Als je bekent", zei de drost met fluwelen stem, 'worden je voetjes van het vuur gehaald. Wat beken je? Denk erom dat je het helemaal uit eigen vrije wil doet! Schepen, schrijf op! Je bekent dus je in het huis bent gekomen, met het vooropgezette plan er te stelen?"
"Ja ja ik beken... laat het ophouden alstublieft!"
"Nee, nee, zo gauw gaat dat niet. We hebben alle feiten nodig! Je hebt je koopwaar op de tafel uitgestald nietwaar, en toen..."
"Heb ik verkocht!" viel de koopman hem in de rede.
"Goed! En beken nu dat je gestolen hebt."

"Ik heb gestolen, ja ja. Verscholen gestolen, hahahaha."
"Ben je gek geworden?"
"Hij bekent!"
"Ik beken – dat ik ben – jajaja... ik ben een dief."
"En waar ben je met de ring gebleven?"
"Met de ring lelijk ding hoor ik zing. Tralaralieri, tralarala. Zal ik bekennen, dat ik je vrouw heb gekust, drost? Gekust met lust. Zal ik bekennen dat ik jou heb vermoord, schepen? Vermoord ongehoord! Hoep! Hoep! Hoep! Daar komen de Fransen aan. Aan gaan maan. Aanzie mijn noden. Doden doden. Beul, je zwaard. Zwaard maart kaart. Drost! Zullen we spelen, spelen?"
"Hij is knettergek geworden. Laat hem bijkomen", zei de drost. Zij wachtten geduldig terwijl de beul hem verder van het vuur af schoof. Ze lieten hem een poosje raaskallen, en haalden hun pijpen te voorschijn. Ze staken de brand in hun tabak met dezelfde vlam als waarmee de arme koopman zo gekweld was. Ze dampten er rustig op los en keuvelden gezellig met elkaar, terwijl de koopman in een hoek lag te kermen.
"We weten bijna genoeg. Hij heeft al bekend", zei de drost. De schepenen knikten. "Hij kan niet meer vrij komen."
Op de achtergrond hoorde men de veroordeelde verwarde taal uitslaan. Zijn pijn was zo hevig dat hij bewusteloos raakte.
"Hallo beul, maak 'm wakker. De kerel snurkt."
De beul gaf hem een trap, zoals een ruwe slager het paard schopt dat hem wordt aangeleverd. De arme kerel schrok weer overeind en begon zacht te kreunen toen hij zijn kwellers zag die om hem heen stonden. De drost stapte op hem af.
"Het heeft nu lang genoeg geduurd! Vertel ons wat er gebeurd is."
"Waar heb ik de ring zien liggen? Zeg me heren, waar ik de ring heb zien liggen! Was hij in de zaal, was hij in de slaapkamer? In godsnaam zeg het me, voor de beul weer begint, waar ik de ring heb gevonden. Hoe zag de ring eruit?" Hij begon te huilen. "Heren, heb mededogen. Zeg me wat voor ring het was. Ik heb zoveel ringen gezien in mijn leven. Hoe zal ik die ene kunnen beschrijven als u het mij niet zegt." Hij kroop op handen en voeten naar de drost en omklemde diens benen.
"Help me! Was het een diamanten ring? Zaten er parels in, opalen? Een smaragd misschien? Hij was van goud, nietwaar? Waren er letters in gegraveerd? Welke letters? Noem de letters

en ik zal ze herhalen en zweren dat ik hem juist om die letters heb gestolen. Waar wilt u dat ik de ring heb weggegooid? Zal ik zeggen: in het water? Of wilt u liever dat ik de ring ergens verstopt heb?"

"Als je zegt dat je hem in de slaapkamer hebt gevonden."

"Ik heb hem in de slaapkamer gevonden."

"Schrijf op, schepen, schrijf op. En waar heb je de ring gelaten?"

"Toen ik hoorde dat er iemand achter me aan kwam, heb ik hem snel in het water gesmeten."

"Schrijf op, schepen, schrijf op. Dit is een vrijwillige bekentenis, zonder pijn en marteling verkregen. Je hebt zeker nog wel meer gestolen in je leven?"

"Altijd, zolang ik een eerlijk mens ben geweest."

"Wat heb je dus verdiend?"

"De galg, edele drost, en laat het zo snel mogelijk voorbij zijn."

Men voerde hem naar zijn kerker terug. De drost ging de heer van Rijckholt zeggen dat de koopman alles had bekend en spoedig werd het vonnis geveld: de dood door ophanging.

En men richtte de galg op aan de grens van het gebied van Rijckholt. Men kapte een stuk heg weg, om een opening te maken voor de koopman. Zo konden ze hem vanaf de gevangenis rechtstreeks naar de galg voeren, zonder een omweg te hoeven maken. Zo ging hij zijn laatste weg. Terwijl men hem naar de galg leidde, riep hij de hele tijd niets anders dan: "Ik ben onschuldig, mensen, ik heb alleen door pijn bekend!"

Men geloofde hem niet. Men hing hem aan de galg en binnen enige minuten was hij gewurgd.

Na deze gebeurtenis gaf de heer van Rijckholt opdracht om de heg weer dicht te laten groeien. Maar het volgend jaar was de opening waardoor de onschuldige naar de galg was gelopen, nog even groot gebleven. En ook het jaar daarna zag men dat de heg op die plek niet meer groeien wilde.

Dit zette de heer van Rijckholt aan het denken en de twijfel sloop in zijn hart. Was de koopman wel een dief geweest, of kon het ook iemand van zijn eigen personeel zijn geweest?

Op een dag klom de oudste zoon van de tuinman in een boom om het eksternest dat hij gezien had uit te halen. En in het nest vond hij de gestolen ring. Hij bracht hem onmiddellijk naar zijn vader. Toen deze de heer van Rijckholt het juweel overhandigde, werd deze bleek om zijn neus. Hij ontstak in woede en hij

gaf het bevel dat de drost en de schepenen onmiddellijk bij hem moesten komen. Hij veroordeelde hen tot het betalen van een zeer hoge boete.
Het heeft niet mogen helpen. Want nooit heeft deze vervloekte heg nog willen groeien, en altijd keek men uit op het gapende gat, zodat de heer van Rijckholt en zijn nageslacht er ten eeuwige dage aan herinnerd zouden blijven dat er een grove en onherstelbare fout was gemaakt.

Geesten in het Aamsveen

Langs de grens, net onder Enschede, strekt zich het Aamsveen uit, een verlaten vlakte, waarin het water van donkere poelen en diepe kuilen blinkt. Talloze verhalen doen de ronde over dit gebied.

Vroeger kwamen er overdag de boeren om turf te steken. 's Avonds en 's nachts waagden zij zich daar niet, want het was bekend dat het niet pluis was in het veen. De hèmannekes zwierven er rond; als dwaallichten dansten ze over de moerassen en ze riepen voortdurend hun eentonig "hèhèhè!" En bij het Grondeloze Meer zat een oud gerimpeld vrouwtje dat helemaal in het wit gekleed was te spinnen. Uit de verte hoorde je al het rrr! rrr! rrr! van haar spinnewiel.

Men zegt dat bij het Grondeloze meer ook een geest ronddoolt die is gestraft omdat hij tijdens zijn aardse leven altijd op zon- en feestdagen heeft gejaagd. Elke nacht is hij nu bezig om met een vingerhoedje het meer leeg te scheppen en pas wanneer hem dat gelukt is, zal hij de eeuwige rust vinden.

Hij heeft het in de tussentijd op jagers en stropers voorzien. Vandaar dat er maar zeer weinigen de moed hebben om diep in het veen te jagen, hoewel juist daar veel wild zit.

Op een keer zwierf er een stroper uit Lonneker in het Aamsveen rond, die de verleiding niet kon weerstaan. Hij hield zijn geweer stevig onder zijn arm geklemd. Plotseling werden de rietpollen vlak bij hem opzij geschoven en een klein zwart kereltje kwam te voorschijn dat zei: "Wat heb jij daar een mooie pijp!"

Voor de stroper er erg in had, had hij het geweer al te pakken. Hij stak de loop in zijn mond en begon te dampen. Er kronkelde rook uit het geweer omhoog, of het een echte pijp was. De stroper liet zijn geweer in de steek en liep al wat hij lopen kon.

Nooit meer, of het nu nacht of klaarlichte dag was, is hij in het Aamsveen terug geweest.
Er doet nog een ander verhaal de ronde over een jager. Op een keer ging een jager met een drijver op jacht bij het meer. Nauwelijks waren ze daar of hij kreeg een dikke haas voor de loop. Aanleggen, mikken, schieten, het leek een fluitje van een cent. Hij was een goed schutter, de haas tuimelde om en om en bleef liggen. De drijver liep erop af, maar toen hij de haas bij zijn lange oren wilde pakken, zag hij dat er alleen maar een eikentak lag die door midden was geschoten.
"Mijnheer, mijnheer", riep hij uit, "het is hier niet pluis. Laten we gauw maken dat we wegkomen, anders moeten wij de Jager van het Meer nog gezelschap gaan houden."
Er zaten wel meer vreemde hazen in het veen. Een heel oude man die altijd bij de haard van zijn neef zat, de boer van het Aamsveen, wist daarvan te vertellen, want hij had zelf heel wat meegemaakt.
Op een keer, toen hij aan het turf steken was in een veenkuil, keek hij op en zag een haas, die recht op hem af kwam lopen. "Wat is dat voor iets raars", dacht hij, "heeft het dier er dan geen erg dat ik hier in deze kuil sta?" Maar nee, het kwam steeds dichterbij, en toen het aan de rand van de kuil stond, zag hij dat het aan ieder oor een kannetje had hangen, zoals die over de grens in Ochtrop worden gebakken. De kannetjes klikten en tikten tegen elkaar, terwijl het dier al maar sneller om de kuil heen begon te lopen.
De neef schrok erg van dit merkwaardige tafereel, zoals iedereen wel zal kunnen begrijpen. Hij nam zijn turfspaan in beide handen. "Als je dichterbij komt, beest", dacht hij, "dan sla ik erop." Plotseling nam de haas een sprong en vloog tegen hem op met zo'n vaart, dat hij de turfspaan uit zijn handen moest laten vallen en achterover viel.
Toen hij weer bijkwam, lag hij op bed. De boer en zijn knechten waren hem 's middags gaan zoeken en hadden hem bewusteloos in de kuil gevonden en naar huis gedragen. Pas na acht dagen mocht hij weer opstaan, zo had de ontmoeting met de haas hem aangegrepen.
Op een andere boerderij diende eens een knecht die voor God noch de duivel bang was. Het was een Hollander die de streek niet kende en zich daarom niets aantrok van de verhalen over de geesten die er ronddoolden.

Op een keer was hij aan het werk in de veenkuilen toen het hèmanneke begon te roepen: "Hèhèhè." Wat niemand anders gedurfd zou hebben, deed de knecht: hij begon het manneke na te bouwen: "Hèhèhè." Al driftiger riep de geest en hij kwam steeds dichterbij. Opeens was hij er. Een trillende blauwe vlam vloog om de kuil. Toen zweeg de knecht, maar het was al te laat. De vlam flakkerde door de lucht en zette zich vast in zijn nek.

De jongen begon om zich heen te slaan en zich te verweren met zijn armen en benen, hij wierp zich languit op de grond en sprong uit de kuil, maar niets hielp. Het vlammetje zat er en het bleef zitten. Ten einde raad vluchtte de jongen naar de boerderij, maar ook daar konden ze hem niet helpen. In zijn benauwdheid kroop hij jammerend over het erf en nog altijd zat het vlammetje in zijn nek.

Toen kwam gelukkig de boerin op een idee. Ze nam een gewijde kaars in de hand en liep op de arme jongen toe. Het helse vlammetje kon dat klare stille licht niet verdragen. Het vloog op, zweefde langs de zolderbalken en verstopte zich achter de grote zeef die aan de muur hing. De zeef maakte zich los en vloog door de open deur naar buiten in de richting van het Aamsveen. Een tijdje later werd zij daar teruggevonden.

Tot op de dag van vandaag hangt ze weer op de oude plek aan de muur van de boerderij en ze wordt nog steeds gebruikt op de boerderij. Maar niemand kan het voorwerp zien zonder dat er een rilling over zijn rug loopt.

Spookverhalen uit Breukelen en omgeving

In Breukelen zijn in het verleden zeer vreemde dingen gebeurd. Er doen veel verhalen de ronde, die men bijna niet zou geloven. Daarom is het goed ze maar eens zwart op wit te zetten.
Zo waren er op een avond, in de buurt van het kasteel Nijenrode, runderen aan het grazen, toen er een paar mannen aankwamen. Ze waren van plan om een koe te stelen. Een van het stelletje riep plotseling geschrokken uit: "Ik zie licht branden in het slot!"
In die dagen was het kasteel niet bewoond, en daarom dachten de anderen dat hij zich moest vergissen en dingen zag die er niet waren. Het zou de maan wel zijn geweest die een spel met hen speelde, of de invloed van de zware wijn die ze gedronken hadden. Toen ze omhoog keken, zagen ze echter donkere wolken voor de maan drijven, en toen ze vervolgens hun hoofd draaiden naar het kasteel, viel hun mond open van verbazing.
Uit de vensters van het slot straalde het licht hen tegemoet, zo fel dat het leek alsof er in de zalen groot feest werd gevierd. Men meende het gerinkel van glazen te horen, en het vrolijk geroezemoes van een menigte mensen. De mannen vergaten waar ze voor kwamen en liepen zo hard ze konden in de richting van het dorp.
Pas halverwege durfden ze zich om te draaien om nog een keer te kijken. Er was nog niet het kleinste lichtje te zien. Het kasteel lag er donker en dreigend bij, als op alle andere dagen.

Het was ook in diezelfde omgeving dat een vader en zijn zoon een vreemde ontmoeting hadden. Ze waren samen naar Loosdrecht geweest en op de terugtocht liepen ze op een weg waarlangs nogal wat turfschuren stonden. De vader moest nog even een boodschap afleveren bij familie die in de buurt woonde, en

hij zei tot de jongen: “Loop jij maar vast door. Ik haal je zo in.”
“Mij best!” zei de jongen. Hij was niet bang aangelegd, en hij liep in een kalm tempo gedachteloos verder. Plotseling meende hij in zijn ooghoeken iets te zien bewegen. Toen hij opkeek, zag hij tussen twee schuren in een duistere gedaante. Hij versnelde zijn pas, maar toen hij bij de volgende schuur kwam, dacht hij dat hij het zich verbeeld moest hebben. Hij lachte nog in zichzelf om zijn kinderachtige angst toen bij de volgende schuur opnieuw dezelfde gestalte opdook. Dit herhaalde zich voortdurend.
Toen zijn vader hem had ingehaald, vroeg de jongen hem: “Heb jij onderweg niets gezien?”
“Nee! Wat zou ik hebben moeten zien?” antwoordde de man.
Nog nabibberend op zijn benen vertelde de knaap wat hij zojuist had meegemaakt, en daarop zetten ze er allebei stevig de pas in, zodat ze niet meer ingehaald konden worden door de spoken.

Op de vaart naar Amsterdam kwam ter hoogte van Weesp de boot vast te zitten, en zij kon niet verder, wat de schipper en zijn knecht ook probeerden. De schipper zat met zijn handen in het haar, want hij moest zijn vracht op tijd afleveren en de avond was al gevallen. Ze konden er met hun pet niet bij waarom het schip niet meer voor- of achteruit kon. Ze begonnen te denken dat er duivelse machten in het spel moesten zijn. De schippersknecht werd bang.
“Dat hebben we nog nooit meegemaakt op deze plek!”
“Stil! Bedenk liever hoe we hier weg moeten komen. We kunnen hier niet eeuwig blijven liggen!”
Ineens klonk er een stem uit de lucht, die op indringende toon iets zei, zoals een mens klinkt die een ander commandeert. De baas en de knecht keken elkaar aan, en de angst stond in hun ogen te lezen. De stem die over het water had geschald, was – ze wisten dit allebei – niet van een levend mens geweest.
“Weg bakker!” klonk het. Tot hun stomme verbazing zagen ze inderdaad de schim van een bakker aan de oever staan. Hij keek geconcentreerd naar het schip. De schipper schreeuwde hem woedend toe: “Hoor je het niet, wegwezen bakker!” Langzaam loste de bakker op in de duisternis. Hij had zijn rug nog niet gekeerd, of het schip raakte al weer vlot.

In Breukelen bezocht een aanspreker een keer het huis van een zieke. Dat had hij beter niet kunnen doen, want aansprekers trekken de dood aan. Soms valt het oog van de dood daardoor op een mens wiens tijd nog niet gekomen is. De dood heeft wijde vleugels... en de spitse punten aan de uiterste rand kunnen een mens die op verre afstand staat onverwacht raken.
De aanspreker ging op een stoel naast het bed van de zieke zitten en troostte hem.
"U hoeft niet bang te zijn. U zult nog niet sterven!"
"Wat doet u dan in dit huis? U zit in de stoel van mijn broer", zei de zieke. "Ga hier vandaan!"
De aanspreker vertrok, maar hij had in de stoel van de broer gezeten, al had hij natuurlijk niets kwaads in de zin gehad. Men durfde het niet tegen de broer te zeggen. Wat zou hij wel denken, als hij het hoorde...
Een paar dagen later werd de broer plotseling ziek, en zij die van hem hielden, hadden bange voorgevoelens en snikten het uit.
De zieke keek hen verbaasd aan. "Wat een drukte om niets! Morgen ben ik heus weer beter!" Iedereen die hem hoorde, wist dat de dood zijn vleugels over hem had gespreid, hijzelf was de enige die de schaduw van de dood niet opmerkte.
"Waarom kijken jullie mij zo aan?" Men wilde hem sparen, en daarom antwoordde men hem niet. Hij strekte zijn handen naar hen uit. "Zeg het me", bezwoer hij. Iedereen hield zijn mond. En nog geen dag later was hij gestorven, zonder te weten waarom en waaraan, en iedereen die hem had gekend huilde om dit droevig lot.

In Breukelen stierf een vrouw, die de leeftijd had om dood te gaan, maar toch kon zij geen afscheid nemen van het huis waarin zij zo lang had gewoond. Ze bleef dwalen door de kamer en de keuken, en ze keek naar de meubels en de voorwerpen waarmee ze zich tijdens haar leven had omringd. Toen de nacht kwam, moest ze haar woning wel verlaten, en ze schoof de grendels van de deur.
Krrr... krrr klonk het door het huis.
Haar kleindochter die nog in het huis vertoefde, schrok.
"Vreemd! Ik heb de deur toch goed afgesloten?" dacht ze. Ik zal het voor alle zekerheid nog maar eens doen."
Ze schoof de grendels er opnieuw voor. Maar op dat moment

grepen onzichtbare vingers haar vast om te voorkomen dat ze de deur sloot. Het arme kind schrok zo, dat ze het huis ontvluchtte, en nooit zette ze nog een stap in het huis van haar grootmoeder.

In diezelfde buurt woonde iemand die op een nacht op de zolder van zijn buurman, die timmerman was, allerlei gerommel hoorde. Hij vroeg zich af: "Hoe kan dat hout toch zo in beweging zijn?" want hij hoorde planken tegen planken slaan, en van planken wordt de doodskist gemaakt. Toen hij een paar dagen later hoorde dat een goede vriend van hem was gestorven, keek hij daar niet van op.

Onder de vele gebeurtenissen die zich in deze omgeving hebben afgespeeld, behoort ook het volgende verhaal over een dode in Westbroek.
Iemand zat op een nacht bij een zieke te waken. Het was heel stil en donker. Uit het bed klonk geen enkel geluid. De klok scheen stil te staan.
Plotseling zag hij midden in de kamer een vaag licht opdoemen, dat steeds sterker werd en het duister verdrong. Wat schetst zijn verbazing toen hij in de lichtkring die ontstond, een doodskist ontwaarde! Hij durfde geen vin te verroeren. Nu wist hij zeker dat de zieke moest sterven.
En zo gebeurde het. Een paar dagen later gooiden de vrouwen zich uit verdriet over het lichaam van de dode, omdat ze er niet van konden scheiden. Maar de dood eist zijn rechten op, en levenden en doden hebben nu eenmaal ieder hun eigen rijk.
Hij die tot het laatst bij de zieke had gewaakt, zag dat de dragers de kist binnen droegen. Ze zetten deze op precies dezelfde plek in de kamer die hij in zijn angstaanjagend droomgezicht had gezien.
Pas na de begrafenis durfde hij met anderen te praten over wat hij gezien had. Sommigen lachten hem uit, maar anderen, die weten dat er buiten de zichtbare wereld een andere werkelijkheid is, geloofden hem.

De dood in Hindelopen

De snelle, sterke stroom uit het Haanmeer hield de ankerplaats van Frieslands elfde stadje open, en zorgde ervoor dat er geen banken of platen ontstonden langs de kust. Hindelopen deelde dan ook niet in het tragische lot van het prachtige Stavoren dat in het zand was verstikt.

De langgerekte Hindeloper schepen met hun brede voor- en achterstevens van wel drie meter hoog, haalden hout, graan en bont uit de landen rondom de Oostzee. Ook schipper Auke Wybes maakte veel reizen naar Zweedse en Poolse havens met zijn schip de 'Witte Windhond'.

In het jaar 1703 lag zijn schip in het IJ klaar om te vertrekken, toen een van de burgemeesters van Amsterdam aan boord werd geroeid en hem een brief overhandigde voor tsaar Peter in Sint Petersburg.

"Ik heb nog nooit van die haven gehoord", zei Auke.

"Vorig jaar bestond zij ook nog niet", antwoordde de burgemeester. "Jouw schip zal het eerste zijn, dat daar aanlegt."

"De Russen hebben de zeeën nooit bevaren, wie zal mij daar de haven binnen kunnen loodsen?" wilde Wybes weten.

"Iemand die het bouwen van schepen aan de Zaan heeft geleerd en als matroos op een van mijn koopvaarders gevaren heeft. Ik sta persoonlijk voor hem in."

"Dan is het in orde", zei Auke.

Twee weken later voer hij met zijn 'Witte Windhond' langs de kust van de Finse Golf.

Het was een stille morgen en tot ver in zee hoorde men het hameren en kloppen van honderden werklieden, die houten huizen aan het bouwen waren in de nog niet geheel omwalde stad, die aan het eind van de baai in het vlakke land lag.

Een kleine vlag sprong langs het want omhoog; het teken dat

Auke om een loods vroeg. Een boot maakte zich los van de kust, zette koers naar de 'Witte Windhond' en kwam langszij. De loods klom aan boord. Hij was bijna net zo groot als de schipper, en hij was gekleed als een Hollands matroos met een stoere muts op zijn hoofd. Zonder veel te zeggen, begon hij aan zijn werk en loodste het schip veilig de haven binnen. Nadat de vrachtvaarder aan de kade was gemeerd en het anker was uitgeworpen, draaide de loods zich om en vroeg Auke: "Hoe heet je, schipper, en waar kom je vandaan?"
"Ik ben Auke Wybes van Hindelopen in Friesland."
"Auke Wybes, je bent als eerste deze haven binnengevaren. Ik schenk je hierbij het recht van tolvrijheid en van voorrang in de haven. Dit zul je behouden zolang dezelfde kiel je schip draagt. Van nu af aan zal je schip 'Sint Petersburg' heten."
Auke was vlug van begrip. Hij wist wie er voor hem stond.
"Tsaar Peter", zei hij, "ik heb een brief voor u meegebracht."
De tsaar las de brief van de burgemeesters van Amsterdam haastig door.
"Je brengt goed nieuws, Auke", zei hij daarop. "Dat zal ik niet vergeten."
En zo was het. Tsaar Peter had een goed geheugen en hij hield woord. Van elke reis keerde Auke rijker terug. In de pronkkamer in zijn huis aan de Nieuwstad was het zeldzame eierschaal kraakporselein te vinden; in de rijk beschilderde kasten lagen parels van het zuiverste water bij elkaar op tinnen borden alsof het knikkers waren; en je kon je hand niet uitsteken zonder een voorwerp van zwaar goud of van blinkend zilver aan te raken.
Auke had slechts één zoon, Peter Wybes. Zijn peetvader was de tsaar van alle Russen. In het oude raadhuis, dat in een museum is veranderd, hangt nog het geschilderde portret van deze Peter Wybes, juist boven de baar waarop de bakkers van Hindelopen, die de koopvaarders van scheepsbeschuit voorzagen, hun gildebroeders naar het graf droegen.
Peter Wybes kijkt even ernstig als op de dag dat hij op een van zijn Russische reizen een zigeunerin ontmoette, die hem voorspelde dat Hindelopen voor eeuwig zou inslapen in de nacht dat de 'Sint Petersburg' in zee zou zinken.
Na verloop van tijd raakte de koopvaarder, die steeds met rijke vrachten heen en weer voer, opgebruikt en Peter Wybes liet op de helling van een scheepstimmerwerf aan de Zaan het schip onttakelen en slopen. Op de oude kiel liet hij een nieuw schip

bouwen, zodat hij de rechten behield die in het verleden aan zijn vader waren gegeven.
Peter had slechts één zoon, Auke, die op zijn beurt het schip plank voor plank liet afbreken om op de oude kiel een moderner schip te kunnen zetten, dat nog sneller varen zou.
Al voer hij echter nog zo snel naar Hindelopen en terug, op een dag was de dood hem toch voor. Auke werd getroffen door een tragisch ongeluk. Hij kwam zelfs te laat om zijn vrouw en zijn eerste en eniggeboren zoon te begraven.
Auke bleef alleen achter in zijn huis, waar de planken in de kast haast doorbogen onder het gewicht van zilveren en gouden staven. Hij hoefde niet bang te zijn dat iemand zijn schatten zou durven stelen, want de ogen van heel Hindelopen waren op het huis aan de Nieuwstad gevestigd. Niemand zou er ongezien in kunnen breken.
Wanneer het schip 'Sint Petersburg' in de haven verscheen, ging het gerucht als een laaiend vuurtje door het stadje en iedereen haastte zich om Auke te begroeten, te vleien, en naar zijn mond te praten. Als hij ze recht in de ogen keek, zag hij de hebzucht in hun ogen schitteren, als de glans van het goud, dat zij onder elkaar hoopten te verdelen op de dag dat hij zou sterven.
Dat zou voor Hindelopen een feestdag zonder weerga worden.
Auke voelde hoe hun gedachten zich alleen bezighielden met zijn dood. Als levend mens betekende hij niets meer voor hen.
Daarom werden zijn bezoeken aan Hindelopen hoe langer hoe zeldzamer, maar elke keer als hij er kwam, werden aan boord van de 'Sint Petersburg' zware scheepskisten gestouwd, in afgesloten ruimen die nooit meer werden geopend. Zonder dat iemand er erg in had, verdwenen de kostbaarheden uit het sombere huis, waar de luiken voor de vensters steeds met ijzeren stangen gegrendeld waren.
Op een najaarsmorgen verscheen de 'Sint Petersburg' onverwacht weer in Hindelopen. De Hollandse bemanning ging nog diezelfde dag naar Amsterdam, om daar te passagieren met hun dubbel uitbetaald loon, want het geluk was als altijd met de Wybes geweest, en Auke was royaal tegenover zijn bemanning.
Auke ging zijn huis binnen, waar zoals altijd de luiken voor de vensters dicht waren. Hij deed de ronde met een brandende scheepslantaarn in de hand door de donkere kamers. Hij voelde zich ziek en onuitsprekelijk moe en hij wist het einde van zijn vergeefse leven nabij.

Pas toen de avond zijn schaduwen wierp over de huizen van het stadje, waar boogbruggen over de stille grachten opdoken uit de nevel, wikkelde hij de allerlaatste kostbaarheden die zijn huis nog bevatte in een jas en liep naar het schip.
Ongezien bereikte hij de 'Sint Petersburg' en schudde de jas met zijn rijke inhoud uit in de kajuit. Parels en juwelen rolden over de vloer, goudstaven, die vele jaren lang opgesloten waren geweest in een donkere kast, blonken op.
Auke ontstak een walmende fakkel en wierp die in het achterste ruim. Daarna maakte hij het schip los, dat ongeduldig aan het touw leek te trekken, en hij keek het na toen het wegdreef over het water.
Het duurde niet lang of er werd in het stadje alarm geslagen, want van alle kanten sloegen de vlammen uit het hoge schip dat langzaam richting zee dobberde.
Als vogels van louter vuur fladderden stukken van de zeilen over het water, voor ze er sissend op neerstreken en een regen van vonken spatte omhoog.
Plotseling brak de oude kiel die het schip al bijna een eeuw had gedragen middendoor en de 'Sint Petersburg' zonk langzaam in zee.
Verschillende toeschouwers hadden dit einde niet afgewacht, maar waren al naar het huis in de Nieuwstad gerend. Uit de verte hoorde men ze al roepen:
"Auke Wybes, word wakker! Je schip brandt! De 'Sint Petersburg' vergaat!"
Auke Wybes kon hen echter niet meer horen. Hij lag languit in de pronkkamer, dood te midden van scherven. Met zijn laatste levenskrachten had hij nog de kasten met het kostbare porselein omvergegooid, als wilde hij een schervengericht over de stad voltrekken.
Wie Hindelopen kent, weet dat de voorspelling van de zigeunerin in vervulling is gegaan.
Frieslands elfde stadje is zo vast ingeslapen, dat het er niet naar uitziet dat het ooit nog uit zijn dommel wakker zal worden.

De dolende Peelridder

Verreweg het grootste deel van de uitgestrekte Peelvlakte is vandaag de dag drooggelegd en ontgonnen. In een gebied waar je honderd jaar geleden kon gaan noch staan, omdat je bij één verkeerde stap weg zou zinken in het verraderlijke moeras, liggen nu lieflijke dorpen door bloeiende velden en akkers omgeven.
't Was vroeger een vreemd, angstaanjagend gebied. In het vlakke zwarte land stonden overal roerloze plassen, omringd door wit wuivend wollegras en riet. Het kon er zo stil zijn dat je de vleugelslag kon horen van de overvliegende grote moerasvogels. Een eindje verder, waar de heuvels tot diep in het veen doordrongen, stonden rond de lage schaapskooien oude, door de wind gebogen dennen, maar een huis of boerderij waar mensen en dieren woonden, was er in de verste verte niet te bekennen.
Alleen aan het uiterste randje, waar de langzaam glooiende heide doodliep in het drassige moerasland, waagden zich de boeren van de dorpen uit de buurt om turf te steken. Tussen de bruingrijze najaarsheide en de witgrijze lucht zag men al van een afstand de opgestapelde turven liggen, die later met een hotsende boerenkar over de hobbelige hei naar het dorp werden gebracht.
't Was een geheimzinnig landschap en er gebeurden geheimzinnige dingen.
Soms klonken er stemmen alsof er vlak naast je een gesprek werd gevoerd, maar als je dan om je heen keek, was er niemand te zien, want de mensen die je hoorde praten liepen in werkelijkheid uren van je vandaan, in een heel ander deel van het gebied.
Vooral in de zomer kon je er worden verrast door luchtspiegelingen. Dan verschenen er aan de horizon bijvoorbeeld onver-

wacht een herder met zijn kudde schapen of een jager met zijn hond, die langzaam dichterbij kwamen. Na een korte tijd was dat allemaal weer even plotseling verdwenen als het gekomen was; het beeld loste als het ware op in de hete lucht die rusteloos over de verlaten vlakte danste.
De smalle paden die kris kras door dit land liepen, groeiden vaak dicht als ze een tijdje niet werden gebruikt en in de warreling van de braambossen en struiken kon je ze niet meer terugvinden. Alleen zij die van jongs af in de Peel hadden gejaagd, wisten de weg. Aan een bijna onmerkbaar kleurverschil van de bodem, aan de druk onder hun voorzichtig neergezette voetzool, wisten ze hoe ze zich moesten bewegen over de broze grond, door nu eens links en dan weer rechts te stappen, terwijl aan beide kanten het slijkerige vocht van het verraderlijke moeras opbolde.
Wie over de verlaten vlakte rondzwierf met het geweer in de hand, hetzij om te jagen, hetzij om te stropen, had er vaak vreemde ontmoetingen. Zo kon het in de Venraaise Peel gebeuren dat er vlak voor je voeten een groot hert met breed vertakt gewei opsprong, maar voor je dan aan kon leggen en het om kon leggen, was het spookhert alweer in de morgenmist verdwenen.
Soms zag je in de verte een smeulend vuur en dan rook je al op een afstand de doordringende geur van brandende schapenhoeven. Dan woei de wind uit de richting van het onpeilbaar diepe Soemeer, dat juist op de grens van Brabant en Limburg lag. Daar was de ingang van de hel, zei men, want waar kon de duivel zich beter thuis voelen dan in de Peel?
Niemand peinsde er dan ook aan om naar het meer te gaan, hoewel het goed te bereiken was als je de weg kende, want men geloofde dat de grootmoeder van de duivel zojuist de doordeweekse kleren van haar kleinzoon in het meer gewassen had en ze nu te drogen had gehangen boven een vuur dat ze op de heuvels had gestookt van schapenhoeven om er een frisse geur aan te geven. Daarom was het water van het Soemeer zo intens zwart.
In de kerstnacht luidde daar in de diepte de gezonken klok, die men eeuwen geleden via Deurne langs de ongebaande Peelwegen naar Sevenum had willen brengen. Het was slecht afgelopen met degenen die de klok vervoerden. De weg was lang en de dag kort, want het liep tegen Kerstmis en zo kwam pas

tegen middernacht de Grootenberg in zicht, die op de grens van Limburg en Brabant ligt.
Opeens zonk een karwiel in een kuil die de heksen, die in sommige winternachten hun sabbat op de Grootenberg vierden, gegraven hadden. In de dennen rond de schaapskooi op de berg loerden de heksen naar het verongelukte span: zij zagen hoe een paar mannen naar Sevenum trokken om een andere wagen te halen en hoe er twee kerels achterbleven om de klok en de kar met het gebroken wiel te bewaken.
De heksen grepen hun kans en kwamen te voorschijn toen de twee in slaap sukkelden bij de wagen. Ze trokken de kar met klok en bewakers en al over de Peelvlakte en ze stortten het hele boeltje in het pikzwarte water van het Soemeer. Niemand heeft er ooit naar durven zoeken, maar elk jaar in de kerstnacht luidt de verdronken klok in het meer: dat hebben al vele stropers en boeren gehoord.
Als het heel stil weer was, drong het klokgelui zelfs door tot in het dorp. Dat was een teken dat er geheimzinnige dingen stonden te gebeuren. Wanneer de roerdomp zijn sombere roep liet horen, dansten er dwaallichten over de Peelvlakte. Nu en dan zweefden ze van de moerassen naar het hoger gelegen land, en keerden dan weer terug. Wie de lichtjes zag, raakte in hun ban en wilde ze volgen. Wie ze achterna ging, verdwaalde onherroepelijk in het zwarte land, en kwam nooit meer terug.
In stormachtige nachten, als gure regenvlagen over de vlakte gierden, kon je er het eentonige klagelijke huilen horen van de herdershond die er ronddoolde sinds zijn meester op een najaarsnacht met de kudde verdwaalde en voor eeuwig in het veen verzonk.
Dan kon je op de kronkelende weg van Meijel naar Sevenum ook de noodkreet van de dolende ridder horen, die weergalmde over de vlakte. Wanneer je op dat geluid afging, dan klonk de roep steeds verder weg en voor je het besefte, had je de eerste stappen gezet in het Dolle Moer, waar de grond onder je voeten wegzakte, het veen zich vastzoog rond je enkels en waar je langzaam maar zeker naar de diepte werd getrokken, tot het zwarte veenland zich weer boven je hoofd sloot. "De dolende ridder heeft niet voor niets geroepen", zeiden de dorpelingen dan tot elkaar, "er komt geen einde aan zijn wraak."
Eeuwen geleden is hij van de Maaskant met zijn mannen langs deze weg gekomen om de dorpen op het Brabantse zand in de

nacht te plunderen, maar er werd op tijd alarm geslagen. Van alle kanten kwamen de boeren aangesneld, gewapend met zeisen, met dorsvlegels en turfschoppen. Tegen zo'n fanatiek vechtende overmacht was de roofridder niet opgewassen. Hij wilde naar het oosten vluchten, maar nog voor zijn mannen de Peelvlakte hadden bereikt, waren ze al ingehaald en afgemaakt door de woedende boeren. Alleen de goed bewapende ridder met zijn gouden sabel en zijn schildknaap bleven op hun sterke paarden de achtervolgers voor. In het donker raakten ze echter het spoor kwijt en ze reden in volle vaart over de weg die rechtstreeks naar het Dolle Moer leidde.
Nooit zijn ze aan de overkant gekomen en met alles wat zij bij elkaar geroofd hadden, verzonken ze in de diepte.

Ooit, zo zei men, zal de hebzuchtige ridder met zijn gouden sabel gevonden worden. Dan zal de weg van Meijel naar Sevenum weer veilig zijn, want dan zal het Dolle Moer zijn uitgedroogd en begroeid en kerktorens zullen in de Peel verrijzen.
En jawel, de dolende ridder is gevonden door een turfgraver, in het diepveen, dicht bij de oeroude weg. Zijn verguld-zilveren helm, het leerwerk van zijn schoenen en verschillende munten die hij bij zich droeg, kun je vandaag in het museum van Leiden bewonderen, maar de gouden sabel is nooit meer teruggevonden.

Het verhaal van Kees de Tippelaar

In de tijd dat Kees de Tippelaar nog leefde en dag in dag uit langs velden en wegen in de buurt van Amsterdam zwierf, was er ook een schipper die dagelijks naar Amsterdam heen en weer voer. Zij kwamen elkaar onderweg vaak tegen, en altijd als de schipper Kees de Tippelaar, die eigenlijk Cornelis de Wit heette, ontmoette, riep hij: "Goeienavond, mijnheer de Wit. Hoe is het met u?"
De wandelaar was een beminnelijk mens. Hij had de gewoonte om eenieder die hij tegenkwam vriendelijk te groeten en nooit kwam er een onvertogen woord over zijn lippen. Iedereen kende hem, en er werd nooit anders dan met respect over hem gesproken.
"Dag vriend! En waar gaat de reis naar toe?" Dit wist hij natuurlijk heel goed. Hij vroeg het enkel en alleen uit vriendelijkheid.
"Naar Amsterdam, mijnheer de Wit!"
"Zo, zo... naar Amsterdam?"
"En wilt u niet op mijn boot komen, mijnheer de Wit? Varen is gemakkelijker dan lopen."
"Voor mij niet, vriendje!" antwoordde dan lachend de Tippelaar.
Op een zwoele zomeravond tufte de schipper zoals gewoonlijk op de vaart naar Amsterdam, en hij meende op de oever de Tippelaar te zien. En dus maakte de schipper aanstalten het vertrouwde praatje te beginnen, dat hij al afstak zolang hij zich kon herinneren.
"Goeienavond mijnheer de Wit. Hoe is het met u?"
De gedaante op de weg bleef staan en staarde naar de schipper. Deze voelde dat er iets merkwaardigs aan de hand was, en de schrik sloeg hem om zijn hart.

"Voelt u zich wel goed, mijnheer de Wit? U bent toch niet ziek?" De gestalte bleef hem aanstaren en zweeg.
"Wilt u niet liever op de boot komen, mijnheer de Wit? Varen is gemakkelijker dan lopen!" De schipper sprak al zijn bekende zinnen uit, al was het alleen maar om zijn angst te bezweren.
Toen, met een woeste plons, schoot de man van de wal ineens het water in en zeven keer zwom hij een rondje om het schip. Wilde golven spatten op, het leek of het hard stormde, en de schipper kon niks doen dan hopen en bidden dat het avontuur goed voor hem zou aflopen. Toen werd alles weer rustig. Zacht klotste het water tegen het schip, van Kees de Tippelaar was geen spoor te bekennen. De schipper riep luid over het water: "Mijnheer de Wit! Mijnheer de Wit!" want hij dacht nog steeds dat deze het was geweest. Toen er echter geen antwoord kwam, drong het langzaam tot hem door dat een spook een spelletje met hem had uitgehaald, en hij was blij dat hij er deze keer zo goed was afgekomen.

De beul van Den Bosch

Grootvader klopte op de deur en trad binnen in een laag en somber vertrek. Het zwakke zonlicht van een heldere wintermiddag scheen door een glas-in-loodraam met ongewone kleuren en vormen. Op het kolenvuur dampte in een roodkoperen ketel een naar hars en kruiden ruikend vocht. Langs de muren stonden houten rekken, waarop rijen botten in alle vormen en maten lagen uitgestald. In de donkere hoeken onderscheidde grootvader gezichten van glas met lange neuzen, en glazen buizen die in grillige, zigzaggende kronkels waren geblazen.
Aan de balken van de zoldering, die zo laag hing dat grootvader zich moest bukken om zich niet te stoten, hing een kaaiman, met uitgespreide poten en zijn lippen verstard in een eeuwige grijns.
Met een schuwe blik keek grootvader vanuit zijn ooghoeken naar het geraamte, dat toch zo vriendelijk een hand uitstak naar iedereen die bij de beul van 's-Hertogenbosch over de drempel stapte. Met schrik zag hij hoe bij elke stap die hij zette de onderkaak van het skelet op en neer bewoog, als wilde het hem een klappertandend welkom toeroepen.
"Meester!" wilde hij schreeuwen, maar zijn stem fluisterde schor. De beul scheen het toch gehoord te hebben, want de deur ging open en een hand wenkte hem om dichterbij te komen.
De beul was lang en mager en helemaal in het zwart gekleed, zoals het een rechter past, ook al oordeelt hij niet, maar berecht hij slechts met zijn zwaard. Hij zat rechtop in zijn stoel en hij wenkte grootvader om tegenover hem te gaan zitten op een driepoot. Toen zei hij: "Je bent vanmorgen heel vroeg uit je dorp weggegaan, waar of niet? Je moet wel heel erg gehecht zijn aan datgene wat je is ontstolen, om helemaal naar mij toe

te komen. Vertel op en zeg alles wat je weet."
Grootvader begon: "Ik mis twee zilveren schoengespen, die nog van mijn eigen grootvader zijn geweest. Op een zondag, vóór de hoogmis, waren ze ineens weg, en ik denk, dat ik weet..."
"Wacht!" De beul hief zijn hand op. "Wacht! Ik zal je vertellen wie het deed. Het is iemand uit de buurt, ja, hij kan niet dichterbij wonen. Het zal niet gemakkelijk zijn om die gespen terug te krijgen, want ze zijn van zwaar zilver. Er zijn mensen die liever doodgaan dan dat ze teruggeven wat ze zich eenmaal hebben toegeëigend..."
De beul stond op en zijn hand tastte naar een potje dat op een van de rekken stond. Al snel vond hij wat hij zocht. 't Was een tinnen busje. Voorzichtig tikte hij wat poeder uit dat busje op een papier en vouwde dat dicht. Dat herhaalde hij nog tweemaal, waarbij hij steeds andere busjes van het rek nam.
"Ik zal je nu deze drie poeders meegeven, boer", zei de beul van Den Bosch tegen grootvader. "Het eerste moet je vannacht in de Kloosterwiel gooien en dan moet je afwachten wat er plaatsvindt. Als de gespen niet terugkomen, dan moet je de volgende nacht het tweede poeder op het haardvuur verbranden. Wanneer er dan nog niets is gebeurd, neem dan in de derde nacht het derde en laatste poeder en begraaf dat onder een boom in de tuin. Dan móét er iets gebeuren!"
Die nacht, toen de schaduw van de oude kloostermuur over het inktzwarte water van de diepe wiel viel, gooide grootvader het poeder in het water. In het maanlicht zag hij hoe een trillende draaikolk het poeder meetrok naar de diepte.
De volgende morgen trof hij zijn buurman bij de haag die hun erven scheidde. De man was totaal overstuur.
"Wat een nacht! Wat een nacht!" zuchtte hij. "Ik heb van mijn leven nog niet zo'n verschrikkelijke nacht meegemaakt. Dat bonsde maar en dat klopte maar in mijn hoofd en als ik mijn ogen dicht had, was het of ik naar beneden viel in een aardedonkere kuil en dan schrok ik weer wakker. Nee, zo'n nacht hoop ik nooit meer te beleven."
Maar de zilveren schoengespen kwamen niet terug.
De tweede nacht, toen iedereen op de boerderij sliep, stond grootvader op, stak het vuur aan in de haard en gooide het tweede poeder op de vlammen. Knisperend en knetterend brandde het, met felle gele en paarse vlammen, ja, het brandde als in de hel zelf.

De andere morgen al heel vroeg sloop buurman om het huis, in zichzelf mompelend, met een spierwit vertrokken gezicht. Toen hij de stal wilde binnengaan, kwam de meid net onder de koe vandaan, met in iedere hand een glanzende geelkoperen emmer. De buurman schrok hevig toen hij haar zag en hij haastte zich weer terug naar zijn boerderijtje.
Maar de zilveren schoengespen kwamen niet terug.
De derde nacht stak grootvader dus het laatste poeder in zijn zak, nam een gloednieuwe schop, groef een diep, smal gat aan de voet van een oude knoestige appelboom en liet het poeder erin vallen, precies zoals de beul hem gezegd had. Daarna plempte hij het gat weer dicht en stampte de aarde stevig aan.
De volgende dag was een zondag en om vijf uur luidde de klok al voor de vroegmis in het klooster. Buurman was al op. Grootvader zag hem door de tuin sluipen naar de oude appelboom en terwijl hij bij elk geluidje schrikachtig opkeek, wroette hij daar razendsnel met zijn handen de aarde weg. De kerkklokken maanden de kerkgangers tot spoed aan en buurman ging weg met opgetrokken schouders en gebogen rug. Hij leek in een paar dagen wel zo oud als de wereld geworden. Toen grootvader ging kijken, vond hij de zilveren schoengespen onder de boom.
Een paar dagen later hing er een vreemde vrucht aan de appelboom: buurman had zich opgehangen. Grootvader heeft zich later afgevraagd of de beul misschien te veel kwaad in het toverpoeder had gestopt. Maar hij durfde het hem niet te gaan vragen.

De dappere os

Elk voorjaar wanneer de koeien in de wei lopen, worden ze bewaakt door de twee ossen. Uit het donkere dennenbos gloeien de ogen van de wolven op; de wilde dieren wachten op de schemering om toe te kunnen slaan. Maar dan rekenen zij buiten de scherpe hoorns van de grootste os en buiten zijn waakzame ogen, die nooit op een vaste plek blijven rusten.

's Morgens doet men de staldeuren open en de kudde stapt naar buiten: voorop gaat de grote os, hij kiest beheerst en bedachtzaam zijn weg. De koeien volgen hem in blind vertrouwen. Zij weten dat ze veilig zijn. Onderweg eten zij onbekommerd een grassprietje hier, een paardebloem daar. De jonge kalveren dartelen dwars door de kudde heen. Hoe onhandig ze ook op hun poten schijnen te staan en te gaan in een stal, het zijn echte acrobaten als ze samen spelen in de wei. Doelloos rennen ze voor de koeien uit, blijven soms dromerig op een hoopje bij elkaar staan, om dan weer te springen, te springen zoals nog nooit een balletdanser het heeft gekund.

Heel de natuur in de lente gehoorzaamt aan een ritme, maar niet de klaversprong van de kalveren. Wie weet waar zij deze dans hebben geleerd? In alle kalmte schrijdt de os verder, zonder aandacht te schenken aan het spel dat hij zelf in zijn jeugd heeft gespeeld. Eens zal ook een van deze jonge stieren volwassen zijn, en zijn scherpe hoorns, zijn brede, gewelfde kop, zijn stevige poten zullen dan op hun beurt het gevaar weren voor de rest van de kudde.

En dan is er de andere os die zich altijd aan de zijkant van de kudde beweegt. Hij zorgt er voor dat er niet één koe, nog niet het kleinste kalf, achterblijft. Zodra hij merkt dat een van de dieren die hij onder zijn hoede heeft langer op de weg staat dan hij wenselijk vindt, loopt hij erheen en besnuffelt haar. Dit is

genoeg om het luie of onwillige of suffige beest verder te drijven. Het is deze os aan te zien dat hij zich bewust is van zijn verantwoordelijkheid en macht.
Als de kudde de weide nadert waar zij grazen zal – het is dan nog vroeg in de morgen, de nevel hangt nog laag over de velden – blijven sommige koeien van pure vreugde even staan. Ze rekken de kop en loeien vrolijk naar de paradijselijke tuin die voor hen ligt. Zodra de kalveren dit geluid horen, lopen zij sprongsgewijs en zigzag op hun stevige pootjes vooruit. Wat doen de ossen? Ze behouden hun waardigheid en geen trillende zenuw in hun machtig gespierd lichaam verraadt hun opwinding.
Het gras is hoog en geurig. De snelle beek, stromend van oost naar west, heeft vruchtbare grond uit andere landstreken meegevoerd. In de loop van lange eeuwen is dit lieflijke Twentse landschap ontstaan. Aan weerskanten van de stromende beek strekken zich de weidelanden uit, die gestuit worden door een bomenrand. Daar beginnen de donkere zwijgende dennenbossen waar geen vogel zingt en zingen kan.

Er wonen niet veel mensen in dit land. De oprit naar hun boerderijen wordt vaak gevormd door een lange beukenlaan. Soms, als ze horen dat in het Aamsveen veel wolven zijn, trekken zij er in groepjes op uit om deze wilde dieren te doden. Maar er is in de hele streek niet één boer te vinden die voor de veiligheid van zijn kudde vreest. Er is geen wolf die de koeien durft te benaderen, zolang er ossen in hun buurt zijn. Daarvan zijn de mensen overtuigd.
Wat een feest voor de runderen, iedere voorjaarsdag opnieuw. Op het ogenblik dat zij de weide in zullen stappen, kunnen enkele koeien niets anders doen dan even stilstaan. De anderen lopen juist harder, ze schuren met hun lijven tegen elkaar, maar ze zorgen er wel voor dat zij de ossen niet raken. Hoe glijden de kalveren eigenlijk tussen al die grote lijven door? Voor hen betekent de wei een grote speelplaats en de drang om te spelen verhit hun bloed zodat zij zich in een oogwenk van de moeders hebben losgemaakt en vrij dansen en dollen.
Maar hoe ver ze ook afdwalen, al spikkelt in de verte slechts even een bonte vlek boven het gras uit, de ossen weten precies waar elk van de dieren zich bevindt. Ze zullen 's avonds, wanneer ze naar huis gaan, de hele kudde veilig terugbrengen. Wie

heeft de dieren tellen geleerd? Ook het koppel patrijzen dat na het schot van de jager op een dakrand neerstrijkt, en dan merkt dat een van hen niet meer in hun midden is, blijft om de verloren soortgenoot roepen tot diep in de nacht.
Elke avond keren de ossen als leiders van de kudde terug naar hun stal, behalve die ene avond, toen de kudde wel thuiskwam, maar zonder dat de sterke os aan het hoofd ervan liep.
De mensen wisten dat er wolven in de buurt waren gesignaleerd. Daarom zocht men achter in de troep naar de os.
Nee, hij was er niet.
De koeien liepen loom, en de kalveren hadden zich moe gespeeld.
"Waar kan toch de grote os gebleven zijn?" vroeg men elkaar.
Men opende de staldeur. De dieren schommelden landerig en met lichte tegenzin naar binnen. Het laatst kwam de tweede os. Men vergrendelde de poort.
Buiten heerste de nacht. Hoeveel mensen luisteren er ooit naar de geluiden van de duisternis? De meesten weten niet welke klanken te horen zijn op de velden en wegen wanneer die alleen nog door de maan worden verlicht. Er zijn werkelijke en onwerkelijke geluiden: de werkelijke zijn de schreeuw van de uil, het piepen van de muis die hij in zijn klauwen heeft, het ritselen van de bladeren. En dan zijn er de geluiden die men niet kan thuisbrengen... men blijft stilstaan om aandachtig te luisteren. Ging daar niet iets voorbij? Wat is dat toch voor een angstaanjagend geritsel dat daar uit de schaduwen klinkt... Zoiets is nog nooit gehoord.
Deze nacht was vol ongewone geluiden, ook voor hen die op de boerderij woonden. Na het eten waren ze op de gewone tijd naar bed gegaan, maar ze konden de slaap niet vatten. Midden in de nacht lagen zij wakker en luisterden naar de klanken van deze ongewone nacht. Een paar bleven er op bed liggen, maar anderen stonden op, liepen naar het raam en tuurden onrustig in het donker.
Wat een onheilspellende geluiden! De lucht was fris. De nachtdieren bewogen zich bijna geruisloos voort, wezel, hermelijn, marter en bunzing waren op jacht. Ook de wolven... stil! Ook de wolven...
Zouden zij zich misschien op dit moment op die ene os storten, genadeloos in hun aanval, zoals roofdieren zijn? In het maanlicht lag zeker het karkas, waaruit het bloed stilletjes wegvloei-

de. De botten staken uit het vlees en de grote dode ogen staarden naar boven. Dit was zeker een overvloedig maal voor de wilde dieren. Nooit meer zou men de andere os er alleen met de kudde op laten uittrekken.
Of zou hij toch nog leven? Nee, dat kon bijna niet. Dan had hij zeker in zijn eentje de weg naar zijn stal gevonden, al was het dan midden in de nacht. Zij die aan het raam stonden, huiverden. Werd het dan nooit licht? En het was nog wel voorjaar, dan gaat de zon vroeg op om de vogels te wekken.
Toen besloot er een om niet te wachten tot het licht werd, en hij riep de anderen die zich bereid verklaarden mee te gaan zoeken. Ze zagen hoe zich de nevel al oploste aan de donkere grond, zoals wolken wegvluchten voor een stralende avondhemel. Men kende de weg ook wel in het donker, en bij het allereerste sprankje daglicht gingen ze meteen op pad.
"Het vee moet in de stallen blijven tot wij zullen weten wat er aan de hand is", sprak een man met gedempte stem. Ze waren nog maar net in het bos, toen er eentje stil stond en naar een plek voor hem wees.
"Kijk daar eens!"
"Waar, waar? Ik zie niks, behalve pikdonkere nacht."
"Dat is de nacht niet. Waarom staat het beest zo stil?"
"Het is een schaduw, man, Hoe kom je erbij om te denken dat het onze os is? Wanneer het de os zou zijn, dan zou je zijn hoeven moeten kunnen zien. Volgens mij zie je spoken! Hahaha!"
"Lach niet! Het is de os. Ik herken hem aan zijn hoorns. Kijk maar, ik zie zijn kop, zijn lichaam, ook zijn staart. Alleen zijn hoeven...? Die moet hij verloren hebben. Of... het lijken wel twee dieren, in plaats van één. Alsof ze aan elkaar vastzitten, als twee stammen van één beuk!"
"Ik durf niet verder. Het is vast de duvel zelf."
"Laten we wachten tot alle mist is opgetrokken. Bij daglicht kunnen we zien wat er aan de hand is en onze maatregelen nemen."
Eén protesteerde: "En wat als intussen de os sterft? Zijn we mannen of een stelletje oude wijven? Wie is er nou bang voor het donker?"
Ze kwamen dichterbij, stap voor stap, steun zoekend bij elkaar. Ze wisten niet wat ze konden verwachten. Ze voelden zich als vroeger, toen ze nog kleine jongens waren en er bij dreigend onweer grillige wolkenvormen aan de hemel verschenen, donke-

re gedrochten, die niemand op aarde ooit had gezien. Dan gingen ze plat op de aarde liggen, net zolang tot ze voorbij waren en het onweer was losgebarsten. Of ze renden het erf over om zich te verstoppen onder moeders rokken. Zulk een monsterlijke wezens zagen zij nu recht voor zich.
Was het de os of was het de os niet die voor hen opdoemde? Het ene moment meenden zij hun kameraad te herkennen en dan jubelden ze het uit, het andere moment twijfelden ze weer. Ja, ze twijfelden nog steeds toen ze er nog maar een paar meter van verwijderd waren. Het was te donker om helemaal zeker te zijn van hun zaak.
Ze stonden als op afspraak stil en wachtten tot de tijd kwam dat ze iets konden onderscheiden. Ze luisterden in angstige afwachting naar een geluid dat hen vaag vertrouwd voorkwam, maar dat ze toch niet helemaal konden thuisbrengen. En dit zagen ze, o wonder! Een wolf lag op zijn rug op de grond, de scherpe klauwen in de hoogte, de muil wijd open, klaar om te bijten zodra er iets voor zijn bek verscheen. De poten van de os rustten echter zo zwaar op hem dat hij zich niet kon verroeren, hij lag als geketend. Beide dieren ademden zwaar: de os beheerst, de wolf wild.
De os had zijn kop niet omgedraaid, toen hij de mensen hoorde naderen. Ja, het is nog maar de vraag of hij wel wist dat zijn bevrijding op til was. Misschien had hij met zijn scherp verstand geconcludeerd dat het wolven waren, die hun kameraad kwamen bijstaan, zodat zij gezamenlijk de os te grazen konden nemen.
Waarschijnlijk dacht de os helemaal nergens aan. Hij kon zich niet bewegen, want elke verandering in zijn houding kon dodelijk zijn. Wanneer hij zijn kop maar even had gedraaid, zou zijn kracht zijn afgenomen. Het wolfdier zou kunnen opspringen en hem naar de keel vliegen. De os verdedigde zich op de enige manier waarop hij kon: hij klemde de wolf vast tussen zijn poten en de grond.
De wolf echter probeerde in paniek weg te komen toen hij mensen in zijn nabijheid rook en daardoor merkte zijn vijand dat de redding nabij was. Als in een val vastgeschroefd door onwrikbaar, meedogenloos ijzer, en stil lijdend als een dier dat begrijpt wat het noodlot betekent, zo lag de wolf op de grond. Zijn muil was wijd opengesperd en het wit van zijn ogen was rood van het bloed, maar hij wist dat zijn dreigen geen indruk

maakte, en dat niemand bang hoefde te zijn voor zijn scherpe tanden zolang hij daar lag.
Toch bleef hij dreigen, nog tot vlak voor zijn dood, terwijl zijn blik al brak. Met de laatste wil van zijn wegvloeiend leven hield hij zijn kaken open, en zijn spitse tanden stonden blikkerend in zijn bek, ook toen het bloed hem uit de keel gutste. De mensen hadden hem snel en vakkundig naar de andere wereld geholpen.
De os liet hem nog niet dadelijk los, hij twijfelde blijkbaar, hij kon niet geloven dat de boze geest nu werkelijk gestorven was. Toen hij geen beweging en geluid meer bespeurde, stapte hij van het dier af.

Zijn nachtmerrie was begonnen toen de wolven die middag om de wei hadden gedwaald. Ze loerden met hongerige blik op de malse runderen. Ze wachtten op een kans een dier te bespringen. Zou niet een ogenblik de aandacht van de grote hoorns verslappen? Ze hadden maar een paar seconden nodig. Maar zodra een van de wolven de rand van het bos verliet en even de wei inglipte, voelde hij de ogen van de grootste os in zich branden, die de kop al gebogen hield, klaar voor een woeste aanval.

Toen het nog winter was, hadden ze in een troep gejaagd. Dan gaf het niets als er een paar wolven stierven, want de sterksten bleven over. Nu in het voorjaar waren er meer wolven, ze hadden honger, en zo'n mals klein kalfje was niet te versmaden.
Een wolf waagde het sluipend met zijn buik over de grond dichterbij te komen. Onmiddellijk reageerde de grote os. Hij ging ervan uit dat zijn kameraad hem meteen te hulp zou schieten. Dit gebeurde echter niet. Toch deed de os zijn plicht. Hij liep op hem af en trapte het wilde dier tegen de grond tot hij geen kant meer op kon. Nu zouden dan wel de andere wolven komen, zo dacht hij, om hun soortgenoot te helpen. Wanneer andere wolven hem in zijn poten zouden bijten, zou hij niets kunnen doen. Maar ook van die kant bleef de hulp uit.
De wolf was weerloos, de os machteloos! De schemering viel, de avond kwam. De os hoorde de adem van de kudde, nu het stiller werd rondom. Wat deed de andere os? Zijn instinct zei hem dat deze de runderen verzamelde, het jonge en oude vee, waarvan de lafaard nu de vorst was geworden. Intussen werd de strijd tussen os en wolf geruisloos maar verbitterd voortge-

zet. De kalveren en de koeien keken er niet naar om, hun nieuwe meester voerde hen over de weg, naar huis!
Daarna hoefde de os niet meer aan de kudde te denken, nu ging het alleen nog om het eigen leven. De kudde was veilig, maar de os begreep heel goed dat de wolf zijn tanden en klauwen in hem zou slaan als hij de poten weg zou trekken. In de vroege avond kon hij het dier dat onder hem lag nog onderscheiden, maar hoe later het werd hoe minder hij kon zien, tot hij op het laatst het wilde dier alleen nog onder zijn hoeven voelde.
Hoe lang duurde dit duister? Wat ging er in zijn ziel om, terwijl hij stond te worstelen met het soepele beest, dat hij met moeite tot roerloosheid dwong? Ja, waarom streed hij eigenlijk? Hoe moest dit aflopen? Zou hij niet beter zijn poot kunnen optillen zodat één behendige zwaai van het ondier hem de verlossing van de dood zou kunnen brengen?
Deze gedachten werden verdreven naarmate de nacht op zijn einde liep. Hij merkte eerder dan zijn ogen het konden zien en zijn oren het konden horen, dat de morgen de nacht ging verjagen. Het was de wei die begon te ruiken, de zachte geuren van madelief, boterbloem en pinksterbloem die door de dag werden gewekt. Er sidderde een geluksgevoel door zijn bloed; ook de wolf bespeurde deze geheimzinnige trilling en hij besefte welk gevaar hem dreigde: het licht! Het licht! Vinniger probeerde hij zich los te rukken... zonder succes. Zwaarder dan een blok ijzer, want dat is een dode kracht, drukten de poten van de os op zijn borst.
Misschien had het roofdier de stemmen van de mensen al gehoord en wist hij toen dat zijn noodlot, zo onafwendbaar als de dag, dichterbij kwam. Zijn machtigste vijanden, de vrienden van de ossen, kwamen opdagen. Hun wapens waren vlijmender dan zijn tanden en hij had de ervaring dat zij met één gerichte slag konden doden. Nu was het zover. Hij zag ze op zich afkomen, en loerde nog op een laatste kans zich te verdedigen en te vluchten... te laat.
Nadat men de os uit zijn benarde positie had bevrijd, klopte men het dier op de flanken en streelde de trouwe wachter liefkozend over de kop. Nog was de dag niet volledig aangebroken, en men besloot om eerst met de os naar huis te gaan. Hij zou straks opnieuw zijn kudde moeten leiden. Men legde de handen op zijn lijf: geen zenuw trilde. Men verbaasde zich over

de kracht van zijn ziel en lichaam en in gedachten beleefde men zelf de uren van zijn eenzame strijd.
Elk van de mannen streelde en klopte het dier onderweg goedkeurend op zijn kop. Dan loeide het grote dier, maar het was niet van blijdschap. Hij stapte vastberaden op een doel af. Hij hoorde in de verte de klaaglijke langgerekte kreten van de koeien: het licht was nu door de spleten van de staldeuren gedrongen, en zij verlangden naar de wei. Het bloed van de dieren was vol vage herinneringen aan de weelde van de weide en de bedwelming van het zonlicht.
Een knaap ging snel de staldeuren open doen, en de runderen stroomden roekeloos naar buiten. Hun neusgaten bliezen witte wolken, ze snoven diep de frisse lucht in. De kalveren popelden om de dag te beginnen met spel en dans – ze vlogen vooruit. Allemaal waren ze de wolf vergeten. Wanneer hun goedige beschermer zou zijn gedood, had geen van deze zorgeloze dieren zich om hem bekommerd, ook de andere os niet, die nu gewichtig naast de kudde ging staan.
Op een gegeven ogenblik stonden de twee ossen tegenover elkaar, als vijand tegenover vijand, en ze zagen elkaar aan. Wat weten wij, armzalige mensen, eigenlijk van de ziel van de dieren? Zij ademden zwaar en een zware damp stootte uit hun neusgaten. Ze snoven elkaars geur op, en plotseling stapte de os die de wolf had bedwongen een meter achteruit. Hij boog zijn kop, en zijn ogen vulden zich met bloed. Zij die erbij stonden, zagen het gebeuren, maar zij konden niet meer ingrijpen. Het was binnen een paar seconden gebeurd. Sneller dan hun ogen hem konden volgen, had de os zich op zijn verraderlijke vriend gestort en de dolkachtige hoorns spietsten in zijn buik en woelden erin rond.
De koeien stonden er omheen en keken nieuwsgierig toe. De kalveren staakten hun spel voor een moment.
Een sliert van ingewanden sleepten de hoorns van het moedige, woedende dier uit zijn eerste aanval mee. Toen hij eenmaal de geur van zijn gehate broeder had geroken, kon hij niet meer tot bedaren komen. Nog een keer stiet hij toe en de hoorns draaiden met geweld in het vlees en drongen door tot de weke plekken.
Pas toen de laffe os in elkaar gezonken was en op de aarde lag als een reusachtige vormloze bonk vlees, grepen de mensen de aanvaller vast. Veel moeite hoefden ze daarvoor niet te doen.

Het dier had zijn woede gekoeld en kon nu makkelijk worden gekalmeerd.
Toen pas zagen ze dat de os zelf ernstig gewond was geraakt in het gevecht. Hij zakte door zijn knieën, en met brekende ogen keek hij voor de laatste keer om zich heen. Nog een paar teugen prikkelende voorjaarslucht zoog hij in. Toen klom de kilte van de dood op in zijn bloed, en legde zich om zijn moedig hart. Hij zuchtte, en ook hij stierf; hij stierf eervol in de strijd zoals een dapper heerser uit lang vervlogen tijden.

De Vliegende Hollander

Al dagenlang stond er een zware storm dwars op de kust. De kapitein van een in de haven liggende pinas, een oorlogsschuit met een plat achterschip, popelde om uit te varen. Hij moest en zou aan zijn reis naar de Indiën beginnen. Ze konden hem er alleen met grote moeite van weerhouden om het sein tot vertrek te geven.

De storm hield aan en de onrust van de kapitein nam toe. Hij was een grote, robuuste man, die gewend was bevelen uit te delen. Hij ging altijd zijn eigen gang, en liet zich daarbij door niets of niemand tegenhouden. Het was een deskundig schipper, een meester in het bevaren van de zeeën. Hij was van het wildste weer nog niet bang. Een onstuimige orkaan was hem liever dan de vredige stilte van slappe zeilen.

Hij was heer en meester op zijn schip. Niemand durfde hem tegen te spreken. Iedereen vloog voor hem en bediende hem op zijn wenken, van het jongste scheepsmaatje af tot aan de stuurman toe. Hun schipper wist wat hij wilde, en wat hij wilde deed hij, en zoals hij het wilde was het goed. Er was geen schipper te vinden die zulke snelle reizen maakte, en met zo weinig ongelukken. Had hij zijn laatste reis naar Java niet in drie maanden en vier dagen gedaan, terwijl een ander toch minstens een half jaar onderweg was?

Maar nu dwarsboomde de wind hem, dagen en nachten lang. Stampvoetend liep hij in zijn kajuit op en neer, met vonkende ogen, het hoofd machtig op de brede schouders. Soms kwam hij op het dek, keek naar de lucht en het water, snoof de wind op, balde zijn vuisten en vloekte.

"Ik vaar morgen uit!" schreeuwde hij tenslotte tegen de stuurman. Het leek wel of hij hem uit wilde dagen, maar het was een uitdaging aan God en de wereld.

"Het is morgen eerste paasdag, schipper!" riep de stuurman terug. Op de heilige dag werd nooit uitgevaren.
De schipper fronste zijn wenkbrauwen, en zijn ogen schoten vuur.
"Ik zeil, wanneer ik wil!" snauwde hij.
"Maar toch niet op deze dag van Christus", zei de stuurman binnensmonds.
De kapitein verstond hem niet, maar hij begreep dat de stuurman het waagde tegen te sputteren.
"Ik zeil wanneer ik wil, heb je me verstaan?"
De stuurman zweeg en daalde naar het halfdek af. De kapitein stond hem even geërgerd na te kijken. Toen liep hij hem driftig achterna, en een heetgebakerd woord lag hem op het puntje van zijn lippen, maar bij de trap bedacht hij zich en hij liep terug. Zijn handen, tot vuisten gebald, lagen op zijn rug, zijn mond was tot een kwaadaardige streep getrokken, zijn gestalte leek wel korter en breder te zijn geworden.
De wolken stormden laag over het water op de pinas aan en ze leken haar wel samen met de golven op te willen slokken. Hij keek er met giftige minachting naar. Vier dagen lag hij nu al te wachten, vier kostbare dagen waren verloren. Dat was erg, maar het was nog niet het ergste. Het ergste was dat hij niks en niemand meer de baas was. Geen baas over zijn schip, geen baas over de zee, geen baas over zijn eigen doen en laten. Het leek erop dat de storm hem de zeggenschap over zijn schip had afgenomen; of was het misschien een nog grotere macht, Een die ook de stormen kon gebieden? Moest hij daar dan maar in berusten? Wat moest hij boven zich dulden, wie?
Met duistere blikken staarde hij over het water. De golven rolden hoog en wild uit het westen aan, de wolken joegen er dreigend boven, de storm gierde door het want, als lachte hij hem uit. Hij dacht aan de waarschuwingen, die men hem de laatste dagen had gegeven. Je komt de haven niet uit, schipper! Je ligt zo weer tegen de kaai! En als je de haven al uitkomt, dan ben je toch in tien minuten voor de haaien!
De haven niet uit? In tien minuten voor de haaien? Hij?
Hij vloekte binnensmonds. Toen grijnsde hij. Voor de duivel, dat zou hij toch wel eens willen zien!
"Ik vaar morgen uit", herhaalde hij grommend de woorden die hij net had uitgesproken.
Hij sliep die nacht vast, als iemand die geen twijfel meer kent,

hoewel de storm nog erger dan de vorige nachten te keer ging. De dag was nog jong toen hij alle man aan dek riep.
"We varen!" beval hij kort. Hij liet alle zeilen hijsen.
Hij zag de vragende blik van de stuurman.
"We varen, stuurman!"
Lag er nu iets van triomf in zijn stem?
"We varen, schipper", herhaalde de stuurman berustend zijn woorden.
De matrozen klommen joelend de touwen in. Ze gingen varen! Hun schipper had lef. Hun schipper was een machtig mens. Ze waren trots op hun schipper. Hun trots verdreef een stemmetje dat hen van binnen waarschuwde.
Toen begonnen de paasklokken te luiden.
Ze zwegen plotseling en staakten het werk waar ze mee bezig waren. Christus is opgestaan! De kerk riep. De schipper riep. Zij aarzelden een moment voor ze verder werkten.
De kapitein van een nabij liggend schip boog zich over de verschansing van het bovendek.
"Vaar je?" riep hij met de wind mee.
"Ik vaar!" riep de schipper van de pinas terug.
"Hoor je dat niet?" riep weer de ander terwijl hij wees in de richting vanwaar het klokgelui kwam.
"Ik vaar!"
"Zie je dat niet?" De schipper wees naar de dreigende lucht.
"Ik vaar!"
"Daar komen ongelukken van, man! Jij ziet de wal niet meer terug!"
De schipper van de pinas richtte zich op en maakte zich breed.
"Niet meer aan de wal? Hahaha! Denk jij mij bang te kunnen maken? Ik vaar uit! Al zou ik tot in eeuwigheid door moeten varen, ik váár!"
Hij keerde zich om en liet alle zeilen bijzetten.
Ongewoon stil waren de matrozen. Hoe kwamen ze ooit de haven uit? De zeilen flapperden en klapperden onheilspellend. Laveren konden ze in het korte bestek van de haven niet. Ze hoorden die vreemde schipper roepen, maar wat riep hij toch? Hoor, hun eigen schipper antwoordde. "Ik vaar!"
Een durfal, een machtig mens was hun schipper. Hoe trots waren ze op hem. De ene schipper waarschuwde. Maar hun schipper riep trots iets terug. Zijn woorden konden ze verstaan. Hoor! *Al zou ik tot in eeuwigheid door moeten varen, ik váár!*

Ze knoopten haastig de laatste touwen vast, en ze hesen het laatste zeiltje. Ze waren vervuld van trots, net als hun schipper. De wind floot door het want, de zeilen klapperden weerbarstig. Toen hoorden ze opnieuw de paasklokken luiden. Zwijgend wonden ze de ankers op. Toen wachten ze op de volgende bevelen van de schipper...
Deze stond groot en stil boven op het dek. Er kwam geen bevel over zijn lippen. Hij bewoog niet, zijn ogen stonden star, het leek wel of hij dood was. Hij staarde naar de zeilen. De matrozen keken met hem mee. Ze werden zelf ook stil, bewogen niet meer. De storm floot door het want, de klokken luidden... de zeilen bolden zich *tegen de wind in*...!

Steeds meer volk snelde naar de kade. Er heerste grote onrust op de schepen die in de haven lagen. Hier gebeurde iets wat geen mens kon begrijpen! De zeilen van die pinas bolden zich tegen de wind in, alsof er door een onzichtbare macht hard tegen de storm in werd geblazen, en dwars tegen de wind in schoot het schip regelrecht op de havenmond af! De schipper bewoog niet. De matrozen bewogen niet. Tenminste uit de verte leek dit zo. Maar dat kon toch niet! Deed God hier een wonder? De paasklokken luidden.
Toch voer dit schip uit. Een dodenreis moest dit worden. Van mond tot mond gingen de woorden, die de hoogmoedige schipper had geroepen. Deze schipper daagde God uit! Ook over de toeschouwers kwam nu de stilte. Fluisterend spraken zij hun angst uit. De storm bulderde. Zwaar klonk het gelui van de klokken.
In de verte dreef het schip naar zee. Ze staarden het na, vol angstige voorgevoelens. Ze zagen hoe een grote zwarte vogel rondom het schip vloog. De schrik sloeg hen om het hart. Zagen ze daar de zon op de zeilen schijnen? Maar er was geen zon! Was er dan brand op het schip uitgebroken? Maar ze zagen geen rook en geen vlammen! Toch flikkerden de zeilen vuurrood en de romp van het schip stak er zwart als de nacht tegen af. Voer daar een spookschip over de wateren? Had God het veroordeeld? Een grote verwarring kwam over hen. Sommige vrouwen sloegen angstig de bovenrok over het hoofd heen, om maar niet te hoeven zien wat er gebeurde. Maar de meesten staarden het schip met een kloppend hart na. Het beeld bleef voor altijd op hun netvlies staan: het schip dat tegen de wind in

voer, met zeilen als vuur, een zwarte romp, en de cirkelende ongeluksvogel. Nog eenmaal zagen ze het hoog worden opgetild op een golf, toen verdween het. Huiverend en gebeden prevelend gingen de mensen naar huis. De storm loeide. De klokken luidden.

De pinas kwam nooit in Indië aan, ook keerde ze nooit terug in de haven. Geen bericht bereikte ooit het vaderland, geen bericht voor de reders, geen groeten aan de familie van de bemanning. Was het schip vergaan? Men hoorde nooit dat ergens een wrakstuk aanspoelde, geen lijk dreef aan land. Zo gleed jaar na jaar voorbij. Niemand dacht ooit meer aan de pinas, behalve misschien een enkeling, een voor haar brood zwoegende weduwe, een oud moedertje in haar eenzaamheid, dat om haar zoon treurde. In die tijd voeren veel schepen weg, die nooit terugkeerden. Er waren vreemde dingen gebeurd bij de afreis van deze pinas. Geen wonder dat ze was vergaan! Zo hadden de mensen gedacht en nu waren ze het schip vergeten.
Toen gebeurde het eens dat een Oost-Indiëvaarder om Kaap de Goede Hoop koerste, op weg naar het vaderland. Hij voerde maar een enkel zeil, en een flinke oostenwind dreef hem vooruit. Plotseling dook aan bakboord een schip uit de laaghangende wolken op. Of kwam het uit de golven te voorschijn? Een oude matroos ontdekte het eensklaps, en hij gaf een schreeuw van schrik. Hij had al veel beleefd, maar wat hij nu zag deed hem de haren te berge rijzen. De zeilen van dat schip waren bloedrood en stonden bol *tegen de wind in*. De bemanning schoot van alle kanten toe op zijn geschreeuw en ze staarden met grote ogen over de verschansing. Het schip schoot snel voorbij, *tegen de wind in*! De romp was zwart, evenals de masten, en geen mens bewoog zich aan dek of in het want. Een blauwachtig licht omgaf het schip en in dat licht vloog een grote, zwarte vogel.
"Een spookschip!" riep er een. "Haal de kapitein!"
Maar voor de schipper uit zijn kajuit was, verdween het vreemde schip net zo plotseling als het opgedoken was. De schipper lachte hen uit.
"Spoken? Jullie zijn zelf spoken! Aan het werk allemaal, ieder op zijn post, als je niet gekielhaald wilt worden!" en het schip zeilde door.
De oude matroos liep nog lang met een starende blik rond. Hij

zag het spookschip duidelijk voor zich. Een lage boeg met de Hollandse leeuw, en een plat achterschip.
"Het was een pinas", mompelde hij verbaasd in zichzelf. Een pinas had hij in zijn jeugd nog wel eens een hele enkele keer gezien. Het waren vreemde oude schepen.
"Het was een Hollandse pinas", mompelde de matroos, en schudde ongelovig het hoofd. Bloedrode zeilen, zwarte masten! Dat was helemaal vreemd! Dat voorspelde niets goeds! Hij sprak erover met een paar kameraden. Die waren het met hem eens, dat ze een spookschip hadden gezien en dat er wel eens rare dingen zouden kunnen gebeuren.
De volgende dag joeg een vliegende storm het schip steeds meer naar de wal. Het sloeg op de rotsen te pletter. De oude matroos was een van de weinigen die het er levend afbracht. Thuis aangekomen, vertelde hij wat er gebeurd was en wat hij als oorzaak van het ongeluk zag. Velen geloofden hem, maar door anderen werd hij uitgelachen, zoals dat gaat in zulke gevallen.
Later echter bereikten steeds meer berichten over het spookschip het vaderland. De ene keer was het vanuit het niets tot zeer dichtbij het eigen schip opgedoken, de andere keer zag men het al vanuit de verte naderen, en kwam het met grote snelheid op het schip af. Er speelde licht om de masten, ook lagen er overal flauwblauwe lichtplekken over het dek. Het voer tegen de wind in. Het voer soms ook zonder wind met de zeilen gebold, net alsof er een fikse bries stond. De zeilen waren roodgloeiend, de masten waren zwart, en er was geen levend mens op het dek of in het want te bekennen. Het zeilde snel maar het wonderlijke was dat het toch niet scheen op te schieten. Want steeds zag men het in de buurt van Kaap de Goede Hoop. Het leek erop dat het steeds moeite deed om de Indische Oceaan op te lopen, maar dat het door een of andere macht werd tegengehouden.
Een spookschip was het, dat was zeker. Het bezorgde ongelukken aan elk schip dat het ontmoette op zijn weg. Zo'n schip liep kort daarna op de rotsen of het vloog in brand, of er brak ziekte op uit, en de bemanning raakte aan het muiten.
Het was een spookschip, dat onheil bracht, de matrozen huiverden als ze erover spraken, al wilden ze dit natuurlijk niet weten. Ze huiverden als ze er in de verte maar een glimp van meenden te zien. De mensen in het vaderland huiverden als ze er de verhalen over hoorden. Een spookschip zonder bemanning door-

kliefde de zee en bracht ongeluk aan wie het toevallig voorbijvoer!
Later bleek echter dat het wel degelijk een bemanning had. Eens zeilde er weer een Oost-Indiëvaarder in de buurt van Kaap de Goede Hoop. Het was een prachtig vaartuig met het Wapen van Batavia op de spiegel, het vlakke gedeelte boven de achtersteven, en op de boeg het beeld van een Javaanse vrouw. Het voer voor de eerste keer uit, het zou zonde geweest zijn, als het verloren was gegaan.
Het was een mooie, heldere dag, toen het op Kaapstad aanvoer. Het liep met een flinke vaart voor de wind. Plotseling naderde met een grote snelheid een ander schip. Het dook eensklaps op, en doorkruiste de baan van de koopvaarder. Het had een vreemd model: een lage boeg met een hoog achterschip. De zeilen gloeiden of ze in brand stonden. Het voerde de Hollandse vlag. Ze dachten op de koopvaarder dat het nog wel van richting zou veranderen. Ze zagen de kapitein op het dek staan. Die zal wel bevel geven, dachten ze. Zijn witte haren wapperden in de wind, maar hijzelf bewoog niet, en verder zagen ze niemand aan dek.
Opzij, opzij voor de duivel! Het was te laat voor de koopvaarder om zelf maatregelen te nemen. Ineens zat die pinas hem dwars voor de boeg. Ze vlogen er met een vaart op! De bemanning schreeuwde van ontzetting. Ze voeren er dwars doorheen! Maar geen schok werd gevoeld, geen gekraak gehoord! De koopvaarder voer ongehinderd verder. En het spookschip? Ook de pinas voer door! Het leek wel of er niets gebeurd was, en toch hadden ze haar middendoor gevaren!
Met open mond keek de bemanning haar na. Het was of ze in een blauw licht dreef. Op het dek stond nog altijd onbeweeglijk de kapitein, lang en mager, het witte haar fladderend, het gelaat verschrompeld, bleek en vaal, geen ogen, maar oogholten, zwart, zonder glans, daar had de dood in gebeten. Een doodshoofd op een verschraald lichaam! Een magere witte hand scheen aan zijn boord te zijn vastgegroeid, krom, verkrampt was ze.
"Zag je die vogel?" vroeg er een. "Die zwarte vogel die om de mast cirkelde?"
"Zag je die dode schipper?" vroeg een ander vol huiver.
"En verder geen mens! Geen stuurman, geen matroos te zien!"
"Die kerels lagen allemaal op het dek!" zei een derde.

"Op het dek?"
"Heb je dat niet gezien? Zag je hun koppen niet oplichten?"
"Ze lagen allemaal op het dek", riep op dit ogenblik de uitkijk uit het kraaiennest, "en ze voerden geen klap uit!"
Iedereen zweeg weer en tuurde verschrikt over zee. Waar was nu ineens die pinas? Ze was net zo plotseling verdwenen als ze was gekomen. Een dodenschip doorkliefde de golven, kwam en ging, waar vandaan, waarheen?
"Zag je de vlag?" vroeg een van de matrozen.
"Een Hollander?"
"Een Hollander, ja!"
"De Vliegende Hollander!"
Ze lachten hardop en duwden zo hun angst weg. Wat voor een ongeluk zou hun nu kunnen overkomen? Nog dezelfde dag kwam er een storm opzetten en de fokkenmast brak als een rietstengeltje af. Maar daar bleef het gelukkig bij, van de botsing met de Vliegende Hollander had het schip geen enkele averij opgelopen, nog niet de minste beschadiging! Zelfs het boegbeeld, de Javaanse vrouw, vertoonde geen krasje!
De Vliegende Hollander bleef de oceaan doorkruisen. Menig schip zag hem nog. De jaren verstreken. Alle schepen hadden hun tijd van komen en van gaan. Jong en fleurig kozen ze voor het eerst zee, oud en moe vonden ze rust in de laatste haven. Zo ging het met de mensen ook. Alleen de Vliegende Hollander bleef varen. *Al zal ik varen tot in eeuwigheid, ik váár!* Geen rust kwam er ooit over die pinas. De hoogmoedige schipper joeg vaartuig en bemanning in het ongeluk. Steeds bollen zich de rode zeilen, steeds buigen de masten onder het geweld van de storm, maar ze breken niet, steeds klieft de oude, vermolmde boeg de wateren van de oceaan in vergeefse pogingen om voorbij Kaap de Goede Hoop te komen.
Is er dan geen enkele hoop voor de rampzaligen op dit schip? Eenmaal in de zeven jaar kennen zij een ogenblik van rust. Dan ligt de pinas soms plotseling ergens op een rede stil, men hoort het geratel van ankerkettingen. Even later roept er een holle stem over het water. En als er dan antwoord komt, roept dezelfde holle stem: "Ik breng brieven!"
Er staan vreemde adressen op die brieven, namen van heel oude straten. Men zegt dat de bemanning van de Vliegende Hollander niet eens beseft dat ze al eeuwen zwerft. Ze vaart maar, ze vaart. De volgende dag is het schip weer weg. *Ik vaar,*

al zal ik tot in alle eeuwigheid moeten varen!

Zal de Vliegende Hollander, die eeuwige zwerver, eens de rust vinden, die elk schepsel nodig heeft? Misschien... zal hij ooit spijt krijgen van de trots die hem zee deed kiezen tegen de wil der hemelse machten? Misschien... zal hij ooit de nederigheid vinden, die elk mens past? Of – men ontmoet hem tegenwoordig niet meer op de oceaan – zou hij zijn rust al hebben gevonden?

De koningsslang

Sommige ringslangen hebben een echt gouden kroontje op hun kop, en daarom noemt men die soort koningsslangen. Ze zijn zeldzaam en zeer gevaarlijk, maar in sommige gebieden leven ze nog in groepjes bij elkaar.
Nu was er in zo'n streek eens een arme boer die van de vroege morgen tot de late avond moest werken om zijn kostje bij elkaar te scharrelen. Toch leidde hij een redelijk tevreden leven. Op een keer echter zag hij de heer van het land uitrijden in een prachtig rijtuig. Deftige koetsiers zaten op de bok, en de vrouw van de heer was gekleed in zijde en satijn.
De boer dacht bij zichzelf: "Waarom moet ik dag en nacht zwoegen voor een schamel beetje eten? Al wat ik te eten krijg is roggebrood en waterpap, en als ík uit rijden ga, zit ik op de mestkar en mijn vrouw is gekleed in zakken en lompen en mijn kinderen hebben geen klompen aan hun voeten!"
Sinds die tijd voelde hij zich ongelukkig en deed hij zijn werk met steeds minder plezier. Als hij 's avonds thuiskwam, en de pan met pap stond op tafel, was hij ontevreden en mopperde: "Dat is kost voor de beesten. Ik weet zeker dat de heer heel wat anders te eten krijgt. Hé, ik zou daar wel eens door de ramen willen kijken om te weten wat er allemaal op de borden ligt, en nog liever zou ik er van proeven. Kun je me nou nooit eens iets anders voorzetten dan wat waterige pap?"
"Jawel", antwoordde de vrouw van de boer. "Als ik geld had, dan zou ik bakken en braden dat het water je uit de mond loopt, maar zonder geld verkopen de bakker en de slager nu eenmaal niets."
"Zo!" zei de boer, "dus ik moet geld hebben?!"
De volgende dag ging hij niet aan het werk, maar hij liep het veld in. Het duurde niet lang of hij zag een koningsslang in de greppel liggen, en hij strekte zijn hand naar het beest uit om het

te grijpen. Het dier keek hem echter met kogelronde, kwaadaardige ogen aan en de boer nam de benen, want hij wilde wel de gouden kroon, maar hij wilde niet kennismaken met het levensgevaarlijke gif van de tanden.
Even later zag hij midden op de akker een grote in elkaar gerolde koningsslang liggen. Hij sloop naderbij en merkte dat het dier rustig sliep. Hij verzamelde al zijn moed en razendsnel vatte hij het grote dier bij de nek en liep ermee naar huis. Tot zijn verwondering spartelde het dier niet tegen en liet het zich machteloos meevoeren. Het gouden kroontje flonkerde hem tegemoet.
"Straks zal ik de slang in het vuur gooien", dacht de boer, "en als hij verbrand is, dan hoef ik het goud maar uit de as te rapen, en dan mag ik eindelijk eens wat anders eten dan pap. Ja, ik zou zelfs een koetje kunnen kopen en dan krijg ik melk en boter en kaas."
Toen hij geluiden hoorde die hij niet kon thuisbrengen, bleef hij stilstaan en keek om zich heen. Wat was dat? Van alle kanten, heel langzaam, gleden er koningsslangen op hem toe, ieder met een gouden kroon op de kop. Ze hadden hun gespleten tongen al naar hem uitgestoken, en zonder te sissen en te blazen kropen ze voort, met hun glasachtige ogen naar hem starend. Hij wist niet naar welke kant hij moest kijken. Hij wilde vluchten, maar hij stond als vastgenageld aan de grond. De slangen sloten hem in.
Het leek of alle koningsslangen ter wereld, duizenden, ja miljoenen exemplaren op hem afkwamen, boos om de roof die hij plegen wilde. Hij begreep niet hoe ze van zijn voornemen wisten. Nog even, en de slangen zouden zo dicht bij hem zijn dat hij niet meer zou kunnen ademhalen. Aan zijn voeten zag hij het gewriemel van de talloze kruipende dieren, en rillend over heel zijn lichaam probeerde hij zich een weg te banen door die samengehoopte massa. Hij zag slangenlijf glijden over slangenlijf, en hoewel elk dier anders kromde en kronkelde, scheen het de boer toe, alsof de onontwarbare kluwen dieren één wanstaltig lichaam met talloze uitsteeksels was.
Dit gaf hem een gevoel van grote angst en afschuw, zodat hij de slang die hij al die tijd nog in zijn hand had gehouden, liet vallen. Het gouden kroontje rolde over de grond.
Zodra dit was gebeurd, week de slangenmassa uiteen, en elke slang zocht zijn eigen weg over de koude, donkere aarde. De

Het leek of alle koningsslangen ter wereld op hem afkwamen.

boer zag dat er geen dier bij was zonder gouden kroon en wanhopig sloeg hij zijn handen voor zijn gezicht. Zoveel rijkdom onder handbereik, zonder dat hij er iets van kon nemen!
"Wee mij! Moet ik dan altijd arm blijven, mijn hele leven lang, en zal ik mijn rug moeten bukken van zonsopgang tot zonsondergang, terwijl ik niks anders te eten zal krijgen dan pap? Nog een paar passen en ik was thuis geweest. Waarom ik niet en een ander wel?"
Toen begon hij luid te klagen, maar zijn woorden verwaaiden in de wind. Toen hij 's avonds laat thuiskwam, nog nabibberend van zijn avontuur, zette zijn vrouw een bord dampende pap voor hem neer, en dit keer at hij zijn maal zonder te mopperen.

De vrek van Veenwouden

In de buurt van Veenwouden, dicht bij de 'skillige pijp', de schele brug, die over de vaart naar Dokkum ligt, woonde een oude man op een slot, die zijn hele leven niets anders had gedaan dan geld oppotten.
Al het goud en zilver dat hij verzameld had, bewaarde hij in een loden kist. Die stond in een lege kamer en was altijd met zware grendels afgesloten. Op den duur vond hij het toch te gevaarlijk om die schat boven aarde te bewaren en hij besloot haar onder de grond te verbergen.
Om er zeker van te zijn dat niemand haar ooit zou vinden, had hij de hulp van de duivel ingeroepen. In het toverboek van Magister Albertus de Grote had hij een formule gevonden, die zonder haperen driemaal achter elkaar moest worden opgezegd om de duivel te doen komen. Hij zou hem de bewaking van de schat opdragen, zodat de munten nooit meer door de wereld zouden rollen.
Op een donkere winteravond rond Kerstmis bracht hij met behulp van zijn ezel de kist met geld naar zijn tuin, groef met veel inspanning een groot gat bij het licht van een lantaarn, liet de kist erin zinken, bedekte alles weer met aarde en zei drie maal de bezwering op. Nauwelijks had hij het laatste woord gesproken of een koude windvlaag streek door de bomen.
De oude vrek was tevreden; nu wist hij tenminste zeker dat de duivel hem helpen zou. Hij kon zijn ogen niet afhouden van de plek waar hij het geld, het enige waarvoor hij geleefd had, aan de aarde had toevertrouwd. Daarom ging hij achterstevoren op de ezel zitten met de lantaarn in de hand en reed zo naar zijn slot terug.
De duivel laat zich echter altijd duur betalen voor zijn hulp. In het donker struikelde de ezel, de oude heer viel eraf en hij

kwam zo ongelukkig terecht dat hij zijn nek brak.
Zijn erfgenamen, die heel zijn burcht doorzochten zonder ook maar iets te vinden, begroeven hem waar de ezel hem had afgeworpen en gingen teleurgesteld weer naar huis terug.
De mensen uit de buurt begrepen wel dat het geld in de tuin begraven moest zijn en ze waren avond aan avond aan het spitten. Eens stootten ze op een loden kist, maar die zonk dieper en dieper weg bij elke stoot met de schop. Het geld daar heeft zijn tijd nog niet uitgediend, dachten ze en ze gaven het op.
De oude vrek kon geen rust vinden, ook niet nadat zijn slot met de grond gelijk was gemaakt en de hoge bomen in de tuin waren gerooid.
In de nacht tussen de beide kerstdagen zag men hem altijd op zijn ezel rondrijden. Hij zat er achterstevoren op met de staart van het dier in de ene hand en in de andere de lantaarn die zijn grijzend gezicht spookachtig verlichtte.
In andere nachten zag men hem soms ook. Dan had hij een rode jas om de schouders geslagen, een witte slaapmuts op het hoofd en pantoffels met gele hielen om de voeten. Zo deed hij dan de ronde door de vroegere slottuin om bij de brug in het water te verdwijnen. Menigeen maakte een grote omweg om hem op maanlichte nachten niet te ontmoeten, maar ook zonder dat hij zich liet zien, kon de oude heer gevaarlijk zijn.
Op een keer vertrok een veenarbeider vroeg in de morgen naar het veld, vergezeld van een jongen. Druk pratend liepen zij bij de Schele Pijp toen de woorden de arbeider ineens in de keel bleven steken. Hij voelde een koude onzichtbare hand op zijn schouder. Plotseling werd hij opgetild en in de sloot gegooid. Hij kwam met de schrik vrij.
Een ander die daar op een zomeravond voorbijkwam, kon opeens niet verder. Hij zag niemand, maar het leek of hij door knokige handen werd tegengehouden. De oude heer wilde hem niet zomaar voorbij laten gaan.
Het is ook gebeurd dat een rijdende wagen van het ene moment op het andere over de brugleuning in de vaart werd gezet. Niet lang daarna reed een brouwer over de brug, toen hij achter zich het balken van een ezel hoorde. Dadelijk begreep hij wie hem volgde en legde de zweep over de paarden. Dat was zijn geluk, want nauwelijks was hij over de brug, of ze stortte achter hem in.
Iedereen vond dat de oude nu lang genoeg rond had gespookt

en met allebei de handen werd het aanbod van de beroemde duivelbanner, Miente van Veenwouden, aangegrepen om de geest van de Schele Pijp voorgoed te verbannen. Op een avond kwam Hendrik Miente met vier paarden bespannen over de brug gereden. Hij had niet minder dan zes geestenbezweerders uit de Friese woudstreek meegenomen. Het werk zou niet gemakkelijk zijn, want de duivel zelf was er immers mee gemoeid.
Het liep tegen middernacht toen ze het spook zagen wandelen. Onmiddellijk sprak Hendrik de zeven krachtige woorden waaraan elke schim, of hij nu wil of niet, moet gehoorzamen en ja hoor, de geest kwam op hen af lopen.
"Goed ouwe, en kom nu maar bij ons op de wagen!" zei Hendrik overmoedig. Hij dacht er dit keer gemakkelijk van af te komen.
De geest moest dat bevel wel opvolgen. Hij nam een sprong en kwam tussen zes mensen terecht die zonder ophouden hun bezweringen opzegden. Toen Hendrik de paarden aandreef en wilde wegrijden, ging dat niet. Hoe de paarden ook trokken en rukten, hoe ze zich schrap zetten en van angst snoven, ze kwamen nauwelijks een stap vooruit.
Na een paar uur, waarin ze door en door nat van het zweet waren geworden, hadden ze nog maar een paar meters afgelegd. Toen sloeg het twee uur op de toren van Veenwouden en met de laatste slag scheen de betovering verbroken. Ineens holden de paarden dwars door de velden en over de sloten en heggen in de richting van Roodkerk.
Niet ver van het dorp is een grondeloos diepe kolk, de Boompoel, en daar ging het regelrecht naar toe. Hendrik zag het gevaar net op tijd. Op het laatste ogenblik liet hij zich van de wagen vallen en daardoor redde hij zichzelf. De anderen waren helaas ten dode opgeschreven. Ze stortten met paard en wagen en al in de poel en ze verzonken voor eeuwig.
Geen haar, geen splinter, geen nagel heeft men ooit teruggevonden. Noch de wagen, noch de vier paarden, noch de lichamen van de zes verdronken duivelbanners zijn ooit weer boven water gekomen; de duivel heeft ze voorgoed in zijn macht.
Maar spoken doet het niet meer bij de Schele Pijp.

De trotse boer

In de dagen dat de maan nog geen gezicht had, woonde op de Veluwe een boer die zich nergens wat van aantrok en om God noch gebod gaf. De dorpelingen waarschuwden hem vaak dat zijn slechte leven hem nog wel eens zou opbreken. Maar dan lachte hij en zei: "Niemand kan een boer iets maken. Een boer is nog rijker dan een keizer of een koning, want een boer heeft met niets of niemand iets te maken, hij is van niemand afhankelijk." Zo eigenwijs sprak de boer, en menigeen schudde het hoofd.
"Wie hoog stijgt, valt des te dieper", fluisterde men onder elkaar.
Jaar in jaar uit ging zo voorbij totdat de kerstnacht aanbrak die de dorpsbewoners nog lang zou heugen. Het vroor hard, maar er lag geen sneeuw op de velden en het was volle maan. De boer zei tegen zijn vrouw: "Ik trek erop uit om wat takken en rijshout bij elkaar te zoeken, dan vlamt ons vuurtje morgen lekker, zodat jij heerlijke brij kunt koken. Ik blijf niet lang weg."
"Doe dat nou niet", drong zijn vrouw aan, "want het is kerstnacht en de klokken luiden al. God zou je kunnen straffen, wanneer je uitgerekend in de heilige nacht gaat sprokkelen."
"Dat moet God dan maar proberen", lachte de man, "maar geloof me vrouw, boeren kan hij niks maken!"
En met deze woorden verliet hij het huis. Het maanlicht was zo helder dat het in het bos op de meest donkere plek nog schemerig was. De stammen van de bomen staken er zwart bij af, en toen de boer naar boven keek, was het of er allemaal gezichten tussen de takken gluurden.
Hij lachte hardop, want hij was voor geesten al net zo min bang als voor God.
Hij bukte zich om hout te sprokkelen, en hij verzamelde alles in

de grote mand die hij van huis had meegenomen. Na een tijdje was deze helemaal gevuld. Hij sjokte weer terug naar de boerderij, terwijl hij in zichzelf zei: "Nu zal mijn vrouw wel zien dat een boer alles mag doen. Daar is de boer een boer voor!"
Nauwelijks had hij dit uitgesproken, of plotseling werd hij in de hoogte getild, met zak en al. Hij vloog door de lucht en hoe hoger hij kwam, hoe sneller hij ging. En hij vloog... hij vloog... recht op de maan af, en voor hij begreep wat er gebeurde, zat hij met zak en al in de maan.
Sindsdien heeft de maan een gezicht gekregen en nog een benauwd gezicht ook! Altijd wanneer je naar de maan kijkt, kun je het mannetje zien zitten. Soms lijkt het alsof hij scheel kijkt. Dat komt omdat hij dan last heeft van die zware mand met hout op zijn rug.

Het wapen van Wildervank

Toen een groot deel van het noorden in ons land nog onbewoond was, en er ook beslist nog geen mens wilde wonen, waren er een man een vrouw die zich aangetrokken voelden tot de woeste veengrond. Ze zwierven er dag en nacht rond. Wildervank heetten ze, en ze leefden voor de gedachte om uitgerekend dit gebied bewoonbaar en vruchtbaar te maken voor het nageslacht. Ze voelden zich uitgedaagd door het onherbergzame land en ze zagen niet op tegen het zware werk.
Overal waar zij konden kijken, zagen ze kleurloze, dorre velden om zich heen, met hier en daar een zwarte plas, verspreid als inktvlekken op een blad grauw papier. Nooit schitterde de zon in die ondoorzichtige modderige poelen... het was er altijd somber, ook al straalde de zon aan een wolkenloze blauwe hemel boven de onbeweeglijke vlakte. Wanneer Wildervank zijn ogen liet gaan over dit onafzienbare maar doodse gebied, genoot hij van de weidse blik die hem vergund was. In zijn verbeelding zag hij vruchtbare aarde die gewassen voortbracht en spelende kinderen.
Geen weg, zelfs geen paadje slingerde door de vlakte. Er was nergens een boom te bekennen. Slechts één vogel, de roerdomp, doorbrak de angstaanjagende stilte af en toe met zijn melancholiek geluid. Het geluid benadrukte de eenzaamheid. Zijn vleugels die de kleur van bruine heide hadden, scheerden langs de zwarte plassen.
Toen men hoorde wat de Wildervanks van plan waren, bespotte men hen. Wat dachten ze met z'n tweeën uit te kunnen richten in die woestenij? Waar begonnen ze aan? Was de bewoonde wereld soms niet goed genoeg voor ze? Wie dachten ze wel dat ze waren? Er kon toch nooit iets goeds groeien uit zulke verdoemde grond! Die plek was niet voor niets van God en de

mensen verlaten. Ja, men lachte ze uit, op straat en in de koffiehuizen, overal waar het plan ter sprake kwam. Kwajongens riepen de Wildervanks scheldwoorden na, en dikwijls werden ze zelfs met modder gesmeten.
Zo gaat het nu eenmaal met mensen die zich onderscheiden van anderen, maar later worden zij vereerd en zegt men niets dan goeds over hen.
De Wildervanks gingen hun eigen gang en zij slaagden erin een flink stuk land te ontginnen. Na vele jaren ploeteren en zwoegen, trokken ze weg uit de streek. Wildervank was moe en hij kreeg last van somberheid. Ze vonden een huis in een stadje in de buurt, waar ze dachten gelukkig te kunnen zijn. Ze leefden in alle eenzaamheid. Zij bemoeiden zich niet met anderen, en zo raakten ze steeds meer op elkaar aangewezen. Alleen als ze met z'n tweeën waren, voelden ze zich vrij om te denken en te zeggen wat ze wilden.
En zo kwam de ouderdom voor hen, en elk van de twee was bang dat de ander het eerste sterven zou. De vrees voor de stilte zette zich vast op hun hart als een tastbaar iets en dikwijls legden ze hun handen op de borst, bang dat het daar plotseling op zou houden met kloppen. Toch spraken zij nooit met elkaar over de dood, die wrede vernieler van jong en oud geluk. Nee, ze wilden elkaar ontzien en ze deden alsof de dood alleen een woord was en niet bestond.
Toen kwam de dag dat Wildervank stierf. In ontzetting boog zijn vrouw zich over hem heen. Ze trok aan zijn armen en probeerde hem nog wakker te maken met haar stem. Ze kon eerst niet geloven dat zijn ziel het leven verlaten had. Urenlang zat ze als verdoofd naast zijn levenloze lichaam, niet in staat om in beweging te komen.
Na zijn begrafenis werd het vredige tikken van de klok in huis een vijandig geluid. Ze dwaalde eindeloos door de gangen en kamers, maar ze voelde zich niet meer veilig in haar huis. Het was of ze in een ver vreemd land terecht was gekomen, waar niets haar nog herinnerde aan de vertrouwde omgeving. En dan de stilte overal. Ze bleef soms op de drempel staan, alleen om naar de meubels te kijken. Vroeger waren dat dode voorwerpen geweest. Nu leken ze tot leven te zijn gekomen. Met grote dreigende ogen keken ze haar aan, de armen uitgestrekt, en de benen plomp op de kale vloer.
"Ik kan hier niet blijven", klaagde zij tot zichzelf.

Kort na de begrafenis van Wildervank besloot ze het huis te verlaten. Ze nam van niemand afscheid, en ze keek niet één keer om. Toen dacht ze terug aan de tijd dat ze met haar man land had ontgonnen en ze voelde een verlangen om op die plek te sterven. Toch twijfelde ze om te gaan. "Hij is in de stad gestorven. Is dat dan ook niet mijn plaats?" dacht ze beklemd. Ook waren er nauwelijks wegen die daarheen leidden, en ze zou misschien ook niet meer bestand zijn tegen de spot van de mensen die ze, als ze eraan terugdacht, op haar rug voelde kriebelen als een grote spin.
Zo bleef ze in de straten van het stadje rondzwerven, als een bedelares, maar vragen om brood deed ze niet. Misschien verwachtte ze dat iemand haar uit zichzelf wat te eten zou brengen of haar zou troosten, maar wie zó redeneert kan wachten tot hij een ons weegt. Nu de dood niet alleen maar een woord voor haar was, werd de vriendschap een woord. Hoewel ze weinig te verliezen had, durfde ze toch nog steeds niet terug te gaan naar het woeste land om er het werk van haar leven voort te zetten. Er zou haar eerst iets ergers moeten overkomen, voor ze die moed vond.
De dagen gleden langs haar heen, en ze merkte het nauwelijks meer. Ze vervuilde; haar kleren plakten aan haar smerige lichaam. Overdag leefde ze in een gedachteloze wereld, haar hoofd was leeg en haar hart eveneens. Zoals doorzichtige wolken die op een stralende zomerdag voorbijtrekken, bestond haar gedachtewereld uit niet veel meer dan: "Moet ik sterven?" of: "Ik zal sterven." 's Nachts krijsten de uilen haar toe in haar vluchtige droomloze slaap.
Op een dag werd ze wakker, en ze voelde zich voor het eerst sinds lang weer een levend mens in plaats van een dode. Ze had van Wildervank gedroomd. Ze sloeg haar handen voor het gezicht en haar geest zag, als door helder water, in de diepte van haar ziel en van haar ziel naar haar geest trilde een stem. Ze dacht aan de tijd met Wildervank, toen ze voor niets of niemand bang waren geweest. De angst voor de dood en de angst voor het leven vielen van haar af.
Ze ging terug naar het land vanwaar ze gekomen was. Ze trof het aan zoals ze het destijds verlaten had. Er woonden nog maar weinig mensen, die haar stug begroetten. Ze wisten niet wie ze was en wat ze bij hen kwam doen. De straatjongens bekommerden zich niet om haar.

De oude droom die ze met Wildervank had gedeeld, kwam weer tot leven. “Ik zal hier een kerk zetten en huizen bouwen”, dacht ze. “Waarom moet deze streek arm blijven? Honderden mensen kunnen hier wonen.”
Toen ze haar gedachten uitsprak, lachte men weer genadeloos, als vanouds.
“Honderden mensen... honderden mensen... horen jullie wat ze zegt? Honderden mensen.”
“Als het er geen duizenden zijn.”
“Ja hoor, als het er geen duizenden zijn”, spotte men.
“Geloven jullie mij niet? Ooit zullen jullie de naam Wildervank loven.”
“Haha, dat zal wel. Wat wil je hier toch alleen beginnen, vrouw!”
“Waarom lachen jullie mij uit?” vroeg ze alleen bedroefd.
Niemand antwoordde, maar de spot bleef in hun ogen te lezen. Ze keek hen een voor een aan, en schudde het hoofd. Waarom twijfelde men aan zoiets dat toch eenvoudig werkelijkheid kon worden?
“Zowaar de zon vandaag schijnt, zal het gebeuren.”
Ze liet het zonlicht over haar handen spelen, en ze vergat haar pijn. Ze was blij, om de helderblauwe lucht van vandaag, en omdat zij weer op haar oude plek was, waar ze ooit zulke gelukkige jaren had gekend. Eindelijk thuis! Maar ook na de stralendste dag komt de avond. De mensen waren lachend naar hun hutten teruggekeerd. Hoog in de lucht begon de schemering te rillen, bij de horizon zweefde een lichte nevel, waardoor langzamerhand steeds meer donkere strepen schoten. In de verte hoorde men een bel: dat was een herder die zijn kudde naar huis bracht. Vrouw Wildervank zag de schapen die zich dicht tegen elkaar aan gedrukt voortbewogen, als een compacte massa gelige wol. Het heidekruid boog zich in de huivering van de avondwind. Dit was de tijd waarop mens en dier hun rust nemen.
Ze klopte aan de deuren, maar niemand deed open. Men dacht aan een of andere zwerver. Ze riep wie ze was.
“Ga maar een deur verder!” antwoordde men. Niemand nodigde haar binnen, en het interesseerde niemand of ze echt verder liep, of op haar plek bleef staan, of ze nog leefde of ter plekke zou sterven.
“Is er dan niemand die barmhartig is?”

Met pijn in haar hart bedacht ze dat haar man met eigen handen deze huizen had gebouwd, waar men haar nu zelfs voor één enkele nacht onderdak weigerde. Ze klopte deur aan deur, en bij de laatste woning vroeg ze: "Het is koud buiten. Waar moet ik overnachten?"
"Hier is geen plaats."
Ze wilde nog een keer proberen of ze niemand kon overhalen en ze begon van voren af aan, bij het eerste huis.
"Er is nergens plaats voor mij, laat mij toch binnen. Ik ben bang voor de nachthemel die zonder sterren is. Geef mij een hoekje, waar ik beschut ben, al is het maar op de kale vloer."
Men antwoordde niet eens meer op haar klacht. Wat had zij, een gekke oude vrouw, nog van mensen te verwachten?
Radeloos besloot ze rond te gaan dwalen, net zolang tot ze andere woningen zou vinden. Er konden toch niet overal van deze onbarmhartige lieden wonen? Het was nog niet helemaal donker. In de schemering ging ze op weg, al wist ze niet waarheen. Er woonde hier immers niemand, tot ver in de omtrek niet? Waarom zwierf ze dan? Al gauw stond ze midden op de heide, en alle klanken van mensen en dieren waren weggestorven. Wel vonkten de sterren, en spreidde zich het koele roerloze licht van de maan uit over de aarde en in de hemel, maar zij zag niets anders dan grauwe duisternis. "Waarom ben ik niet in mijn huisje gebleven? Wat heb ik hier te zoeken? De mensen hebben gelijk, dat ze me verstoten. Ik moet immers wel gek zijn!" In wanhoop vouwde ze de handen en begon te bidden.
Ze liep tot ze in een gebied kwam waar ze nog nooit was geweest. Ze wist dat ze hier niets kende, ook al zou het dag zijn geweest. Nooit hadden er mensen gewoond. Ze huiverde.
"Een ware woestenij! Wildervank... Wildervank... had ik toch maar samen met jou mogen sterven."
Ze werd moe, en zuchtend besloot ze op de hei te overnachten. Ze ging liggen, maar ze deed haar ogen niet dicht. Nee, ze staarde in de donkere nacht tot het eerste daglicht alweer gloorde, en toen pas viel ze in slaap.
In de vroege morgen schoof een slang door het heidekruid. Hij boog en kronkelde onder de arm van de vrouw door en sloot zich stevig om het mensenvlees, als een gladde spiraalring, waarboven de kop met de glazige ogen uitstak. Vrouw Wildervank sliep door.
De zon was inmiddels een flink stuk aan de hemel geklommen,

en ze was behoorlijk warm. Ze wierp haar stralen op de kale plekken van de hei. De hemel nam een diepblauwe tint aan. Op de aarde zelf scheen alles levenloos, ook vrouw Wildervank, en de slang die ze onwetend in haar armen hield. De morgen ging over in de middag, en de kleur van de hemel verscherpte zich tot een helder ultramarijn. De hemel was een en al levend licht, maar de bodem daaronder bleef dof en dood.
Eindelijk ontwaakte vrouw Wildervank. Ze stond haastig op, toen ze zag hoe hoog de zon al was gerezen. Op hetzelfde ogenblik bijna zag ze het dier en als versteend bleef ze staan.
"Een slang", stamelde ze, "o Wildervank! Ik heb zo om de dood gesmeekt, maar dat ik nu op deze manier moet sterven! Het ondier zal me bijten, en hier op deze onbekende verlaten grond zal ik mijn einde vinden. Hoe kan ik ontkomen?"
Ze probeerde zich te herinneren uit welke richting ze de vorige avond was gekomen. Misschien zouden ze in het gehucht nu bereid zijn haar te helpen. Gisteren had men dan weliswaar geen medelijden met haar gehad, maar nu – terwijl de slang met de dreigende kop zich om haar vlees slingerde – zou men haar misschien vol erbarmen bevrijden. Hoewel ze eerder naar de dood had verlangd, schrok ze terug nu ze hem in de ogen keek. Ze dacht aan haar levenstaak en die van Wildervank, hun streven om dit land te ontginnen. Ze moest blijven leven, om het werk voort te zetten. Wildervank... Wildervank... moest men zich deze naam niet tot in verre geslachten blijven herinneren?
De slang lag stil om haar arm. Het lichaam hing slap neer. Toen sloop de twijfel weer in haar hart. Zou ze het niet beter kunnen opgeven? Hoe kon ooit dit dorre, droge land tot wasdom komen? Of de zon nu scheen, of de regen kletterde, het bleef altijd dezelfde dode grond. De mensen die met haar spotten, hadden misschien groot gelijk. Hoor! Zij lachte wanhopig om zichzelf, en het klonk luid over het veld, zonder echo.
"Hahahaha!"
Als boeien die strakker om de armen van misdadigers worden gesnoerd, zo drukte het kronkelende lijf van de slang nu in haar vlees en ze merkte tot haar ontzetting dat in de ogen van het dier begerigheid was te lezen. Hij hield zijn bek vlak bij haar arm.
"Niet bijten", smeekte ze, "ik ben van zo ver gekomen, en ik heb nog zoveel te doen! Wil jij me dat verhinderen, dom beest?"

"Niet bijten", smeekte ze.

Ze merkte tot haar grote opluchting dat hij na deze woorden zijn kop terugtrok. Weer deed ze een paar passen in de richting vanwaar ze die avond gekomen was, en het dier bewoog zich niet.
"Nu is er geen twijfel meer mogelijk", zong het in haar, "ik zal gered worden! Grond, je zult gezegend zijn!"
Op haar weg terug liep ze langs een poel. Nergens op de heide, hoe eenzaam ook in haar uitgestrektheid, kon het verlatener zijn dan hier. Geen riet was er in de plas, die donker en troebel leek als de avondhemel bij dreigend onweer. De voeten van vrouw Wildervank zonken weg in het veen. Luid sprak ze: "Op deze plek zal ik een kerk bouwen. Daaromheen zullen de huizen staan, zover je kijken kunt. Niet alleen zal het land zelf rijk zijn, het zal ook rijkdom brengen aan alle steden en dorpen die er omheen liggen. De naam van deze plaats zal zijn: Wildervank!"
Ze keek naar haar arm. De slang, o wonder, gleed van haar af, nog even staarde ze naar de kronkelingen van het lijf – toen was het dier verdwenen.
Zij kwam haar belofte na. Ze liet werklieden komen, die op de plaats bij de plas een kerk bouwden. Daaromheen gingen mensen wonen, en toen zij haar taak op deze aarde had volbracht, kon vrouw Wildervank rustig sterven.
Iedere stad en ieder dorp heeft een wapen, maar dat van Wildervank werd het vreemdste van allemaal. Het stelt een vrouwenarm voor waarom zich een slang heeft gekronkeld. Later hebben de Veendammers zich het wapen van Wildervank toegeëigend en het voor hun eigen stad gekozen. Maar het is en blijft vrouw Wildervank die het ondier aan haar arm had hangen, en die haar naam aan de plaats Wildervank heeft gegeven.

De vliegende bedrieger

In de buurt van de stad Groningen woonde eens een groenteman die zijn boterham op oneerlijke wijze verdiende. Hij liet zijn verlepte en half verrotte groenten doorgaan voor vers, en zijn verse waar verkocht hij te duur. Meestal belde hij aan bij pasgetrouwde mensen, van wie de vrouw nog niet zoveel ervaring heeft opgedaan met etenswaren. Bovendien heeft ze het in het begin van haar huwelijk vaak te druk om overal op te letten. Dan is het manlief voor en manlief na. Later gaat dat wel over. Aan iedere ziekte komt tenslotte een eind!
Zodra de groenteman wist dat men hem niet meer geloofde, koos hij andere slachtoffers. Elke eerlijke handelaar heeft vaste klanten met wie hij een goed contact onderhoudt. De oude klanten van de groenteman liepen hem echter zonder iets te zeggen voorbij op straat, en ze keken de andere kant op als ze hem ergens zagen. Geen mens vindt het leuk om bedrogen te worden.
Hij stoorde zich er helemaal niet aan, hij dacht: "Laat ze hun neus maar optrekken, maar ik heb thuis in mijn kast de kousen vol zilver en goud liggen. En ik heb er toch een aardig lapje grond bij kunnen kopen. Ik heb mooie koetjes op stal staan. Ik ben de rijkste in de buurt."
Wie zo denkt, is tot domme dingen in staat. Een rijk mens heeft grotere moeite om zijn verstand te bewaren dan een arm. Een arm mens wordt alleen maar door zorgen geplaagd. Een rijk mens door zorgen en door geld, en het is nog maar de vraag wat zijn grootste vijand is.
Op een goede avond belde de koopman bij een jong koppel aan. Het liep al tegen de avond, en het was in de straat al behoorlijk schemerig, zodat je de spullen op zijn groentekar maar half kon onderscheiden.

"Mooie krop andijvie, mevrouwtje?" vroeg hij aan de jonge vrouw die opendeed.
"Is ze vers?"
"Zekers wel mevrouwtje. En ook niet te duur voor deze tijd van het jaar; voor jou zelfs maar vier stuivers de krop!"
"Mijn man is dol op andijvie... maar je houdt me toch niet voor de gek?"
"Ik u voor de gek houden? Maar mevrouwtje, u moet niet alles geloven wat de buurt zegt! Als ik zo'n mooie jonge dame als u voor de gek zou durven houden, bid ik dat ik nu nog met kar en al de lucht in vlieg."
Dat had hij beter niet kunnen zeggen. Hij was nog niet bij zijn kar om zijn andijvie te gaan halen of hij voelde zich opgetild worden door een woeste windvlaag en hop – daar ging hij. Met kar en al werd hij de lucht in gesmeten tot grote schrik van de jonge vrouw.
Hij bleef haken aan een boomtak, en iedereen die het verhaal hoorde, lachte, en vond het een goede zaak dat de groenteman een kopje kleiner was gemaakt. En voor de groentemannen van nu is het een wijze les: bedrieg nooit een jonge vrouw of voor je het weet vlieg je met kar en al door de lucht.

Hoe de stad Leiden aan haar naam komt

In onze streken hebben vroeger misschien wel de verschrikkelijkste reuzen ter wereld gewoond. Het waren onstuimige heerschappen die het de rondtrekkende kooplui en de reizigers zeer lastig maakten. Ze rekten de ledematen uit van passanten en lieten ze zware belastingen betalen.

Niemand kon aan het gevaar ontkomen, omdat ze de grote wegen bewaakten en daar op hun slachtoffers loerden. Zodra ze een koopman waarnamen, stapten ze dreigend op hem af en vaak beroofden ze hem van zijn kostbare handelswaar. Daarom was het heel onveilig om in deze gebieden zaken te doen, en de inwoners zochten naar middelen om met de reuzen tot overeenstemming te komen.

Dit was niet gemakkelijk. Immers, in de ene plaats woonde reus A die bereid was een mens onder bepaalde voorwaarden met rust te laten, maar in de andere plaats was reus B de baas, die de arme drommel dan alsnog bij zijn kladden kon pakken. De ene reus kon iemand vrije doorgang verlenen, terwijl de reus van een aangrenzend gebied de reiziger vervolgens met voet en vuist bewerkte.

In een stad aan de Rijn woonde eens een zeer wrede gigant, met een hoofd als een reuzenpompoen, een lijf als een eikenboom en benen als twee uit de kluiten gewassen sparren. Wanneer hij ademde, leek het of er een stormwind loeide, en als hij zijn armen uitstrekte, was het of er zware takken knapten. Hij had een stem waarmee vergeleken het rommelen van de donder een licht en lachwekkend geluidje bleef. Wanneer hij kwaad werd, bliksemden zijn ogen, die overigens even scherp waren als van een torenvalk. Niemand kon aan hem ontsnappen. Het snelste paard was niet snel genoeg voor de reus die immers in enkele stappen mijlen kon afleggen.

Geen koopman die deze lage landen had bezocht, of hij sprak over de grimmige reus zoals men over de dood spreekt, met huiver en ontzag.
"Wanneer ik hem toch eens voorbij kan komen", dacht menigeen, "de streek is rijk en de vrouwen houden er veel van snuisterijen, glinsterende kralen, gouden kettingen, lintjes, doekjes en borduursels; graag voelen ze een ring aan de vinger, vooral eentje met schitterende stenen. Als die reus er maar niet was..."
Toen kwam er een dag waar iedereen in de omgeving naar had uitgekeken. Er was een conflict uitgebroken tussen de reuzen. Al sinds jaar en dag waren de reuzen jaloers op elkaar, want ze voelden zich allemaal de baas, maar hun macht bleef beperkt tot hun eigen gebied. Dit zette kwaad bloed. Op een dag besloten ze uit te maken wie van hen nu eigenlijk de grootste en de sterkste was.
Zo stonden ze op die dag oog in oog met elkaar, en de oorlog begon. Ze sloegen elkaar met hun sterke vuisten pal in het gezicht, een harde kop ramde tegen een harde kop, ze trapten wild om zich heen en worstelden met elkaar zonder het geringste mededogen, van de vroege ochtend tot de late avond. Het bloed spoot hun lichamen uit, niet met een zwak straaltje zoals het uit de wond van een mensenlijf loopt, maar als een waterval. Ja, er ontstond zelfs een riviertje van bloed op de plek van de vechtpartij!
Het duurde lang voor de reuzen elkaar hadden verslagen. Tegen de avond stond alleen de gigant van de stad aan de Rijn nog fier rechtop. Alle anderen strompelden rond, gebogen onder het hakken en houwen op hun vlees en botten. Hij was het die ze een voor een nog eens flink aftuigde. Daarna ging hij, zonder nog een keer om te kijken naar de jammerende reuzen, naar zijn stad aan de Rijn, en hij bleef er voor de rest van zijn leven wonen.
De hoop van de mensen dat de reuzen elkaar niet alleen bont en blauw zouden slaan, maar dat ze door zouden vechten tot er geen een meer over was, werd dus niet vervuld. Toch veranderde de situatie. Elke reus moest openlijk erkennen dat hij verslagen was door die grove kerel aan de Rijn en men beschouwde hem dan ook algemeen als de machtigste van het stel. Dat gaf hem bepaalde voorrechten.
Wanneer nu de mensen naar verschillende steden wilden reizen, deden ze er goed aan om eerst de overwinnaar aan zijn hof te

bezoeken. Met vele buigingen naderden ze hem en ze kwamen tot vlak voor zijn troon.
"Majesteit reus van de Rijn", zo spraken ze ongeveer, "we wilden u in alle nederigheid om een gunst vragen. Het staat u natuurlijk vrij om deze te verlenen of te weigeren, wat u wilt."
"En wat wil je dan?"
"Wij willen u eerbiedig vragen om een vrijgeleide."
Ze wachtten in spanning af op het antwoord dat zou komen. Wanneer ze een schrijven van de Rijnreus bij zich hadden, konden ze overal vrijelijk passeren. Als ze het gewichtige document in handen kregen, waren ze blijer dan wanneer hun een zoon was geboren. Het papier verzekerde de kooplui van forse winst.
De overige reuzen traden voortaan iedere reiziger tegemoet en gromden: "Ben je wel voorzien van een vrijgeleide van de Rijnreus?"
Al snel begon deze standaardvraag ze te vervelen, en ze maakten het wat korter. Voortaan grauwden ze: "Ben je voorzien van vrijgeleide?"
Ook deze zin bleek in de loop van de tijd nog veel te lang te zijn. Bij de poorten wachtten tientallen mensen die klaagden dat het zo traag ging. Ook reuzen zijn niet bestand tegen de publieke opinie. 't Moest dus nóg kernachtiger worden gezegd.
"Ben je van vrijgeleide?" snauwden ze voortaan kwaadaardig, en daarna werd het al snel, omdat iedereen toch wel begreep wat er mee bedoeld werd: "Ben je van geleide?"
Dit ging een tijdje uitstekend. Men meende dat er geen letter, laat staan een lettergreep meer af kon. Enige jaren konden de reuzen het volhouden, zonder dat er al te veel opstoppingen en gemor onder het volk ontstonden.
De handel breidde zich echter steeds meer uit, door de vele brieven die de reus aan de Rijn meegaf. Men zocht naar een nog beknopter woordkeus. Kon er nog een klank af? Zou men het wagen?
De reuzen besloten over deze gewichtige kwestie met elkaar te vergaderen. Hun voorhoofden rimpelden van de inspanning die het denken ze kostte. Ze fronsten hun wenkbrauwen en smakten met hun lippen, want ze waren helemaal niet gewend aan denken en redeneren. In die dagen was er van een geordende bijeenkomst, met een voorzitter, een secretaris en een penningmeester ook nog helemaal geen sprake. Men praatte dus honderduit, en niemand luisterde naar elkaar en er was ook geen

Majesteit reus van de Rijn.

voorzittershamer die een einde maakte aan het reuzenrumoer.
Niemand weet hoe het besluit ten langen leste is gevallen. Het heeft in elk geval meerdere dagen geduurd om tot een afspraak te komen. Men kwam overeen om de zin die men de kooplieden toesnauwde, nog scherper af te splinteren. En zo werd ze in het vervolg: "Bent u van Leide?"
"Ja, van Leide."
Daarom noemde men geleidelijk de stad aan de Rijn "Leiden" en hoewel de reus al lang geleden gestorven is, kun je tot op de dag van vandaag nog vaak horen:
"Bent u van Leie?"
"Ja, van Leie."
Omdat de meeste mensen niet weten waarom Leiden Leiden heet, is hier deze waar gebeurde geschiedenis voor eens en voor altijd uit de doeken gedaan en zwart op wit gezet.

Het vrouwtje van Stavoren

Vroeger was Stavoren een rijke en welvarende stad. De burgers stonden wijd en zijd bekend om hun rijkdom en handelsgeest. De kooplieden dreven handel met andere landen tot ver over zee en verdienden er schatten mee. Ze woonden in grote, mooie huizen en men zegt dat velen hun huisdeur met goud hadden beslagen en dat hun erf met zilveren kettingen was afgezet. Rijkdom maakt vaak trots, en trots waren ze dan ook, de burgers van Stavoren.

Eéntje stak daar nog met kop en schouders boven uit: een weduwe, jong van jaren nog, maar de rijkste onder de rijken. Ze woonde in een huis als een paleis: prachtige tapijten bedekten wanden en vloeren; het blonk er overal van goud, zilver, en edelstenen. Ze bezat de meeste schepen, de meeste pakhuizen, de meeste goederen. Haar schepen voeren de hele wereld rond. Ze kwamen thuis met de kostbaarste schatten, ze namen de kostbaarste schatten als koopwaar weer mee. Niemand wist hoe rijk deze Vrouwe van Stavoren wel niet was, zijzelf wist het ook niet. Iedereen vloog voor haar en bediende haar op haar wenken. Haar wil was wet. Voor niets hadden de Staverse burgers meer ontzag dan voor rijkdom.

Nu was de Vrouwe van Stavoren wel rijk, maar tevreden was ze niet. Dat hoor je wel vaker. Haar schepen voerden de kostbaarste schatten voor haar aan, toch moesten er, zo dacht ze, nog mooiere en kostbaarder op de wereld wezen. En ze wou het allermooiste bezitten dat er op aarde te krijgen was. Ze zou niet rusten voor ze dát had! Ze wou iets dat alleen zij had, en niemand anders in de stad. Men zou haar nog meer ontzag en eer bewijzen!

Ze liet haar oudste schipper bij zich komen, een ervaren en bedachtzaam man.

"Ik zal veel goud in uw schip laten laden, schipper!"
"Veel goud, Vrouwe?"
"Veel goud, ja! U moet mij het kostbaarste brengen dat op aarde te vinden is!"
"Het kostbaarste, Vrouwe? Dat is vrees ik voor geen goud te koop."
"Schipper, laat het mij geen twee keer zeggen! U haalt het. Zo wens ik het!"
De schipper staarde enige ogenblikken in gedachten verzonken voor zich uit. Toen zei hij: "U moest daar maar een ander voor kiezen, Vrouwe, iemand die jonger is dan ik."
"Niemand kent de wereld zo goed als u, schipper. U bent mijn oudste kapitein en u hebt dus recht op deze eervolle opdracht. Aarzel nu niet langer, ga en doe wat ik wil."
Ze fronste haar wenkbrauwen, haar vingers tikten driftig op de tafel.
"Het zal gebeuren zoals u wenst", zei de schipper. Hij groette eerbiedig en ging.

Ver zwierf hij met zijn schip weg van Stavoren. Hij bezocht menige stad, bekend en onbekend, menig koopman sprak hij aan, veel mooie, aardse goederen stalde men uit voor zijn ogen. Hij zag prachtig bont, diep uit het grote Rusland gehaald; kunstig bewerkte sieraden van goud en zilver; geheimzinnig fonkelende diamanten en tal van andere edelstenen, die met elkaar wedijverden in kleuren; de zeldzaamste stoffen; tapijten met kleuren zoals zijn ogen nog nooit hadden gezien. Het een was al kostbaarder dan het ander. Toch vond hij niets dat naar zijn zin was. Zweden, Duitsland, en Rusland bezocht hij. In Riga bleef hij een paar dagen, maar hij kon niet besluiten iets te kopen.
Toen keerde hij terug naar Dantzig, de stad waar hij in het verleden al zo vaak was geweest. Als hij daar niet vond wat hij zocht, dan vond hij het nergens meer. Weer bracht hij de dagen door met zoeken. Men legde hem schatten voor die hun gewicht in goud waard waren, maar hij schudde steeds zijn hoofd en vertrok met lege handen, zoals hij was gekomen.
Toen kwam hij in een pakhuis, waar men hem voor de grap tarwe aanbood, roodbruin glanzende tarwe! Hij lachte niet terug. Zijn gezicht kreeg een ernstige uitdrukking. Hij nam de korrels in de hand en bekeek ze aandachtig. Ze waren groot en

vast en er lag een mooie gloed overheen. Eén korreltje zinkt in de aarde en het ligt daar en wacht. God zendt zijn zonneschijn, God zendt zijn regen bij tijden. En het zwelt en het spruit uit en een halm schiet boven de aarde omhoog, die buigt in de wind. Een aar groeit en geelt in de zomerzon, en vele korrels komen er uit die ene. En de mens voedt zich ermee, zonder deze korrel kan hij niet! Kan een mens van bontmantels leven? Leeft een mens van goud en zilver en edelstenen? Harde, dode dingen zijn het, maar tarwe, het levengevende tarwe, dát was de kostbaarste schat van de aarde. De schipper lachte een blije, gelukkige lach.
"Laad mijn schip vol met tarwe!" beval hij.
Voor de wind zeilde hij huiswaarts, de zeilen bol, het hart vol dankbaarheid dat hij zo goed had gekozen. Waai windje waai, zodat we des te sneller thuis zijn!
Hij stond voor op het schip toen het de haven binnenvoer. Hij zag de mensen snel naar de aanlegplaats lopen, één gestalte daartussen herkende hij meteen. De Vrouwe! Kaarsrecht stond ze daar, en ze droeg een kostbaar gewaad waar de zon op schitterde. Hij streek zich langs zijn zeemansbaard. Hij lachte, de Vrouwe zou voldaan zijn. Hij riep zijn volk de laatste bevelen toe. Snel gleed het schip naar de walkant. Een hoge stem trilde plotseling door de lucht. De Vrouwe riep! De schipper kon haar niet verstaan, maar bij wijze van antwoord nam hij de muts van zijn haar en zwaaide ermee.
Even was er toen niets anders te horen dan het geluid van de wind door de touwen en het geluid van het water dat opspatte tegen de boeg.
Toen trilde weer die hoge stem naar hem over het water.
"Wat breng je me schipper?"
"Tarwe, Vrouwe, de heerlijkste tarwe die ik ooit zag!"
Er viel een stilte. Het schip gleed zijn laatste vaart uit. Een zwarte vogel kruiste de baan tussen de schipper en de Vrouwe van Stavoren.
Luider klonk nu haar stem, kort en driftig sneed ze door de lucht.
"Versta ik je goed, schipper? Tarwe? Zeg je tarwe?"
"Tarwe, ja Vrouwe! Zo heerlijk kocht ik ze nooit! Zo groeit ze nergens in heel ons mooie Friesland!"
Ineens steeg er een spottend lachen op uit de menigte langs de kant.

"Tarwe! Haha, wat is de Vrouwe er tussen genomen! Hij kocht tarwe, horen jullie dat? Dat is dan die kostbare schat waar ze zo lang op gewacht heeft! Hallo Vrouwe, versier er uw kamers mee! Rijg er blinkende kettingen van, Vrouwe! Parels van tarwe, hahaha!"
Wit van drift stormde de Vrouwe nu over de loopplank. Haar ogen schoten vuur.
"Houd je me voor de gek, schipper?"
"Tarwe is het, Vrouwe. Wie kent er een kostbaarder schat? 'Geef ons heden ons dagelijks brood', bidden we toch alle dagen?"
"Ons dagelijks brood! Ons dagelijks brood!"
Ze hijgde van boosheid en teleurstelling. Ze stampvoette.
"Man, waar zit je verstand?!"
En dan, giftig van drift: "Aan welk boord laadde je dat goedje in? Aan bakboord, zeg je, aan bakboord? Zeil dan onmiddellijk de haven uit en werp het over stuurboord in zee! Geen praatjes, gehoorzaam!"
De tegenwerpingen van de schipper vergingen in het gejoel van de menigte aan de wal. Hoera, voor de Vrouwe van Stavoren. Zo is het goed! Die schipper gooide de naam van onze trotse koopstad te grabbel, maar de Vrouwe redt deze naam weer. In zee met dat spul! Vooruit nu maar, schipper! Over stuurboord, over stuurboord!
Op dat ogenblik ijlde een oude magere man de loopplank over naar het schip. Iedereen zweeg plotseling.
"Vrouwe", begon de stem van die man hees en moeizaam, "luister naar een arm, oud mens! Verspil Gods goede gaven niet! Geef ze de armen, als u ze zelf niet wilt hebben! Tarwe is eten, Vrouwe, God gaf het aan de mens om te leven."
Hij keek de Vrouwe van Stavoren smekend aan, maar hij ontmoette niets dan een paar koude, genadeloze ogen.
"Ik spreek niet met bedelaars", antwoordde ze kil. Meteen daarop, met een simpel handgebaar, beval ze de schipper haar opdracht uit te voeren.
Toen rechtte ook de bedelaar zijn rug, zijn gestalte werd jonger en krachtiger. Zijn stem kreeg een heldere klank, zodat alle mensen op het schip en aan de wal hem konden horen.
"U veracht in uw verwaandheid het graan", riep hij uit, "u veracht de mens die in armoede moet leven. Mij noemt u een bedelaar! Eens – Vrouw van Stavoren, dat zeg ik u – eens zult

ook u in armoede leven! Eens zult u rondgaan, vragend om een stukje brood, en samen met u al diegenen die net als u zijn. Let op mijn woorden. Eens worden ze waar!”
Zijn stem schalde luid en duidelijk over het water. De mensen zwegen. Ging er een golf van angst over de menigte? Wie was deze man? Zijn woorden waren van dreiging zwart. Kon deze man in de toekomst kijken? Of... of...?
De honende lach van de Vrouwe van Stavoren onderbrak hun gedachten.
“Bedelares? Ik? Man, hoe durf je zo tegen mij te spreken?”
Heftig rukte zij een kostbare ring van haar vinger af. Fel weerkaatste en grote diamant het zonlicht.
“Bedelares? Ik? Wie kent mijn schatten? Wie kan ze tellen?”
Met een wijde boog wierp ze de ring overboord.
“Nog eerder zal deze ring uit zee in mijn hand terugkeren, dan dat één woord van jouw voorspelling uitkomt! En nu... van mijn schip af!”
Gebiedend strekte ze haar hand uit. Een luid gejuich klonk op. De mensen betoonden hun bijval en verdrongen zich naar de loopplank. Leve de Vrouwe van Stavoren. Zó moet men een bedelaar te woord staan! Zó houdt men de eer van Stavoren hoog! Weg met die man! Over stuurboord te water! Te water!
Lichamen verdrongen zich, armen rekten zich al uit. Maar men drong zich vergeefs op, men greep vergeefs in de ruimte. De magere oude man was nergens meer te bekennen. Hij was op raadselachtige wijze verdwenen. Eerst lachten ze erom. Toen daalde er een onbehaaglijke stilte over hen neer. Wat had hij ook weer gezegd? Hoe zag hij eruit, toen die woorden door hem werden gesproken? Er lag een angstig makende bedreiging in zijn raadselachtige woorden. Sommigen slopen stilletjes naar huis, anderen stonden zwijgend op de wal en keken toe hoe het schip langzaam de haven uitvoer. Even later hoorden ze het rammelen van ankerkettingen. Er stond geen zuchtje wind meer, de scheepsvlag hing slap en treurig neer. Ze zagen hoe de tarwe in zee werd gestort. De meesten bleven niet langer toekijken. De kade raakte leeg. Alleen de Vrouwe bleef onbeweeglijk toezien hoe het schip tot op de laatste korrel haar schatten in zee dumpte.

Er gingen enige weken voorbij, waarin de Staverse burgers grootse gebeurtenissen verwachtten. Maar er vond niets bijzon-

ders plaats. Het schip van de Vrouwe van Stavoren voer opnieuw uit, maar nu met een andere schipper. De oude, ervaren kapitein kreeg zijn ontslag. Een man die haar opdrachten op zo'n vreemde wijze uitvoerde, kon de Vrouwe niet meer gebruiken. Nog enige tijd sprak men in de stad over het gebeurde en over de voorspelling van die bedelaar die zo plotseling was verdwenen, daarna zweeg men erover.
Schip na schip zond de Vrouwe van Stavoren naar zee, en ze keerden allemaal terug en brachten haar grote winst. Haar rijkdom verdubbelde zich in die dagen. Een enkele keer dacht ze nog weleens aan de voorspelling van de bedelaar. Dan speelde er een trotse glimlach om haar lippen. Zij een bedelares? Nooit! Zou er ergens op aarde een koning te vinden zijn die zo rijk was als zij? Zie hoe haar rijkdom groeide met de dag. Had ze het niet gezegd? *Nog eerder zal deze ring uit zee in mijn hand terugkeren, dan dat één woord van jouw voorspelling uitkomt.*
Op een dag liet ze alle schippers bij zich roepen. Ze kwamen en bogen en keken haar eerbiedig aan, wachtend op haar bevelen.
"Mannen", zei ze, "jullie vertrekken vandaag allemaal tegelijk. Ik zal jullie schepen met goud laten vullen, en jullie zullen mij de schoonste en kostbaarste schatten der aarde brengen."
Even zagen ze elkaar tersluiks aan. Groter opdracht was nog nooit in de koopstad gegeven, en nooit gevaarlijker ook. Want wat zou er gebeuren als een storm de hele vloot, alle schepen tegelijk trof? Het weer is wisselvallig op zee, en de gunst van de zeegoden eveneens.
De oudste schipper uitte voorzichtig een waarschuwend woord tegen de Vrouwe. Maar ze lachte het weg. "Zijn jullie soms bang?" vroeg ze. "Zijn jullie oude vrouwen geworden? Ga!"
Toen bogen ze en gingen. De vloot zeilde de haven uit. Het was een prachtig gezicht, al die zeilen wit en blinkend tegen de hemel. Trots keek de Vrouwe van Stavoren ze na. Alleen een wolk, laag aan de horizon, blonk nog witter.
Dezelfde avond bereidde de dienstbode in de keuken een uitzonderlijk grote vis voor de Vrouwe van Stavoren. De Vrouwe had hem gekocht van een visser die hem voor veel geld had aangeboden. De Vrouwe keek niet op geld als er iets bijzonders te krijgen was. Toen de vis schoon was, zag de dienstbode dat er iets glinsterends op het aanrecht lag. Ze nam het op, het schitterde oogverblindend. Een gouden ring was het, met een grote diamant! Haar mond viel open van verbazing. Toen her-

kende ze het voorwerp. De ring! De ring van de Vrouwe! *Nog eerder zal deze ring uit zee in mijn hand terugkeren, dan dat...*
"Vrouwe!" kreet ze, "Vrouwe!"
Ze haastte zich naar de kamer waar de Vrouwe was. Haar ogen puilden uit hun kassen van angst.
"De ring, Vrouwe! De ring! O Vrouwe!"
Met de ring in de handen bleef de Vrouwe van Stavoren enige ogenblikken zwijgend staan. Ze verstijfde. Buiten loeide een windstoot. Een tweede volgde. Haar wangen trokken wit weg. "Ga", zei ze toonloos tegen de dienstbode.
Toen ze alleen was, moest ze moeite doen om niet door de knieën te zakken. Maar ze vermande zich. Geen zwakheid nu! Ze moest zich beraden op deze situatie.
Ze ging zitten en dwong zichzelf tot nadenken. Lang bleef ze in gedachten verzonken. Het bruiste in haar hoofd. Men meldde haar dat het avondeten was opgediend. Ze bleef roerloos zitten. De stemmen van de mensen kwamen van heel ver tot haar. Ze speelde met de kwasten van het tafelkleed, een angstig voorgevoel kneep haar keel dicht. Ik moet wat doen, dacht ze. Maar ze deed niets. Ze wou opstaan, maar ze kon niet. Ze was verlamd van schrik.
Nog eerder zal deze ring uit zee in mijn hand terugkeren, dan dat... En nu was de ring daar!
Ze beet zich op de lippen, nooit eerder in haar leven was ze zo bang geweest. Ze ademde moeilijk. Machteloos ging ze die avond naar bed. De hele nacht lag ze wakker, bibberend als iemand die hoge koorts heeft. Buiten huilde de stormwind. Daar luisterde ze naar. Huilde of lachte de storm? Dreef hij de spot met haar? Ze sloeg de dekens over haar hoofd om niets meer te hoeven horen.
Nog voor het licht werd, was ze alweer in de kleren. Ze at en dronk niet. Ze wilde naar de haven toe. Het was of ze daar heen werd gedreven. Ze opende de buitendeur, zwaar van het gouden beslag, en wilde de stoep afgaan. Op dat moment beklom juist een man de treden, een bode.
"Vrouwe van Stavoren, uw hele vloot is vergaan! De brokstukken spoelen al op de kust aan!"
Woordeloos keerde ze zich om en sloot zichzelf in haar kamer op. Sindsdien volgde tegenspoed op tegenspoed. Binnen enkele jaren was de Vrouwe van Stavoren straatarm. Haar haren waren grijs geworden van zorgen en verdriet, haar gestalte

begon zich te krommen. Ze was nog jong, maar als een oud vrouwtje ging ze bedelend over straat. “Het vrouwtje van Stavoren”, mompelden vele rijken die haar aan zagen komen en ze sloten gauw hun deuren. Ze werd een uitgestotene.
Ook voor vele van haar rijke medeburgers kwam echter eenmaal de tijd dat ze hun rijkdom als sneeuw in de zon zagen smelten. *Eens zult u rondgaan, vragend om een stukje brood, en samen met u al diegenen die net als u zijn,* zo luidde immers de voorspelling van de oude man. Maar hoe kon dat waar worden? Stuurden al deze rijken hun schepen tegelijk de zee op? Werden ook hun schepen door één storm van de aarde geblazen? Nee, deze mensen waren verstandiger, maar toch werden ook zij door het noodlot getroffen.
De tarwe was net voor de haven aan stuurboord in zee gestort. Het was zoveel dat een heuveltje uitrees boven het water. Dat werd door de golfslag weliswaar verspreid, maar het bleef ondiep op die plek. Zand vermengde zich met de tarwe. Een grote bank vormde zich daar. Daar kon geen schip meer overheen. De schepen moesten een omweg maken, maar het jaar daarop was die zandbank nog groter geworden. De schepen konden alleen door nauwe geulen nog de haven binnenvaren.
En kijk, en kijk... de een wees het die zomer de ander aan. Groeide daar tarwe in het water? Halmen schoten boven de golven op, halmen bogen mee op de wind en op de golfslag. Aren wuifden in de wind. Dat ziet er goed uit mensen! Het zit ons mee. Zelfs in de zee groeit voor ons het koren. En we zaaiden het niet eens zelf!
In de zomerzon geelden de aren. Maar er was iets bijzonders mee aan de hand. Ze bogen van zwaarte niet over. Ze stonden rechtop en wiegden rechtop mee in de wind. Vreemde aren waren het die daar groeiden. Toen men, nieuwsgierig geworden, de aren onderzocht, bleken ze allemaal leeg te zijn. Korrelloos graan rees uit de zee op. *Tarwe, wat is nu tarwe?! Rijg er kettingen van!* Hoorden ze hun eigen spottende stem? *Leve de Vrouwe van Stavoren die de eer van onze stad hoog houdt!* Waren dat hun eigen woorden niet? *Eens zult u rondgaan, vragend om een stukje brood...* waren dat niet de woorden van de voorspelling? Vrees vervulde de stad. Naderde de ondergang nu?
De zandbank breidde zich snel uit. Geen schip kon op het laatst de haven meer in. De eens zo bloeiende handelsstad was ten dode opgeschreven. De pakhuizen raakten leeg, en vulden

zich niet meer. De beurzen raakten leeg, maar er kwam geen nieuw goud in. De huizen raakten leeg, vele mensen verlieten de stad, en zij die bleven, konden in zulke dure huizen niet wonen. Ze vervielen. De tijd sloopte ze. De armoede waarde rond in de snel vervallende stad. Het verkeer stond stil. Gras groeide tussen de straatstenen.

En op de zandbank buiten de haven wuifden duizenden lege halmen in de wind. Het Vrouwezand noemden de mensen het. Ze keken er met duistere ogen naar. Schuld kneep hun hart samen. Meeuwen krijsten wanneer ze er overheen vlogen.

De twee bultenaren

Op een lange brug liepen eens twee bultenaren vlak achter elkaar. Er was verder geen mens in de buurt te bekennen. Zij waren elkaars spiegelbeeld, alleen had de eerste een bult op zijn borst en zijn rug, en de tweede had er een op zijn rug en zijn borst. Ook was de eerste een serieus type, en de tweede was een lolbroek.
Ze waren nog maar net de brug op gewandeld, toen de tweede bochel begon te zingen:

't Is de bult – z'n eigen schuld
dat-ie z'n last moet dragen

De eerste keek woedend achterom, maar op hetzelfde ogenblik dat hij zijn hoofd wendde, had ook de tweede zijn kopje bliksemsnel gedraaid.
"Wie doet dat?" vroeg de eerste, "'t is toch schandalig broeder, dat iemand ons zó durft te bespotten."
"Zeg dat wel – alsof we het nog niet moeilijk genoeg hebben in de wereld. 't Zal wel een of ander straatjoch zijn dat zich ergens op de wal verstopt heeft. Afijn. Laten we maar doorlopen..."
De voorste bult begon weer te marcheren, de achterste bleef nog even achter... daarna riep hij zo hard hij kon:
"Lelijke bochel! Hé Quasimodo!"
De eerste stond stil alsof hij door de bliksem was getroffen en hij draaide zich onmiddellijk om. De tweede volgde ogenblikkelijk zijn voorbeeld.
"Ik hoor het toch wel goed?" vroeg hij onzeker. "Jij hoort dat gescheld toch ook?"
"Als ik hem toch te pakken krijg... dat rotjong... dan zal hij ervan lusten!" gaf de tweede ten antwoord. "Maar voorlopig zie

De twee bultenaren.

ik niks of niemand broeder, dus er zit niks anders op dan dat we doorlopen."
Nauwelijks had de serieuze bultenaar deze raad opgevolgd, toen zijn lollige kameraad zijn handen als een trompet voor zijn mond zette en toeterde:

Bult – bult lelijke bult
van onderen te mager – van boven te gevuld!

Nu begon de eerste wantrouwen te koesteren. "Zou de ander het soms doen?" dacht hij, "maar dat kan toch niet? Hij zal zichzelf toch niet uitschelden. Wacht, ik zal hem eens strak in de ogen kijken, dan kom ik er wel achter of hij degene is die me voor gek zet."
Hij kreeg er echter de kans niet voor, want hij zag niet het gezicht van zijn lotgenoot, maar alleen diens rug. Immers, ook de tweede had zich omgedraaid en speurde in het rond of hij ergens een glimp op kon vangen van de spotvogel die hen beiden zo te grazen nam. Hij tuurde zo ingespannen dat de eerste niet kon geloven dat hij er zelf achter zat.
"Er is niemand te zien", zuchtte de tweede huichelachtig. "'t Moest toch verdorie bij de wet verboden worden, om mensen als wij in onze ellende nog na te roepen."
"Heb jij het dan niet gedaan?" waagde de eerste bultenaar te vragen.
"Ik... ?!" blies de tweede verontwaardigd. "Je denkt toch niet dat ik gek ben. Wie scheldt er nou zichzelf uit?! Loop toch door man!"
Weer zetten de twee bochels hun tocht voort. De eerste nam zich vast voor om niet meer achter zich te kijken, wat er ook gebeurde. De tweede echter had zo'n plezier in zijn spel gekregen dat hij er niet meer mee kon stoppen. Hij vuurde een roffeling van uitgelezen scheldwoorden op de eerste af, zoals alleen een straatjongen ze verzinnen kan. Al de beledigingen, die hij zelf gedurende vele jaren had moeten verduren, stortte hij uit over het hoofd van zijn collega, en hij moest moeite doen om zijn lachen in te houden. Hij had een enorme binnenpret en hij genoot zoals een stille dronkaard in de hoek van een herberg van jenever.
Op het laatst werd de arme bult bang. Zou er niet een geest achter hem lopen, die hem straks in zijn nekvel zou grijpen? Hij

keek nog eenmaal voorzichtig om, en hij kwam tot de ontdekking dat ook zijn broeder dezelfde vrees als hij koesterde, want ook die liep schuw om zich heen te spieden.
"'t Is toch verschrikkelijk!" riep deze uit toen hij de eerste zag kijken, "jij hoort het toch ook en er is niemand op de brug behalve wij met z'n tweeën."
Dat was het moment waarop de eerste bochel van louter angst de benen nam. Hij rende de lange, lange brug af, en holde maar door, zonder op te houden, zonder nog een keer om te kijken.
De tweede sloeg zich op de knieën van het lachen. Hij had zich zo lang moeten inhouden dat hij het nu uitschaterde, en zo machtig werd zijn lach, dat hij niet langer kon blijven lopen of staan, maar dat hij werd gedwongen om te gaan liggen. Daar lag hij op zijn rug te trappelen met zijn korte beentjes in de lucht, en hij lachte zich nog krommer dan hij al was.